HOLLY MARTIN

Wenn du mich fragst, sag ich für immer

Buch

Suzie und ihr bester Freund Harry betreiben eine Webseite mit dem Namen dieperfekteverlobung.com, deren Ziel es ist, Ehemännern und -frauen in spe zu helfen, den perfekten Heiratsantrag vorzubereiten. Harry war für Suzie in der letzten Zeit eine große Stütze, der ihr beistand, als ihr Bruder vor ein paar Monaten starb, und sie hat sich Hals über Kopf in ihn verliebt. Doch sie ist sich sicher, dass er nichts von ihr will. Bei der Arbeit läuft es aber gut für die beiden, denn sie haben bereits ein beeindruckendes Repertoire an Ideen. Suzie ist jedoch von keiner so wirklich überzeugt. Eines Tages lässt sie Harry gegenüber fallen, dass es für sie mehr braucht als eine Heißluftballonfahrt, damit sie Ja sagen würde. Außerdem hat sie bereits eine schlechte Erfahrung gemacht: Ihr Exfreund bat sie um ihre Hand, während er gerade einen schmierigen Döner aß. Seitdem hat sie jede Hoffnung für sich selbst verloren, irgendwann einen wirklich perfekten Antrag zu bekommen.

Das bringt Harry auf eine Idee, die gleichzeitig ein guter Weg sein könnte, ihre Seite noch bekannter zu machen: Er beschließt, Suzie auf hundert verschiedene Arten um ihre Hand zu bitten, um den perfekten Antrag zu finden. Er startet einen Blog, auf dem er die hundert Anträge mit der Welt teilen will.

Für Suzie ist das jedoch kein Spaß, denn wie kann sie hundert Mal Nein sagen, wenn alles, was sie will, Ja sagen ist?

Autorin

Holly Martin hat schon in diversen Jobs gearbeitet – als Rezeptionistin in einem Hotel, in einer Bank und als Lehrerin –, doch ihre wahre Leidenschaft galt immer dem Schreiben von romantischen Komödien. Nun hat Holly Martin es geschafft, ihr Hobby zum Beruf zu machen: In ihrem Haus mit den runden Fenstern in Bedfordshire widmet sie sich nun genau dem, was ihr am meisten Spaß macht. *Wenn du mich fragst, sag ich für immer* ist ihr erster Roman bei Blanvalet.

HOLLY MARTIN

Wenn du mich fragst, sag ich für immer

Roman

Aus dem Amerikanischen
von Claudia Geng

blanvalet

Die Originalausgabe erschien 2014 unter dem Titel
»One Hundred Proposals« bei Carina Press, New York.

MIX
Papier aus verantwortungsvollen Quellen
FSC® C014496

Verlagsgruppe Random House FSC® N001967

3. Auflage
Deutsche Erstausgabe Mai 2016 bei Blanvalet Verlag,
einem Unternehmen der
Verlagsgruppe Random House GmbH,
Neumarkterstr. 28, 81673 München

Umschlaggestaltung und -motiv: www.buerosued.de
Redaktion: Angela Kuepper
LH · Herstellung: sam
Satz: KompetenzCenter, Mönchengladbach
Druck und Einband: GGP Media GmbH, Pößneck
Printed in Germany
ISBN: 978-3-7341-0273-8

www.blanvalet.de

Für meine Mutter

Für die fantastischen Gosling Girls

Ich lebe im sonnigen Bedfordshire, in einem Haus mit runden Fenstern. Ich habe Medienwissenschaften studiert, was zu einer sehr glamourösen Karriere hinter einer Hotelrezeption führte, gefolgt von zwei noch glamouröseren Jahren in einer Bank. Als einer meiner Kollegen zu seinem fünfzehnjährigen Dienstjubiläum eine heiß begehrte Stiluhr erhielt, war das der Moment, in dem ich wusste, dass ich fliehen musste. Ich kündigte meinen Job und kehrte an die Universität zurück, um Lehramt zu studieren. Drei Jahre später tauchte ich wieder auf, mit weit aufgerissenen Augen und einem großen Bammel davor, nun für die Entwicklung von dreißig jungen Köpfen verantwortlich zu sein. Ich unterrichtete vier Jahre lang, bis ein Pädagoge von *History Off The Page* an unsere Schule kam und einen historischen Projekttag zum Thema »Tudor-Zeit« durchführte. Inzwischen fahre ich selbst mit meinem kleinen weißen Transporter durch das Land, um mich an dem einen Tag als Wikingerin zu verkleiden und am nächsten als ägyptische Hohepriesterin.

Ich schreibe für mein Leben gern. Die Figuren machen genau das, was ich will, meistens jedenfalls. Manchmal hat es jedoch den Anschein, als würden sie ihren eigenen Kopf durchsetzen. Es ist eine komplette

Realitätsflucht in eine Welt, in der ich die volle Kontrolle habe.

Ich schreibe nun seit vier Jahren – in jeder freien Sekunde notiere ich mir Ideen in ein Merkbuch oder tippe eine Szene auf meinem Laptop. Ich habe drei Liebesromane geschrieben. Meine ersten zwei Bücher, *Changing Casanova* und *The Chainsaw Masquerade*, standen 2012 auf der Shortlist für den New Talent Award des Festival of Romance.

Meine Kurzgeschichte gewann den Wettbewerb des Belinda Jones Travel Club und wurde in dem Erzählband *Sunlounger* veröffentlicht, neben einigen meiner Lieblingsautorinnen, wie Belinda Jones, Miranda Dickinson und Rosie Blake.

2013 gewann ich auf dem Festival of Romance den Valentins-Schreibwettbewerb von Carina, und mein Roman *The Guestbook* erschien am Valentinstag.

Sie können mir auf http://hollymartinwriter.wordpress.com/ folgen und auf Twitter @hollymartin00.

Prolog

»Du kannst jetzt die Augen aufmachen«, sagte Harry.

Ich sah blinzelnd in das Dämmerlicht der Höhle. Der Mond schien durch die Öffnung über uns und spiegelte sich in dem Wasserfall, der sich in ein Becken ergoss. Wir waren erst wenige Tage in Australien, aber ich wusste jetzt schon, dass ich hier nicht aus dem Staunen herauskommen würde. In den Nischen der Höhlenwände tanzten Hunderte von Leuchtkäfern, die wie eine Lichterkette funkelten.

Nichts hätte mich auf das vorbereiten können, was als Nächstes passierte.

Die Leuchtkäfer versammelten sich einer nach dem anderen auf einer Wand, und langsam bildete sich eine Form heraus. Ich runzelte verwirrt die Stirn, und dann, innerhalb von Sekunden, ragten die Worte *Suzie Marry Me* auf der Höhlenwand hervor, geschrieben von den Leuchtkäfern.

Ich wirbelte verblüfft zu Harry herum. »Wie hast du das gemacht?« Ich drehte den Kopf wieder zu den Leuchtkäfern, weil ich nichts verpassen wollte. Würden sie sich vielleicht gleich neu formatieren und den Refrain meines Lieblingssongs abbilden? Handelte es sich hier um perfekt trainierte Käfer, die gleich ihre Mini-Cheerleader-Pompons zücken und eine Art Formationstanz beginnen würden, bei dem sie waghalsig auf dem Rücken der jeweils anderen balancierten?

»Mit dem Saft einer Frucht, auf die sie voll abfahren.«

Ich wühlte in meiner Tasche nach meiner Kamera. »Wir müssen ein Foto für die Webseite machen.«

Ich machte ein paar Aufnahmen und bemerkte dann, dass ein paar Touristen die Höhle betreten hatten und offensichtlich auf meine Antwort warteten. Da konnten sie noch lange warten.

»Also, was denkst du?«, fragte Harry. »Ist das hier der perfekte Heiratsantrag?«

»Es ist definitiv einer deiner besten, sehr romantisch.« Ich richtete meine Konzentration wieder auf die Kamera. Die Bilder würden fantastisch wirken, mit dem weichgezeichneten Wasserfall im Hintergrund und den Leuchtkäfern, die sich scharf vor dem nachtblauen Licht in der Höhle abzeichneten.

»Aber trotzdem noch nicht der perfekte Antrag?«

»Nicht für mich, aber andere Frauen würden begeistert sein.« Ich beobachtete, wie die Touristen lange Gesichter machten wegen meiner herzlosen Antwort. »Wir sind kein Paar, wir arbeiten nur zusammen.« Ein Mann und eine Frau sahen mich zweifelnd an, also erklärte ich: »Unsere Firma entwirft den perfekten Heiratsantrag. Damit verdienen wir unseren Lebensunterhalt.«

Ich widerstand dem plötzlichen Bedürfnis, zu den Leuten hinüberzueilen und unsere Visitenkarten zu verteilen. Als könnte er meine Gedanken lesen, schlang Harry einen Arm um meine Schulter und hielt mich zurück.

Ich sah ihn unschuldig an, aber er wirkte nicht überzeugt.

Die Touristen setzten ihren Weg durch die Höhle fort und ließen uns wieder allein.

»Das machst du immer«, sagte Harry.

»Was, Werbung für unser Geschäft? Ich weiß, ich kann nicht anders. Ich bin einfach so stolz auf das, was wir erreicht haben, dass ich es am liebsten jedem erzählen würde, der mir zuhört, und auch jedem, der mir nicht zuhört.«

»Nein, das meinte ich nicht. Du sagst immer *unsere* Firma, *unser* Geschäft, dabei ist es deine Firma, du hast sie gegründet. Ich bin nur der Techniker.«

Tatsächlich habe ich alleine angefangen. Ich erschuf dieperfekteverlobung.com vor über zwei Jahren, als mein damaliger Freund mit einem fettigen Kebab betrunken um meine Hand anhielt. Das brachte mich auf die Idee, dass die Männer dieser Welt vielleicht ein bisschen Hilfe brauchten, um ihrer Freundin einen Heiratsantrag zu machen, den sie nie vergessen würde. Obwohl, den fettigen Kebab werde ich wahrscheinlich auch nicht vergessen.

Harry war mein Webdesigner. In der Anfangsphase unseres Geschäfts kam er jeden Tag in mein Büro – das Gästezimmer meiner Wohnung – und half mir, neue Ideen, Bilder und Spezialangebote in meine Homepage einzupflegen. Letzten Endes machte es Sinn, ihn fest einzustellen. Unsere Website sah fantastisch aus, und das war ein wesentlicher Baustein für unseren Erfolg als Internet-Dienstleister.

Aber Harry war nicht bloß irgend so ein IT-Freak, weit davon entfernt. Er war der größte Mann, den ich je in meinem Leben gesehen habe, mit langen Oberschenkeln und großen Füßen. Er hatte dunkle stoppelige Haare und schokoladenbraune Augen. Aber er hatte auch eine lebhafte Fantasie. Während ich die Logistik für einen Helikopterflug mit Champagnerpicknick organisierte, war Harry derjenige, der mit wirklich einzigartigen Ideen daherkam, wie zum Beispiel der Leuchtkäfer-Formation.

»Außerdem machst du dich immer kleiner, als du bist. Wir sind gleichberechtigte Partner. Du hast genauso deinen Anteil geleistet zu unserem Erfolg«, sagte ich.

Er zuckte mit den Achseln, nicht erpicht darauf, seiner Rolle so viel Bedeutung beizumessen. Er deutete auf die Leuchtkäfer, die nun begannen, ihre Formation aufzulösen. »Ist es zu kitschig?«

Ich ließ die Kamera an meinem Hals baumeln und lehnte mich an Harry. Ich liebte es, wie perfekt ich mich an ihn schmiegen konnte. »Ich finde es toll, wirklich, es ist … magisch. Aber trotzdem fehlt noch etwas.«

Gab es tatsächlich so etwas wie den perfekten Heiratsantrag? Vor drei Monaten, kurz vor dem Valentinstag, hatte Harry sich zum Ziel gesetzt, mir einen perfekten Heiratsantrag zu machen. Aber tief in meinem Innern wusste ich, was ich wollte, und ich bezweifelte, dass Harry in der Lage sein würde, es mir zu geben. Ich hätte es ihm sagen sollen, bevor er dieses sinnlose Unterfangen startete. Es hätte mir viel Kummer erspart.

Kapitel 1

Drei Monate zuvor

Nach einem Telefonat mit einem weiteren aufgeregten Kunden legte ich den Hörer auf und seufzte. Heute war der elfte Februar, und wir hatten einen Ansturm von Kunden, die den dringenden Wunsch hatten, am Valentinstag auf dem Eiffelturm um die Hand ihrer Liebsten anzuhalten. Ich hätte schreien können. Nur dank sorgfältiger Planung hatte ich es so organisiert, dass unsere Kunden nicht alle gleichzeitig auf dem Eiffelturm sein würden. Das ist nämlich nicht gerade das, was eine Frau sich wünscht, um sich als jemand Besonderes zu fühlen – zu sehen, dass andere Frauen neben ihr am selben Ort und zur selben Zeit einen Heiratsantrag bekommen. Gab es keine Originalität mehr? Harry hatte immer so geniale Ideen für einzigartige Verlobungen, aber egal, wie oft ich versuchte, sie unseren Kunden zu verkaufen, sie entschieden sich immer für das Traditionelle, und das war's dann.

»Wieder der Eiffelturm?«, fragte Harry geistesabwesend, während er Bilder für unsere Diashow hochlud.

»Der Kunde möchte, dass um acht Uhr ein Dutzend rote Rosen auf die Aussichtsplattform geliefert wird.« Geschlagen massierte ich meinen Kopf. »Wie wäre es mal mit was anderem, zum Beispiel ins Ballett gehen oder sich ganz hinten auf dem Brighton Pier bei einer Tüte Pommes verloben?«

Harry schwenkte auf seinem Stuhl herum. »Was wäre denn für dich der perfekte Heiratsantrag?«

Ich sah ihn an und hatte plötzlich ein Bild vor Augen, in dem er mich in seinen Armen hielt und mich bat, seine Frau zu werden.

»Ich weiß nicht. Der perfekte Mann wäre schon mal definitiv ein Bonus.«

»Okay, du hast also deinen perfekten Mann, und es ist nicht der fettige Kebabbursche …«

»Lass mich das kurz klarstellen – der Kebab war fettig, nicht der Bursche.«

Harry wischte die Details beiseite. »Also, Orlando Bloom oder irgendein anderer nicht fettiger Adonis möchte um deine Hand anhalten. Wie sollte er es anstellen?«

Ich nahm einen Schluck von meinem Tee, während ich über die Frage nachdachte. Wenn mich ein Kunde anrief, weil es ihm an Inspiration mangelte, hatte ich hundert Ideen. Aber für mich selbst fiel mir nichts ein.

»Ich habe eine Idee.« Harrys Augen glänzten plötzlich vor Begeisterung. Er drehte sich mit seinem Stuhl wieder zu seinem Computer und begann eifrig zu tippen. Ich schaute über seine Schulter hinweg auf unsere Homepage.

Verlobungsblog
Wie macht man einem Profi für Heiratsanträge einen Heiratsantrag?
Genau das beabsichtige ich in den nächsten einhundert Tagen herauszufinden. Ich werde hundert

Möglichkeiten ersinnen, unserer Spezialistin für Heiratsanträge, Suzie McKenzie, einen Heiratsantrag zu machen, und die Ergebnisse hier für euch veröffentlichen. Eins ist jedenfalls sicher: Kein einziger dieser Heiratsanträge wird auf dem Eiffelturm stattfinden mit einem Dutzend roter Rosen.

»Das kannst du nicht reinsetzen. Wir hatten allein in dieser Woche fünfzehn Kunden, die den Eiffelturm gebucht haben«, sagte ich, während ich mein plötzliches Herzklopfen angesichts der Aussicht, dass Harry um meine Hand anhalten würde, zu ignorieren versuchte.

»Dann werden sie es sich vielleicht noch mal überlegen.« Harry fügte bereits das Foto von einem Diamantring in den Text ein.

»Oder ihr Geld zurückverlangen.«

Aber Harry schrieb trotzdem weiter.

Tag 1: Der traditionelle Antrag.
Ort: Unser Büro.

Er stand auf, machte einen Kniefall vor mir, zerrte den Schlangenring von seinem Daumen und reckte ihn zu meinem bestürzten Gesicht empor.

»Suzie McKenzie, du bist meine beste Freundin, und ich kann mir keine andere Frau vorstellen, mit der ich lieber mein Leben verbringen würde. Willst du mich heiraten?«

Die Welt blieb stehen. Mein Mund fühlte sich trocken an. Wie unfair, dass das, was ich mir am meisten auf der ganzen Welt wünschte, gerade direkt vor meinen

Augen passierte und so echt war wie ein Paar Brüste auf dem Sunset Boulevard.

Am liebsten hätte ich Harry den Ring aus der Hand gerissen, ihn auf meinen Finger gestreift und Harry dann sofort zum nächsten Standesamt geschleift. Aber das tat ich nicht.

Mit einem Räuspern befreite ich meinen Hals von einem dicken Kloß. »Zu abgedroschen, falscher Ort, falscher Ring.«

Harry musterte grinsend seinen Ring und stand dann wieder auf, sichtlich unbeeindruckt von meiner Abfuhr. Er begann wieder zu tippen.

Eine totale Bruchlandung. Scheinbar sind ein Schlangenring mit bösen roten Augen und die beigen Wände unseres engen Büros nicht gut genug für Suzie. Ich versuche es morgen wieder.

Ganz bestimmt nicht. Hundert Tage lang diese Folter? Ich bezweifelte, dass ich das ertragen konnte.

Harry sah auf seine Armbanduhr. »Oh, ich muss los. Ich habe heute Abend wieder ein heißes Date mit Sexy Samantha.«

Samantha war Harrys neue Freundin, nachdem er fast ein Jahr lang Single gewesen war. Als ich ihn kennenlernte, schien er seine Freundinnen jede Woche zu wechseln, darum war ich mir nicht sicher, warum er zwischenzeitlich diese Abstinenz gewählt hatte. Aber Samantha war definitiv der Typ, um ihn wieder in Versuchung zu führen.

Ich hatte das Vergnügen gehabt, sie am Abend zuvor kennenzulernen. Da sie Harrys Beziehung zu seiner besten Freundin verdächtig fand, tauchte sie überraschend bei mir zu Hause auf und verlangte, dass Harry uns miteinander bekannt machte. Ich kam in Leggings und einem übergroßen schwarzen Kapuzensweatshirt die Treppe herunter – mir war bewusst, dass ich sie in meiner Aufmachung kaum beeindrucken würde. Und beeindruckt war Samantha definitiv nicht. Die Erleichterung in ihrem Gesicht, als sie mich sah, war förmlich greifbar. Samantha dagegen war eine Erscheinung von göttlicher Schönheit. Sie war fast so groß wie Harry, mit langen blonden Haaren und einem sehr kurvigen Körper. Meine Augen wurden sofort von zwei großen Brüsten angezogen, die in ein knallenges Top gequetscht waren. Harry stand definitiv auf große Brüste. Alle seine Freundinnen waren obenherum gut bestückt gewesen. Ich vermutete, dass manche der Brüste nicht mal echt waren – wobei es Harry nicht zu stören schien. Ich dagegen gehörte eher zu der Flachbrettabteilung, ohne jegliche Kurven und ohne eine nennenswerte Oberweite …

Ich beobachtete, wie Harry sich eilig an seinem Computer abmeldete, offensichtlich gespannt darauf, was Sexy Samantha heute Abend für ihn auf Lager hatte.

»Ich habe heute auch ein heißes Date«, platzte ich heraus, während ich nach einem Anflug von Eifersucht Ausschau hielt. Natürlich war da keiner.

»Das ist toll, Suzie.« Harry wirkte aufrichtig erfreut. »Du hattest kein Date mehr, seit Jack …« Er verstummte. Mein Leben war in zwei Abschnitte unterteilt: vor Jack und nach Jack. Ich fragte mich, ob es Jules genauso ging. Harry griff nach seiner Jacke und mied meinen Blick, vielleicht weil er ahnte, dass er etwas gesagt hatte, das er nicht hätte sagen sollen. »Es ist höchste Zeit, dass du wieder aufs Pferd steigst. Wir können uns ja morgen mal über die saftigen Details austauschen.«

»Oder auch nicht.« Ich fand bereits die Vorstellung von einer solchen Unterhaltung unerträglich. Ich wollte nicht wirklich die saftigen Details über Harrys Date hören. An diesem Morgen hatte ich bereits zweimal das Thema wechseln müssen, denn Harry hatte angefangen, explizit ins Detail zu gehen, gerade so, als würde er aus einem erotischen Roman zitieren. Sexy Samantha war offenbar viel verruchter, als ihre babyblauen Augen vermuten ließen. Außerdem, was hatte ich zu diesem Gespräch schon beizutragen? Mein heißes Date bestand aus einem Becher Ben & Jerry's und einem Abend mit dem schönen Brad Pitt. Ich fuhr meinen Computer ebenfalls herunter, im Bestreben, Harry zu zeigen, dass auch ich etwas Aufregendes vorhatte und dringend wegmusste.

»Wo hast du dein Date kennengelernt?«, fragte er.

Ich zerbrach mir den Kopf, während ich meine Haare zurechtzupfte und als Spiegel das Glas eines Bilderrahmens benutzte, in dem ein Foto von Harry und mir war, beide schneebedeckt und von einem Ohr zum anderen grinsend, nachdem wir mit dem Schlitten die Indoor-Piste heruntergefahren waren. Vor Jack.

»Beim Skifahren«, sagte ich und bereute es sofort.

Harry unterbrach seinen hastigen Aufbruch. »Beim Skifahren? Wann warst du denn Ski fahren?«

»Ich gehe jeden Sonntag in die Skihalle. Er ist mein Skilehrer.« Ich machte es noch schlimmer.

»Du hasst Skifahren.«

Das hatte ich wohl einmal gesagt. Denn dieses Foto war entstanden, als ich meine erste und letzte Skistunde gehabt hatte, vor einem Jahr. Die ersten vierzig Minuten hatte ich damit verbracht, auf den Hintern zu fallen – während Kinder im zarten Vorschulalter mühelos an mir vorübergeglitten waren. Die letzten zwanzig Minuten, als Harry auf die Erwachsenenpisten befördert worden war, hatte ich versucht, mich durch Hin-und-her-Wälzen auf dem Boden aufzurichten, während ich, die Skier steil in die Luft gereckt, aussah wie ein riesiger Käfer, der auf seinem Rücken gestrandet war. Harry hatte Mitleid mit mir gehabt, weil ich so spektakulär versagt hatte, und war mit mir hinterher Schlitten gefahren. Das war schon deutlich eher mein Fall. Es erforderte nämlich keine besonderen Fähigkeiten, in einem roten Plastikschlitten den Buckel hinunterzugleiten.

»Inzwischen gefällt es mir. Ich bin schon richtig gut darin. Offensichtlich brauchte ich nur den richtigen Skilehrer.«

»Nun, das ist super. Vielleicht können wir ja mal wieder zusammen fahren.«

Ich fixierte ein Lächeln in meinem Gesicht. »Vielleicht.«

»Wie heißt dein Skilehrer?«

Ich suchte nach einem passenden Namen und einem passenden Adjektiv, um ihn zu beschreiben, nach etwas, das mit »Sexy Samantha« vergleichbar war. Mir fiel nichts ein, mein Kopf war leer. Der einzige Name, der mir in den Sinn kam, war Harry, doch das wäre zu bizarr. Harry starrte mich an, während er darauf wartete, dass ich einen Namen nannte, und das Schweigen zog sich in die Länge. Ich musste etwas sagen.

»Ken!«, rief ich fast erleichtert. »Kleiner Ken!«

Großartig. Einfach großartig.

Harrys Gesicht wurde lang. »Kleiner Ken?«

»Ja.«

»Bezogen auf…« Er wackelte mit seinem kleinen Finger in meine Richtung.

»Nein, nein, natürlich nicht. Was das betrifft, ist er sehr groß. Tatsächlich ist er auch sonst groß. Riesig. Sein Spitzname ist ironisch gemeint.«

»Ist er so groß wie ich?«

»Na ja, ich habe keine Ahnung, wie groß du untenherum bist.« Mein Blick schnellte kurz zu der stattlichen Beule in Harrys Hose, und ich spürte, dass meine Wangen zu glühen begannen, weil Harry meinen prüfenden Blick bemerkt hatte.

»Ich meinte auf die Körpergröße bezogen«, sagte er. Ich war mir sicher, dass seine Mundwinkel zuckten, während er ein Grinsen unterdrückte.

»O ja, er ist mindestens so groß wie du.«

»Gut. Das ist gut. Ein Kumpel von mir gibt auch Kurse in der Skihalle. Vielleicht kennt er ja deinen Ken. Wie heißt er mit Nachnamen?«

»Kenneth.«

Ich war eine furchtbar schlechte Lügnerin.

»Ken Kenneth?«

»Richtig.«

Draußen hupte ein Fahrzeug, und Harry schob die Gardine zur Seite und winkte Sexy Samantha, die sich an die Haube ihres sexy roten Cabrios lehnte. Ich hätte nicht gedacht, dass ich jemals so erleichtert sein würde, sie wiederzusehen.

»Na, dann wünsche ich dir viel Spaß.« Harry winkte mir flüchtig zu und stürmte dann polternd die Treppe hinunter. Eine Sekunde später hörte ich die Haustür zuknallen.

Ich starrte aus dem Fenster und hoffte, unbemerkt zu bleiben, während Harry unten auf der Straße Sexy Samantha in seine Arme schloss und herumwirbelte, als habe er sie monatelang nicht gesehen. Als er sie wieder absetzte, sah sie zu mir hoch und winkte, sodass ich gezwungen war, höflich zurückzuwinken.

Mit einem Kavalierstart und junger, hipper Musik, die aus den Lautsprechern dröhnte, brauste das rote Cabrio davon und nahm mein Herz mit sich.

Ich war seit zwei langen, qualvollen Jahren in Harry verliebt, und wir waren heute weiter davon entfernt zusammenzukommen als damals, nachdem wir uns frisch kennengelernt hatten. Wir waren längst fest in der Freundschaftszone verankert, und es gab kein Zurück.

Zwei Jahre waren viel zu lang für eine unerwiderte Liebe. Es war an der Zeit, dass ich mich neu orientierte. Ich würde mich eben wieder entlieben, so einfach war das.

Seufzend ging ich in mein Schlafzimmer und schlüpfte in meinen Hausanzug mit dem Kuhmuster. Ich blätterte durch ein paar Songs auf meinem iPod, bis ich eine fetzige Nummer fand, und als Gloria Gaynor ihr *I am what I am* anstimmte, drehte ich die Lautstärke voll auf, sprang auf das Bett und wackelte mit dem Hintern im Takt zur Musik. Ich war sehr talentiert im

Luftschlagzeugspielen, und als Gloria ein Crescendo erreichte, tat das auch mein frenetisches Trommeln. Dann begann der Instrumentalpart, und ich sprang vom Bett und machte mitten in der Luft einen Spagat. Dabei zerrte ich mir einen Muskel in der Leiste, und als ich meine Haare theatralisch aus dem Gesicht warf, sah ich in Harrys Augen, die vor Schreck immer größer wurden, bevor ich gegen ihn prallte und mein linkes Bein irgendwie über seiner Schulter landete, während mein rechter Fuß mitten in seinen Unterleib trat.

Harry schrie vor Schmerz auf, ich vor Verlegenheit. Er taumelte rückwärts und plumpste hart auf seinen Hintern, mein Bein immer noch um seinen Hals geschlungen.

Gloria sang weiter laut im Hintergrund, während Harry und ich uns anstarrten. Schließlich fand ich meine Sprache wieder.

»Was machst du hier?«

»Im Moment frage ich mich, ob ich jemals wieder in der Lage sein werde, Sex zu haben. Könntest du bitte deinen Fuß aus meinem Schoß nehmen?«

Ich kletterte rasch von ihm herunter und rappelte mich auf, wobei ich mich versehentlich auf Harrys Gesicht kniete. Er stand schwerfällig auf und krümmte sich, offensichtlich vor Schmerzen.

»Ich habe meine Brieftasche vergessen«, sagte er als Erklärung.

Ich schluckte. »Du hast mir beim Tanzen zugesehen?«

Er hob den Kopf, und dieses Mal war sein Grinsen nicht zu übersehen. »Vom allerersten Augenblick bis zum dramatischen Finale.«

Ich stöhnte.

»Ich muss wieder los, Samantha fragt sich bestimmt schon, wo ich bleibe. Übrigens, netter Hausanzug. Hat der kleine Ken auch so einen? Vielleicht das Modell Pferd oder Schwein?«

Ich starrte an mir herunter, auf das rosa Euter, das schlaff vor meinem Bauch baumelte, und wünschte mir, ich könnte im Erdboden versinken. »Er kommt erst später.«

»Sicher. Und ich kann mir vorstellen, dass er dich in diesem Outfit ziemlich süß findet.«

Süß? Hundewelpen waren süß. Betrachtete Harry mich so wie ein süßes kleines Hundebaby?

Er wandte sich zur Treppe, und ich folgte ihm.

»Findest du, dass ich darin süß aussehe?«

Er drehte sich auf der Treppe um, ging wieder ein Stück hoch und stützte sich mit einem Bein auf die Stufe unter mir, sodass wir auf einer Augenhöhe waren. »Ja.«

Mein Herz wurde schwer. Ich war so tief in der Freundschaftszone, dass ich nun schon als »süß« eingestuft wurde. Gleich würde Harry mir den Rücken tätscheln und mir sagen, dass ich für ihn wie eine Schwester wäre.

»Verführerisch süß?«

»Nein.«

Mein Herz plumpste bis auf den Boden.

»Ich wette, Samantha würde darin verführerisch aussehen.«

»Das bezweifle ich. Ich glaube nicht, dass es irgendjemand schaffen kann, darin verführerisch auszusehen.«

Ich fühlte mich ein wenig besser.

»Und unterschätze nicht den Wert von süß. Das ist

nämlich eine tolle Eigenschaft.« Er beugte sich vor und gab mir einen Kuss auf die Nase. »Bleib nicht zu lange auf. Ich habe morgen nämlich einen großen Tag für dich geplant.«

Er eilte die Treppe hinunter und war gleich darauf verschwunden.

Ich berührte meine Nase, wo ich noch seine weichen Lippen spürte. Harry fand mich süß. Ich lächelte, während ich mich wieder aufs Neue in ihn verliebte.

Kapitel 2

Am nächsten Morgen schreckte ich aus dem Schlaf hoch, als ich gerade von Jack träumte – eine Erinnerung von früher, als wir zusammen am Strand spielten und Jack versucht hatte, mir nassen Seetang auf den Rücken zu legen. Während ich langsam wach wurde, traf mich sein Verlust aufs Neue.

Ich wusste sofort, dass jemand bei mir im Zimmer war. Ich lag mit dem Gesicht in meinem Kissen. Verschlafen setzte ich mich auf und strich mir den Vorhang aus verknoteten braunen Haaren aus dem Gesicht. Harry saß neben mir auf dem Bett, nippte an einem Kaffee und las in meiner Ausgabe von *Der kleine Hobbit*, die ziemlich viele Eselsohren hatte.

Ich sah ihn böse an. Ich war keine Frühaufsteherin. »Kannst du nicht anklopfen?«

Harry wandte seine Aufmerksamkeit nicht eine Sekunde lang von der Seite ab, die er gerade las. »Du hast mir einen Hausschlüssel gegeben.«

»Ich hätte nackt sein können.«

Er ließ das Buch sinken und sah mich an. »Ein Grund mehr für mich, nicht anzuklopfen.«

Ich errötete und kletterte aus dem Bett.

Meistens wurde ich morgens auf diese Art wach. Ich muss zugeben, es war eine schöne Art aufzuwachen. Als Harrys Besuche am frühen Morgen regelmäßiger wurden, ging ich eines Abends in meiner verführerischsten Nachtwäsche ins Bett, in der Hoffnung, Harry würde vielleicht so angetörnt sein, dass er am nächsten Morgen über mich herfiel. Aber er zuckte nicht einmal mit der Wimper, als er mich in meinem schwarzen Satinnachthemd sah, und außerdem war er mehr begeistert von seinem McDonald's-Frühstück und dem Rösti, den die Bedienung ihm gratis dazugegeben hatte, während er mit ihr flirtete, als von dem, was ich zu bieten hatte. Um das Ganze noch schlimmer zu machen, rutschte ich bei dem Versuch, unauffällig eine verführerische Pose neben Harry einzunehmen, während er seinen McMuffin Bacon and Egg kaute, vom Bett und landete wie ein zerknittertes Häufchen auf dem Boden. Mittlerweile fand ich es viel einfacher und bequemer, in meinen normalen Pyjamas zu schlafen.

Harry gab mir einen Becher Kaffee, frisch aus dem Coffeeshop um die Ecke. Ich trank einen kleinen Schluck – der Kaffee war genau so, wie ich ihn mochte, mit drei Zuckerwürfeln und einem Schuss Haselnusssirup. Als ich den nächsten Schluck nehmen wollte, bemerkte ich, dass ein kleines Herz in den Milchschaum gezeichnet war. Ich lächelte und lauerte an Harrys Seite, während ich an ihm vorbei zu der braunen Papiertüte spähte, die er dicht neben seiner Hüfte platziert hatte.

Er war mit Lesen beschäftigt, also hüstelte ich laut, um seine Aufmerksamkeit zu gewinnen. Als er den Kopf hob, sah ich bewusst auf die Papiertüte.

»Woher weißt du, dass die für dich ist?«

»Weil du mir immer was Leckeres aus dem Coffeeshop mitbringst. Was ist es denn heute, ein Plunderteilchen mit Aprikosenfüllung? Oder ein Nusszopf oder ...«

Er zog den Inhalt aus der Tüte und zeigte ihn mir, und die Worte versiegten in meiner Kehle. Auf meinem Lieblingsgebäck, einer Zimtschnecke, stand in Zuckergussschrift *Marry Me*.

Ich hatte Harrys alberne Idee mit den hundert Heiratsanträgen fast vergessen und im Stillen gehofft, er würde dasselbe tun. Aber es sah so aus, als hätte er wirklich die Absicht, mich zu quälen. Einhundert Tage lang. Einhundert verschiedene Möglichkeiten, mir das Herz zu brechen.

Ich sah ihn an, und er erwiderte hoffnungsvoll meinen Blick.

»Das ist definitiv einzigartig.« Ich nahm ihm die Zimtschnecke aus der Hand und pickte eine Rosine heraus, während ich seinen Blick mied. Ich zwang meine Stimme, normal zu klingen, bevor ich weiterredete. »Wenn ich da reinbeiße, laufe ich dann Gefahr, einen Diamantring zu verschlucken?«

Harry schüttelte den Kopf. »Kein Ring. Du hast gesagt, ein Ring wäre zu abgedroschen. Außerdem, warum mit Diamanten um die Hand einer Frau anhalten, wenn man das auch mit Zimtschnecken und Kaffee tun kann?«

»Du solltest ein Foto von der Zimtschnecke machen, bevor ich sie esse, für unsere Homepage.« Ich hatte einen dicken Kloß im Hals.

»Gute Idee.« Er holte sein Handy hervor, schaltete die Kamerafunktion ein und richtete es dann auf mich. Ich stand auf und hielt ihm die Zimtschnecke dicht vor die Linse, damit er einen guten Aufnahmewinkel hatte, und ich sah, dass meine Hände zitterten. Harry sah es auch. Zu meiner Beschämung schwammen plötzlich Tränen in meinen Augen.

Harry stand im Nu vom Bett auf. »Was ist los, was hast du?«

»Nichts. Alles okay. Bin nur müde.« Ich machte einen Schritt von ihm weg, aber er zog mich zurück und drückte mich fest an sich, wodurch die Zimtschnecke zwischen uns eingequetscht wurde. Ich atmete ihn ein, seinen wunderbaren, erdigen Geruch, und er streichelte meinen Rücken.

»Ist was passiert mit dem kleinen Ken?«

Ich konnte diese Lüge nicht länger aufrechterhalten, und ich hatte damit ohnehin nichts erreicht.

»Wir haben uns getrennt«, sagte ich in Harrys Brust, in der Hoffnung, dies würde erklären, warum ich sein Hemd mit meinen Tränen durchnässte.

»Oh, Engelchen, das tut mir leid.« Seine Hände wanderten hoch zu meinen Haaren, und mir stockte der Atem. »Warst du schon länger mit ihm zusammen?«

Oh, welch wirres Netz wir weben.

»Ein paar Wochen. Es war nichts Ernstes, aber ich hatte ihn wirklich gern. Offensichtlich fand ich ihn sympathischer als er mich.«

»Nun, dann ist der Kerl ein Idiot. Wer würde sich nicht in eine Frau in einem Kuhanzug verlieben?«

Ich kicherte.

Er hob mein Gesicht, sodass es seinem ganz nah war.

»Okay, genug der Tränen. Ein Mann, der dich zum Weinen bringt, ist es nicht wert.«

Wenn er nur wüsste.

»Außerdem habe ich heute einiges mit dir vor, also hör auf, Trübsal zu blasen, und geh stattdessen lieber duschen und dich anziehen.«

Er ließ mich los, und wir schauten beide auf die zerdrückte Zimtschnecke. Obwohl sie nun ein bisschen lädiert aussah, waren die Worte *Marry Me* auf der Oberfläche immer noch deutlich zu erkennen. Harry machte ein Foto davon, und ich aß das Zimtgebäck dann rasch auf, damit ich nicht mehr auf die leeren Worte starren musste. Es schmeckte gut, trotz des Umstands, dass mein Herz mit jedem Bissen ein Stück mehr brach.

»Und, hat dieser Heiratsantrag deinen Vorstellungen entsprochen?«, fragte Harry, nachdem ich die Zimtschnecke verdrückt hatte.

»Zweifellos. Der perfekte Heiratsantrag. Du kannst dir also die anderen achtundneunzig Varianten sparen. Schreib in das Verlobungsblog, dass du mich mit einer Zimtschnecke weichbekommen hast. Ich bin ein billiges Date, leicht zufriedenzustellen.«

Harry zog ein Gesicht. »Das war tatsächlich ein bisschen billig und stillos, oder? Na gut, für das nächste Mal lasse ich mir etwas Besseres einfallen.«

»Wirklich, deine Idee mit der Zimtschnecke war süß … und unterschätze nicht den Wert von süß.«

Aber Harry entfernte sich bereits in Richtung Büro, während er in seinem Handy scrollte.

»Harry, hörst du mir zu? Nichts sagt so deutlich ›Ich liebe dich‹ wie eine personalisierte Zimtschnecke.«

»Geh unter die Dusche, Weib. Ich muss ein paar Anrufe machen.«

Ich seufzte. Ich musste ihn von diesem Pfad abbringen. Achtundneunzig herzzerbrechende Tage erstreckten sich vor mir wie eine endlose Wüste, ohne eine Pause von der Sonne.

Ich stieg in die Dusche und hielt meinen Kopf unter die Brause.

Stopp, ich konnte das sehr wohl. Heiratsanträge waren schließlich mein ganzes Leben. Ich träumte sogar davon. Harrys Unterfangen konnte nur gut sein für unser Geschäft. Ich musste einfach gegen die Worte immun werden. Sie waren leer und bedeutungslos. Und wenn ich wusste, dass ich sie täglich zu hören bekommen würde, konnte ich mich darauf einstellen und in meinem Kopf so tun, als würden sie etwas anderes bedeuten.

Ich zog mich rasch an und ging dann hinüber ins Büro.

»Hey.« Harry war mit Tippen beschäftigt. »Unser Blog hat bereits neunzehn Follower.«

»Unser Verlobungsblog? Der Quatsch mit den hundert Anträgen?«

»Quatsch? Ich bin gekränkt.« Er lächelte kurz zu mir hoch, bevor er seine Aufmerksamkeit wieder auf den Monitor richtete. »Ja, ich schätze, die wollen sehen, was ich mir als Nächstes einfallen lasse.«

Ich beugte mich über Harrys Schulter, um zu lesen, was er geschrieben hatte, und erhaschte dabei einen Hauch von seinem wunderbar sauberen, erdigen Geruch. Ich sah eine Nahaufnahme von meiner zerdrückten Zimtschnecke und ein weiteres Foto, dessen Entstehung ich gar nicht mitbekommen hatte – ein Schnappschuss von mir, als ich die Zimtschnecke gefuttert hatte, auf dem Kopf ein Vogelnest aus Haaren, das Gesicht rot verquollen vom Weinen, in meinem ziemlich unvorteilhaften Kuhanzug. Na, super!

Unter meinem Bild stand Harrys Text.

Verlobungsblog
Tag 2: Der Zimtschnecken-Antrag.
Ort: Suzies Schlafzimmer (ich kann euch versichern, dass sich nichts Schlüpfriges zutrug).
Verläuft der Weg zu dem Herzen einer Frau durch ihren Magen?
Unsere Suzie ist eine kleine Naschkatze, also dachte ich mir, ich bezaubere sie mit einem süßen Heiratsantrag ganz nach ihrem Geschmack. In Nadia's Bakery auf der St. Patrick's Road gibt es die besten Zimtschnecken der Welt, und Zimtschnecken gehören zu Suzies Allzeitfavoriten als Frühstücksgebäck. Nachdem ich der reizenden Nadia heute Morgen die Situation erklärt hatte, servierte sie mir bereitwillig eine mit Zuckerguss personalisierte Zimtschnecke samt einem Caffè latte mit einem kleinen Herzen im Milchschaum.
Und wie fiel Suzies Reaktion aus? Tatsächlich nahm sie es relativ gleichgültig auf. Sie schlang das Teilchen hinunter, ohne groß auf die Worte zu achten.

Das stimmte natürlich nicht, aber es war besser, er schrieb das als die Wahrheit: dass ich in Tränen ausbrach.

Ich fand es immer unklug, einen Verlobungsring auf den Boden eines Champagnerglases zu versenken –

wer hat schon Lust, den Diamanten ein paar Tage später aus der Toilette zu fischen? Obwohl, nachdem Suzie ihren »Verlobungsring« vertilgt hat, ist nichts mehr davon übrig, abgesehen von dem Zuckerguss auf ihren Lippen.

Ich überprüfte sofort meine Lippen und sah aus den Augenwinkeln, dass Harry grinste.

Beim nächsten Mal werde ich etwas Größeres auf die Beine stellen, etwas, das sie unmöglich übersehen kann. Außerdem, wer würde schon Ja sagen bei einer Zimtschnecke für 59 Pence?

»Das klingt, als wäre ich oberflächlich«, sagte ich und quetschte mich an Harry vorbei, um meinen Computer einzuschalten.

»Nicht oberflächlich, nur gierig. Und spar dir die Mühe, den PC hochzufahren. Wir gehen nämlich aus.«

»Ich kann nicht. Das ist im Moment genau die Zeit im Jahr, in der wir am meisten zu tun haben, das weißt du. Drei Tage vor dem Valentinstag – diese ganzen Last-Minute-Larrys werden unsere Leitung zum Glühen bringen, weil sie unsere Hilfe brauchen.«

»Ich habe die Anrufe bereits auf deine Handynummer umgeleitet, und deine E-Mails kannst du jederzeit abrufen. Außerdem ist der heutige Tag rein geschäftlich, wir werden neue Orte auskundschaften. Also hör auf, nach Ausreden zu suchen, und zieh dir deine Schuhe an.«

Als ich zögerte, schnappte er sich meine Hand und zog mich aus dem Büro.

Ich lachte. »Wo gehen wir hin?«

»Als Erstes kaufen wir dir einen anständigen Pyjama, damit du den nächsten Mann nicht mit deinem Kuhanzug abschreckst.«

Ich blieb abrupt stehen, und Harry drehte sich um und sah mich an, mit freundlichem Blick.

»Den hat Jack mir geschenkt«, sagte ich leise.

»Ich weiß.«

»Ich werde ihn nicht wegwerfen.«

»Ich habe nicht gesagt, dass du das Ding wegwerfen sollst. Aber ich kannte Jack. Er hatte einen schrägen Humor, und du weißt genauso gut wie ich, dass er dir diesen Strampelanzug nur aus Jux geschenkt hat, weil du dich immer über Hausanzüge und Leute, die so was tragen, lustig gemacht hast. Es war nie Jacks Absicht, dass du dieses Ding anziehst, geschweige denn jeden Tag trägst, seit er tot ist. Wenn du es behalten willst, behalte es. Ich rede hier nur von anderen Möglichkeiten. Von etwas, in dem deine fabelhafte Figur besser zur Geltung kommt.«

Ich öffnete bereits den Mund, um ihm zu widersprechen, als seine letzten Worte in mein Gehirn einschlugen. Fabelhafte Figur?

Er legte die Hände um meine Schultern und fuhr mit weicher Stimme fort.

»Ich weiß, du versuchst, die Erinnerung an deinen Bruder wachzuhalten, ihm nahezubleiben, aber er würde zusammenzucken, wenn er dich in diesem Teil sehen würde, das weißt du selbst. Bleib ihm nah in deiner Erinnerung und nicht, indem du dir selbst untreu wirst.«

Ich zwinkerte. Das war sehr tiefgründig für einen Donnerstagmorgen um halb neun.

»Ich sage ja nur, dass die Suzie McKenzie, die ich kenne und liebe, sich nicht einmal tot in so einem Strampler erwischen lassen würde.«

»Ich finde den Anzug witzig.« Mir war bewusst, dass ich wie ein bockiges Kind klang.

»Ja, in den ersten fünf Minuten, als du ihn ausgepackt hast. Aber acht Monate später ist er nicht mehr ganz so witzig.«

Harry hatte nicht ganz unrecht. Ich hatte den Anzug so oft gewaschen, dass die weißen Stellen inzwischen grau waren und das Euter definitiv schlaff herunterhing.

»Und wenn wir gerade bei dem Thema sind, du kannst auch aufhören, ständig Schwarz zu tragen. Wir sind nicht mehr im viktorianischen Zeitalter.«

Er zog mich in das Schlafzimmer, und ich tappte mit, immer noch erschüttert von seiner brutalen Ehrlichkeit. Er öffnete meinen Kleiderschrank und nahm mein scharlachrotes Trägerkleid heraus. »Das kannst du heute anziehen, und dazu diese lila Leggings hier.«

Die Farben würden sich furchtbar beißen. Ich lächelte.

»Und dazu kannst du deine barbierosa Stiefel anziehen, die du so sehr liebst, und …« Er wühlte in einer meiner Schubladen, fand schließlich, wonach er suchte, zog es heraus und warf es mir ins Gesicht. »Das hier. Das ziehst du auch an.«

»Aber …«

»Kein Aber. Zieh dich um. Du hast fünf Minuten.«

Ich starrte Harry auf den Rücken, während er das Zimmer verließ, und heftete meinen Blick dann auf die schwarze Bluse und die schwarze Hose, die ich aus Gewohnheit angezogen hatte. In der ersten Zeit nach Jacks Tod war mir mein Faible für knallbunte Outfits irgendwie respektlos erschienen. War es nach einem Monat zu früh, um zu meinen farbenfrohen Punkt-, Streifen- und Kringelmustern zurückzukehren? Oder nach zwei Monaten? Aber inzwischen waren acht Monate vergangen, und ich hatte in der ganzen Zeit offenbar nichts anderes als Schwarz getragen. Auf meinen bunten Sachen schien eine dünne Staubschicht zu liegen, während sie vergessen in meinem Kleiderschrank hingen. Harry hatte nicht unrecht. Wieder einmal.

Ein paar Minuten später ging ich die Treppe hinunter, in meinem scharlachroten Kleid, den lila Leggings, meinen rosa Stiefeln und mit einer roten Barettmütze auf dem Kopf, die mit goldenen Pailletten verziert war und die ich heiß und innig liebte, während Jack sie gehasst hatte, weil er fand, dass ich damit wie ein Giftpilz aussah. Ich fühlte mich bereits leichter.

Harry grinste, als er mich sah. »Du siehst toll aus.« Er bot mir seinen Arm. »Gut, lass uns gehen.«

Ich hakte mich bei ihm unter und ging mit ihm hinaus in die frühe Morgensonne.

»Vergiss es. Ohne mich«, sagte ich, während ich entsetzt auf den Schauplatz vor mir starrte. »Das hat nichts mit Romantik zu tun.«

»Wer sagt, dass ein Heiratsantrag romantisch sein muss?«, erwiderte Harry und bückte sich, um mir gewaltsam die Stiefel auszuziehen.

»So sind die Regeln. Blumen, ein Feuerwerk, Pralinen. Ein Teddy mit einem roten Herzen, in dem die Worte stehen. Aber nicht das hier. Das geht gar nicht.«

»Ich bin da anderer Meinung.«

»Schon klar«, sagte ich, während Harry mich sanft, aber mit Nachdruck in der Schlange vorwärtsschob.

»Ich finde, ein Heiratsantrag kann auch schräg sein oder lustig oder wie in diesem Fall ein kleines Abenteuer, ein Adrenalinkick.«

Ich war die Nächste.

»Wenn ich sterbe …«

»Werde ich zu deiner Beerdigung einen Kuhanzug tragen. Und jetzt rauf mit dir.«

Mein Handy klingelte in meiner Jackentasche.

»Oh, da muss ich drangehen. Schade, gerade jetzt, wo ich an der Reihe gewesen wäre.«

Aber zu meinem Verdruss fischte Harry mein Handy bereits aus meiner Jacke und nahm den Anruf für mich entgegen. Er beherrschte den Umgang mit unseren Kunden mehr als gut, und er wusste, dass ich das wusste.

»Schätzelein, kommst du nun endlich oder was?«, sagte ein großer, ruppiger Mann, dessen Gesicht aussah, als habe es schon mehrere Male mit einer Faust Bekanntschaft gemacht. Die Nase war an zwei Stellen krumm, und die Stirn zierte eine große Narbe. Hatte er diese Verletzungen hier erlitten? Ich wich zurück, aber Harry schob mich wieder vorwärts.

»Ja, sie kommt, und schicken Sie sie so weit rauf wie nur möglich.«

Der Mann nickte, etwas grimmig, wie ich fand.

Ich erklomm die Stufen zu meinem Verderben, und an meinem Gurt wurden schmale Gummiseile befestigt. Ich hielt meine Augen fest auf Harry gerichtet, während der große Mann hinter mir ein paar Sekunden lang in den Knien federte, sodass auch ich in den Knien federte. Einen Moment später wurde ich ungefähr drei Meter hoch in die Luft katapultiert, und ein Schrei entfuhr meiner Kehle. Ich fiel senkrecht nach unten, aber kaum berührten meine Füße den Boden, wurde ich wieder in die Luft geschleudert, dieses Mal sogar noch höher als beim ersten Mal.

Harry und ich waren vorhin an der Themse entlangspaziert, als Schreie unsere Aufmerksamkeit geweckt hatten. Wir waren ihnen gefolgt, und als wir um eine Ecke bogen, sahen wir die Bungee-Trampoline und beobachteten amüsiert, wie die Leute darauf kreischten, während sie höher und höher in die Luft stiegen. Meine Belustigung verwandelte sich jedoch rasch in Entsetzen, als mir bewusst wurde, dass Harry ein Ticket für mich gekauft hatte und dass wir genau aus diesem Grund hierhergekommen waren.

Ich schrie wieder, während ich mit den Armen in der Luft ruderte und hilflos mit den Beinen strampelte in der Hoffnung, meinen Sinkflug dadurch zu verlangsamen. Jedes Mal, wenn ich dachte, ich würde mit vollem Karacho auf den Boden knallen, kam ich sanft zu einem Halt, federte anmutig auf dem Trampolin ab und stieg wieder hoch in die Luft. Bei meinem fünften Aufstieg entwich meiner Kehle ein perlendes Lachen. Es war ein Rausch – ein beängstigender, genialer Rausch. Der Mann mit der schiefen Nase federte mit mir und schickte mich noch höher, und ich kreischte vor Vergnügen.

Der Spaß ging viel zu schnell zu Ende, und der Mann

bremste mich ab, bis ich zum Stillstand kam. Er schnallte mich los, und ich stieg rasch die Stufen hinunter und stürzte mich direkt in Harrys Arme, während ich immer noch unkontrolliert lachte.

Schließlich beruhigte ich mich wieder.

»Danke.«

»Gern geschehen«, sagte Harry an meiner Schläfe. »Siehst du, das wäre der Moment, in dem ich um deine Hand anhalten würde, wenn dein Herz noch immer wie wild klopft und du das Grinsen nicht aus dem Gesicht bekommst.«

»Und ich würde Ja sagen.«

Ich spürte, dass er in meine Haare lächelte.

»Also können wir Bungee-Trampolinspringen definitiv in unser Repertoire aufnehmen?«

»Ja, ich nehme alles zurück, was ich vorhin gesagt habe. Ich bin hellauf begeistert.«

»Die Trampoline stehen nicht immer hier, sondern touren durch ganz England, aber der Betreiber hat mir seine Karte gegeben. Falls Bedarf besteht, brauchen wir nur anzurufen und zu fragen, wo sie gerade sind.«

»Super. Es ist gut, solche Kontakte zu haben.«

»Bist du bereit für den nächsten Teil unseres Tages?«

Ich wich ein Stück zurück und sah ihn neugierig an. »Es geht noch weiter?«

»Ja.« Harry hob ritterlich die Tüte mit dem Pyjama auf, den er mir vorhin gekauft hatte. Ein sehr schlichter, sehr eleganter Pyjama aus Satin. Ich hatte ihn in Schwarz haben wollen, aber Harry hatte sich quergestellt, und schließlich einigten wir uns auf Altrosa.

»Was war das für ein Anruf vorhin?«

»Eine Bestellung. Das Basispaket.«

Ich seufzte. »Das ist schon die vierte heute.«

»Hey, das Basispaket ist eine solide kleine Einnahmequelle. Du weißt, dass im Durchschnitt die Hälfte aller Kunden, die für zwanzig Pfund das Basispaket kaufen, sich danach wieder bei uns melden und dann zehnmal so viel für einen großen, extravaganten Heiratsantrag ausgeben.«

»Ich weiß, aber um diese Jahreszeit habe ich eigentlich mehr große Heiratsanträge erwartet statt so viele Basispakete.«

Harry hatte recht, wir verdienten nicht schlecht mit dem Basispaket. Für zwanzig Pfund erhielten unsere Kunden eine Broschüre mit unseren fünfzig besten Verlobungsideen. Sie reichten von romantisch bis albern, vom Spitzenrestaurant bis zu der kleinen, versteckten Kneipe mit Lichterketten-Ambiente. Wir berücksichtigten auch Tagestouren, Spaßerlebnisse und romantische Ausflüge. Wir fügten Gutscheine und Spezialangebote für Hotels und Restaurants bei, und wenn unsere Kunden sie nutzten, erhielten wir als Vermittlungsprovision zehn Prozent vom Umsatz. Unsere Broschüre enthielt außerdem eine kurze Beschreibung der aufwändigeren Heiratsanträge, die nur wir organisieren konnten, und das Versprechen, dass wir bei Buchung eines großen Pakets die zwanzig Pfund zurückerstatteten.

»Romantik erfordert nicht immer große Gesten«, sagte Harry. »Manchmal reichen dafür die richtigen Worte, die der Mann findet, oder die Mühe, die er sich gegeben hat. Es muss nicht unbedingt etwas Teures sein.«

»Ich weiß. Die kleinen Gesten sind manchmal sogar die schönsten, zum Beispiel eine Botschaft im Sand an deinem Lieblingsstrand oder eine personalisierte Zimtschnecke.« Ich stupste Harry in die Seite, während wir die Straße entlanggingen, und er lächelte. »Aber von einem geschäftlichen Standpunkt aus betrachtet, bin ich mir nicht sicher, ob es die beste Idee ist, von den Leuten zwanzig Pfund zu nehmen und sie dann woanders hinzuschicken für ihren Heiratsantrag. Die geben in diesen schicken Restaurants hundert Pfund und mehr aus. Das sind hundert Pfund, die sie stattdessen bei uns ausgeben könnten.«

Harry tauschte mit mir die Seite, und ich fragte mich noch, warum, als er mich vor zwei Männern abschirmte, die lautstark miteinander diskutierten, und seine Hand auf meinen Rücken legte, um mich an den beiden vorbeizulotsen. Ich schämte mich für die Gänsehaut, die sich durch seine Berührung schlagartig auf meinem ganzen Körper bildete.

Harry setzte unser Gespräch fort, als hätte er nicht bemerkt, dass mir das Herz fast aus der Brust sprang. »Die meisten Leute haben bereits eine bestimmte Vorstellung von ihrer Verlobung, wenn sie uns kontaktieren. Für die Mehrheit gehört ein romantisches Essen dazu, darum ist es unwahrscheinlich, dass die Leute ihr Geld bei uns ausgeben. Wir geben ihnen eine Liste mit Adressen, wo man romantisch essen kann, und kassieren dafür nicht nur zwanzig Pfund, sondern erhalten auch noch eine Provision von den Restaurants. Wahrscheinlich haben wir insgesamt mit dem Basispaket mehr Umsatz gemacht als mit den großen Heiratsanträgen – ich würde also an deiner Stelle nicht über die kleinen Gesten meckern. Na komm, wir müssen hier rein.«

Harry bog in eine sehr schmale Gasse, die sich um eine Ecke schlängelte. Er kannte London wie seine Westentasche und nahm nur selten die U-Bahn. Es gab viel mehr zu sehen, wenn man zu Fuß unterwegs war. Ich folgte ihm durch die Gasse, und seine breite Statur füllte fast den gesamten Durchgang aus, von einer Häuserwand zur anderen. Die Wände waren mit Graffiti und Kaugummi übersät, aber ein paar der Motive, die auf das Mauerwerk gesprüht waren, sahen richtig kunstvoll aus. Harry blieb vor einem alten, zugenagelten Fenster stehen, und als ich zu ihm aufschloss, zog er mich an seine Seite und legte den Arm um meine Taille, während mir köstliche Schauer über den Rücken liefen.

»In Kalifornien gibt es eine Bubblegum Alley und in Seattle eine Gum Wall, wo Millionen von Kaugummis kleben. Die Wände sehen so bunt und fröhlich aus, dass etwas, das ursprünglich so richtig unappetitlich war, inzwischen zu einer offiziellen Touristenattraktion erklärt wurde. Die Leute kommen von überall her, um die Mauern zu besichtigen und ihr eigenes Kaugummi draufzukleben. Manche haben richtige Kunstwerke geschaffen zwischen den Tausenden von Kügelchen.«

Er machte einen kleinen Schritt zurück und deutete auf die Wand. Dort stand in einem Herz aus lauter rosa Kaugummis: »Annie, heirate mich.«

»Man kann die Liebe an den unwahrscheinlichsten Orten finden, man muss nur danach Ausschau halten.«

Er starrte mich an, und einen Augenblick lang war

ich mir nicht sicher, ob er nur von sich selbst sprach oder von uns beiden.

»Es muss nicht zwingend mit Romantik zu tun haben, nur kleine Gesten, die von Herzen kommen«, fügte er hinzu.

Ich lächelte. »Ich frage mich, ob Annie Ja gesagt hat.«

Harry deutete auf die grünen Buchstaben aus Kaugummikügelchen direkt unter dem Herzen. Dort prangte groß und stolz das Wort JA.

»Gefällt mir.« Ich holte mein Handy heraus und machte damit ein paar Fotos. Das musste unbedingt auf unsere Homepage.

»Ich habe mir gedacht, dass es dir gefallen wird.«

»Siehst du, ich brauche keine großen Gesten. Was auch immer du für deinen nächsten Antrag geplant hast, muss also keine Jacht sein oder eine Reise zum Mond.«

Harry ging weiter, auf das Sonnenlicht zu, das unseren Schatten durchbrach.

»In diesem Fall storniere ich die Weltraumrakete.«

»Harry, ich meine es ernst. Verschwende nicht dein Geld für mich.«

Er ignorierte mich, während wir hinaus in das Licht traten. Harry war unglaublich großzügig mit seinem Geld, und er besaß viel davon. Er verdiente bei mir nicht besonders gut, aber er war auch nicht wirklich darauf angewiesen. Als er vor vielen Jahren durch Amerika gereist war, hatte er die Weitsicht gehabt, in eine kleine aufstrebende Social-Media-Plattform namens Connected zu investieren. Er hatte sich mit tausend Dollar beteiligt, Geld, das er im Casino gewonnen hatte, und Jahre später, als Connected das größte soziale Netzwerk in Amerika und wahrscheinlich weltweit geworden war, verkaufte er seine Anteile für eine riesige Summe. Er hat mir nie erzählt, wie viel er an diesem kleinen Investment verdient hat. Aber es war genug, dass er sich das große Haus gegenüber von meinem, auf der anderen Seite der Grünfläche, kaufen konnte, nachdem die Immobilienpreise stark gefallen waren. Und er schien immer genug Geld zu haben für kleine Geschenke oder eine Einladung zum Essen.

»Für dich Geld auszugeben ist keine Verschwendung. So, nun sind wir schon spät dran und müssen uns sputen.«

Er schnappte sich meine Hand und lief mit mir los, während er uns meisterhaft einen Weg durch die anderen Passanten auf der Straße bahnte.

»Wir können auch die U-Bahn nehmen«, jammerte ich, während ich versuchte, mit seinen langen Beinen Schritt zu halten.

»Laufen macht viel mehr Spaß«, erwiderte Harry, ohne sein Tempo zu verlangsamen.

Etwas wie die Glade Bar im Sketch, einem kunstvoll gestalteten Gastrokomplex, hatte ich noch nie zuvor gesehen. Von außen wirkte das Sketch mit seiner weißen Ziegelsteinfassade wie ein typischer Londoner Altbau, an dem wir zuerst vorbeimarschierten, bevor wir merkten, dass wir wieder umkehren mussten. Stieg man dann im Gebäude die dunkle Treppe hinunter und wandte sich nach links, landete man auf einer beschaulichen Lichtung, die aus irgendeinem Märchenwald in diesen nach außen hin bescheidenen Foodtempel im Herzen Londons verpflanzt worden war. Die Wände zierten gemalte Bäume mit aufwändig gestaltetem Blätterwerk in jeder erdenklichen Grün- und Goldschattierung. Die Decke wurde von einem überdimensionalen Kronleuchter dominiert, ein Geflecht aus Ästen, das ein sanftes Licht auf die Oberflächen warf. Winzige goldene Glühwürmchen tanzten über die Wände und den Boden. Weit oben waren rotierende kreisförmige Spiegel angebracht, die das Licht von den großen Oberlichtern über uns reflektierten und die Strahlen durch den Raum schickten, als würde die Sonne zwischen den Bäumen durchwandern. Tische, Stühle und Sessel aus Rattan mit dicken bestickten dunkelgrünen Polsterkissen verteilten sich leger in der ganzen Bar, als wären es Gartenmöbel. Mir kam es so vor, als säßen wir alle draußen auf einer Waldlichtung und würden die Sonne genießen.

»Harry Forbes. Wir haben eine Reservierung für den Nachmittagstee«, sagte Harry zu der hübschen Kellnerin, die mich mit ihren geflochtenen und aufgesteckten Haaren und in ihrem fließenden Kleid an eine Waldnymphe erinnerte.

Die Kellnerin führte uns zu unserem Tisch, und wir bestellten uns direkt einen Tee. English Breakfast Tea für mich, eine Sorte, die in Harrys Ohren wie eine seltene tropische Krankheit klang.

»Harry, dieser Ort hier ist wunderschön.« Ich konnte nicht aufhören, mich staunend umzusehen, bis meine Augen Harrys Blick kreuzten und mir bewusst wurde, dass er mich beobachtete. »Danke für diesen Tag heute.«

»War mir ein Vergnügen. Ich wollte nur, dass du ein

bisschen Spaß hast. Du wirkst in letzter Zeit so deprimiert.« Er machte eine Pause, aus Verlegenheit, während er die Tassen auf dem Tisch neu ausrichtete. »Die Speisen hier sind übrigens fantastisch.«

Ich langte zu ihm hinüber und drückte seine Hand. »Danke.«

Gerade als Harry im Begriff war, etwas zu sagen, kam unsere Bestellung. Ich ließ widerwillig seine Hand los, um für die Etagere Platz zu machen.

Harry hatte recht, die Speisen sahen fantastisch aus und schmeckten auch so. Die Häppchen waren alle mit Extras wie Wachteleiern oder Kaviar belegt, die ein einfaches Ei-Mayonnaise-Sandwich zu einem kleinen kulinarischen Highlight aufpeppten.

Es gab auch eine Auswahl an Gebäck, kleine, köstliche Bissen von purem Genuss, darunter eine Art Trifle und natürlich leckere Scones, gespickt mit frischem Obst.

»Okay, erzähl mal«, sagte Harry um einen Mundvoll Schokoladiges herum. »Du und der kleine Ken, habt ihr …«

O Gott, der kleine Ken kehrte zurück und würde mich für immer verfolgen.

Ich steckte mir eine pinkfarbene Meringe in den Mund, die buchstäblich auf der Zunge zerging. Danach leckte ich mir ausgiebig die Lippen, während ich auf Zeit spielte.

»Haben wir was?« Ich grinste süffisant, während Harry unbehaglich auf seinem Stuhl herumrutschte und mit den Händen eine Geste machte, die wohl den Geschlechtsakt darstellen sollte. Der Mann hatte kein Problem damit, mit mir über sein schmutziges Sexleben zu reden, aber es war ihm peinlich, meins anzusprechen. Ich wollte ihn mit seinen eigenen Waffen schlagen.

»Ken stand auf Verkleidungsspiele«, sagte ich und steckte mir eine Minitarte in den Mund. Das Obst war kristallisiert und fühlte sich an wie eine Explosion auf meiner Zunge.

Harrys Augen wurden größer. »Du meinst als Stewardess, Polizistin, Cheerleader, so was in der Art?«

Ich schüttelte den Kopf. »Ganz unterschiedliche Sachen. Eine meiner Lieblingsvarianten war ich als Einhorn und er als Löwe. Er nahm mich nämlich gern von hinten, und er brüllte immer, wenn er kam.«

Harry starrte mich ungerührt an. Ich nahm mir ein kleines Mokka-Éclair und fing dabei den Blick einer alten Dame auf, die am Nebentisch saß und deren Tarte auf halbem Wege zu ihrem Mund in der Luft verharrte. Ich errötete, als mir bewusst wurde, dass sie jedes Wort mitgehört hatte.

Trotzdem, es gab nun kein Zurück mehr.

»Ken hat sich besonders gern als Blumentopfmännchen verkleidet, normalerweise als Bill, keine Ahnung, warum. Ich war immer die Blume. Dann ging Bill mit seinem großen Schlauch auf mich los.«

Die alte Dame beugte sich zu mir herüber. »Meine Liebe, können Sie mir sagen, wie das Geschäft heißt, in dem Sie diese Kostüme gekauft haben?«

»Leider nein, Ken hat sie immer mitgebracht. Ich werde seinen großen Schlauch vermissen.«

Harry starrte mich immer noch an. »Mir war nicht bewusst, dass du auf so schräge Sachen stehst.«

Ich leckte die Glasur von meinem Éclair und schob es mir dann in den Mund, während ich verzweifelt versuchte, ein Lachen zu unterdrücken, aber ohne Erfolg. Ich prustete so heftig los, dass ein Popel aus meiner Nase herausschoss. Hastig wischte ich ihn von meiner hübschen Stoffserviette ab.

»Das war also ein Scherz?« Harry wirkte beinahe erleichtert.

»Natürlich war das ein Scherz.«

»Dann habt ihr beiden nicht …«

»Das geht dich nichts an. Nur weil du gern von deinen ganzen Sexabenteuern erzählst, heißt das nicht, dass alle anderen das auch tun.«

»Das ist dann wohl ein eindeutiges Nein.« Er grinste selbstzufrieden. Doch so würde ich ihn nicht davonkommen lassen.

»Tatsächlich ist es ein Ja, aber es war nur normaler Sex.« Ich musste das weiter ausführen, »normaler Sex« klang so langweilig. »Na ja, so normal, wie ein dreistündiger Sexmarathon eben sein kann. Ken hat das Stehvermögen von einem Hengst. Wir haben es in der ganzen Wohnung getrieben. Auf dem Esstisch, an der Wand, in der Dusche, in der Küche, auf der Waschmaschine, von vorn, von hinten, von der Seite, in der Hundestellung.«

Die alte Dame verschluckte sich an ihrem Scone.

»Von der Seite?«, fragte Harry.

»Ja. Das solltest du mal ausprobieren, macht großen Spaß. Kannst du mir den Zucker geben?«

Ich starrte auf meine Teetasse. Von der Seite, wie genau sollte das funktionieren?

»Erzähl mir von deinen Plänen im kommenden

Sommer. Du hast gesagt, dass du mit dem Gedanken spielst, nach Neuseeland zu fliegen«, sagte ich.

Harry fing sich rasch. »In das Land der Hobbits. Ja, das würde ich sehr gerne tun. Ich überlege, ob ich mir einen Campingwagen miete und das Land von Nord nach Süd durchquere. Es gibt so viele Dinge, die ich gerne machen würde, aber es ist lustiger zu zweit.«

»Hat Sexy Samantha keine Lust?«

»Sie ist definitiv kein Campingwagen-Typ. Sie steht eher auf ein ›Fünf-Sterne-Hotel mit täglichen Spa-Anwendungen‹. Du und ich, wir sollten Neuseeland zusammen machen.«

»Ich würde ja liebend gerne, schließlich möchte ich die Welt sehen, jeden noch so kleinen Winkel davon, aber deine Freundin wird nicht glücklich sein, wenn du mit einer anderen Frau in den Urlaub fliegst. Und mit dieser anderen Frau in einem Campingwagen schläfst.« Ich wurde rot, als Harrys Augenbrauen hochschossen. »Ich meine schlafen im eigentlichen Sinne, nicht Sex.«

Die alte Dame beugte sich wieder in unsere Richtung, bereit, sich die nächste Folge aus meinem Liebesleben anzuhören.

»Das will ich hoffen«, sagte Harry und fuhr mit der Zunge verführerisch über sein Éclair. »Ich habe nämlich kein Löwenkostüm.«

Ich lehnte mich zurück und beobachtete die goldenen Glühwürmchen, die sich gegenseitig die Wände hochjagten. Ich fühlte mich unangenehm vollgefressen, aber es war so schwer gewesen, den ganzen Köstlichkeiten zu widerstehen, dass ich sie alle hatte essen müssen.

Harry und ich hatten einen reizenden Plaudernachmittag im Glade verbracht und mitbekommen, dass ein Hauptthema der anderen Gäste die Toiletten waren beziehungsweise deren ausgefallenes Design. Ich musste mir selbst ein Bild davon machen.

Ich entschuldigte mich kurz und folgte dann der Wegbeschreibung der Waldnymphenkellnerin durch einen großen Speisesaal, der zu einem sehr hellen Raum führte.

Die Bogentreppe, die von zwei Seiten zu den Toiletten hochführte, leuchtete in einem opulenten Weiß und sah so prachtvoll aus, dass man dahinter nicht gerade den Aufgang zum Lokus vermutete. Ich stieg hoch zu einem hell erleuchteten Bereich mit einer Decke aus herrlichen Glaskacheln in allen Regenbogenfarben, aber als ich oben ankam, blieb ich wie angewurzelt stehen. Vor mir sah ich eine Landschaft aus weißen Rieseneiern, die an Kokons aus einem außerirdischen Raumschiff erinnerten, hochkant aufgestellt und ungefähr zweieinhalb Meter hoch.

Ich schaute mich suchend nach den Toiletten um, konnte aber keine entdecken. Auf der anderen Seite des Treppenabsatzes standen weitere Rieseneier. Das mussten dann wohl die Toilettenkabinen sein, was auch die große Belustigung der anderen Gäste erklären würde.

Ich öffnete die Tür einer Kabine und erwartete, eine Art kosmisches Rauschen zu hören, bevor ich leicht enttäuscht feststellte, dass das nicht der Fall war.

Im Innern der Kabine befand sich die seltsamste

Toilette, die ich jemals gesehen hatte. Es gab keinen Sitz. Ich ging hinein und schloss die Tür hinter mir ab. Es handelte sich hier offenbar um irgendeinen fremden Toilettentyp, wo man stehen musste. Ein langes Keramikoval ragte unten an der Wand hervor, um die Ausscheidungen aufzufangen. Ich starrte darauf – wie um alles in der Welt sollte ich da hineinpinkeln? Rückwärts schien die einzig sichere Wahl zu sein. Mit ein bisschen Mühe brachte ich meinen Hintern in die richtige Position und beugte den Oberkörper vor, um in einer halb kauernden Stellung zu verharren. Ich beeilte mich, zog mich dann rasch wieder an und verließ die Kabine, während ich es kaum erwarten konnte, Harry von diesen äußerst merkwürdigen Toiletten zu erzählen. Er stand bereits da und machte ein erschrockenes Gesicht, als er mich aus einem der Eier kommen sah.

»Was ist?«, sagte ich.

»Das hier ist die Herrentoilette.«

Ich lachte. »Nein, das kann nicht sein. Die Kellnerin hat mich diese Treppe hier hochgeschickt.«

»Schon, aber die Damentoiletten sind dort drüben.« Er zeigte zu den Kabinen auf der anderen Seite des Treppenabsatzes, die in rosa Licht getaucht waren, während der Bereich, in dem ich stand, blau leuchtete.

Harry spähte über meine Schulter hinweg in die Kabine und stieß ein Lachen aus. »Bist du denn bei dem Urinal nicht stutzig geworden?«

Mit einem entsetzten Keuchen schaute ich zurück in die Kabine. Ich hatte gerade in ein Urinal gepinkelt. Nun, nachdem Harry mich darauf hingewiesen hatte, war es offensichtlich. Es handelte sich hier nicht um einen exotischen Toilettentyp, sondern bloß um ein stinknormales Urinal. Ich spürte, dass meine Wangen feuerrot wurden.

»Ich bin neugierig. Wie genau hast du es angestellt, da reinzupinkeln?«, fragte Harry.

Ich eilte rasch an ein Waschbecken, um mir die Hände zu waschen. »Ich möchte nicht darüber reden.«

Harry trat in die Nachbarkabine, und sein Gelächter war so laut, dass ich es draußen hören konnte.

Kapitel 3

Am nächsten Morgen wurde ich sanft wach gerüttelt. Draußen war es noch stockdunkel, aber die Hand auf meiner Schulter schüttelte mich weiter.

»Harry?«, brachte ich krächzend hervor, obwohl ich wusste, dass er es war – ich roch seinen herrlichen Duft.

»Ja, ich bin es.«

Ich beugte mich zu meinem Nachttisch, um die Lampe anzuknipsen, und musste die Augen vor der plötzlichen Helligkeit abschirmen.

»Hier, ich habe dir frischen Kaffee gekocht. Der Coffeeshop hat noch nicht geöffnet. Wahrscheinlich kann meine Kreation nicht mit deren Caffè latte mithalten, schon allein deshalb nicht, weil du keinen Haselnusssirup im Haus hast, aber sie hilft dir vielleicht, wach zu werden.«

Ich nahm die Kaffeetasse benommen entgegen und starrte Harry verwirrt an.

»Du siehst übrigens gut aus. Hübscher Pyjama.«

Ich schielte mit trüben Augen zu meinem Wecker hinüber. Es war vier Uhr morgens. Ich stellte die Kaffeetasse auf den Nachttisch und nahm den Wecker in die Hand, um einen genaueren Blick darauf zu werfen.

»Es ist vier Uhr!«, sagte ich ungläubig. Mir war bisher nicht einmal bewusst gewesen, dass es innerhalb eines Tages ein zweites Vier-Uhr gab.

»Ja.«

»In der Früh!«

»Wie scharfsinnig von dir.«

»Haben wir das gestern besprochen?« Ich zerbrach mir den Kopf, wann wir eine Unterhaltung geführt hatten, die mich davor gewarnt hätte, dass Harry mich zu dieser unchristlichen Stunde stören würde.

Nach unserer Teestunde im Glade waren wir zum Sonnenuntergang an der Themse entlangspaziert, bis der Mond über das Wasser tanzte. Es war unglaublich romantisch gewesen, abgesehen davon, dass Harry am Ende unseres wundervollen Tages davongeeilt war, um sich mit einer anderen Frau zu treffen. Aber ich bekam immerhin einen Gutenachtkuss. Auf die Wange, aber trotzdem, ein Kuss war ein Kuss.

Während unserer gesamten Unterhaltung war kein Wort über diese absurd frühe Störung gefallen. Andernfalls hätte ich nämlich dagegen protestiert.

»Nein, das ist Teil der Überraschung«, sagte Harry und zog mir die Bettdecke weg. Ich zog sie wieder hoch, noch nicht bereit, mich der Kälte des frühen Morgens zu stellen.

»Ein Heiratsantrag?« Mein Herz hob sich ein wenig. Obwohl ich zurückhaltend auf diese Anträge reagierte, freute ich mich darauf zu sehen, was Harry als Nächstes geplant hatte.

»Natürlich. Dieses Mal ein richtig guter.«

»Lass dir gesagt sein, dass ein Heiratsantrag, der morgens um vier beginnt, niemals gut sein kann.«

»Er wird dir gefallen.«

Ich ließ mich zurück in das Kissen plumpsen und zog die Decke über den Kopf.

»Nein, du kannst mich nicht zwingen aufzustehen.«

»Suzie, du hast die Wahl. Entweder du ziehst dich jetzt an und kommst mit mir, oder …«

»Ich nehme das Oder, was immer es auch ist. Definitiv das Oder.«

»Na schön, wenn du darauf bestehst.«

»Ich bestehe darauf.«

Jenseits meiner Bettdecke herrschte Stille, und eine Gewichtsverlagerung deutete darauf hin, dass Harry vom Bett aufstand. Hatte ich seine Gefühle verletzt? War er gegangen?

Plötzlich wurde mir die Decke weggerissen, und Harry packte mich an den Armen, richtete mich in eine sitzende Position auf und hievte mich über seine Schulter. Dann wandte er sich um und eilte mit mir aus dem Zimmer.

»Was machst du?«, quiekte ich.

»Das Oder war, dass du in deinem Pyjama mitkommst.«

Er stürmte die Treppe hinunter, öffnete die Haustür und lief nach draußen, während ich über seiner Schulter hing. Die Straße war um diese Zeit verwaist.

»Nein, nein, bitte nicht, ich werde brav sein, versprochen. Ich werde mich sofort anziehen, aber bitte entführ mich nicht in meinem Pyjama.«

Harry ließ mich behutsam auf den Boden herunter. »Du schwörst, dass du sofort hochgehst und dich anziehst?«

Ich salutierte wie eine Pfadfinderin. »Ich schwöre.«

»Also schön, du hast fünf Minuten.«

Ich nickte und ging wieder ins Haus und die Treppe hoch, aber wenn ich geglaubt hatte, ich könnte mich zurück in mein Bett schleichen, wurde dieser Gedanke rasch im Keim erstickt, weil Harry mir dichtauf folgte.

Harry fuhr auf einen leeren Parkplatz, und ich sah mich schläfrig um. Ich hatte im Wagen gedöst, unfähig, meine Augen offen zu halten, während Harrys alter Käfer namens Betty durch die Straßen knatterte. Die Heizung hatte zwei Einstellungen: glühend heiß oder aus. An diesem kalten Wintermorgen war glühend heiß die einzige Antwort, aber die Wärme hatte mich nur noch schläfriger gemacht. Harry hatte versucht, mein Stirnrunzeln mit einem kompletten English Breakfast in irgendeinem schmierigen Frühstücksimbiss zu besänftigen. Seither war ich ein bisschen wacher.

Er beugte sich zu mir herüber und zog den Reißverschluss meiner Fleecejacke zu, die ich trug. Er hatte mir empfohlen, mich warm einzupacken, aber das war bisher der einzige Hinweis auf das gewesen, was mich heute erwartete.

»Und jetzt hör mir gut zu. Ich musste für das, was gleich kommt, einen großen Gefallen einfordern und faustdick lügen, damit es so kurzfristig klappt. Du musst bei der Sache mitspielen, sonst wird Frank enttäuscht sein.«

»Frank?« Ich zerbrach mir den Kopf, aber mir fiel kein Frank ein.

»Ich habe ihm erzählt, dass wir ein Paar sind. Es war die einzige Möglichkeit, um das alles hier so schnell zu arrangieren. Normalerweise muss man Monate warten, bis man einen Termin bekommt, aber Frank war aus Dankbarkeit darüber, dass wir ihm so viele Kunden verschafft haben, nur allzu gern bereit, uns zu helfen.«

Ich war ratlos, während mein Verstand immer noch nicht auf allen Zylindern lief. Harry stieg aus dem Wagen, kam herüber auf meine Seite und hielt mir die Tür auf, nicht aus Ritterlichkeit, obwohl Harry wunderbare Manieren hatte, sondern weil Bettys Beifahrertür sich nur von außen öffnen ließ. Ich habe mich oft gefragt, warum Harry sich bei seinem Vermögen kein besseres Auto kaufte, aber er liebte Betty mit einer Hingabe, die ich bewunderte.

Er holte eine Kühlbox aus dem Kofferraum, nahm dann meine Hand und ging mit mir um ein paar Büsche herum auf ein Feld. Ich konnte nicht anders, als zu staunen, wie perfekt meine Hand in seine passte.

Das Feld lag in grauem Morgenlicht. Die Sonne war noch nicht aufgegangen, und es war die Zeit vor Tagesanbruch, wenn das erste Licht einen Vorgeschmack auf das gibt, was kommen wird. Das Gras war feucht vom Tau, und unser Atem formte neblige Gebilde vor uns, während wir über das Feld stapften.

»Wir sind also ein Paar – ein Liebespaar?«, fragte ich, während die Vorstellung in meinem Kopf zu keimen begann und mein Verstand endlich wach wurde.

Harry nickte grinsend.

»Und dieser Frank glaubt, dass das hier eine echte Verlobung ist?«

»Ja.«

Ich biss auf meine Unterlippe, während mich ein wohliges Kribbeln durchrieselte. »Dann wird er also eine echte Reaktion erwarten.«

»Ja. Du kannst mir später sagen, was du wirklich davon hältst, und mir deine echte Reaktion zeigen. Wahrscheinlich wirst du das Ganze ziemlich abgedroschen finden, aber vor Frank solltest du Begeisterung mimen.«

Das konnte ich. Ich hatte als Chefplanerin von Heiratsanträgen einige davon live miterlebt, und sie endeten alle mit einem Kuss. Ich lächelte. Das würde ich schaffen. Mein Herz pochte plötzlich vor Aufregung. Ich würde Harry küssen. Es hatte zwei Jahre gedauert, aber nun bot sich endlich die Gelegenheit, ihn zu küssen. Jegliches Denkvermögen und jegliche Vernunft erloschen in meinem Kopf, und ich musste mich mit Gewalt bremsen, um nicht einen kleinen Freudensprung zu machen und meine Absätze seitlich in der Luft zusammenzuschlagen.

Vor uns war ein Geräusch zu hören, ein lautes Rauschen, und ein rötlicher Schimmer lag auf den Bäumen, als wäre der Herbst früher gekommen.

Wir bogen um ein paar Bäume, und dann sah ich es. Ich konnte nicht verhindern, dass mein Grinsen immer breiter wurde. Vor uns waren zwei Heißluftballons, die gerade langsam mit Luft befüllt wurden.

Ich stieß einen kleinen Freudenschrei aus und stürzte mich auf Harry, dem es gelang, meine schlenkernden Arme und Beine abzufangen, obwohl ich ihn völlig überrumpelte.

»Ich liebe dich, ich liebe dich, ich liebe dich!«, rief ich.

»Wow, das nenne ich mal eine Reaktion«, sagte Harry, während er versuchte, sich sanft aus meiner Umklammerung zu befreien. »Dabei habe ich die Frage noch gar nicht gestellt.«

»Die Antwort lautet Ja, ein eindeutiges Ja! O Gott, Harry, woher hast du das gewusst? Ich habe mir so gewünscht, eine Ballonfahrt zu machen.«

»Du warst immer ganz begeistert von den Heiratsanträgen im Heißluftballon, viel mehr als von allen anderen. Darum dachte ich mir schon, dass das etwas sein könnte, was du selbst gerne machen würdest.« Er schob mich diplomatisch von sich weg, sichtlich verlegen wegen meiner Reaktion. »Na komm, lass uns zu Frank rübergehen. Du hast in den letzten zwei Jahren bestimmt schon hundertmal mit ihm am Telefon gesprochen.« Er deutete hinüber auf die Begleitfahrzeuge, die auf der Seite die Aufschrift »Carlton Ballons« trugen. Frank. Frank Carlton, natürlich. Frank war immer der Erste, an den wir uns für eine Verlobung im Heißluftballon wandten, und er hatte fast jedes Mal einen Termin für uns.

Frank war einer der ältesten Menschen, denen ich jemals begegnet war. Seine Haut erinnerte an die Rinde eines Baums. Er hatte drei Zähne im Mund, einen oben und zwei unten, und das breiteste Lächeln, das ich jemals gesehen hatte. Er trug ein T-Shirt und eine kurze Hose, trotz der Kälte am frühen Morgen.

»Freut mich, dass ich euch helfen kann«, sagte Frank zur Begrüßung und umarmte zuerst Harry und dann mich wie lange verschollene Freunde, was wir wohl auf irgendeine Art auch waren. »Ich habe mich gefreut, als Harry mich angerufen hat. Ihr beide habt in den letzten zwei Jahren so viele Menschen glücklich gemacht, und nun habt ihr selbst zusammengefunden. Zwischen dem Glück der anderen die Liebe gefunden. Ich kann euch gar nicht sagen, wie sehr mich das freut. Okay, ich möchte euch meine Jungs vorstellen, die Bodencrew.«

Die Jungs entpuppten sich als drei kräftige Söhne in den Vierzigern plus zwei weitere Männer, die für Frank arbeiteten. Frank rannte herum, um alles für unseren Start vorzubereiten, und er wirkte seiner Schnelligkeit, Kraft und Geschicklichkeit nach zu urteilen dabei genauso fit wie die anderen Männer, die halb so alt waren wie er. Die Ballonhüllen begannen allmählich, sich auszudehnen und aufzusteigen, um dann im verzweifelten Bemühen, sich loszumachen, an den Sicherungsseilen zu zerren.

»Wer hat sich bloß so eine beschissene Uhrzeit ausgedacht?«, murmelte eine Stimme hinter uns.

Ich drehte mich um und sah Badger, Harrys besten Freund und gleichzeitig meinen Cousin, der uns finster anblickte. Sein roter Bart war unter seiner Jacke verborgen, und seine Augen schauten unter einer blauweißen Chelsea-Bommelmütze hervor. »Es ist arschkalt.«

Ich liebte Badger über alles. Er war einer von den soliden, verlässlichen Typen, die alles für einen tun würden. Badger, Jack und ich waren zusammen groß geworden, und in den letzten Jahren waren wir sogar noch enger zusammengewachsen, als auch Badger nach London kam. Jack und Badger hatten viel gemeinsam unternommen, bevor Jack starb. Und Badger war der Grund, dass Harry in mein Leben getreten war, noch etwas, wofür ich meinem Cousin dankbar war.

Ich umarmte ihn, und er nahm sofort seine Hände aus den Jackentaschen und erwiderte meine Umarmung. Danach war Harry dran. Obwohl die beiden ziemlich stattliche Männer waren, begrüßten sie sich immer mit einer dicken Umarmung.

»Was machst du hier?«, fragte ich Badger.

»Ich zahle Harry seine ganzen Gefälligkeiten an einem einzigen Tag zurück.« Er machte wieder ein finsteres Gesicht. »Ich habe so schön geschlafen, bis mein Wecker mitten in der Nacht losging.«

»Ich brauche für die heutige Aktion Hilfe«, erklärte Harry. »Und es gibt nur einen Mann für diesen Job.«

Es gab nur einen Mann, der mitten in der Nacht aufstand und fünfzig Meilen auf das Land hinausfuhr, um seinem Freund zu helfen. Trotz seiner finsteren Miene sah ich, dass Badger sich über Harrys Kompliment freute. Obwohl seine Anwesenheit unserem hübschen romantischen Heiratsantrag einen kleinen Dämpfer aufsetzte.

Frank kam zu uns herüber, um uns zu sagen, dass die Ballons startbereit waren.

Wir stellten die Kühlbox in den Korb, und Harry half mir beim Einsteigen und hielt mich dann von hinten, wie ein echter Partner das tun würde. Allerdings sah es so aus, als würde Badger in den anderen Ballon steigen.

Als die Sicherungsseile gekappt wurden, schwebte unser Ballon langsam vom Boden empor und driftete dann fast ziellos in die Wolken. Es war ein unglaubliches Erlebnis, und ich konnte die Augen nicht von der immer kleiner werdenden Landschaft unter uns abwenden. Wir waren ein gutes Stück außerhalb von London, die Fahrt hierher hatte über eine Stunde gedauert, und weit und breit erstreckten sich in jede Himmelsrichtung nichts als Hügel und Felder, die von

Sekunde zu Sekunde mehr schrumpften. Badgers Ballon schaukelte sanft ein Stück hinter uns, während der Wind uns in dieselbe Richtung wehte.

Wir pendelten uns ein, da wir offensichtlich die optimale Höhe erreicht hatten, und Frank nahm die Hand vom Gasventil. Wir schwebten in der Stille, als würden wir von den Wolken herunterbaumeln. Wir sprachen nicht, das war nicht nötig. Die Welt zu unseren Füßen sagte alles.

Plötzlich schoss ein breiter Strahl aus purem Gold hinter dem Horizont hervor und erhellte die Landschaft unter uns, während er gleichzeitig die letzten Reste des verblassenden Nachthimmels vertrieb und die Welt mit einem rosigen Dunst erfüllte. Ich beobachtete voller Freude, wie die Sonne aufging, und für ein paar Sekunden war sie nicht der glühende Feuerball am Himmel, in den man nie direkt hineinschauen durfte, sondern eine Kugel in zartem Orange und Rosa, ähnlich einer Glühbirne, die gerade erst angeknipst worden war und ihre volle Leuchtkraft noch nicht entfaltet hatte.

»Das ist wunderschön«, sagte ich in ehrfürchtigem Ton, während mir bewusst wurde, dass Harry mich die ganze Zeit von hinten hielt. Ich lehnte mich rückwärts gegen ihn und sah, dass Frank uns aus den Augenwinkeln beobachtete, mit einem breiten Grinsen im Gesicht.

Harry ließ mich nun los und kramte in der Kühlbox, während ich meine Aufmerksamkeit wieder auf die Landschaft unter uns richtete, die in breite Schwaden aus Purpur und Gold getaucht war.

Harry bot Frank ein Champagnerglas an, aber er lehnte ab.

»Frank, haben Sie diese Aussicht eigentlich nicht

irgendwann satt? Schließlich sehen Sie das hier wahrscheinlich fast täglich«, sagte ich, während Harry zwei Gläser mit Champagner füllte.

»Na, ich kann mir die Aussicht jeden Tag anschauen, zehnmal am Tag, ohne dass mir dabei langweilig wird. Hier oben zu sein ist das unglaublichste Gefühl der Welt. Wenn ich in diesem Moment sterben müsste, würde ich als ein sehr glücklicher Mann sterben.«

Ich runzelte die Stirn, als Frank unbewusst seine Brust massierte. Die unpassende Bemerkung über den Tod, gefolgt von dieser Geste, machte mich sofort hellhörig. »Alles okay bei Ihnen?«

Frank wurde bewusst, warum ich fragte, und er lachte. »Bei mir ist alles okay, Engelchen, nur meine Verdauung macht mir heute ein wenig zu schaffen. Noch steckt in diesem alten Hund jede Menge Leben, und außerdem möchte ich meine Urenkel sehen, bevor ich sterbe. Dabei ist von meinen Enkeln noch gar keiner verheiratet. Nein, mir fehlt nichts, außer dass mein Magen sich über das Extrawürstchen beschwert, das ich heute Morgen zum Frühstück gegessen habe.«

Ich lächelte, obwohl ich immer noch besorgt war. Jacks Tod hatte bei mir eine leichte Paranoia hinterlassen.

Frank betätigte wieder den Brenner, und der Lärm, der die Stille zerriss, setzte allen weiteren Fragen ein Ende.

Harry gab mir ein Glas Champagner und stieß dann klirrend mit mir an.

»Auf uns«, sagte er, während seine dunklen Augen verschmitzt funkelten.

»Auf die beste Art von Freundschaft.«

Wir nahmen beide einen Schluck aus unseren Gläsern, ohne die Augen voneinander abzuwenden, und ich wünschte mir nicht zum ersten Mal, ich könnte sehen, was in Harrys Kopf vor sich ging.

Dann fiel mir die bevorstehende Verlobung ein und die Bedeutung meiner echten Reaktion.

Mein Herz schlug hart gegen meine Brust. Nur einen einzigen Kuss zu bekommen, wenn auch nur kurz, würde ein fantastischer Abschluss sein für diesen wunderbaren Heiratsantrag.

Wir schwebten durch die Luft, und die Feuchtigkeit der Wolken heftete sich wie Spinnweben an unsere Gesichter und unsere Kleidung. Kleine Wasserperlen hingen in Harrys langen Wimpern, und ich hatte das Bedürfnis, die Hand zu heben und sie vorsichtig wegzuwischen. Aber ich musste mich zurückhalten, jede unangemessene Geste konnte den großen Kuss zunichtemachen, den ich geplant hatte. Würde Harry meinen Kuss erwidern? O Gott, ich hoffte es. Was, wenn nicht? Was, wenn er sich davon abgestoßen fühlte? Wenn die Reaktion echt wirken sollte, musste er meinen Kuss erwidern. Ich fragte mich, wie sehr ich den Kuss in die Länge ziehen konnte, wie lange es angemessen war. Was, wenn ich eine schlechte Küsserin war? Mit Zunge oder ohne? Vielleicht sollte ich es einfach ganz sein lassen. Nein, ich musste es tun, dies hier war meine einzige Chance. Mein Herz hämmerte so schnell gegen meinen Brustkorb, dass ich mir sicher war, dass Harry es spüren konnte, als er wieder seine Arme von hinten um mich schlang.

Hinter uns zog Frank an den Hebeln und Seilen, und wir begannen, elegant in Richtung Felder zu sinken. Während wir der Erde immer näher kamen, konnte ich die bunten Fahrzeuge der Bodencrew sehen, die versuchten, an uns dranzubleiben. Aus dieser Höhe wirkten sie noch ganz winzig, wie Spielzeugautos in einem Miniaturdorf.

Harry stupste mich sanft und zeigte dann auf Badgers Ballon.

Ein langes Banner entfaltete sich aus Badgers Korb, sicherlich zehn Meter lang, und in wunderschönen handgemalten Buchstaben – umringt von Blumen, Herzen und Sternen – standen darauf die Worte *Marry Me*. Auf dem Kopf.

»Scheiße!«, fluchte Harry laut und zog die Hände von mir weg, als wäre ich eine heiße Kartoffel.

»Das ist nicht schlimm«, sagte ich. »Die Idee ist zauberhaft. Das hat dich bestimmt viel Mühe gekostet.«

Ich holte rasch mein Handy hervor und machte ein paar Fotos.

»Nein, verdammt! Suzie!«

Ich drehte mich um und sah, dass Harry neben Frank kniete, der auf dem Korbboden lag und seine Brust umklammerte, während sich auf seiner Stirn Schweißperlen bildeten und seine Haut eine sehr ungesunde graue Farbe annahm.

Ich kniete mich neben Harry, während er Franks Hand festhielt.

Frank kämpfte sichtlich, um etwas zu sagen.

»Ruf einen Krankenwagen«, sagte Harry leise, und ich tippte hektisch auf meinem Handy herum, während ich verzweifelt hoffte, dass wir so weit oben ein Funksignal empfangen konnten. Glücklicherweise war ich sofort mit der Notrufzentrale verbunden.

Ich erklärte kurz die Situation, und Harry diktierte mir rasch unseren Standort – obwohl mir schleierhaft war, woher er den wusste. Während wir scheinbar mitten im Nichts waren, wurde mir gesagt, dass ein Rettungshubschrauber sich sofort auf den Weg machen würde.

Als ich den Anruf beendete und das Handy zurück in meine Jackentasche schob, ploppte es in meinen Ohren – und in Harrys Ohren offensichtlich auch –, und wir starrten uns plötzlich mit einer schrecklichen Gewissheit an. Wir sanken, und das viel zu schnell, als dass es sicher sein konnte.

Wir sprangen beide auf und sahen zu unserem Entsetzen, dass der Boden mit beängstigender Geschwindigkeit näher kam.

Harry umklammerte den Gashebel für den Brenner und bewegte ihn, wie wir das wenige Minuten zuvor bei Frank beobachtet hatten. Der Brenner erwachte zum Leben, und Flammen loderten mit einem lauten Geräusch in die Ballonhülle empor.

Aber es war zu spät, durch die hohe Geschwindigkeit im Sinkflug hatte der Ballon bereits zu viel Schwung gesammelt.

Frank versuchte verzweifelt, uns etwas zu sagen, und Harry kniete sich neben ihn und lauschte seinen geflüsterten Instruktionen.

Dann sprang Harry wieder auf und begann, souverän die Ventile zu betätigen, während er den Eindruck machte, als wüsste er genau, was er gerade tat.

»Kann ich dir helfen?«

Er schüttelte den Kopf, und im Vertrauen, dass er uns schon irgendwie retten würde, richtete ich meine

Aufmerksamkeit wieder auf Frank. Er atmete noch, aber nur unter großer Anstrengung. Er hatte offensichtlich starke Schmerzen.

Ich geriet in Panik, und das nicht nur wegen unseres drohenden Absturzes. Ich suchte fieberhaft nach einer Erste-Hilfe-Maßnahme, mit der ich Frank retten könnte. Sollte ich ihn in die stabile Seitenlage bringen, eine Herz-Lungen-Reanimation anwenden, seine Beine hochlagern, die Knie an die Brust ziehen, heißes Wasser und Handtücher besorgen?

Würde der Hubschrauber rechtzeitig eintreffen, um Frank zu retten? Würden man uns letzten Endes alle drei ins Krankenhaus bringen, nach unserem Aufprall auf dem Boden?

»Scheiße, Suzie, gleich ist es so weit, wir landen. Halt dich gut fest – das wird eine ziemlich holprige Angelegenheit.«

Ich umklammerte ein Seil an der Seite des Korbs und kauerte mich über Frank, um ihn zu schützen. Zu meiner Überraschung war Harrys Körper plötzlich über meinem und bildete einen soliden Puffer für Frank und mich.

Der Korb schlug hart auf dem Boden auf, und mein Kopf wurde ruckartig nach hinten gerissen und knallte gegen Harrys Kopf… und dann wurde alles schwarz.

Kapitel 4

Ich öffnete schlagartig die Augen und sah blinzelnd in den blauen Himmel. Frank!

Ich versuchte mich aufzusetzen, aber eine starke Hand drückte mich zurück. »Nicht bewegen. Du hast dir ziemlich hart den Kopf gestoßen.«

Ich richtete den Blick auf Harrys Gesicht, das sich vor dem hellen Morgenhimmel abzeichnete. »Was ist mit Frank?«

Harry deutete auf die andere Seite des Felds, wo zwei Sanitäter Frank gerade in den Rettungshubschrauber halfen.

»Er scheint wieder okay zu sein. Keine Ahnung, ob es die Erschütterung von dem harten Aufprall war oder ob Frank gar keinen richtigen Herzinfarkt hatte, aber nachdem wir gelandet waren, schienen seine Schmerzen einfach so zu verschwinden. Er hatte sogar noch die Kraft, seinen Jungs zuzurufen, sie sollten sicherstellen, dass die Ballonhülle nicht mit den Brennern in Kontakt käme. Er wollte zuerst auch gar nicht ins Krankenhaus. Er meinte, das sei viel Wirbel um nichts, aber sie nehmen ihn trotzdem mit, einfach um auf der sicheren Seite zu sein. Tatsächlich mache ich mir mehr Sorgen um dich.«

»Ich bin okay.« Ich setzte mich langsam auf, und Harry half mir dabei. Als ich ihn ansah, wurde mir bewusst, dass zwei blutgetränkte Tamponaden in seinen Nasenlöchern steckten. Ich berührte seine Wange. »Bist du okay? Ist das meine Schuld?«

»Ja, beziehungsweise genauer gesagt, der Absturz ist schuld. Es ist okay, es hat nur nicht aufgehört zu bluten.«

Einer der Sanitäter kam zu uns herübergelaufen, nachdem Frank sicher in den Hubschrauber verfrachtet worden war.

»Sie sind bei Bewusstsein.« Er kniete sich neben mich und leuchtete mir mit einer Lampe in die Augen. »Fühlen Sie sich benommen, oder haben Sie Schmerzen?«

Ich schüttelte den Kopf. Ich fühlte mich ein bisschen lädiert, aber ich hatte schon schlimmere Kopfschmerzen als diese hier gehabt.

»Gut, sie scheint keine Gehirnerschütterung zu haben, aber behalten Sie sie in den nächsten paar Stunden trotzdem im Auge«, sagte der Sanitäter zu Harry. »Wenn ihr plötzlich schwindlig wird oder sie wieder das Bewusstsein verliert, bringen Sie sie umgehend in die Notaufnahme.«

Harry nickte feierlich, obwohl ich ihn nicht ernst nehmen konnte mit den blutigen Tamponaden, die aus seiner Nase ragten.

Der Sanitäter lief zu dem Hubschrauber zurück, und nachdem auch Franks Söhne an Bord geklettert waren, hob die Maschine ab, flog über uns hinweg und verschwand dann hinter den Hügeln.

Die beiden anderen Männer, die für Frank arbeiteten, luden gerade die bereits eingepackte Ballonhülle in ihren Anhänger.

»Wo ist Badger?«, fragte ich.

»Sein Ballon ist wohl auf einem anderen Feld gelandet. Sie sind schon unterwegs zu ihm. Also verglichen mit den anderen Heiratsanträgen …« Harry verstummte verlegen.

»Nun, eine Nahtoderfahrung ist definitiv ein Adrenalinkick. Ich hatte richtig Herzklopfen, und es gab sehr viel engen Körperkontakt. Das war ein Antrag, den ich wahrscheinlich nicht so schnell vergessen werde.«

Harry lachte.

»Aber mal im Ernst, das Banner war wunderschön. Dafür hast du bestimmt eine Ewigkeit gebraucht.«

»Tatsächlich habe ich es gar nicht in der Luft gesehen, weil Frank in dem Moment umkippte. Hast du Fotos davon gemacht?«

»Ja, hier.« Ich nahm mein Handy aus meiner Jackentasche und zeigte Harry die Bilder. Sein Gesicht wurde lang.

»Die Schrift steht auf dem Kopf. Oh, ich bringe ihn um.«

»So was kann ganz leicht passieren.«

»Das ist mir egal, ich bringe ihn trotzdem um. Also, abgesehen von der Nahtoderfahrung und davon, dass das Banner auf dem Kopf stand, wäre das der perfekte Antrag gewesen?«

»Ich fand ihn super. Die Landschaft, die Aussicht, der Champagner, das Banner, dass jemand sich so viel Mühe für mich gibt, um mir einen Heiratsantrag zu machen – einfach fantastisch. Wenn du eine echte Reaktion hättest sehen wollen, glaube ich, hättest du eine bekommen.«

Harry blickte finster, dann stand er auf und half mir auf die Beine. »Na komm, lass uns nach Hause fahren.«

Verlobungsblog
Tag 3: Der Antrag im Heißluftballon.
Ort: über den Feldern von Hertfordshire.
Ich weiß, dass die Geister sich hier scheiden und die eine Hälfte von euch denkt: »Oaah, ein Heiratsantrag im Heißluftballon, wie romantisch«, während die andere Hälfte findet: »Wie abgedroschen. Da kann er sich auch genauso gut auf dem Eiffelturm verloben, wenn er uns mit diesem altmodischen Zeug kommt.« Ich bin mir nicht sicher, welche Position Suzie bei diesem Thema einnimmt. Ich wusste, dass sie schon immer den Wunsch hatte, in einem Heißluftballon zu fahren, und ich möchte dafür sorgen, dass ihre Träume in Erfüllung gehen, aber letzten Endes ist mir klar, dass sie etwas Einzigartiges erwartet. Also habe ich versucht, dem gerecht zu werden, indem mein Antrag auf einem handbemalten Banner ausgerollt wurde, während wir majestätisch über die von der Sonne wachgeküssten Felder schwebten. Es war perfekt. Nun, zumindest in meiner Vorstellung.
Dabei fing alles so gut an, sogar besser als gut. Als Suzie bewusst wurde, dass sie in einem Heißluftballon fahren würde, warf sie sich in meine Arme und rief so laut »Ich liebe dich!«, dass es die ganze Welt hören konnte. Also für alle Heiratswilligen dort draußen: Ich denke, dass es von zentraler Bedeutung ist, die berühmten drei Worte zu hören, wenn man kurz davorsteht, sich zu verloben. Wer

hätte das gedacht – Suzie McKenzie, Meisterin für ausgefallene Heiratsanträge, war mit einem simplen Heißluftballon-Antrag zu gewinnen. Sie ist eben eine alte Romantikerin.
Aber ich hätte mir in meinen wildesten Träumen nicht vorstellen können, welche Entwicklung das Ganze bald darauf nahm. Zunächst einmal stand mein hübscher Antrag auf dem Kopf, dank meines nutzlosen Exkumpels Badger. Und danach ging noch einiges mehr schief, was ich euch aus persönlichen Gründen nicht näher erklären kann – es passierten Dinge, die sich jedermanns Kontrolle entzogen.
Aber Suzie wirkte trotzdem sehr beeindruckt von der Mühe, die hinter diesem Antrag steckte. Ich glaube, ein Antrag muss nicht unbedingt teuer sein, aber das Maß an Mühe, das man dafür aufwendet, verhält sich in den Augen einer Frau ganz klar proportional zu dem Maß an Liebe, das der Mann für sie empfindet. Offenbar ist das der Weg, den ich von nun an einschlagen muss.

Ich hatte den Blogeintrag zu Ende gelesen. Harry hatte den Text dreimal umgeschrieben, weil es so vieles gab, was wir nicht reinnehmen konnten. Wir konnten nicht riskieren, dass der Ruf von Carlton Ballons beschädigt wurde durch einen Zwischenfall, den die Firma nicht verschuldet hatte. Wie viele Menschen würden noch eine Fahrt im Ballon buchen, wenn sie erfuhren, dass es möglich war, damit abzustürzen? Frank arbeitete seit ungefähr sechzig Jahren als Ballonpilot, und seine Bilanz war makellos. Viele seiner Kunden lobten in ihren Kommentaren seine sanften Landungen, verglichen mit denen anderer Ballonführer. Es war ausgeschlossen, dass wir unseren Lesern die Wahrheit erzählten.

Einer von Franks Söhnen hatte uns vor ein paar Stunden angerufen, um uns zu sagen, dass es Frank gut ging. Die Ärzte würden ihn für eine Nacht dabehalten, um weitere Untersuchungen durchzuführen, zu Franks großem Verdruss, aber seine Familie war zuversichtlich, dass er morgen wieder nach Hause durfte.

»Ist der Text okay?«, fragte Harry, als er mit zwei Teetassen aus der Küche zurückkehrte.

»Ja, aber ich bin mir nicht sicher, was deine Theorie über die extra Mühe betrifft. Wie wir gestern gesagt haben, sind die kleinen Gesten manchmal die besten.«

»Ich dachte, das würde dir gefallen. Es könnte unsere Kunden dazu ermuntern, eins von unseren extravaganteren Paketen auszuprobieren.«

Ich lächelte. Nach meinem Gejammer gestern über die geringe Nachfrage nach unseren Spezialangeboten versuchte Harry, dies nun zu korrigieren.

»Ach, dann sind diese hundert Anträge also reine Taktik? Es geht gar nicht darum, dass ich den perfekten Heiratsantrag bekomme, sondern das ist alles bloß eine Verkaufsmasche?«

Harry verstand meinen Ton komplett falsch. Ich hatte es scherzhaft gemeint, aber sein Gesicht wurde lang, und sein gekränkter Blick war wie ein Schlag in den Magen.

»Denkst du das wirklich?«

»Das war ein Scherz. Tut mir leid – es war nicht ernst gemeint.«

»Es geht bei dieser Sache überhaupt nicht ums Geschäft. Ich dachte, das wüsstest du.«

»Ganz ehrlich, ich habe keine Ahnung, warum du das alles machst. Noch nie zuvor hat sich jemand für mich so viel Mühe gegeben, und ich verstehe wirklich nicht, warum du das für mich tust.«

Er starrte mich an, und es war klar, dass es ihm widerstrebte, mir den Grund zu nennen. Ich wartete, während ich ihn beobachtete.

»Ich wollte dich aufheitern. Du bist so deprimiert, seit Jack gestorben ist. Ich wollte, dass du etwas hast, auf das du dich jeden Tag freuen kannst.«

Ich fühlte mich, als wäre ich gerade von einem Bus überfahren worden. Meine Unterlippe bebte, wackelte sogar richtig, und ich wandte den Blick ab, während meine Augen sich mit Tränen füllten. Harry eilte rasch zu mir, um mich zu halten. Wieder einmal. Es war in der Tat nicht möglich, diesen Mann noch mehr zu lieben, als ich es in diesem Moment tat.

»O Gott, Harry«, flüsterte ich in sein Hemd, während er mich eng an sich drückte.

»Tut mir leid, ich wollte dich nicht zum Weinen bringen.«

»Das sind Freudentränen, ich schwöre.« Ich schob ihn sanft von mir weg, und er trat einen Schritt zurück und sah mich besorgt an. »Ich habe wirklich großes Glück, dass ich dich habe.«

Er lächelte vor Erleichterung und setzte sich dann an seinen Computer, sichtlich verlegen.

»Einundsechzig Follower auf unserem Blog bis jetzt. Das ist super.«

Ich lächelte über den Themawechsel.

»Das ist wirklich toll.«

»Ja. Und nachdem ich in meinem Eintrag gestern Nadias Bäckerei erwähnt habe, haben wir Anfragen von einer ganzen Reihe von Läden, die meinen nächsten Antrag ausrichten möchten.«

Ich stellte mich neben ihn, während er durch seine E-Mails scrollte.

»Ist was Interessantes dabei?«

Er minimierte rasch das Programmfenster. »Du bist ganz schön neugierig. Ich will dir nicht die Überraschung verderben.«

Er meldete sich an seinem Computer ab, und jegliche Hinweise darauf, was als Nächstes kommen würde, verschwanden hinter einem blauen Bildschirm. Harry sah auf seine Armbanduhr und zog seine Jacke an.

»Wieder ein heißes Date mit Sexy Samantha heute Abend?«

»Nein, ich treffe mich mit Badger in der Kneipe, zum Billardspielen. Und du, hast du irgendwas Heißes vor?«

»Ein Abendessen mit meiner reizenden Schwägerin.«

»Großartig, ich wünsche dir viel Spaß.« Er gab mir ein Küsschen auf die Wange und verschwand. Sollte dieses Abschiedsküsschen zu einer regelmäßigen Sache werden, konnte ich mich daran gewöhnen.

Ein Spritzer von etwas Grünem und Übelriechendem traf meine Wange.

Bella gluckste und lachte dann, als der grüne Brei auch in ihrem Gesicht herunterglitt.

»Veranstaltet deine Nichte wieder Chaos?«, rief Jules aus der Küche.

Ich hob Bella aus ihrem Stuhl und setzte sie auf meinen Schoß, in der Hoffnung, das Kleckerrisiko zu minimieren, wenn ich hinter ihr war. »Nein, sie ist einfach perfekt, nicht wahr, Goldstück?«

Bella gluckste wieder und zappelte mit den Beinen, während ich ihr das Gesicht abwischte und entschlossen den Löffel aus ihrer klebrigen Hand nahm. Ich lehnte meine Wange an ihren weichen, warmen Kopf und schaufelte mehr von dem grünen Brei, bei dem es sich laut Jules um Brokkoli- und Blumenkohlpüree handelte, auf den Löffel. Bella roch fantastisch, nach Milch, Puder und Babylotion. Ihre Haare waren dunkel wie die von Jack, sie hatte die gleiche Nase, die gleichen Augen, das gleiche Kinn – man konnte nicht die Augen vor der Tatsache verschließen, dass sie Jacks Tochter war.

Jules kam mit zwei Gläsern Wein herein und reichte mir eins davon. Sie trug heute ein leuchtend gelbes Top, das ich noch nie an ihr gesehen hatte. Ihre Haare waren frisch gefärbt mit honigblonden Strähnchen, und sie lächelte sogar. Es war lange her, dass ich Jules lächeln gesehen hatte. Vielleicht hatte sie einen sprichwörtlichen Tritt in den Hintern bekommen, so wie ich. Ich fand das prima, das Leben war zum Leben da.

»Du siehst gut aus«, sagte ich.

»Ich fühle mich auch gut. Bella schläft mittlerweile nachts durch, und tagsüber ist sie der reinste Sonnenschein. Und ich weiß, ich sollte mich nicht darüber freuen … aber mit dem Geld aus Jacks Lebensversicherung muss ich nicht sofort wieder in meinen Job zurückkehren, sondern kann den ganzen Tag mit meinem Kind verbringen. Ich liebe es, einfach nur Mutter zu sein. Jack wollte ohnehin, dass ich zu Hause bleibe, nachdem Bella geboren worden war. Es ist also ganz in seinem Sinne, wenn ich mich um sie kümmere.«

»Du machst das ganz wunderbar. Bella ist so ein fröhliches Kind.«

Jules lächelte ihre Tochter liebevoll an und strich über ihre widerspenstigen Locken. Dann hefteten sich ihre Augen auf meine.

»Du siehst auch gut aus. Wie geht es Harry?«

Ich konnte nicht erkennen, wo der Zusammenhang zwischen den beiden Sätzen war. »Es geht ihm gut. Er hat mir gestern ins Gewissen geredet und mir gesagt, dass ich mich nicht an die Vergangenheit klammern soll, darum trage ich jetzt wieder meine bunten Klamotten.«

»Ich habe deinen Sinn für Mode immer geliebt, beziehungsweise deinen mangelnden Sinn dafür.« Sie grinste verschmitzt. »Außerdem habe ich gehört, dass Harry um deine Hand angehalten hat.«

Wieder zurück zu Harry. »Nicht wirklich.« Ich lachte bei der Vorstellung. »Du weißt schon, nur fürs Geschäft.«

Jules schälte eine Banane und gab sie dann Bella, die eifrig die Hände danach ausstreckte. »Ich mag Harry.«

»Ich mag ihn auch.« Ich ließ Bella auf meinem Schoß herumhopsen und mied bewusst Jules' Blick.

»Und ihr habt nie …«

»Nein, nie. Wir sind Freunde. Ich passe nicht in Harrys Beuteschema. Außerdem hat er nicht gerade einen lupenreinen Ruf, was Frauen betrifft. Früher hatte er jede Woche eine andere. Der Mann ist eine richtige Schlampe.«

»Vielleicht ist er nur auf der Suche nach der Richtigen. Jack war früher genauso, wie du ja weißt. Bekanntermaßen hat er an einem Abend gleich mit zwei Frauen geschlafen.«

»Boah, ich wusste ja, dass er eine Menge Frauen hatte, aber dass er einen Dreier hatte, ist mir neu.«

Jules verschluckte sich heftig an ihrem Wein, und Bella gluckste und machte auch Spuckgeräusche.

»Das war kein Dreier. Zuerst schlief er mit seiner Freundin, die danach mit ihm Schluss machte, und am Ende des Abends lag er mit einer anderen Frau im Bett.«

»Woher weißt du das?«

»Ich war die andere Frau.«

Ich spürte, dass meine Kinnlade herunterklappte. »Hat es dir nichts ausgemacht, dass er nur wenige Stunden vor dir mit einer anderen zusammen war?«

Jules zuckte mit den Achseln, während sie die Weinpfützen auf dem Tisch mit einer Serviette auftunkte. »Das mit Jack war am Anfang nichts Ernstes, zumindest nicht für mich. Außerdem war seine Ex eine richtig blöde Kuh, und ich habe mich gefreut, dass ich ihr eins auswischen konnte. Dann begannen Jack und ich, uns öfter zu sehen, und aus gelegentlichen Abenden wurde schließlich jeder Abend. Ab da hatte Jack keine Augen mehr für andere Frauen.«

»Hattest du keine Angst, dass er fremdgehen würde?«

Jules zeigte ein breites Lächeln. »Ich möchte nicht eingebildet klingen, schließlich waren unsere Gefühle gegenseitig, aber ich habe gewusst, dass dein Bruder bis über beide Ohren in mich verliebt war. Und in den ganzen acht Jahren, die wir zusammen waren, verblasste dieser Eindruck kein bisschen.«

Ich lächelte.

»Harry ist wahrscheinlich genauso. Er sucht nur nach der Richtigen.«

»Das bezweifle ich. Im Grunde glaubt er gar nicht an die Liebe beziehungsweise an die Richtige.«

»Ach was, das ist Quatsch. Ich weiß, dass er als Kind sehr stark verletzt wurde und dass er sich dagegen sperrt, sich in jemanden zu verlieben, nur um nicht wieder verletzt zu werden. Aber wenn er die richtige Frau gefunden hat, wird er sie nie wieder loslassen.«

Ich wurde einen Moment lang ganz still.

»Was meinst du damit, er wurde als Kind sehr stark verletzt?«, fragte ich dann.

Jules wurde blass. »Ich dachte, du wüsstest darüber Bescheid.«

»Er hat mir kurz nach unserem Kennenlernen gesagt, dass er nicht an die Liebe glauben würde. Damals dachte ich, er hätte gerade eine schmerzhafte Trennung hinter sich. Was weißt du, das ich nicht weiß?«

Jules wandte sich ab und fing an, Bellas Spielsachen aufzuheben. »Ich hätte nichts sagen sollen. Aber Harry und du, ihr steht euch so nah, ich dachte, du wüsstest Bescheid.«

»Er hat mir bisher nicht gerade viel über seine Vergangenheit erzählt. Ich weiß, dass er keinen Kontakt zu seinen Eltern hat.« Ich schluckte. »Haben sie ihm wehgetan?«

»Er wurde nicht geschlagen oder misshandelt, falls du das denkst. Aber es steht mir nicht zu, es dir zu erzählen. Ich weiß es auch nur, weil Badger sich mal vor mir verplappert hat. Vergiss einfach, dass ich was gesagt habe.«

Als könnte ich das vergessen. Allerdings hatte ich nicht das Gefühl, als ließe sich Jules dazu überreden, es mir zu sagen. Wenn Harry gewollt hätte, dass ich es weiß, hätte er es mir selbst erzählt.

Jules warf die Spielsachen in eine große Truhe, griff dann nach ihrem Weinglas und drehte es in der Hand, während sie sorgfältig den Inhalt studierte. »Weißt du, man hat ihm einen Job angeboten.«

Der Wein blieb mir kurz im Hals stecken, und ich hustete. Jules hatte offenbar einen großen Nachholbedarf, was Klatsch betraf, besonders Klatsch über Harry.

»Wo, wann?«

»Letzte Woche. Der Job ist ziemlich gut bezahlt. Ich weiß nicht, wie viel er bei dir verdient, aber ich bezweifle, dass es auch nur annähernd an dieses Angebot herankommt. Firmenwagen, Altersvorsorge, private Krankenversicherung plus lukrative Anteile an der Firma.«

Ich staunte mit offenem Mund. »Aber Harry mag keine großen Unternehmen beziehungsweise Büroklüngeleien. Er hat immer gesagt, dass er nie wieder in einer großen Firma arbeiten würde. Erinnerst du dich an den Job in Amerika, den er abgelehnt hat?«

»Sein Traumjob?«

»Das war nicht sein Traumjob.«

»Immerhin hat er monatelang davon gesprochen und klang total begeistert.«

Das stimmte. Als Harry ganz frisch in mein Leben trat, hatte er den großen Plan, nach New York zu gehen und diesen sagenhaften Job anzutreten. Aber eines

Tages hatte er mir erklärt, dass er es sich anders überlegt habe.

»Scheinbar waren die Leute dort nicht glücklich über die Firmenzusammenlegung, die im Gange war, und auch nicht mit dem neuen Vorstandschef. Harry wollte damit nichts zu tun haben. Wie gesagt, er mag keine Büropolitik.«

»Hat er seine Zusage nicht ungefähr zur selben Zeit zurückgezogen, als Jack gestorben ist?«

Die Worte versiegten in meinem Mund. Nein. Es konnte unmöglich sein, dass Harry den Vertrag meinetwegen gecancelt hatte, um für mich da zu sein. Nicht, wenn das wirklich sein Traumjob gewesen war.

»Ich sage ja nur«, fuhr Jules fort. »Harry kriegt immer wieder diese tollen Chancen angeboten, aber er lehnt sie alle ab. Sein Vermögen wird nicht ewig reichen, vor allem nicht, wenn man berücksichtigt, wie großzügig er damit umgeht. Es wird schwer sein, ein Gehalt in dieser Höhe abzulehnen.«

»In welcher Höhe?«

Sie nannte mir den Betrag, und ich spürte, wie mir das Blut aus dem Gesicht wich – das war fast fünfmal so viel, wie ich ihm bezahlte.

»Also lautet die Frage, warum sollte er bleiben?«

»Er arbeitet gern für unsere Firma. Es ist jetzt auch seine Firma, er hat sie mit aufgebaut zu dem, was sie ist.«

»Okay, ich verstehe ja, dass er sich dir und der Firma gegenüber loyal verhält, aber ich glaube trotzdem, da gibt es noch einen anderen Grund.«

Sie starrte mich an, mit unverwandtem Blick aus hellblauen Augen.

»Nun, ich bin wohl kaum der Grund, oder?«

Sie starrte mich immer noch an. Zum Glück piepste in diesem Moment der Timer des Backofens, um uns darauf hinzuweisen, dass unsere Pizza fertig war.

Jules stand lächelnd auf. »Denk einfach mal darüber nach.«

Sie ging in die Küche. Als könnte ich etwas anderes tun, als darüber nachzudenken.

Ich saß in der U-Bahn und starrte auf meine Tasche, während ich durch das Leder spürte, dass der Umschlag auf meinen Schenkeln brannte. Den ganzen Abend lang hatte ich nur an Harry denken können und mich gefragt, warum er so tolle Gelegenheiten wie den Job in Amerika sausen ließ, aber all diese Überlegungen waren wie weggewischt, als Jules mir zum Abschied diesen Umschlag gegeben hatte.

Der Zug kam ratternd an der nächsten Station zum Stehen.

Ein Brief von Jack. Jules hatte ihn zwischen seinen Sachen gefunden. Es war auch ein Brief für sie und einer für Bella dabei gewesen. Jules hatte mir meinen natürlich ungeöffnet übergeben. Es wäre ihr sehr recht gewesen, wenn ich ihn an Ort und Stelle gelesen hätte, aber ich wollte dafür alleine sein. Ich versprach ihr, dass ich ihr später erzählen würde, was darin stand.

Nun juckte es mich in den Fingern, den Brief zu lesen, aber nicht hier, zwischen all den betrunkenen Freitagnachtschwärmern und Partygängern. Ich wollte einfach nur so rasch wie möglich in meine Wohnung zurückkehren, um mit Jacks Worten allein zu sein.

Was hatte er mir in all den Monaten zuvor sagen

wollen? Warum hatte er es mir nicht in seinen letzten Tagen gesagt? Es war alles so schnell gegangen. Zwischen dem Zeitpunkt, als die Leukämie diagnostiziert wurde, und dem Tag, an dem er starb, hatten gerade einmal sechs Monate gelegen. Aber Jack war fast bis zum Schluss fit, stark und fröhlich gewesen. Er hatte sich nicht unterkriegen lassen. Die letzte Woche war schrecklich gewesen, als er vor unseren Augen rapide verfallen war, aber selbst dann, selbst noch in seinen letzten Stunden, hatte er nie seinen Humor verloren. Wir waren zum Schluss alle bei ihm gewesen. Mum und Dad waren mit dem Flugzeug aus Neuseeland gekommen, und auch ich, Jules, Badger und eine große Zahl von Jacks Freunden waren an seiner Seite gewesen, als er einfach eingeschlafen und nicht mehr aufgewacht war.

Und nun war hier eine Botschaft von ihm.

Die Bahn hielt an meiner Station, und ich eilte die Treppe hoch und dann weiter durch die Straßen. In diesem Teil der Stadt, obwohl sehr zentral gelegen, war es ziemlich ruhig. Die alten Gaslaternen im viktorianischen Stil beleuchteten den Weg vor mir mit sporadischen Lichtpfützen. Die Grünfläche war verwaist, aber ich schaute aus Gewohnheit zu Harrys Haus hinüber, während ich die entgegengesetzte Seite ansteuerte. Im Erdgeschoss brannte noch Licht, aber Harry war schon immer eine Nachteule gewesen. Ich rannte die Eingangsstufen zu meiner Haustür und dann die Treppe zu meiner Wohnung hinauf und zog den Brief heraus, während ich die Wohnungstür hinter mir schloss.

Ich starrte auf den Umschlag in meiner Hand. Am

liebsten hätte ich ihn aufgerissen und die Worte darin verschlungen, die Jack vor acht Monaten geschrieben hatte. Aber ich hatte auch Angst davor. Ich begann, im Wohnzimmer auf und ab zu tigern. Plötzlich wollte ich damit nicht mehr allein sein. Ich griff zum Hörer und wählte Harrys Nummer. Es war schon spät, aber er war ja noch wach.

Es klingelte einige Male, bevor er sich meldete. Er klang heiser.

»Hey.«

»Hi, bist du gerade beschäftigt?«

Er zögerte kurz, bevor er erwiderte: »Alles okay bei dir?«

Ich blieb stumm. Es war wirklich erbärmlich, dass ich Harry brauchte, damit er mir Händchen hielt, während ich eine Botschaft aus dem Jenseits las. Aber ich wusste, dass das Öffnen dieses Briefes jede Menge Emotionen freisetzen würde, und ich wollte nicht alleine sein, wenn das passierte. Allerdings war Harry in den letzten Monaten – auf der Beisetzung und danach – so oft für mich da gewesen und hatte mich einfach in den Arm genommen, wenn ich unvermittelt in Tränen ausbrach, und erst gestern hatte er einen wunderbaren Tag für mich organisiert, nur um mich aufzuheitern. Ich zögerte plötzlich, ihn zu fragen.

Obwohl mein Schweigen Bände sprach.

»Ich bin in zwei Minuten bei dir.«

Ich versuchte zu protestieren, merkte dann aber schnell, dass Harry nicht mehr da war.

Ich hörte gedämpfte Geräusche – Harry war offensichtlich nicht bewusst, dass er den Hörer nicht richtig aufgelegt hatte.

»Schau mich nicht so an. Ich weiß, dass du es warm und behaglich hattest, aber Suzie braucht mich«, sagte Harry zu jemandem, wahrscheinlich zu Sexy Samantha. Ich zuckte zusammen.

Ich wusste nicht, ob Sexy Samantha etwas erwiderte oder ihn nur böse anstarrte, aber dann hörte ich wieder Harry, der sich offenbar gerade anzog.

»Ich weiß, ich weiß! Es tut mir leid. Du weißt, du bist die wichtigste Frau in meinem Leben, ach was, die wichtigste Frau der Welt. Mir ist bewusst, dass ich Prioritäten setzen muss, aber Suzie ist mir eben auch verdammt wichtig.«

Ich lächelte und fühlte mich ungemein geschmeichelt, obwohl dieses Kompliment bei Sexy Samantha wahrscheinlich nicht besonders gut ankam.

»Hör zu, du machst es dir hier einfach gemütlich, und ich sehe zu, dass ich ganz schnell wieder da bin.«

Ich hörte, wie er ihr einen Kuss gab, dann ein gedämpftes Rascheln, als er wohl sein Handy einsteckte.

Als Nächstes hörte ich, wie er die Treppe hinuntereilte und gleich darauf die Haustür ins Schloss fiel, und dann wurde die Verbindung getrennt.

Mist. Das Letzte, was ich wollte, war, mich zwischen Harry und seine Frauen zu drängen. Er würde bestimmt sauer reagieren, wenn er hier ankam und feststellte, dass er für einen blöden kleinen Brief seine scharfe Freundin allein gelassen hatte.

Ich hörte, dass unten die Tür aufgeschlossen wurde und Harry die Treppe zu mir hochstürmte. Mist, Mist, Mist.

Gleich darauf erschien er im Wohnzimmer, sah mein

ängstliches Gesicht, durchquerte in null Komma nichts den Raum und nahm mich in die Arme.

»O Harry, es tut mir wirklich leid. Ich hätte dich nicht anrufen sollen.« Meine Stimme klang gedämpft, da ich mein Gesicht an seine wunderbar harte Brust drückte.

»Doch. Du sollst mich immer anrufen.«

»Mir war nicht bewusst, dass ich eine leidenschaftliche Nacht unterbreche.«

Er bog seinen Oberkörper ein Stück zurück und sah mich verwirrt an.

»Ich habe dich vorhin über dein Handy gehört, als du mit Samantha gesprochen hast.«

Er lachte auf. »Ich habe mit Jemima gesprochen.«

Einen Augenblick lang fragte ich mich, ob er Samantha bereits wieder gegen eine neue Frau ausgetauscht hatte – es wäre nicht das erste Mal –, aber dann fiel mir seine geliebte Katze ein.

»Ich bin eingenickt, und Jemima lag auf meiner Brust. Es hat ihr nicht gefallen, ihren Platz aufzugeben.«

Ich musste lachen. »Nun, dann richte Jemima aus, dass es mir aufrichtig leidtut. Und ich möchte mich auch bei dir entschuldigen. Ich hatte nicht die Absicht, dich zu wecken.«

»Ach, mach dir keine Gedanken deswegen.« Er zuckte mit den Schultern.

»Aber es ist nichts, jedenfalls nichts Ernstes.«

Er würde mich hassen.

»Offensichtlich ist ja doch etwas, sonst hättest du mich nicht angerufen.«

Ich seufzte und löste mich von ihm. Ich nahm den

Brief vom Tisch und zeigte ihn Harry. »Der ist von Jack.«

Harrys Augen wurden groß. »Nun, wenn das mal nichts Ernstes ist.«

O Gott, ich liebte diesen Mann.

»Hast du ihn schon gelesen?«

»Nein, ich wollte, dass du dabei bist, wenn ich ihn aufmache.«

Er lächelte. »Ich fühle mich geehrt. Wo hast du den Brief her?«

»Ich war doch heute Abend bei Jules. Sie hat ihn zwischen Jacks persönlichen Sachen gefunden.«

Harry zog mich neben sich auf die Couch.

»Wie geht es deiner hinreißenden Nichte?«

Er zögerte das Ganze hinaus und versuchte, mich abzulenken, und ich ließ es zu und kuschelte mich an ihn, den Brief in meiner Hand.

»Prächtig, sie wird jeden Tag schöner. Gott, sie sieht genauso aus wie Jack. Die gleichen Haare, die gleichen Augen. Sogar die gleichen Füße. Es bricht mir das Herz, dass sie ihn nie kennenlernen wird. Jack wäre ein wunderbarer Vater gewesen.«

»Aber er hat seine Tochter noch gesehen. Er hat sie in seinem Arm gehalten. Und wenn sie alt genug ist, kannst du ihr von ihm erzählen. Und ihr die ganzen Streiche spielen, die er dir gespielt hat.«

»Das würde mir gefallen.«

Harry blickte auf den Brief. »Möchtest du, dass ich ihn dir vorlese?«

»Nein, ich möchte ihn selbst lesen.«

Ich starrte darauf. Harry starrte darauf. Es wäre so viel einfacher gewesen, wenn der Brief wie die Heuler in *Harry Potter* gewesen wäre, die den Inhalt herausbrüllten, egal, ob man den Umschlag öffnen wollte oder nicht.

»Na los, Süße.« Harry legte einen Arm um mich. »Ich verstehe ja, dass das eine große Sache ist. Aber brennst du nicht darauf zu erfahren, was Jack dir zu sagen hat? Ich schon.«

Ich steckte rasch meinen Daumen unter die Lasche und riss den Umschlag auf. Es war nur eine Seite darin, also war nicht mit Unmengen von brüderlichen Ratschlägen zu rechnen.

Ich nahm das Blatt heraus und faltete es auf. Harry wartete respektvoll, bis er an der Reihe war. Während ich zu lesen begann, streichelte er sanft meinen Nacken.

Kapitel 5

Liebe Stinki!

Stinki Suzie, der Spitzname, den Jack mir in unserer Kindheit verpasst hatte und der irgendwie hängen blieb und später auf Stinki verkürzt wurde beziehungsweise auf das ziemlich kindische Stinki Pupsi oder sogar nur Pupsi. Ich lächelte. Ich liebte meinen Bruder über alles.

Nun bin ich also tot, und das ist irgendwie scheiße. Dabei wollte ich dir eigentlich den besten Streich aller Zeiten spielen. Hat mich zwei Monate für die Planung gekostet, aber kurz bevor ich zuschlagen wollte, kam diese Leukämiegeschichte dazwischen. Ich habe Jules gebeten, den Streich für mich zu Ende zu bringen. Ich wäre an deiner Stelle also auf der Hut.

Am meisten bedauere ich jedoch meinen Tod, weil ich dich nun nicht mehr beim Mario-Kart-Rennen fertigmachen kann. Du weißt, dass ich der bessere Fahrer war und dass du beim letzten Mal nur gegen mich gewonnen hast, weil ich von der Chemo so schlapp war. Aber wenn ich gedacht hatte, du würdest wegen meines Zustands auf mich Rücksicht nehmen, wurde ich leider enttäuscht. Ich weiß nicht, wie du damit leben kannst, dass du einen sterbenden Mann in einem Videospiel besiegt hast. Du hättest mich ruhig gewinnen lassen können.

Ich musste lachen.

Damit du es weißt, aus Rache habe ich meine Fußnägel in deinem Bett verteilt und auch ein paar in deiner Wohnung. Ich weiß ja, dass du bei Fußnägeln ausflippst. Also denk jedes Mal an mich, wenn du einen findest, und sei dir sicher, dass ich dich beobachte. Und zwar nicht auf eine brüderliche, beschützende Art, sondern auf eine böse, heimsuchende Art. Wenn es mir möglich ist, werde ich mit meinen Ketten rasseln und von Zeit zu Zeit laut stöhnen, nur um dir Angst einzujagen. Ich schwöre dir, wenn ich zurückkehren und dich heimsuchen kann, werde ich das auch tun.
Okay, nun zum ernsten Teil. Ich habe das mit Jules bereits besprochen, aber bei all dem, was in den letzten paar Wochen los war, haben wir es einfach nicht geschafft, dich zu fragen. Ich möchte, dass du Bellas Patentante wirst. Sie braucht eine wunderbare Tante, und ich weiß, dass du immer für sie da sein wirst und mit ihr Ausflüge in den Zoo machst oder sie bei dir übernachten lässt und dass du sie nach Strich und Faden verwöhnen wirst. Aber ich weiß auch, falls Jules etwas zustoßen sollte, gibt es außer dir niemanden auf der Welt, dem ich das Leben meiner Tochter anvertrauen möchte.

Ich schluckte einen Kloß in meinem Hals hinunter.

Ich liebe dich, und ich bin unheimlich stolz auf dich. Ich möchte, dass du glücklich bist. Ich kenne dich so gut, dass ich jede Wette eingehe, dass Harry gerade neben dir sitzt, während du das hier liest, und wahrscheinlich deine Hand hält. Richte ihm einen Gruß von mir aus, und dass Chelsea ein Scheißverein ist, das wird ihn anstinken.

»Ich soll dir einen Gruß von ihm ausrichten«, sagte ich.

»Er erwähnt mich in dem Brief?« Harry lächelte stolz.

»Ja, und er sagt, dass Chelsea ein Scheißverein ist.«

Das Lächeln fiel ihm aus dem Gesicht angesichts der Beleidigung seines geliebten Fußballvereins. »Dem werde ich helfen. Das sagt er nur, weil er tot ist und weiß, dass ich nichts darauf erwidern kann.«

»Er hat dich schon immer gerne geärgert.«

Harry lächelte zärtlich. »Was schreibt er sonst noch?«

»Hier.« Ich lehnte mich an ihn, damit er den Brief auch lesen konnte.

Und ich möchte dich um eine weitere Sache bitten – und du kannst einem Sterbenden nun mal nicht seinen letzten Wunsch verweigern. Sag Harry, dass du ihn liebst, dass du ihn immer geliebt hast und dass du ihn immer lieben wirst.

Ich keuchte entsetzt auf und riss den Brief aus Harrys Blickfeld.

»Was ist?«

»Wie weit bist du gekommen?«

»Bis zu dem Stück mit den Fußnägeln. Lass mich den Rest lesen.«

»Nein! Vergiss es. Das ist privat.«

Ich sprang auf und brachte mich außer Reichweite.

»Wir haben sonst auch keine Geheimnisse voreinander. Wir erzählen uns immer alles.« Harry stand auf, und in seinen Augen funkelte der Schalk. »Zwing mich nicht, dir den Brief abzunehmen.«

»Es ist nichts, nur ... das ist privat.«

Harry stürzte sich mit einem Satz auf mich, und ich machte auf dem Absatz kehrt, um wegzulaufen, aber er packte mich an der Taille und hielt mich von hinten fest. Er riss mir den Brief aus der Hand und hielt ihn so weit hoch, dass ich nicht mehr drankam.

»Harry, nicht.« Ich sprang hoch und grapschte nach dem Brief, aber ohne Erfolg.

»Dann wollen wir mal sehen, was für ein schmutziges kleines Geheimnis du vor mir verbirgst.«

Er begann, das Blatt über meinem Kopf zu überfliegen. »Ah, er möchte, dass du Bellas Patentante wirst, das ist süß. Und er schreibt, dass er dich liebt, wie nett. Dann lässt er mir Grüße ausrichten und beschimpft Chelsea ...«

»HARRY, BITTE!«, schrie ich mit so viel Verzweiflung in der Stimme, dass er zu lesen aufhörte und mich ansah.

»Du willst wirklich nicht, dass ich weiterlese, stimmt's?«

Ich schüttelte heftig den Kopf. Meine Wangen glühten, und ich spürte, dass Tränen der Demütigung in meinen Augen brannten. »Bitte, lies nicht weiter, ich flehe dich an.«

Er ließ mich los und gab mir ohne ein weiteres Wort den Brief zurück. Ich griff gierig danach, während ich vor Erleichterung beinahe zusammensackte.

»Ist es was Schlimmes?«

Ich entfernte mich von ihm und setzte mich möglichst weit von ihm weg, während ich versuchte, meinen Herzschlag zu beruhigen.

»Nein. Es ist etwas, das nur für mich bestimmt ist. Etwas sehr Privates für Jack.« Ich konnte Harry nicht ansehen aus Furcht, dass er meine Lüge durchschaute.

Ich strich den zerknitterten Brief auf meinen Oberschenkeln glatt und las dann weiter.

Sag Harry, dass du ihn liebst, dass du ihn immer geliebt hast und dass du ihn immer lieben wirst. Ich wette um alles Geld in der Welt, dass er dir umgehend dasselbe sagen wird. Du hattest niemanden mehr, seit Harry in dein Leben getreten ist, und wenn er für dich nicht dasselbe empfindet, hast du wenigstens endlich Gewissheit und kannst aufhören, dir den Kopf zu zerbrechen, und dich vielleicht weiter orientieren. Egal, wie es um Harrys Gefühle bestellt ist, er wird immer dein bester Freund sein, komme, was wolle. Sag es ihm jetzt, oder ich werde jede Nacht durch deine Wohnung geistern, mit den Türen knallen, die Wasserhähne aufdrehen und meine ganzen Geisterfreunde einladen, dich heimzusuchen. Sag es ihm, Suzie, was hast du zu verlieren?

In ewiger Liebe,
Jack
(Mario-Kart-Weltmeister)

Ich starrte auf die verräterischen Worte. Wenn Jack geahnt hatte, dass Harry neben mir sitzen würde, warum hatte er das dann geschrieben, wo er doch genau wusste, dass Harry es auch lesen konnte? Und woher zum Teufel wusste er das überhaupt? Kein Mensch wusste von meiner unangemessenen Schwärmerei für meinen besten Freund. Ich hatte es nie irgendjemandem erzählt, am allerwenigsten meinem großen Bruder mit seinem indiskreten Plappermaul.

Ich sah Harry an, der offensichtlich gekränkt war, weil ich den Brief nicht mit ihm teilen wollte.

»Es ist nichts«, wiederholte ich.

Er war nicht überzeugt.

Ich stand auf, faltete den Brief sorgfältig zusammen und steckte ihn in meine Hosentasche. Dann ging ich hinüber zu Harry und umarmte ihn.

»Danke, dass du gekommen bist. Wenn du bei mir bist, kommt mir alles immer viel einfacher vor.«

Er erwiderte widerstrebend meine Umarmung. »Außer alles, was privat ist.«

Ich fasste an Ort und Stelle einen Entschluss. »Ich werde es dir eines Tages sagen, versprochen. Ich bin nur noch nicht so weit.«

Dies schien ihn zu besänftigen, da seine Umarmung enger wurde. »Möchtest du, dass ich noch eine Weile hierbleibe?«

Ich nickte.

»Hast du Lust, Mario Kart zu spielen?«

Ich lächelte. »Wie hast du das erraten?«

»Ich bereite hier schon mal alles vor, und du gehst das Bier holen«, sagte er, während er vor dem Fernseher in die Hocke ging.

Ich verschwand in die Küche und lehnte mich gegen den Kühlschrank, um den Brief ein zweites Mal zu lesen. Ich hörte, wie im Wohnzimmer die Wii zum Leben erwachte.

Ich würde es Harry sagen – wenn das Jacks Wunsch war, würde ich es tun. Aber um den Mut dafür aufzubringen, würde verdammt noch mal viel mehr nötig sein als billiges bulgarisches Bier. Ich steckte den Brief wieder in meine Hosentasche und kehrte mit den Bierdosen zurück ins Wohnzimmer.

Harry gab mir eine Fernbedienung, und ich gab ihm dafür ein Bier.

»Ich werde keine Rücksicht auf dich nehmen«, sagte er.

»Das erwarte ich auch nicht.«

»Dieses Rennen fahre ich für Jack.«

»Das wird ihm gefallen, besonders wenn du gewinnst.«

»Ich werde ganz bestimmt nicht verlieren.«

Ich nahm einen Schluck von meinem Bier und blickte dann meinen besten Freund an. »Wir werden sehen.«

Als ich am nächsten Morgen wach wurde, fühlte ich mich, als wäre mein Kopf explodiert. Es war eine lange Nacht gewesen, die bis in die frühen Morgenstunden gedauert hatte. Wir hatten Bier getrunken, ein paar Runden Mario Kart gespielt und danach andere Spiele, die eine Geschicklichkeit und Balance erforderten, die weder Harry noch ich erreichen konnten, vor allem nicht nach mehreren Dosen Bier. An irgendeinem Punkt war ich von der Couch gefallen, zu müde und zu betrunken, um mich zu bewegen. Ich konnte mich nicht wirklich daran erinnern, was danach passiert war.

Auf mir lag ein schweres Gewicht, und ich konnte mich nicht rühren. Ich öffnete ein Auge und sah, dass Harry halb auf mir lag und laut schnarchte. Ich schloss das Auge wieder vor der Morgensonne, die schmerzhaft in das Zimmer schien. Das Vibrieren von Harrys Schnarchen, das durch meinen Körper drang, war angenehm, wie das Schnurren einer Katze. Harry schnarchte normalerweise nicht, das hier war offensichtlich eine Nebenwirkung des Alkohols. Ich lächelte in mich hinein. Neben dem Mann aufzuwachen, den ich liebte, war kein schlechter Anfang für den Valentinstag.

Ich lag einen Moment lang mit geschlossenen Augen da, während ich mich fragte, ob ich wieder einschlafen konnte. Plötzlich riss ich schlagartig die Augen auf, als mir bewusst wurde, wo Harrys Hand war. Warum hatte ich das nicht gleich bemerkt? Ich richtete den Blick nach unten, und tatsächlich hielt sich Harry an meiner linken Brust fest, als würde sein Leben davon abhängen. Gott, selbst im Schlaf war er ein Busenfetischist.

Der Anblick seiner Hand auf meiner Brust löste etwas in mir aus, ein plötzliches Verlangen, das direkt durch meinen Unterleib fuhr. Obwohl Harry, würde er jetzt aufwachen und sehen, wo seine Hand war, sich bestimmt schämen würde. Behutsam versuchte ich, einen seiner Finger von meiner Brust zu lösen, aber Harry hielt sich richtig gut daran fest, und er war so stark, dass ich nicht einmal gegen seine Fingermuskeln ankam. Ich versuchte, meine Hand zwischen seine Hand und meine Brust zu schieben, aber ohne Erfolg. Während ich dalag und mir überlegte, wie ich als Nächstes vorgehen sollte, begann Harry, sich zu rühren, und kam langsam zu sich. Er sah mich an und lächelte leicht verlegen, noch ohne dass ihm bewusst war, wo sich seine Hand befand. Es gab nun zwei Möglichkeiten, wie es weiterging. Eine davon war, dass Harry es merkte, für gut befand und seine andere Hand auf meine rechte Brust legte, was mich wahrscheinlich an die tiefsten, dunkelsten Orte meiner Fantasie führen würde. Zu meinem Pech trat die andere Möglichkeit ein.

Harry senkte seinen Blick, sah, was los war, und zuckte mit einem deutlichen *Bah!* vor mir zurück. Ekel hatte in meiner Liste seiner möglichen Reaktionen nicht gerade weit oben gestanden. Er starrte mich an.

»Sieh mich nicht so böse an. Ich habe meine Brust nicht in deine Hand gelegt. Als ich heute Nacht das Bewusstsein verloren habe, hast du noch dagestanden und mit der Wii gespielt. Was du danach getan hast, ist deine Sache.«

»Sorry, ich würde nie …«

Ich stand auf. »Ich weiß, dass du das nie tun würdest. Niemals, nie und nimmer, richtig? Nicht in einer Million Jahre.«

Ich stolzierte aus dem Zimmer und verschwand im Bad, wo ich die Tür hinter mir abschloss, mich rasch auszog und direkt unter die Dusche ging.

Als ich danach das Bad verließ, war ziemlich schnell klar, dass wir nie wieder ein Wort über diese Sache verlieren würden.

»Zweihundertunddrei Follower, Suzie, das ist der Hammer!«, rief Harry aus dem Büro. Ich ging zu ihm hinüber. Er wandte den Blick nicht vom Monitor ab, und ich sah, dass seine Wangen sich rot färbten, als ich mich neben ihn stellte. »Außerdem haben wir eine Anfrage von einem Wochenmagazin namens Silver Linings. Die wollen unser Blog als eine Art Kolumne veröffentlichen.«

»Wow, das ist fantastisch.«

»Ich weiß.« Er hob grinsend den Kopf zu mir, offensichtlich erleichtert, dass wir nicht über den »Busenskandal« reden würden. »Okay, ich muss jetzt los. Ich bin mit Samantha verabredet. Wir sehen uns dann am Montag.«

Zwei freie Tage von den Heiratsanträgen. Es gab eine kleine Oase in der Wüste. Und nach dem aufwändigen Antrag gestern hatte Harry sich ein freies Wochenende verdient.

Wasserfälle, smaragdgrüne Regenwälder, türkisblaues Meer, Koalabären, Kängurus, Krokodile und weiße Sandstrände attackierten mich aus meinem Computermonitor. Australien war ein wunderschönes Land, und ich wollte jeden einzelnen Part davon in mich aufsaugen.

Obwohl Wochenende war, beantwortete ich E-Mails und recherchierte online für unser Geschäft. Ich bin mir nicht sicher, wann das Arbeiten am Wochenende für mich zur Normalität geworden war, vor Jack oder nach Jack, aber mittlerweile hatte es sich zu einer richtigen Sucht entwickelt. Ich nutzte jede freie Minute meiner Zeit, um neue Orte zu recherchieren, neue Ideen für eine Verlobung. Ich liebte meine Arbeit. Die Vorstellung, dass an so wunderbaren Orten Verlobungen geschlossen wurden und dass wir auf eine bescheidene Art Paaren dabei behilflich waren, in ihr gemeinsames Leben zu starten, machte mich sehr glücklich.

Einer unserer Kunden flog im kommenden Sommer mit seiner Freundin nach Australien und bat um ein paar Vorschläge für einen romantischen Heiratsantrag. Vielleicht betrieb ich die Recherche über geeignete Orte in Australien ja mit ein bisschen mehr Interesse, weil ich selbst schon immer dorthin wollte.

Meine Freundin Peri war vor zwei Jahren nach Australien ausgewandert, um einen sonnengebräunten Strand-Adonis namens Brad zu heiraten. Seitdem strotzten ihre E-Mails und Skype-Anrufe von Details über Grillfeste am Strand, Sonne, Wellenreiten, Tauchen, Wasserskifahren und die unglaubliche Schönheit der australischen Ostküste.

Ich bewohnte Peris kleine Dachgeschosswohnung, die sie mir dauerhaft zur Verfügung gestellt hatte und die für mich die einzige Möglichkeit war, mir ein so zentral gelegenes, wohlhabendes Viertel zu leisten. Aber trotz meiner Pflicht, die Wohnung zu hüten, versuchte Peri jedes Mal, wenn wir miteinander sprachen, mich davon zu überzeugen, dass ich ihr nach Australien folgte.

Schon als sie den Entschluss gefasst hatte auszuwandern, hatte sie nichts unversucht gelassen, um mich zu überreden, dass ich mit ihr käme. Da meine Eltern in Neuseeland lebten und der Großteil meiner Freunde in alle vier Winde verstreut war, schien nicht viel dafür zu sprechen, weiter in London herumzuhängen. Ich hatte mir immer gewünscht, ins Ausland zu gehen, irgendwohin, wo es warm war, oder vielleicht in eine große Stadt. Dann war Harry in mein Leben getreten, und jeder Gedanke daran, England den Rücken zu kehren, hatte sich rasch in Luft aufgelöst.

Aber ich wollte Australien unbedingt besuchen. Ich wünschte mir inständig, selbst an diesem Glück unter der Sonne teilhaben zu können, und hatte begonnen, dafür Geld auf die Seite zu legen. Mein Sparkonto, umbenannt in »Aussie Dreams«, belief sich derzeit auf ein Gesamtguthaben von zweihundertsechsundvierzig Pfund. Ich hatte noch einen langen Weg vor mir.

Mein Computer machte *ping!*, um mich auf eine neue Nachricht aufmerksam zu machen, als ich mir gerade Bilder von dem Strandparadies in Tangalooma anschaute.

Ich schloss meinen Browser und klickte auf mein E-Mail-Programm. Verwirrt runzelte ich die Stirn, als ich die neue Nachricht las. Harrys Verlobungstagebuch war aktualisiert worden. Die Follower auf unserer Homepage hatten sich alle dafür angemeldet und wurden bei jedem neuen Eintrag automatisch informiert. Aus irgendeinem Grund hatte Harry mich in den Verteiler eingefügt. Aber was für neue Updates hatte er? Schließlich hatte er mir heute keinen Antrag gemacht. Er war eigentlich mit Sexy Samantha verabredet. Ich klickte den Link an, und meine Verwirrung wurde noch größer.

Verlobungsblog
Tag 4: Der Selbsterniedrigungs-Antrag.
Ort: Trafalgar Square.
Datum: Valentinstag. Uhrzeit: ein Uhr mittags.
Meine lieben Heiratswilligen, nichts ist vergleichbar mit einer Liebeserklärung, für die man sogar bereit ist, sich zum Affen zu machen. Wenn ihr euch also nicht scheut, alles Erdenkliche zu tun, um eurer

Herzensdame eure Liebe zu erklären, wie peinlich oder entwürdigend es auch für euch sein mag, dann ist das sicher kein Nachteil.
Wenn ihr könnt, kommt heute zu meinem speziellen Valentinsantrag. Ich werde mich in der Nähe der vier Löwen aufhalten. Ihr erkennt mich an meiner schwarz-weißen Kleidung.

Ich starrte auf die Worte. Dann sah ich auf die Uhr. Es war kurz nach zwölf. Ich starrte wieder auf die Worte. Rasch schnappte ich mir meine Tasche und meine Jacke und stürmte zur Tür hinaus.

Auf dem Trafalgar Square war es brechend voll, wie zu jeder Jahreszeit, trotz des kalten Wetters. Tauben flatterten über den Platz und suchten nach allen möglichen Essensresten, die die Touristen weggeworfen hatten.

Die vier großen Bronzelöwen bewachten stolz die Nelsonsäule mitten auf dem Platz, während ich fieberhaft nach Harry Ausschau hielt. Er hatte geschrieben, dass er schwarz-weiße Kleidung tragen würde. Meinte er einen Smoking? Mein Herz hob sich bei dieser Vorstellung, weil Harry in einem Smoking unheimlich sexy aussah.

Vor einem der Löwen hatte sich eine Menschenschar versammelt, also steuerte ich darauf zu.

Ich entdeckte zuerst Badger, dessen rote Haare mich wie ein Leuchtfeuer willkommen hießen. Er begrüßte mich mit einer für ihn typischen festen Umarmung.

»Hey, Badger, wie viel hat Harry dir bezahlt, damit du bei dieser Sache hier mitmachst?« Ich bemerkte, dass die Leute zu lachen begannen und sich über irgendetwas auf der anderen Seite der Löwenskulptur amüsierten, das ich nicht sehen konnte.

»Soll das ein Witz sein? Ich würde das hier um nichts auf der Welt verpassen wollen.« Badger deutete mit einem Nicken über seine Schulter, und ich folgte seinem Blick.

Als die Menge sich leicht teilte, entdeckte ich Harry, der ein sehr enges Kuhkostüm anhatte, das ihm eindeutig ein paar Nummern zu klein war.

Mein Blick senkte sich kurz auf die beachtliche Beule in seinem Schritt, die durch den engen Stoff dramatisch betont wurde. Ich riss meine Augen davon los und bemerkte, dass Harry auf mich zukam, mit einer gelben Rose in der Hand.

Er sah albern aus.

»Hi«, sagte er und überreichte mir die Rose.

»Hi.« In meinem Kopf waren keine weiteren Worte.

Harry beugte sich vor und flüsterte mir ins Ohr, damit nur ich ihn hören konnte. »Du sollst wissen, dass ich Jack fast genauso sehr geliebt habe wie du. Darum ist diese Show hier für ihn.«

Ich lächelte ihn liebevoll an.

»Außerdem braucht man normalerweise eine Sondergenehmigung, wenn man hier etwas aufführen will, darum denke ich, dass wir nicht viel Zeit haben werden, bevor die Polizei hier auftaucht. Wenn es so weit ist, lauf einfach weg.«

Er wandte sich von mir ab. Polizei? Was in aller Welt hatte er vor, dass die Polizei einschreiten würde?

»Was? Harry, warte ...«

Er stieß einen grellen Pfiff aus. Von der anderen Seite

der Löwenskulptur war nun klassische Musik zu hören, und die versammelten Zuschauer verstummten.

Es war ein bekanntes Ballettstück, wahrscheinlich von Tschaikowski.

»Du wolltest Ballett und Pommes«, sagte Harry, während Badger mir eine Tüte lauwarme Pommes frites in die Hand drückte. »Nun, hier sind deine Pommes, und hier ist dein Ballett.« Er erhob seine Stimme. »Ladies and Gentlemen, ich darf Ihnen das englische Nationalballett präsentieren mit seiner Interpretation von Rindersee.«

Gleich darauf brach Gelächter aus, und die Menge teilte sich. Hinter dem Löwen tänzelten zwölf große, kräftige Männer hervor, die sich alle an den Händen hielten und in einer sehr schlechten Ballettimitation mit den Beinen schlenkerten. Ich prustete los. Ich erkannte sofort, dass es sich um Harrys Rugbymannschaft handelte. Jeder der Männer trug ein Kuhkostüm und darüber ein rosa Tutu. Harry eilte zu den anderen hinüber und fügte sich nahtlos in das Ende der Reihe, und die Männer hüpften unelegant von einer Seite auf die andere und warfen ihre Beine hoch, während sie sich gegenseitig traten und auf den Zehen des jeweils anderen landeten. Das hier war eindeutig nicht einstudiert, sorgte aber für jede Menge Lacher beim Publikum, wenn die Tänzer sich gegenseitig in die Quere kamen. Ich musste so sehr lachen, dass mir mein Gesicht wehtat. Die Musik wurde nun schneller, und die Männer bildeten Paare, und einer hob den anderen hoch, während dieser mit den Beinen in der Luft strampelte. Es war ein heilloses Durcheinander, aber die Zuschauer hatten einen Riesenspaß.

Die Musik erreichte ein Crescendo, und Badger bedeutete der Formation mit hektischen Handzeichen, zum Schluss zu kommen. Die Männer bildeten rasch drei Reihen – zwei Fünfer- und eine Zweierreihe –, während Harry sich von ihnen löste und sich vor mich stellte. Dann stoppte die Musik, und alle zwölf Kühe drehten sich um und enthüllten einen Buchstaben auf ihrem Rücken. Die großen Paillettenbuchstaben, für jedermann deutlich zu sehen, ergaben die Worte *Suzie Marry Me*. Mit einer dramatischen Schlusspirouette machte Harry vor mir einen Kniefall, grinste breit und ergriff meine Hand.

Das Publikum brach in spontanen Applaus aus.

Badger unterbrach plötzlich die romantische Szene direkt vor meinen Augen und brüllte: »LAUFT!«

Die Kühe stürmten los und verstreuten sich in der Menge. Harry sprang auf und küsste mich rasch auf die Wange, bevor auch er in der Menge untertauchte. Innerhalb von Sekunden löste sich mein persönlicher Flashmob auf und hinterließ nur eine Tüte mit kalten Pommes frites als einzigen Beweis dafür, dass es tatsächlich passiert war.

Ich steckte mir eine Pommes in den Mund, während ich beiläufig weiterschlenderte, in der Hoffnung, dass meine Lässigkeit nach außen hin echt wirkte. Wobei die Polizei es scheinbar nicht besonders eilig hatte. Zwei Beamte näherten sich gemächlich dem Tatort, um zu schauen, was diesen Menschenauflauf verursacht hatte, aber als sie sahen, dass die Menge sich auflöste, war das Letzte, wonach ihnen der Sinn stand, dreizehn kräftige Kühe zu verfolgen.

Mein Handy summte in meiner Tasche, und ich

fischte es aus dem ganzen Durcheinander heraus. Es war Harry.

»Hey. Wir treffen uns in fünf Minuten am Springbrunnen. Ich muss mich nur kurz umziehen.«

Ich kicherte immer noch, als er schließlich angejoggt kam, glücklicherweise in Jeans und T-Shirt.

»Und?« Er setzte sich neben mich und stibitzte mir ein Pommesstäbchen. Es schien ihn überhaupt nicht zu stören, dass es mittlerweile kalt war.

»Ich fand es super.«

Er lachte und schlang einen Arm um mich. »Einen schönen Valentinstag, Suzie.«

»Solltest du eigentlich nicht mit Sexy Samantha den Tag verbringen, statt mich zu unterhalten?«

Er zuckte mit den Achseln. »Sie reagiert nicht auf meine Anrufe.«

Ein Schatten der Kränkung huschte über sein Gesicht, der aber so rasch wieder verschwunden war, dass ich mich fragte, ob ich ihn mir vielleicht eingebildet hatte. Das war sehr untypisch für Harry. Er hatte schon so viele Freundinnen, seit wir uns kannten, aber zu keiner davon hatte er eine engere Bindung aufgebaut.

»Dann hast du also keine heißen Pläne für heute Abend?«

Er schüttelte den Kopf.

»Dass ich nicht lache. Harry Forbes sitzt am Valentinstag ganz bestimmt nicht allein zu Hause.«

»Ach, Suzie, du kennst mich doch. Ich glaube ohnehin nicht an diesen ganzen Quatsch.«

»Du meinst an die Liebe?«

Er nickte.

Ich runzelte die Stirn. Sich vor den Möglichkeiten der Liebe zu verschließen bedeutete, sein Herz vor dem Glück zu verschließen. Ich verstand ja, dass Harry versuchte, sich selbst zu schützen, aber dass er sich überhaupt nicht weiterbewegte, passte nicht zu seiner fröhlichen, spontanen Art. Ich beschloss, das Thema zu vertiefen.

»Ich verstehe nicht, wie du so etwas sagen kannst, in Anbetracht der Branche, in der wir tätig sind. Wir haben so viele Paare gesehen, die zusammengefunden haben und heirateten und nun ein glückliches Leben miteinander führen.«

»Jemanden zu lieben heißt, ihm zu vertrauen.« Harry sah mich in einem seltenen Moment der Ernsthaftigkeit an. »Ich habe vor vielen Jahren gelernt, dass ich niemandem trauen kann.«

Was verbarg er vor mir? Ich wusste so wenig über seine Vergangenheit. Ich hatte ihn schon mehrmals darauf angesprochen, aber er gab immer nur sehr vage Antworten und wechselte dann rasch das Thema. Ich hatte es schließlich aufgegeben zu fragen.

Er nahm meine Hand. »Ich vertraue dir, du bist meine beste Freundin. Du bist der einzige Mensch, dem ich vertraue.«

Aber nicht genug, um mir zu sagen, warum er solche Probleme hatte.

Er nahm ein Pommesstäbchen und bot es mir an, und als ich mich vorbeugte, um davon abzubeißen, stupste er mich damit absichtlich in die Nase. Ich musste kichern, und ich spürte, dass der ernsthafte Moment vorbei war.

Ich liebte diesen Mann. Er brachte mich zum Lachen,

er brachte mich zum Weinen, er war für mich da, auf jede erdenkliche Weise, die ihm möglich war. Wer gab sich so viel Mühe für jemanden, den er lediglich gernhatte? Was, wenn … er doch die Liebe gefunden hatte … mit mir? Mit dem einzigen Menschen, dem er vertraute?

Jacks Brief bohrte sich in meine Gesäßtasche, verbrannte mich fast mit dem Letzten Willen meines Bruders. Ich würde es Harry sagen. Tatsächlich würde ich es ihm heute Abend sagen. Ich würde Harry niemals verletzen, das sollte er wissen, und wenn er nicht dasselbe empfand wie ich, wusste ich wenigstens, woran ich war.

Kapitel 6

Ich stand vor Harrys Eingangstreppe und zwang mich, es zu tun. Jack hatte recht, ich musste es ihm sagen. Ich konnte nicht so weitermachen und Harry aus der Ferne lieben. Ja, es würde seltsam zwischen uns sein, besonders wenn Harry keine Neigungen in diesem Bereich verspürte, aber es würde sich nicht negativ auf unsere Freundschaft auswirken. Und falls doch? Ich schluckte. Wenn es eine Auswirkung hatte und Harry der Meinung war, dass er nicht mehr mit mir befreundet sein konnte, dann konnte ich ohne seine ständige Präsenz in meinem Leben mich vielleicht endlich weiterorientieren.

Ich schaute an mir herunter. Ich war einigermaßen okay angezogen, in meiner besten Jeans und einem hübschen geblümten Top. Es war nicht übertrieben. Wenn ich heute Abend kniff, würde Harry niemals erfahren, wofür ich eigentlich vorbeigekommen war. Wir hatten uns schon hundertmal zuvor Essen vom Chinesen geholt und uns einen Film angeschaut, mein Besuch würde also zunächst völlig normal wirken. Dann, nach ein paar Gläsern Wein, würde ich es ihm einfach sagen. Ich konnte das. Mein Herz plumpste in den Magen. Ich konnte das nicht.

Ich seufzte. Eins war sicher: Wenn ich jetzt nicht diese Stufen hochging und an Harrys Tür klopfte, würde mein mitgebrachtes Essen vom Chinesen kalt werden.

Mit neuer Entschlossenheit stieg ich die Treppe hinauf. Ich würde es ihm sagen. Ich klingelte.

Es kam niemand an die Tür, und drinnen rührte sich nichts. Ich vernahm aus dem Wohnzimmer Musik, wahrscheinlich hatte Harry mich deswegen nicht gehört. Ich beugte mich vorsichtig über das Treppengeländer und stützte mich mit einer Hand auf dem Fenstersims ab, um durch die Scheibe in das Wohnzimmer zu spähen.

Harry war da. Er saß mit nacktem Oberkörper auf der Couch und beobachtete aufmerksam etwas, das ich nicht sehen konnte. Wobei es nicht der Fernseher war – dafür schaute er in die falsche Richtung.

Ich hob die Hand, um an das Fenster zu klopfen, als ich auf eine Bewegung aufmerksam wurde. Eine Frau. Sexy Samantha. Nur mit ihrer Unterwäsche bekleidet, näherte sie sich Harry mit zwei Gläsern Champagner, gab ihm eins davon und setzte sich dann rittlings auf seinen Schoß. Ich beobachtete, wie er lächelte und wie seine Hand zu ihrer Taille wanderte. Sie nippte an ihrem Champagner, dann küsste sie ihn.

Ich konnte mich nicht bewegen. Ich war vor Schreck wie gelähmt. Ich hatte Stunden gebraucht, um den nötigen Mut zu sammeln, und nun war Samantha hier bei Harry und tat mit ihm genau das, was ich mit ihm tun wollte. Ich dachte, zwischen den beiden würde Funkstille herrschen. Während mich eine große Welle der Enttäuschung übermannte, beobachtete ich, wie Samanthas Hände an Harrys Oberkörper heruntterglitten, bis zu den Knöpfen seiner Jeans.

Das war's dann also. Das Gespräch, die Worte, die ich eine Ewigkeit geübt hatte, verblassten in meinem Kopf.

Es war dumm von mir zu denken, dass Harry sich jemals für mich interessieren könnte, nicht, wenn er eine so große Auswahl an Frauen hatte. Ich musste rasch von hier verschwinden, bevor er mich sah.

Ich stieß mich von dem Fenstersims ab, rutschte dabei aber mit einem Fuß vom Treppenabsatz und verlor das Gleichgewicht. Ich knallte mit dem Kopf hart gegen die Fensterscheibe, kippte über das Geländer und stürzte in das Gebüsch darunter. Eine Sekunde später ergossen sich die rote süß-saure Soße, die Nudeln und Harrys Lieblingsgericht, Garnelen mit Cashewkernen, über mich. Die Tüte mit dem Krabbenbrot landete auf meinen Füßen.

Ich starrte missmutig auf die Sauerei, während ich mich fragte, ob ich das Krabbenbrot noch hernehmen konnte, um die Soße aufzutunken.

Zu allem Unglück war ich nicht allein. Jemima, Harrys Katze, starrte mich aus den Tiefen des Gebüschs an. Dann, fast als würde sie mit den Achseln zucken, stolzierte sie zu mir herüber und begann, die Soße von meinem Gesicht abzulecken.

Wäre Jack jetzt hier, wäre er irgendwie wieder zum Leben erwacht, würde ich meine Hände um seinen Hals legen und ihn so lange würgen, bis er wieder tot war. Augenblicklich durchzuckten mich Schuldgefühle wegen dieses furchtbaren Gedankens, und in meiner schrecklichen Enttäuschung zog ich Jemima eng an mich und weinte in ihr Fell.

»Hallo, wer ist da?«

Harrys wütende Stimme erklang über mir, und ich erstarrte, während ich verzweifelt versuchte, mein Schluchzen zu unterdrücken.

»Verdammter Spanner«, hörte ich Samantha sagen.

Schritte kamen die Eingangstreppe herunter in meine Richtung.

»Da liegt jemand im Gebüsch«, zischte Harry.

»Soll ich die Polizei rufen?«

O Gott, konnte diese Situation wirklich noch schlimmer werden? Obwohl, vielleicht war es besser, von der Polizei abgeführt zu werden, statt Harry und Samantha gegenübertreten zu müssen.

»Hol meinen Baseballschläger«, flüsterte Harry. Ich hörte, wie Samantha zurück ins Haus lief.

Was hatte er mit dem Baseballschläger vor? Okay, das hier geriet allmählich außer Kontrolle. Ich stand auf, und mein Kopf tauchte aus dem Gebüsch auf wie ein Schachtelteufel.

»Hi.«

Nudeln glitten langsam von meiner Stirn und über meine Wange, und meine Tränen schienen zum Glück in der süßsauren Soße unterzugehen.

Harry, immer noch mit nacktem Oberkörper, starrte von der Treppe zu mir herunter, und ein Grinsen breitete sich in seinem Gesicht aus.

»Hallo.«

Jemima leckte mir wieder das Gesicht ab.

»Ich habe was vom Chinesen mitgebracht.« Ich hielt meine nun leere Tüte hoch. »Ich dachte, wir könnten uns den neuesten Zombiestreifen reinziehen. Aber wie ich sehe, hast du für heute Abend schon Unterhaltung, also lasse ich dich jetzt besser wieder alleine.«

Ich stieg so anmutig, wie ich konnte, aus dem Gebüsch, aber Harry kam bereits die restlichen Stufen zu mir herunter.

»Also das mit den Nudelhaaren, ist das ein neuer Look, den du gerade ausprobierst? Ich glaube, da ist mir der Kuhanzug lieber.« Er klaubte einen Klumpen Nudeln und Bohnensprossen aus meinen Haaren und schmiss ihn auf den Boden. Jemima, diese Verräterin, sprang von meinem Arm und machte sich über die Reste her. »Ich nehme an, dass kein Blut darunter ist. Hast du dich verletzt?«

Mein Stolz und mein Herz waren definitiv verletzt. Aber jeder äußerliche Schmerz als Folge des Sturzes musste erst mein Gehirn einholen. Ich schüttelte den Kopf.

Harry hatte einen fantastischen Oberkörper, und alles an ihm war so groß, und ich wünschte mir einfach, dass er seine Arme um mich schlingen und mich wie gestern Abend halten würde. Aber das würde ganz sicher nicht passieren, solange Samantha drinnen auf ihn wartete, bereit, willig und sexy.

»Oh!« Samanthas Stimme zerschnitt die Luft über uns. »Du bist es.« Ihre Enttäuschung war unüberhörbar. Ich schaute zu ihr hoch und sah, dass sie verlegen von einem Fuß auf den anderen trat, nicht zuletzt deshalb, weil Harry seine Augen nicht von mir abwandte. Sie trug nichts weiter als Harrys Hemd, in dem sie verschluckt wurde, aber mit ihren zerzausten Haaren und ihren roten Lippen verkörperte sie von Kopf bis Fuß die sexy Freundin.

»Tut mir leid«, sagte ich leise zu Harry. »Mir war nicht bewusst, dass du heute Abend Besuch hast. Mach dir keine Gedanken wegen mir. Geh einfach wieder rein und amüsier dich.«

Ich machte einen Schritt von ihm weg, aber er hielt meine Hand fest. »Geh nicht.«

»Was schlägst du vor? Dass ich euch für einen Dreier Gesellschaft leiste?«

Er lachte. »Ich glaube nicht, dass ich das verkraften würde. Du nackt in meinem Bett …« Er rieb sich die Augen, als wollte er das Bild aus seinem Kopf vertreiben.

Ich war gekränkt. »Gut, nach dieser ziemlich unschmeichelhaften Bemerkung verschwinde ich jetzt wieder.«

Harry umklammerte meinen Arm. »Warte, so war das nicht gemeint …«

Ich zog meinen Arm aus seinem Griff. »Ich habe schon verstanden.«

»Das glaube ich nicht …«

Ich drehte mich um und ging davon. Konnte dieser Abend noch schlimmer werden?

»Hey, warte.« Ich hörte, dass Samantha mir hinterherrief. Oh, ganz offenbar konnte es noch schlimmer werden. Ich drehte mich um und sah, dass Samantha über die Grünfläche auf mich zurannte, während Harry oben auf der Eingangstreppe stand und uns neugierig beobachtete.

»Suzie, hör zu, Harry hat mir das von deinem Bruder erzählt. Es tut mir sehr leid.«

»Ähm, danke.« Worauf wollte sie hinaus?

»Harry ist ein toller Mann.«

»Das ist er«, bekräftigte ich vorsichtig, während mir schmerzhaft bewusst war, wie katastrophal ich aussah, verglichen mit Samanthas selbstverständlicher Schönheit.

»Ich weiß, dass er oft für dich da war, seit James gestorben ist.«

»Jack.«

»Er hat Mitleid mit dir. Das hat er mir selbst gesagt.«

Wow. Das tat viel mehr weh, als es sollte.

Samantha starrte mich an, ihre Augen waren aufrichtig und klar. »Ich mag dich, Suzie, und ich will nicht, dass du verletzt wirst, aber … verwechsle Mitleid und Güte nicht mit Liebe, denn das ist es nicht. Wenn Harry mit dir zusammen sein wollte, wäre er mit dir zusammen.«

Wenn man schon von brutaler Ehrlichkeit spricht …

»Samantha!«, rief Harry. In seiner Stimme lag ein warnender Unterton. Es gefiel ihm nicht, dass sie mit mir redete, oder besser gesagt, dass sie mir Harry ausredete.

Samantha lächelte mich an. »Ich wünsche dir einen schönen Abend.«

Ich beobachtete, wie sie sich umdrehte und barfuß über die Wiese flitzte, dann die Treppe hochjagte und sich direkt in Harrys Arme stürzte. Nachdem Harry mir einen letzten Blick zuwarf, verschwanden die beiden im Haus.

Samantha hatte recht. Harry war nicht schüchtern. Hätte er Gefühle für mich, hätte er es mir längst gesagt. Und nachdem er die Vorstellung, dass ich nackt in seinem Bett lag, ganz schnell abgetan hatte, wäre ich am liebsten auf die Knie gegangen, um den Mächten zu danken, dass ich ihm heute Abend nicht meine unsterbliche Liebe erklärt hatte. Er hätte mir zwar keine so unverblümte Abfuhr gegeben, aber die Unterhaltung wäre oberpeinlich gewesen.

Ich drehte mich um und schaute nicht zurück. Ja, es tat weh, aber nachdem ich nun endlich die Bestätigung hatte, war es, als fiele eine Last von meinen Schultern. Ich war frei, ich brauchte mich nicht mehr zu fragen, ob hinter Harrys lieben Worten und Taten ein verborgenes Motiv steckte, brauchte nicht mehr zu hoffen, dass wir uns eines Tages in die Arme fallen würden und dann glücklich bis in alle Ewigkeit lebten. Das würde niemals passieren. Zum ersten Mal seit zwei Jahren konnte ich mich endlich weiterorientieren.

Ich klingelte am nächsten Morgen an Jules' Tür. Jules war bestimmt schon auf, Bella wurde nämlich immer absurd früh wach.

Ich hatte den Großteil der Nacht kein Auge zugetan und über Harry nachgedacht, und ich brauchte heute eine Ablenkung von ihm.

Jules öffnete mir ziemlich verwuschelt die Tür und machte große Augen, als sie mich sah.

»Habe ich dich geweckt? O Süße, tut mir leid. Ich dachte, du wärst schon auf, wegen Bella.«

Ich gab ihr einen Kuss auf die Wange und drängte mich an ihr vorbei ins Haus.

»Bella schläft noch.«

»Ich dachte, wir könnten heute was zusammen unternehmen, vielleicht in den Zoo gehen. Bella liebt den Zoo.«

»Tolle Idee. Würde ich gern machen. Aber ich muss mich heute Vormittag noch um ein paar Sachen kümmern. Wie wäre es, wenn wir uns später vor dem Zoo treffen, so um zwölf?«

»Cool.«

»Ich bin ein bisschen spät dran, also ... Ich möchte ja nicht unhöflich sein oder so, aber ...« Sie grinste mich gutmütig an.

»Gut, ich kann ja schon mal Bella für dich wecken, anziehen und ihr das Frühstück geben. Dann kannst du in Ruhe duschen und dich fertigmachen.«

Ich wandte mich zur Treppe.

»NEIN! Ich meine ... Bella ist morgens immer ein bisschen knötterig. Sie mag es nicht, wenn sie von jemand anderem als mir geweckt wird.«

»Sie kennt mich. Sie wird schon nicht erschrecken.«

Ich stieg die Treppe hoch.

»Suzie, bitte, ich ...«

Ein sehr lautes männliches Gähnen unterbrach Jules, was auch immer sie gerade sagen wollte. Ich starrte sie an, während ich meine Ohren zwang, einen Nachbarn oder jemanden im Fernsehen gähnen gehört zu haben. Mir wurde schlecht.

»Jules, wo bleibst du? Ich habe was für dich, was Großes.« Eine männliche Stimme schwebte aus dem Schlafzimmer die Treppe hinunter.

Das war ein Kumpel von Jules, ihr Bruder, ihr Vater. Es musste so sein. Er hatte ein großes Geschenk für Jules, das war alles. Das Ganze war völlig harmlos. Ich ignorierte die Stimme in meinem Kopf, die mir sagte, dass ich diese Männerstimme kannte.

Ich stürmte die restliche Treppe hoch, während ich Jules' verzweifeltes Flehen hinter mir ignorierte.

Ich stieß die Tür zum Schlafzimmer auf und starrte

auf Badger, der pudelnackt in Jules' Bett lag und eine Riesenerektion in seiner Hand hielt.

Er riss die Augen auf, als er mich sah.

»Shit, Suzie, warte, ich kann dir das erklären.« Badger kletterte aus dem Bett und kam auf mich zu, und ich wich taumelnd vor ihm zurück. Das hier war ein furchtbarer Albtraum, einer, aus dem ich am liebsten sofort aufwachen würde.

Ich sah Jules an, die mir nach oben gefolgt war, und wartete auf irgendeine Art von Erklärung, die alles wiedergutmachen würde. Jules lehnte an der Wand und hielt mit beiden Händen ihren Kopf, was mich an das Bild *Der Schrei* von Edvard Munch erinnerte. Ich hatte wahrscheinlich denselben Gesichtsausdruck.

»Es tut mir leid, es tut mir so leid. Ich wollte nicht, dass du es auf diese Art erfährst.«

»Es stimmt also? Du schläfst mit Badger, hinter dem Rücken meines Bruders?« Die Ungenauigkeit dieser Worte traf mich wie ein Faustschlag in den Magen. »Es ist erst acht Monate her.« Ich korrigierte mich rasch. »Mein Bruder ist noch nicht einmal richtig kalt, und du springst schon mit seinem Cousin ins Bett. Wahrscheinlich muss ich auch noch dankbar dafür sein, dass es in der Familie bleibt.«

»Suzie, das stimmt so nicht.« Badger knöpfte rasch seine Jeans zu.

»Und du, wie konntest du mich nur dermaßen hintergehen? Wir sind Freunde. Du warst Jacks bester Freund.«

Bella fing in ihrem Zimmer an zu weinen, und als Badger zu ihr hinüberging, um sie zu trösten, traf mich der nächste Schock. Badger würde meine Nichte großziehen, Badger würde der einzige Vater sein, den Bella jemals kennen würde.

Tränen stiegen mir in die Augen, und ich stürmte die Treppe hinunter und hinaus auf die Straße.

Ich hörte, dass Jules mir hinterherrannte.

Ich kam zwei Häuser weit, bevor sie meinen Arm zu packen bekam und mich festhielt.

Jules hatte auch Tränen in den Augen. »Es tut mir leid, ich wollte nicht, dass das passiert, aber es ist passiert, und es tut mir wahnsinnig leid. Ich weiß, das hilft jetzt wahrscheinlich nicht, aber es ist nicht so, dass ich nur mit Badger schlafe … dass es nur um Sex geht. Ich liebe ihn.«

Mein Magen krampfte sich zusammen.

»Du hast Jack geliebt«, fauchte ich sie an. »Wie kannst du so kurz nach seinem Tod schon einen anderen lieben?«

»Denkst du, ich hätte irgendeine Kontrolle darüber? Ich habe mich so schuldig gefühlt, ich fühle mich immer noch schuldig, aber ich kann mich nicht länger selbst bestrafen. Ich kann meine Gefühle für Steve nicht leugnen, tut mir leid.«

Steve? Wer zur Hölle war Steve? Noch einer, mit dem sie schlief? Dann fiel mir ein, dass Badgers richtiger Name Steve war.

Badger kam nun aus dem Haus gelaufen und trug Bella auf seiner Hüfte, als würde sie dorthin gehören. Bella hatte aufgehört zu weinen und hielt sich an Badgers Haaren fest, und er streichelte ihr unbewusst den Rücken. Bella entdeckte mich und fing an zu strahlen, während sie ihre kleinen Hände nach mir ausstreckte.

»Wie lange geht das schon mit euch?«

»Steve kommt regelmäßig vorbei, seit Jack gestorben ist.«

»Er dachte wohl, er kann in euer Ehebett hüpfen, solange es noch warm ist, was? Ich hoffe, du hast es vorher wenigstens frisch bezogen.«

»So war es nicht. Wie könnte es auch so gewesen sein? Ich war nach Jacks Tod völlig am Ende. Steve hat mir geholfen. Er hat für mich geputzt, gewaschen, er hat für mich gekocht. Es war einfach schön, jemanden zu haben, bei dem ich mich ausweinen konnte. Du weißt selbst, wie schlimm es war, aber du hattest Harry. Ich hatte niemanden.«

»Du hattest mich.«

»Du hattest mit deiner eigenen Trauer zu kämpfen. Steve und ich waren Freunde, es war anfangs nicht mehr als das.« Sie stieß ein schweres Seufzen aus. »Das erste Mal, dass wir miteinander geschlafen haben, war vier Monate nach Jacks Tod.«

»Vier Monate!« Am liebsten hätte ich ihr eine geknallt. Ich musste mich mit Gewalt daran hindern.

»Wir waren beide betrunken. Keiner von uns hat es darauf angelegt«, versuchte Badger zu erklären.

»Ach so, dann bist du also nur gestolpert und mit deinem Schwanz immer wieder in sie reingefallen.«

»Swans«, plapperte Bella fröhlich nach. Zu jedem anderen Zeitpunkt wäre es lustig gewesen.

»Ich habe danach tagelang geheult«, sagte Jules. »Ich wollte nichts mehr mit ihm zu tun haben. Ich habe mich geweigert, ihn zu sehen. Aber er fehlte mir so sehr. Es war das einzige Mal, dass es passiert ist, obwohl wir irgendwann angefangen haben, uns wieder zu treffen. Ich schätze, wir sind jetzt seit zwei, drei Wochen ein Paar.«

»Ich liebe sie, Suzie. Es tut mir leid, dass wir dich so verletzt haben, aber das mit uns ist mehr als nur ein kleines Techtelmechtel.«

Die Worte der Zusammengehörigkeit schnitten in mich hinein. Bella lehnte sich zärtlich an Badgers Schulter.

»Und was glaubt ihr, wie Jack das finden würde?« Ich deutete auf die kleine Familieneinheit.

Neue Tränen traten in Jules' Augen. »Ich hoffe, er würde sehen, dass ich glücklich bin, und sich für mich freuen. Ich hoffe, dass du dich irgendwann auch für mich freuen kannst.«

»Das kann dauern.«

Abrupt wandte ich mich um und ging davon, und ich schaffte es gerade noch um die Ecke, bevor ich in Tränen ausbrach.

Ich saß da und starrte auf den flachen runden Steinbrunnen, aus dessen Mitte Wasser emporsprudelte und kleine Blasen bildete. Saint Dunstan in the East war eine friedliche Oase inmitten des Londoner Stadtlärms. Der beschauliche Park auf dem Boden einer ehemaligen Kirche lag versteckt zwischen schmalen, hohen Häuserschluchten und belebten Straßen. Nachdem das Gebäude aus dem zwölften Jahrhundert im Zweiten Weltkrieg durch Bomben zerstört und nie wiederaufgebaut worden war, wurde das Ruinengelände viele Jahre später in einen öffentlichen Park umgewandelt. Bäume wuchsen aus den Mauern, und Kletterpflanzen krochen durch die leeren Fenster, als wären es Tentakel, die versuchten, die Kirche zurück in die Erde zu saugen. Schmale Beete mit Wildblumen säumten die Mauern der Ruine. Das fahle Licht der Wintersonne fiel durch das offene Dach und spiegelte sich glitzernd in dem Brunnenwasser. Ich war allein im Park, worüber ich froh war.

Aber dann fiel ein großer Schatten über mich und versperrte mir die Sonne, und ich wusste sofort, wer es war.

Harry setzte sich neben mich auf die Bank und legte einen Arm um meine Schulter.

»Badger hat mich angerufen.«

»Hast du es gewusst?«

»Ja.«

Ich funkelte ihn zornig an. »Und du hast es mir nicht gesagt?«

»Das stand mir nicht zu.«

»Du bist mein Freund.«

»Ja, ich bin dein Freund, und das weißt du auch. Aber es war eine Sache zwischen Jules und Badger. Die beiden mussten sich erst selbst darüber klar werden, und ich wollte ihnen nicht im Weg stehen. Hätte ich es dir gesagt, wäre das eine Einmischung von außen gewesen. Jules hat so schon genug Schuldgefühle, ohne dass du in die Gleichung miteinbezogen wurdest.«

»Du hättest es mir sagen müssen.«

»Damit du es hättest verhindern können?«

»Ja. Sie liebt ihn nicht. Das ist reine Trauerbewältigung, so simpel ist das.«

»Dann solltest du dich freuen, dass Jules etwas Trost gefunden hat, dass jemand da war, der ihr geholfen hat, die Scherben aufzusammeln.«

»Sie ist mit Badger vier Monate, nachdem mein Bruder tot war, ins Bett gestiegen. Nur vier Monate später.

Weißt du, wie ich mich gerade fühle? Jack hätte es das Herz gebrochen. Er hat Jules über alles geliebt. Jack und Jules, Jules und Jack. Und dann noch Bella. Sie waren die perfekte kleine Familie, das perfekte Glück. Und vier Monate nach Jacks Tod geht Jules mit einem anderen ins Bett. Vielleicht hat sie Jack ja gar nicht richtig geliebt.«

»Das ist Blödsinn, und das weißt du auch.«

Ich starrte ihn an, gekränkt von seinem Verrat. »Du solltest eigentlich auf meiner Seite stehen.«

»Auf der Seite der Dummheit? Das bezweifle ich.«

Ich stand auf. »Du denkst also, ich verhalte mich dumm.«

Er seufzte und massierte sich den Nacken. »Ich verstehe ja, dass du verletzt bist. Es tut bestimmt weh zu sehen, dass Jules ihr Leben weiterlebt und dass Badger Bella aufwachsen sieht, während Jack nicht mehr die Chance dazu hatte. Aber du willst doch sicher nicht, dass Jules für den Rest ihres Lebens alleine bleibt.«

»Nein, trotzdem erwarte ich von ihr, dass sie um Jack ein bisschen länger trauert als vier mickrige Monate.«

»Das mit den vier Monaten war keine Absicht. Zwei Menschen, die Jack geliebt haben, suchten in ihrer Trauer beieinander Trost. Wir beide haben nie miteinander geschlafen, ich meine, wir hatten nie Sex miteinander, aber nach Jacks Tod gab es zahlreiche Nächte, die wir im selben Bett verbracht haben, während du dich im Schlaf an mich geklammert hast. Du hast bei mir Trost gesucht. Dass die beiden miteinander geschlafen haben, ist nicht so weit von dem entfernt, was wir getan haben. Menschen trauern auf unterschiedliche Arten.«

»Und nun hat sich die Trauer in Liebe verwandelt. Wer's glaubt, wird selig.«

»Du solltest dich für die beiden freuen.«

»Freuen?«

»Nehmen wir an, Jules wäre eine Freundin von dir und nicht deine Schwägerin, und sie würde nach dem Tod ihres Mannes eine neue Beziehung eingehen. Würdest du dich dann nicht freuen, dass sie endlich ihr Lächeln wiedergefunden hat?«

»Es ist noch zu früh.«

»Ich schätze, dass viele Leute so denken würden wie du. Aber glaubst du, dass man irgendeinen Einfluss darauf hat, in wen man sich verliebt oder wann das passiert? Glaubst du, Jules kann das kontrollieren?«

»Was ist mit Bella?«

»Was soll mit ihr sein? Sie braucht einen Vater.«

Ich ballte meine Hände zu Fäusten. »Badger ist nicht ihr Vater.«

»Er liebt sie, Suzie. Er liebt sie, als wäre sie sein eigenes Kind.«

»Er hat kein Recht, sie zu lieben.«

»Das ist ein bisschen egoistisch, oder nicht?«

»Dann bin ich jetzt also dumm und egoistisch.«

»Jack hat sich gewünscht, dass Jules wieder glücklich wird, dass sie eine neue Liebe findet. Das hat er ihr in seinem Brief geschrieben. Und ja, es ist viel früher passiert, als irgendjemand von uns erwartet hat, aber man muss das Glück beim Schopf packen, wenn sich die Gelegenheit dazu bietet. Ich denke, Jack würde sich darüber freuen, dass Jules ihr Glück mit jemandem gefunden hat, der sie und Bella von ganzem Herzen liebt. Das ist alles, was er sich jemals erhoffen konnte, einen Menschen, der die beiden gut behandelt, der für sie bis ans Ende der Welt gehen würde. Du kennst Badger genauso gut wie ich. Ich kann mir keinen besseren Mann für Jules vorstellen. Und auch er hat es verdient, glücklich zu sein.«

Es tat einfach so unglaublich weh. Das war nicht fair. Nichts davon war fair. Jack sollte noch da sein, um seine Tochter großzuziehen, um den Rest seines Lebens mit der Frau zu verbringen, die er liebte und die ihn liebte. Und Harry sollte mir gehören. Es gab kein »Glücklich bis in alle Ewigkeit«.

Am liebsten wäre ich vor allem weggelaufen. Davor, Harry jeden Tag zu sehen, vor Badger und Jules. Plötzlich war die Antwort offensichtlich.

»Ich spiele mit dem Gedanken auszuwandern.«

»Das finde ich als Reaktion ein bisschen übertrieben.«

»Ich habe hier nichts mehr, was mich hält.«

»Vielen Dank auch.«

»Ich stehe dir nur im Weg. Ich bin ohnehin das fünfte Rad am Wagen. Ich will mich nicht zwischen dich und Samantha drängen. Wenn ich nach Australien gehe, kannst du diesen gut bezahlten Job annehmen, und du brauchst dann nicht mehr jedes Mal, wenn es mir schlecht geht, alles stehen und liegen zu lassen und zu mir zu rennen. Außerdem muss ich so nicht mitansehen, wie ein anderer Mann meine Nichte großzieht.«

Plötzlich fand ich richtig Gefallen an der Idee. Die Strände, die Wasserfälle und Regenwälder. Ein neues Leben.

Harry stand auf und ragte vor mir empor. »Hör mir jetzt gut zu. Du hast mir noch nie im Weg gestanden, und du wirst es auch niemals tun. Dich kennenzulernen war das Beste, was mir jemals passiert ist. Nicht nur, dass ich durch dich den besten Job der Welt habe, weil ich Paaren dabei helfe zusammenzukommen, sondern ich habe auch die beste Freundin gewonnen, die man sich nur wünschen kann. Du bist liebenswürdig, großzügig, süß und lustig, und ich würde jede einzelne Stunde an jedem einzelnen Tag lieber mit dir verbringen als mit jemandem wie Samantha. Ja, du hast in letzter Zeit viel durchgemacht. Aber wir werden das durchstehen, und zwar gemeinsam, indem du dir von deinen Freunden helfen lässt, statt sie wegzustoßen. Jules und Badger lieben dich auch. Badger war völlig von der Rolle, nachdem du vorhin abgerauscht bist.«

Ich wollte es nicht hören. Ich nahm meine Handtasche und verließ den Park.

»Verdammt noch mal, Suzie, Weglaufen ist keine Antwort.«

Aber ich ging weiter, und als Harry mir wieder hinterherrief, wurde seine Stimme draußen von dem Straßenlärm verschluckt.

Verlobungsblog
Tag 5: Der Antrag im Stil von Tatsächlich ... Liebe.
Ort: Vor Suzies Haus.
Suzie spricht momentan kein Wort mit mir. Ich bin ein unsensibles Arschloch. Sie macht gerade die schlimmste Zeit ihres Lebens durch, und ich hätte für sie da sein sollen. Ich hätte diplomatischer sein sollen. Ich hätte sie an meiner Schulter weinen

lassen sollen, statt ihr meine Gedanken und Ansichten aufzuzwingen.
Da sie weder an die Tür geht noch ans Telefon, hatte ich keine andere Wahl, als den heutigen Antrag mithilfe von Pappschildern zu kommunizieren, wie in dieser berühmten Szene in dem Film Tatsächlich … Liebe mit der hinreißenden Keira Knightley und dem superscharfen (behauptet jedenfalls Suzie) Andrew Lincoln.
Mit ein bisschen Unterstützung von Ronan Keating (natürlich nicht in Person, obwohl das großartig gewesen wäre, sondern mit seiner »You Say it Best When You Say Nothing at All«-CD – Ronan Keating, falls du das hier liest und gerne einem romantischen Genossen helfen würdest, ruf mich an) und mit drei großen weißen Pappschildern stellte ich mich also vor Suzies Haus und machte ihr einen Antrag.
Schild 1: Es tut mir leid.
Schild 2: Du bist meine beste Freundin, und ich werde dir immer zur Seite stehen.
Schild 3: Möchtest du meine Frau werden?
Ich würde gerne schreiben, dass Suzie herausgestürmt kam und sich direkt in meine Arme stürzte, aber natürlich passierte das nicht. Sie sah sich alles vom Fenster aus an und wandte sich dann ab.

Verdammt. Scheiße. Shit. Mist. Fuck.

Ich konnte nicht schlafen. Ich war ein egoistisches Balg, und um dem Ganzen die Krone aufzusetzen, hatte ich mit meiner Schmollerei einen weiteren verdammt schönen Heiratsantrag ruiniert.

Natürlich wollte ich, dass Jules glücklich war. Erst neulich hatte ich ihr noch gesagt, dass sie gut aussah und dass ich mich freute, sie wieder lächeln zu sehen. Das war Badgers Verdienst, und wie könnte ich mir wünschen, dass das aufhörte? Vielleicht würde es nicht von Dauer sein – vielleicht war es doch nur schlicht und einfach Trauer –, aber Harry hatte recht. Wenn Jules in den Monaten nach Jacks Tod Trost gefunden hatte, dann musste das etwas Gutes sein.

Ich wünschte nur, der Trost wäre nicht sexueller Art.

Ich musste an die vielen Male denken, als Harry mich im Bett fest umschlungen gehalten hatte, während ich mich in den Schlaf weinte. So manches Mal hatte ich mir gewünscht – selbst in meiner Trauer –, dass sich aus der Umarmung mehr entwickelte. Es lag nicht einmal allein an meinen unangemessenen Gefühlen für Harry, dass ich mit ihm schlafen wollte. Ich wollte einfach spüren, wie das Blut durch meinen Körper rauschte, wollte Harrys Hitze spüren, seine Haut an meiner, wollte mich lebendig fühlen, als mein ganzer Körper von der Trauer wie gelähmt zu sein schien. Konnte ich Jules wirklich vorwerfen, dass sie einen Schritt weiter gemacht hatte, den Schritt, vor dem ich selbst zu viel Angst gehabt hatte?

Weil ich Harry brauchte. Nach Jacks Tod war Harry meine Luft zum Atmen gewesen, und ich hatte aus Angst alles vermieden, was dazu hätte führen können, dass ich ihn verlor. Ich hatte vor Jacks Tod viele Frauen kommen und gehen gesehen, ich hatte beobachtet, wie Harry sich zu langweilen begann und die Frauen dann fallen ließ, bevor er sich der Nächsten zuwandte. Ich wollte nicht eine dieser Frauen sein, mit denen er schlief und hinterher nichts mehr zu tun haben wollte. Ich hatte die letzten acht Monate nur überstanden, weil Harry beharrlich an meiner Seite gewesen war. Die Vorstellung, dass er nicht mehr da sein würde, dass ich in einem anderen Land aufwachen und ihn nicht mehr jeden Tag sehen würde, war unerträglich.

Und Jules hatte denselben Trost bei Badger gefunden.

Es war möglich, dass sich daraus etwas Ernsthaftes entwickelte. Vielleicht würde Jules für den Rest ihres Lebens mit Badger zusammenbleiben, ihn heiraten und weitere Kinder bekommen. Ich schauderte bei dem Gedanken. Ich liebte Badger, er war ein guter Kerl, aber es kam mir trotzdem nicht richtig vor, dass Jules so früh nach Jacks Tod einen anderen hatte.

Andererseits, wie sah die Alternative aus? Ich hatte Jules in den Monaten nach Jacks Tod gesehen. Sie hatte unheimlich viel Gewicht verloren, ihre Haut war grau gewesen, ihre geschwollenen Tränensäcke hatten auf einen völligen Schlafmangel hingedeutet, und ich hatte die Trauer und den Schmerz in ihren Augen nicht ertragen können. Es hatte mich jedes Mal durchzuckt, wenn sie mich angesehen hatte. Ich wollte nicht, dass Jules in diesen Zustand zurückkehrte.

Harrys Worte klingelten in meinen Ohren. »Man muss das Glück beim Schopfe packen, wenn sich die Gelegenheit dazu bietet.« Und er hatte recht. Manche von uns hatten das Glück, einmal im Leben die große Liebe zu finden. Wer war ich, dass ich Jules die Chance verweigerte, die Liebe ein zweites Mal zu finden?

Ich hasste es, dass Harry recht hatte. Und das

Ärgerliche war: Ich hatte schon im Park gewusst, wie recht er hatte.

Es gab nur eine Möglichkeit, um die Angelegenheit zu klären.

Ich schlug meine Bettdecke zurück, schlüpfte in meine Turnschuhe und rannte die Treppe hinunter und aus dem Haus. Die Wiese war wieder einmal verwaist. Ich wunderte mich immer, dass unsere kleine Grünanlage trotz ihrer zentralen Lage nachts um diese Uhrzeit an eine Dorfwiese erinnerte.

Ich hämmerte an Harrys Tür und klingelte Sturm. Das Haus lag in völliger Dunkelheit, und ich betete, dass Harry allein war.

Schließlich bemerkte ich eine Bewegung hinter der Glastür.

Als er näher kam, sah ich, dass er nichts anhatte außer seiner Boxershorts. Lief dieser Mann zu Hause ständig mehr oder weniger nackt herum?

Er öffnete die Tür und kniff die Augen vor der Straßenbeleuchtung zusammen. Ich hatte ihn zweifellos geweckt.

»Sag mir bitte, dass Badger nicht auch bei dir nackt im Bett liegt.«

Harry blinzelte mich verwirrt an. »Das will ich ihm nicht geraten haben.«

»Samantha?«

»Wir haben uns getrennt.«

Das musste ich erst einmal sacken lassen.

»Irgendwelche anderen heißen Schönheiten?«

Er schüttelte den Kopf und versuchte, den Schlaf aus seinen Augen zu reiben. »Hübscher Pyjama.«

Ich blickte an dem Pyjama herunter, den Harry mir

gekauft hatte. Vielleicht hätte ich mir etwas anziehen sollen, bevor ich herüberkam. Ich fröstelte in der kalten Nachtluft. »Hör zu, ich wollte dir nur sagen …«

Zu meiner Überraschung beugte er sich vor, nahm meine Hand, zog mich ins Haus und schloss die Tür hinter mir.

»Willst du mich wieder anschreien? Ich bin nämlich noch nicht ausreichend wach dafür. Höchstwahrscheinlich werde ich dann etwas sagen, was ich bedauern werde.«

»Ich bin hier, um mich zu entschuldigen.«

»Ah, dir tut es leid, mir tut es leid …« Er wedelte mit der Hand in der Luft, als wäre das alles unwichtig. »Na komm schon.« Ohne ein weiteres Wort ging er durch die Diele und die Treppe hoch, während er mich hinter sich her schleifte.

»Warum winkst du einfach ab? Willst du meine große Entschuldigung nicht hören?«

»Nein. Ich muss sie nicht hören. Ich gehe jetzt wieder ins Bett. Vor ein paar Minuten war ich noch mitten in dem besten Traum, den ich jemals hatte. Wenn ich mich beeile, kann ich vielleicht wieder einsteigen.«

Er kletterte in sein Bett, und da er immer noch meine Hand festhielt, musste ich ihm folgen.

»Aber du hattest recht. Ich bin ein Miststück.«

»Das habe ich nie gesagt.« Er drapierte die Bettdecke über mich und schloss die Augen, während er in sein Kissen sank.

»Aber alles, was du gesagt hast – du hattest recht damit. Ich sollte mich freuen, dass Jules eine neue Liebe gefunden hat. Jack würde sich das auch wünschen. Und gleich morgen werde ich bei Jules vorbeigehen und mich bei ihr und Badger entschuldigen. Möchtest du nicht ein selbstgefälliges Siegertänzchen aufführen oder wenigstens etwas wie ›Ich habe es dir doch gleich gesagt‹ von dir geben?«

Harry streckte blind die Hand nach mir aus und zog mich in seine Arme, sodass mein Kopf an seiner Brust ruhte.

»Meine beste Freundin hat gerade akzeptiert, dass ihre Schwägerin einen neuen Mann hat. Ich glaube nicht, dass es da was zu feiern gibt. Ich kann mir nicht einmal vorstellen, wie viel Kraft es gekostet haben muss, diesen dicken Klops zu schlucken und wenige Stunden später einsichtig zu werden. Ich ahne, wie schmerzlich das gewesen sein muss. Also lass uns jetzt schlafen, und morgen früh bringe ich dir das Frühstück ans Bett, dann können wir uns beim anderen entschuldigen.«

Mein Herz schwoll an vor lauter Liebe für ihn.

Innerhalb von Sekunden wurde sein Atem schwer.

»Harry«, flüsterte ich.

Er gab keine Antwort.

»Harry, ich strenge mich wirklich sehr an, um mich von dir zu entlieben, und das hier ist nicht gerade hilfreich.«

Es kam immer noch keine Antwort.

Seine Haut war wie Samt, fühlte sich weich und warm an. Ich schloss die Augen und kuschelte mich an ihn, bis ich schließlich einnickte.

Kapitel 7

Verlobungsblog
Tag 6: Der Alphabetti-Antrag.
Ort: Meine Küche.
Suzie verbrachte die Nacht bei mir, in meinem Gästezimmer natürlich. Nachdem sie gestern einen harten Tag hatte und ihr heute ein weiterer harter Tag bevorstand, wollte ich ihr etwas geben, das sie aufheiterte. Weiß jemand eine bessere Art, geweckt zu werden, als mit einem Verlobungsfrühstück im Bett?
Glücklicherweise hatte ich noch eine Dose Alphabetti-Pasta von Heinz im Küchenschrank. Mein Neffe liebt dieses Zeug, darum habe ich immer eine Dose davon im Haus, wenn er bei mir übernachtet. Ich überlegte mir, Alphabetti auf Toast zu machen und den Heiratsantrag auf dem Tellerrand mit Buchstabennudeln zu schreiben. Ich kochte die Alphabetti und achtete darauf, dass ich die Buchstaben beim Umrühren nicht beschädigte, dann kippte ich sie auf einen Teller und steckte die Brotscheiben in den Toaster. Es war viel schwieriger, als ich dachte, alle Buchstaben zu finden, die ich für den Antrag benötigte. Es gab Z, und zwar gleich sechs davon, aber kein einziges Y. Also bastelte ich eins aus einem V und dem unteren Stück von einem

L. Ich fand nur ein R, also musste ich das andere aus zwei I und dem restlichen Stück von dem L zusammensetzen. Als der spontane Heiratsantrag endlich fertig war, waren die Nudeln kalt und der Toast schwarz, und der qualmende Toaster löste den Rauchmelder aus, der wiederum Suzie aus dem Schlaf riss. Ich machte frischen Toast und kochte rasch noch zwei Eier, die ich anschließend wie Augen auf dem Teller platzierte. Mit einem Spritzer Ketchup malte ich einen lächelnden Mund, legte letzte Hand an das Arrangement aus Buchstaben und fügte die restlichen Alphabetti – von deren Verzehr ich Suzie abriet, da ich so viel damit herumhantiert hatte – als Haare dazu. Der Plan, ihr das Frühstück ans Bett zu bringen, fiel ins Wasser, weil Suzie herunterkam, um sich zu vergewissern, dass ich noch lebte, nachdem der Qualm sich im ganzen Haus ausgebreitet hatte, und so frühstückten wir stattdessen schließlich in der Küche.
Die Reaktion: Ich habe Suzie schon lange nicht mehr so lächeln gesehen. Es scheint, als wäre in jedem von uns ein inneres Kind verborgen, und außerdem mag Suzie Alphabetti.

Ich wartete im Wagen vor Jules' Haus, und Harry saß neben mir.

»Bist du bereit?«

Ich nickte.

»Ich möchte nicht, dass du etwas tust, was dir widerstrebt. Ich habe das Gefühl, als hätte ich dich dazu gedrängt.«

»Nein, ich will das machen. Ich bin nicht begeistert,

natürlich nicht. Aber man kann nicht kontrollieren, in wen man sich verliebt.« Wenn es so einfach wäre, hätte ich die letzten zwei Jahre nicht damit verbracht, für meinen besten Freund zu schwärmen. Ich seufzte. »Ich möchte, dass Jules wieder glücklich ist, und wenn Badger ihr dabei helfen kann, ist das für mich okay.«

Ich stieg aus, bevor ich es mir anders überlegen konnte, und ging zur Haustür.

Als Jules die Tür öffnete, suchte ich nach Worten, um mich zu entschuldigen, um die Situation zwischen uns zu bereinigen, aber ich fand keine. Es schmerzte immer noch.

Jules traten Tränen in die Augen, und ich machte unwillkürlich einen Schritt auf sie zu und nahm sie in den Arm. Ich hielt sie fest, während sie an meiner Schulter schluchzte und ich ihren Pullover mit meinen eigenen Tränen benetzte.

Gleich darauf spürte ich, dass Harry uns behutsam ins Haus schob, damit wir nicht länger draußen standen, bevor er die Tür hinter uns schloss.

»Badger!«, rief er. »Setz das Wasser auf. Ich glaube, wir brauchen jetzt alle einen schönen heißen Tee.«

Ich ließ mir ein Stück von Jules' köstlichem Bananenkuchen schmecken und beobachtete nebenbei Badger, der bäuchlings auf dem Boden lag und mit Bella spielte. Es war für jedermann offensichtlich, dass er die Kleine vergötterte, obwohl sie nicht sein eigenes Kind war.

Harry war draußen im Garten und telefonierte mit unseren Kunden.

Jules und ich hatten Tränen vergossen und uns entschuldigt und dann noch mehr Tränen vergossen, während Harry und Badger sich laut und diplomatisch über Fußball unterhielten. Es würde noch ein Weilchen dauern, bis zwischen uns wieder alles normal war, aber wir waren auf dem richtigen Weg.

»Dann hast du also gestern bei Harry übernachtet«, sagte Jules, während sie den Küchentisch abwischte.

Ich schluckte einen großen Bissen Kuchen hinunter. »Woher weißt du das?«

»Wir lesen euer Blog. Es klingt nach jeder Menge Spaß. Aber eigentlich will ich darauf hinaus, dass Harry gar kein Gästezimmer hat. Das hat mir Badger gesagt.«

»Doch, er hat eins. Es steht bloß kein Bett darin.«

»Also …« Jules lächelte und nahm mir gegenüber Platz, mit ihrer Teetasse in der Hand.

»Also habe ich in seinem Bett geschlafen. Das hat nichts zu bedeuten. Wir haben das schon öfter gemacht.«

»Natürlich hat das was zu bedeuten. Du bist in ihn verknallt.«

»Verknallt, in wen?«, fragte Harry, der in diesem Moment zur Hintertür hereinkam.

Jules wurde blass.

»In den kleinen Ken«, platzte ich panisch heraus, während Jules gleichzeitig »In Ryan Gosling« sagte und mit der Hand auf ein Foto von Ryan in der Zeitschrift klatschte, die aufgeschlagen auf dem Tisch lag.

Harry sah uns abwechselnd an. »In wen denn nun?«

»Na ja, wir haben uns gerade über den kleinen Ken unterhalten, und Jules meinte, dass er sie an Ryan Gosling erinnern würde, worauf ich sagte, dass ich in ihn verknallt sei, was Jules auf den kleinen Ken bezog, aber den meinte ich nicht.«

Jules starrte mich mit offenem Mund an, während ich meine Ausrede herunterrasselte. Ich blieb einfach cool.

Harry schien mir die Erklärung abzukaufen, oder zumindest war er gewillt, mich bei Laune zu halten. Er setzte sich neben mich an den Tisch, stibitzte einen großen Kuchenkrümel von meinem Teller und zog die Zeitschrift zu sich herüber.

»So, so, Ryan Gosling also, hm? Was macht ihn so besonders?«

Ich starrte Harry an und heftete den Blick dann auf das Foto von Ryan. So schön Ryan auch war, mit Harry konnte er es nicht aufnehmen. Nun musste ich ganz schnell etwas finden, das mir an einem Mann gefiel, den ich bisher nicht einmal richtig auf meinem Radar gehabt hatte. Ich hatte keinen Mann mehr auf meinem Radar, seit Harry in mein Leben getreten war.

»Das weiße Hemd«, sagte ich triumphierend, froh, dass ich etwas gefunden hatte. »Männer wirken in einem weißen Hemd sehr sexy. Und Ryan steht sein weißes Hemd besonders gut.«

Jules' Miene wurde noch ungläubiger. Als Harry den Kopf zu ihr drehte, riss sie sich rasch zusammen. »Warst du jemals richtig verliebt, Harry?«

Ich starrte sie an. Warum fragte sie ihn das, wenn sie über seine Vergangenheit Bescheid wusste und über seine Entschlossenheit, sich selbst zu schützen?

Harry richtete den Blick auf den Bananenkuchen und schnitt sich dann ein Stück davon ab, obwohl ich vermutete, dass er das nicht aus Hunger tat, sondern um mit den Händen beschäftigt zu sein. »Einmal. Vor ungefähr einem Jahr. Ist nichts daraus geworden.«

Ich starrte ihn an. Er hatte sich verliebt. Trotz all seiner Erklärungen, dass er nicht an die Liebe glaubte, hatte er sich erlaubt, sich zu verlieben, und war von dieser Frau, wer auch immer sie war, enttäuscht worden. Harry hatte so viele Frauen gehabt, hatte von einer zur nächsten gewechselt, bevor irgendwelche emotionalen Bindungen entstehen konnten. Aber irgendwie war unter den vielen Frauen eine gewesen, in die er sich verliebt hatte. Vor ungefähr einem Jahr? Es war also jemand, den er getroffen hatte, als ich ihn schon kannte. Ich zerbrach mir den Kopf nach den Gesichtern und Namen seiner vergangenen Eroberungen.

Mir kam ein Gedanke. »Du hattest fast ein Jahr lang keine Freundin mehr. Abgesehen von Samantha. War es die Frau, mit der du vor dieser langen Pause zusammen warst? Amelia. Hat Amelia dir das Herz gebrochen?«

»Nein.« Er lachte. »Das mit Amelia war nichts Ernstes.«

»Aber warum bist du so lange alleine geblieben?«

Er zuckte mit den Achseln. »Ich hab einfach keine gefunden, die mir gefiel.«

»Das hat dich vorher auch nicht gestört. Da hat dir alles gefallen, was einen Pulsschlag hatte.«

»Es war einfach ... ich war beschäftigt. Eine Freundin hätte mir nur im Weg gestanden.«

Ich war verwirrt. Das Thema war ihm sichtlich unangenehm, und ich verstand nicht, warum.

»Übrigens, Harry«, unterbrach Jules, ein eindeutiger

Versuch, das Thema zu wechseln, »hast du die Dokumentation über die Pyramiden gesehen?«

Harry interessierte sich sehr für alte Geschichte, etwas, das er mit Jules gemeinsam hatte. Doch ich ließ mich nicht beirren.

»Aber du warst nicht so sehr beschäftigt. Tagsüber haben wir zusammen gearbeitet, und abends warst du meistens bei mir oder ich bei dir.«

Er sah mich an, und plötzlich fiel bei mir der Groschen. Harry hatte für mich buchstäblich alles sausen lassen, seine potenziellen Freundinnen inbegriffen, um in der Stunde der Not bei mir zu sein.

Ich war nun vollends durcheinander. Hatte er das alles wirklich nur aus Mitleid getan? Oder war da mehr …? Aber Samantha hatte recht – wenn er mit mir zusammen sein wollte, wäre er mit mir zusammen.

Badger kam in die Küche, mit Bella auf dem Arm, und schnitt durch das angespannte Schweigen wie ein Messer durch Butter.

»Möchtest du einen Saft, Bella?«, fragte er und setzte die Kleine auf meinen Schoß, was eine willkommene Ablenkung war.

»Saff«, sagte Bella und streckte die Hände nach ihrem Becher aus, den Badger rasch an sich nahm und füllte.

Als sie sah, dass Badger sich darum kümmerte, ließ sie sich gegen mich sinken, nuckelte an ihrem Daumen und spielte unbewusst mit meinen Haaren.

Badger verharrte kurz mit dem Becher in der Hand und warf einen Blick auf die Zeitschrift auf dem Tisch. Während er sich herunterbeugte, berührte er Jules an der Schulter, was Jules zum Lächeln brachte. Ich musste auch lächeln, wurde aber von Bella abgelenkt, die unruhig auf meinem Schoß zappelte.

»Baba«, sagte sie zu Badger und streckte die Hände nach ihrem Becher aus.

Mein Herz schlug heftig gegen meine Brust, und Badger wurde blass.

»Ich habe ihr Fotos von Jack gezeigt und versucht, ihr das Wort Papa beizubringen. Jetzt sagt sie es auch zu mir. Fairerweise muss man dazusagen, dass im Moment alles Baba ist – die Enten, der Eiswagen, die Schmetterlinge. Sie zeigt einfach auf irgendwas und sagt dann Baba«, erklärte Badger hektisch.

»Schon gut, Badger, mach dir keinen Kopf.« Ich schluckte einen dicken Kloß in meinem Hals hinunter.

»Ich werde ihr alles über ihren Daddy erzählen, wenn sie älter ist. Ich werde ihr die ganzen Fotos von ihm zeigen und ihr von den Dummheiten erzählen, die wir zusammen gemacht haben. Jack wird nicht in Vergessenheit geraten.« Badger war sehr ernst. Ich schlug die Augen nieder und bürstete imaginäre Krümel von meinem Schoß. Ich sah auf meine Uhr, während ich das Bedürfnis hatte, von hier zu verschwinden.

Wie immer kam Harry zu meiner Rettung. »Okay, wir sollten jetzt besser gehen. Ich habe gleich dieses Meeting mit dem Wochenmagazin, und ich muss vorher noch ein paar E-Mails verschicken.«

Ich stand rasch auf, drückte einen Kuss auf Bellas weiche Wange und hob sie hoch, um sie Badger zu reichen. Ich umarmte Jules kurz, verabschiedete mich eilig und war gleich darauf mit Harry zur Tür hinaus. Wir gingen hinter die Bäume am Ende des Gartens, wo wir vom Haus aus nicht gesehen werden konnten.

Ich stützte die Hände auf meine Knie und stieß die Luft aus meiner Lunge, als wäre ich gerannt oder hätte sehr lange den Atem angehalten.

Harry streichelte tröstend meinen Rücken.

»War das okay von mir?«, fragte ich.

»Du warst großartig.«

Ich hob den Kopf, um zu sehen, ob er es aufrichtig meinte oder ob er nur freundlich war.

»Nein, ernsthaft. Es braucht verdammt viel Mut, um das zu tun, was du gerade getan hast.«

»Ich möchte ja, dass Jules wieder glücklich ist, wirklich, aber es tut immer noch verflucht weh.«

»Ich weiß. Mit dir würde auch etwas nicht stimmen, wenn es anders wäre.«

Ich atmete stoßweise aus. »Der Baba-Moment war ein bisschen zu viel für mich.«

»Ja, das dachte ich mir.«

Ich richtete mich lächelnd auf. »Du kennst mich so gut.«

»Ich weiß, dass du jetzt dringend ein Eis brauchst.«

»Ja, bitte.«

»Du hast Glück. Ich kenne den perfekten Ort dafür.«

Es gab viele italienische Cafés in der Stadt, die köstliche sahnige Eissorten anboten und eine große Auswahl von Toppings. Ich fragte mich, in welche Eisdiele Harry mich wohl führen würde. Die am Leicester Square war super. Ich hatte Lust auf einen großen Sahnebecher, vielleicht mit frischen Bananen und Schokoladensoße. Mmm …

Folglich war ich überrascht, als wir in der Nähe der Tower Bridge parkten und zu Fuß in Richtung Uferpromenade gingen. Hier wimmelte es von Touristen, und am Eingang der Promenade stand ein verbeulter rosa-weißer Eiswagen, vor dem sich trotz des kalten Wetters eine ziemlich lange Schlange gebildet hatte.

Ich beendete einen weiteren Anruf – den fünften, seit wir Jules' Haus verlassen hatten. Ich hatte keine Ahnung, warum wir plötzlich so viel zu tun hatten, aber ich würde mich sicher nicht beklagen.

Ich starrte verwirrt auf den Eiswagen, während wir uns in die Schlange einreihten.

»Mach nicht so ein Gesicht, du Eis-Snob.« Harry stupste mich, als er meine Miene sah.

»Ich mache kein Gesicht.«

»O doch. Ungefähr so.«

Er sog seine Wangen ein und blickte finster, als würde er an einer bitteren Zitrone saugen.

Ich lachte. »Ich esse gern mal ein einfaches Vanillesofteis.«

»Nun, du wirst enttäuscht sein, Roberto bietet kein Softeis an. Aber dafür macht er weit und breit das beste Sahneeis in der Gegend.«

Wir schlossen in der Schlange auf, aber ich blieb skeptisch.

Ich nahm einen weiteren Anruf entgegen, während wir anstanden. Der Kunde wollte Zuckerwatte und Karussells in seinem Garten. Wirklich eine süße Idee. Ich versprach, ihm eine E-Mail zu schicken, sobald ich die Preise für seine Wünsche ermittelt hatte.

Dann waren wir an der Reihe.

»Ist Banane okay?«, fragte Harry. »Oder Schoko-Orange, das ist auch zum Sterben.«

»Banane ist gut.«

Roberto war kein italienisch aussehender Mann, wie ich erwartet hatte. Er hatte weder einen geschwungenen Super-Mario-Schnauzbart noch dunkle Augen. Irgendwie hatte ich angenommen, dass er eine rot-weiß gestreifte Schürze trug und eine große Kochmütze, keine Ahnung, warum. Ich war sogar noch mehr enttäuscht, als Roberto, statt Harry auf Italienisch zu begrüßen, uns mit einem starken Yorkshire-Akzent anknurrte, bevor er zwei Becher Eis gegen Geld tauschte. Harrys Eis war so dunkel, dass es beinahe schwarz aussah.

Wir gingen ein Stück weiter und setzten uns auf eine freie Bank mit Blick auf die Themse, um die Schiffe zu beobachten, die scheinbar immer auf dem Fluss verkehrten, egal, welche Uhrzeit gerade war.

Ich machte mich über mein Eis her und probierte einen großen Mundvoll.

»O mein Gott.« Ich schloss die Augen, während der Geschmack auf meiner Zunge explodierte. »Das Eis ist fantastisch.«

Harry grinste. »Habe ich doch gesagt.«

»Es schmeckt so bananig.«

»Nun ja, es ist Bananeneis.«

»Ja, aber Dinge mit Bananengeschmack schmecken gewöhnlich nach Bananenpulver. Die meisten Bananensachen haben in ihrem ganzen Leben noch nie eine echte Banane gesehen. Aber hier sind sogar Stückchen drin.«

»Hier, probier mal meins.«

Harry schaufelte einen großen Brocken von seinem schwarzen Eis auf seinen Löffel und fütterte mich damit. Die Bitterschokolade wurde perfekt ergänzt durch den Kaffee und die Walnüsse.

»Wir müssen unbedingt wieder hierherkommen und die anderen Sorten probieren.«

»Roberto bietet nur zehn Sorten an und hin und wieder eine Spezialkreation, keine Toppings, keine Soßen. Trotzdem macht er ein richtiges Vermögen mit seinem Eiswagen.«

»Das kann ich mir denken. Und dazu noch der Standort, mit den ganzen Touristen hier, die den Tower und die Brücke besichtigen.«

Ich zog die Knie an die Brust, während ich weiter mein Eis aß.

Am liebsten hätte ich Harry darauf angesprochen, was er vorhin gesagt hatte, dass er sich ein Jahr Auszeit von den Frauen genommen hatte, um für mich da zu sein, als ich ihn am meisten brauchte.

Während ich den letzten Rest Eis von meinem Löffel ableckte, griff ich nach Harrys Hand und hielt sie, verschlang meine Finger mit seinen. Obwohl er sanft meine Hand drückte, schien er es kaum wahrzunehmen, da er gerade damit beschäftigt war, auf seinem Handy eine E-Mail zu schreiben.

Plötzlich sprang er auf, als habe er sich verbrannt. Meine Hand fiel aus seiner und landete auf der Bank.

»Mist, ich muss los. Ich hab doch dieses Meeting mit Silver Linings, dem Wochenmagazin, das meine Blogartikel veröffentlichen möchte. Kommst du alleine klar?«

Ich nickte.

Harry gab mir seinen Becher mit dem halb verzehrten Eis, küsste mich flüchtig auf die Wange und sprintete dann los, um prompt mit einer großen schönen rothaarigen Frau zusammenzustoßen. Sie geriet ins

Taumeln und stürzte beinahe rücklings auf den Boden, aber Harry hatte schnelle Reflexe und fing die Schöne auf, bevor er sie mühelos und behutsam wieder auf die Beine zog.

Ich konnte nicht hören, was sie sprachen, während sie dastanden und sich unterhielten, aber als die Frau eine rote Haarsträhne um ihren Finger wickelte und den Kopf lachend in den Nacken warf, war klar, dass Harry wieder einmal seinen Charme spielen ließ. Und tatsächlich, keine dreißig Sekunden nach ihrem Kennenlernen gab sie ihm ihre Handynummer.

Samanthas Worte klingelten in meinem Kopf. Wenn Harry mit mir zusammen sein wollte, würde er mit mir zusammen sein. Zu beobachten, wie er mit Leichtigkeit und ohne jede Zurückhaltung mit dieser Frau flirtete, war eine weitere Bestätigung dafür. Er betrachtete mich einfach nicht auf diese Art, das hatte er nie getan und würde es auch nicht tun.

Harry zeigte mir seine zwei großen dummen Daumen, während die Frau in ihrer Handtasche kramte, und ich antwortete mit zwei sarkastischen Daumen. Nachdem die beiden ihre Nummern ausgetauscht hatten, gab Harry der Schönen ein Küsschen auf die Wange, so wie er das Sekunden zuvor bei mir getan hatte, und stürmte dann weiter.

Die Frau und ich sahen ihm nach, bis er aus unserem Blickfeld verschwand, und unsere Blicke trafen sich. Ihr Gesicht drückte eine selbstgefällige Zufriedenheit aus. Ich bin mir nicht sicher, was mein Gesicht ausdrückte, aber offenbar nichts Gutes, weil die Frau leicht vor mir zurückzuckte, bevor sie weiterging.

Ich stand gerade nackt in meinem Schlafzimmer, als unten die Wohnungstür aufflog. Nach Harrys Aufbruch vor einigen Stunden hatte ich mir ein bisschen Frustshoppen gegönnt und mir ein völlig unangemessenes Kleid und absurd hochhackige Schuhe gekauft. Bei der Anprobe zu Hause hatte ich festgestellt, dass die Unterwäsche, die ich anhatte, nicht zu dem Kleid passte, also zog ich alles wieder aus, um die Wäsche zu wechseln, als Harry polternd die Treppe hochstürmte.

»Suzie!«, rief er.

Ich warf mich quer über das Bett und knallte gerade noch rechtzeitig die Tür zu, als er oben ankam.

»Wo bist du?«

»Im Schlafzimmer. Ich bin nackt. Eine Sekunde.«

Zu meiner großen Überraschung platzte Harry in mein Zimmer herein, während er die Augen mit einer Hand bedeckte.

»Harry!«

»Das kann nicht warten.«

»Doch, kann es verdammt noch mal wohl!«

Harry drehte sich um und nahm meinen Bademantel von der Rückseite der Tür. Mit fest zusammengekniffenen Augen streckte er ihn in meine Richtung, und ich schlüpfte rasch hinein.

»Okay, was zum Teufel ist so dringend?«

Harry öffnete ein Auge, und als er sah, dass ich sicher bedeckt war, auch das zweite. Er packte meine Arme und umklammerte sie. Sein Lächeln war so breit, und seine Augen waren so weit aufgerissen, dass ich mir nicht sicher war, ob er eine halluzinogene Droge genommen hatte.

»Suzie, scheiße, ich weiß gar nicht, wo ich anfangen soll.«

O bitte, lass es nicht wieder eine Weibergeschichte sein. Ihn heute Morgen mit dieser rothaarigen Schönheit zu sehen war schlimm genug gewesen.

»Mit dem Anfang.« Ich legte die Hände auf seine Unterarme, da er nicht den Eindruck machte, als würde er mich bald wieder loslassen.

»Das Video von meinem Kuhballett-Antrag auf YouTube wurde über zwei Millionen Mal aufgerufen.«

Ich starrte ihn an, während ich die Bedeutung dieser Worte verarbeitete.

»Heilige Scheiße!«, flüsterte ich.

»Und das ist erst der Anfang. Unser Blog hat inzwischen knapp dreißigtausend Follower!«

Das erklärte zumindest den Kundenansturm am Telefon heute.

»Für das, was als Nächstes kommt, solltest du dich besser hinsetzen.« Er legte die Hände auf meine Schultern und drückte mich sanft auf das Bett. Dann überlegte er es sich anders. »Nein, doch besser, du stehst. Glaube ich.« Er zog mich hoch auf die Beine.

»Sag es mir einfach.«

»Ich hatte heute doch dieses Gespräch mit den Leuten von Silver Linings.«

Mir brach der Boden unter den Füßen weg. »Du verlässt mich, nicht wahr? Das Wochenmagazin hat dich abgeworben.«

Harry unterbrach sich kurz in seiner Euphorie und küsste mich auf die Stirn, so sanft, dass mein Herz einen Hüpfer machte.

»Nein, das ist es nicht. Vielmehr haben sie uns einen

Deal angeboten. Du wirst es nicht glauben. Ich kann es ja selbst nicht glauben. Ich kann nicht glauben, dass es mir tatsächlich gelungen ist, sie zu überreden.«

»Harry, um Gottes willen, wovon redest du?«

»Sie wollten von mir wissen, wie es mit den hundert Anträgen weitergehen soll, und ich habe ihnen erklärt, dass ich dir die Welt zeigen möchte – dass ich dich in die entlegensten Winkel auf diesem Planeten führen will und an den schönsten, kargsten, extremsten Orten um deine Hand anhalten werde. Sie waren sofort davon angetan, sehr sogar, das konnte ich sehen. Dann habe ich ihnen einfach erzählt, dass ich am Nachmittag ein Meeting mit der *Daily Mail* hätte, die daran interessiert sei, das Projekt mit einem täglichen Artikel zu begleiten. Ich weiß nicht, warum ich das gesagt habe, aber es hat funktioniert. Denn sie haben mir prompt ein Angebot gemacht.«

Er zog ein zerknittertes Stück Papier aus seiner Hosentasche und gab es mir. Ich las es und las es dann noch einmal. Die Worte tanzten vor meinen Augen.

Ich sah Harry an. »Ist es das, wofür ich es halte?«

Er schluckte. »Zwei Rund-um-die-Welt-Flugtickets. Wir starten am Freitag.«

Ich ließ mich schwerfällig auf mein Bett plumpsen, während ich das Papier erneut las.

»Das ist ein Scherz.«

»Kein Scherz. Sie wollen Exklusivität. Ich darf einen letzten Blogeintrag auf unserer Homepage veröffentlichen, um unseren Lesern mitzuteilen, wo sie mir in Zukunft folgen können, und danach werde ich für Silver Linings bloggen. Meine Artikel werden täglich auf ihrer Webseite erscheinen, und die besten davon kommen sogar in das Wochenmagazin. Wir können auch Bilder und so hochladen. Ich habe außerdem vereinbart, dass jeder Blogeintrag einen Link zu unserer Homepage enthält sowie unsere Kontaktdaten, was für deine Firma eine gute Werbung sein wird.«

»Für unsere Firma.«

Er machte eine wegwerfende Geste.

»Harry, wir können nicht weg, unser Geschäft startet gerade richtig durch. Wir haben so hart geschuftet, um dorthin zu gelangen, wo wir jetzt sind. Wir müssen für unsere Kunden präsent sein.«

»Du brauchst dringend einen Urlaub, und außerdem ist es nur für drei Monate beziehungsweise neunzig Tage. Den E-Mail-Verkehr können wir über unsere Smartphones und Notebooks abwickeln. Ich habe bereits mit Jules gesprochen. Da sie ohnehin zu Hause ist wegen Bella, hat sie sich sofort bereit erklärt, sich um unsere Anrufer zu kümmern und uns die wichtigen Details zu mailen. Wir können sie kurzfristig einarbeiten, bevor wir die Biege machen, und Badger hat uns auch seine Hilfe angeboten.«

Ich starrte ihn an und las wieder den Vertrag.

»Suzie, du musst Ja sagen.«

»Also dann, ja.«

Harry jubelte wie ein großes Kind, zog mich schwungvoll vom Bett hoch und wirbelte mich dann so schnell im Kreis herum, dass ich kaum Luft bekam. Ich lehnte mich lachend gegen ihn. Einmal um die ganze Welt. Abgesehen von ein paar Familienurlauben in Spanien und Frankreich war ich nie aus England herausgekommen. Ich war bisher noch nicht einmal mit einem Flugzeug geflogen.

Drüben im Büro klingelte das Telefon, aber ich ignorierte es ausnahmsweise einmal.

»Harry, warte, warte, hör auf, mich im Kreis zu drehen. Mir ist schon ganz schwindlig.«

Harry wurde langsamer und blieb stehen, während er mich stützte, da ich ein bisschen schwankte.

»Wo fliegen wir zuerst hin? Hast du einen Plan? Was muss ich einpacken?«

»Das muss ich größtenteils noch mit Sunlounger besprechen. Das ist ein Reiseveranstalter, mit dem Silver Linings bei diesem Projekt zusammenarbeitet. Ich habe morgen dort ein Meeting. Es wird einen groben Reiseplan geben, der noch Raum lässt für Improvisationen. Wir fliegen nach Australien!«

Mein Herz brüllte in meiner Brust. »Harry, dort wollte ich schon immer mal hin! Australien ist so schön!«

Er grinste. »Ich weiß. Ich war ziemlich hartnäckig, damit es auf unserer Liste steht. Unser erstes Ziel sind jedoch die Galápagos-Inseln.«

»Aber das ist alles schweineteuer.«

»Ich wäre gerne bereit gewesen, die Kosten zu übernehmen, aber Silver Linings und Sunlounger sponsern die gesamte Reise. Vieles wird über Gutscheine mit vollen beziehungsweise starken Preisnachlässen für Hotels und Flüge laufen, da die Firmen wissen, dass sie so automatisch in der Zeitschrift erwähnt werden.«

»Aber warum wir?«

»Aus zwei Millionen Gründen. Zwei Millionen Menschen, Tendenz steigend, haben unser Kuhballett gesehen. Das sind potenziell zwei Millionen Menschen, die hingehen und sich die Zeitschrift kaufen, um unsere Geschichte zu verfolgen.«

Nichts davon ergab einen Sinn.

»Harry, gehen wir beide ernsthaft auf Weltreise?«

Er nickte.

Mit einem freudigen Aufschrei stürzte ich mich auf ihn und schlang die Arme um seinen Hals.

»Na also, das war die Reaktion, auf die ich gewartet habe«, sagte Harry und drückte mich fest an sich.

Kapitel 8

Verlobungsblog
Tag 7: Der Blue-Plaque-Antrag.
Ort: Hyde Park.
Ich bin ein Geschichtsfan – ich liebe die spannenden Details, die Gerüchte, die Intrigen, die Schweinereien und den Glamour. Wer mit wem schlief. Sich mit Geschichte zu befassen ist wie in einer Klatschzeitschrift zu lesen – so viel Verrat, Heimtücke, Mordlust und schmutzige Affären. Suzie ist auch ein Geschichtsfan. Sie bestreitet das zwar, aber immer wenn ich ihr etwas Historisches erzähle, bekommt sie leuchtende Augen wie ein Kind im Süßwarenladen.
London ist ein historisches Pflaster. Ich finde es fantastisch, dass man in dieser Stadt zwischen Menschen in ihren Businessanzügen, zwischen roten Bussen, schwarzen Taxis und Bürohochhäusern die Straße entlanggeht, und dann biegt man um eine Ecke und stößt unvermittelt auf ein kleines Stück Stadtmauer, das fast zweitausend Jahre alt ist, unbeachtet von den vielen Büroangestellten, die täglich daran vorbeieilen.
Die Blue Plaques, *die an Gebäuden angebracht sind, um darauf hinzuweisen, dass dort eine berühmte Persönlichkeit gelebt und gewirkt hat,*

sind auch eine feine Sache. Man braucht einfach nur durch London zu spazieren und kommt vielleicht unerwartet an dem Haus vorbei, in dem Samuel Pepys wohnte und vor ein paar Jahrhunderten seine berühmten Tagebücher schrieb.
Neulich, als ich mit Suzie unterwegs war, stießen wir auf eine Plakette für Ian Fleming. Suzie ist ein großer James-Bond-Fan und hat die ganzen Bücher schon viele Male gelesen. Sie war total begeistert, dass wir Flemings Wohnhaus entdeckt hatten.
Das brachte mich auf eine Idee.
Nach der Arbeit gab ich Suzie eine Karte, auf der die interessanteren Blue Plaques *verzeichnet waren. Suzie studierte sie eifrig. Danach bummelten wir durch die Straßen, und Suzie schrie beinahe vor Begeisterung, als wir Charles Dickens, Florence Nightingale und Winston Churchill fanden. Es gibt auch lustige Plaketten wie die für Sherlock Holmes in der Baker Street, während mein Favorit, und inzwischen auch der von Suzie, schlicht lautet: »Jacob von Hogflume, 1864–1909, Erfinder der Zeitreise. Wohnte hier im Jahr 2189.«*
Nach unserer kleinen Schatzsuche »fanden« wir uns im Hyde Park wieder, einem unserer Lieblingsorte. Wir schlenderten zwischen den kahlen Bäumen hindurch, vorbei an Schneeglöckchen und Krokussen, den Vorboten für das neue Leben, und erreichten »unsere« Bank, auf der wir regelmäßig saßen. An der Rückenlehne war eine neue blaue Plakette angebracht, die Suzie noch nie zuvor bemerkt hatte. Darauf stand:

»Hier auf dieser Bank hielt Harry am 17. Februar um Suzies Hand an.«
Ich liebe es, Suzie lächeln zu sehen – davon kann ich nie genug bekommen.

Dies hier ist mein letzter Eintrag auf dieser Seite. Bei eurem nächsten Besuch werdet ihr automatisch auf mein neues Blog für das Wochenmagazin Silver Linings weitergeleitet. Ihr werdet weiterhin eine Benachrichtigung erhalten, wenn ein neuer Beitrag online geht. Wie die meisten von euch wahrscheinlich bereits auf unserer Homepage gelesen haben, steht unser Einhundert-Heiratsanträge-Projekt kurz davor, international zu werden. In drei Tagen fliegen wir auf die Galápagos-Inseln.

Verlobungsblog
Tag 9: Der Unterwäsche-Antrag.
Ort: Suzies Schlafzimmer.
Morgen starten wir in Richtung Galápagos-Inseln, und dann werden wir neunzig Tage lang um die Welt reisen. Es gibt so viel zu sehen und nicht genügend Zeit, um alle spannenden Orte zu besuchen. Trotzdem müssen wir für jede Eventualität gerüstet sein.
Ich half Suzie beim Packen, da für das, was sie mitnehmen wollte, fünf Koffer nötig gewesen wären und ich einschreiten musste, um die Menge auf ein Gepäckstück zu begrenzen.
Ich dachte mir eine strenge Regel aus. Ich erlaubte Suzie von allem nur eins. Ich dachte, das sei fair. Eine Jeans, ein elegantes Top, eine elegante Hose,

eine Combat-Hose, ein Paar Wanderschuhe, ein Paar schwarze flache Glitzersandalen – die zu allem passen –, ein Kleid, eine Shorts, ein T-Shirt ohne Ärmel, ein T-Shirt mit kurzen Ärmeln, ein T-Shirt mit langen Ärmeln, ein Kapuzenshirt, eine Strickweste, eine Mütze, ein Schal, ein Paar Handschuhe, ein Badeanzug, ein Bikini – weil ein Bikini anscheinend nicht als Schwimmbekleidung zählt und weil er nicht viel Platz wegnimmt, drückte ich ein Auge zu. Jedes Mal, wenn ich Suzie den Rücken zukehrte, stopfte sie heimlich Sachen in die Kofferecken oder versteckte sie unter bereits genehmigten Kleidern. Sie dachte, ich würde es nicht mitbekommen. Ich kehrte ihr oft den Rücken zu.

Plötzlich fiel ihr die Unterwäsche ein. Endlich, mein großer Moment.

Ich präsentierte ihr eine Schachtel Slips, die mit meinem Konterfei und den Worten Marry Me *bedruckt waren. Suzie konnte zehn Minuten lang nicht aufhören zu lachen.*

Dann erklärte sie mir, so hübsch diese Slips auch seien, sie würde doch lieber ihre eigene Unterwäsche mitnehmen. Als ich sie nach dem Grund fragte, lachte sie erneut und antwortete, falls sie auf dieser Reise einen Mann kennenlernte und es möglicherweise zum Sex käme, würde es den Guten wahrscheinlich ziemlich abtörnen, in mein Gesicht zu blicken, wenn er sie auszog. Ich erwiderte, das sei ein Grund mehr, die Slips mitzunehmen.

Daraufhin brach zwischen uns ein großer Streit aus. Suzie warf mir vor, mit zweierlei Maß zu messen, und wollte von mir wissen, warum es okay sei, wenn

ich jeden Abend mit einer anderen Frau herummachte, aber nicht, wenn sie das Gleiche tat. Ich wies sie darauf hin, dass sie nicht lesbisch sei und somit wohl ohnehin nicht jeden Abend mit einer anderen Frau anbändeln würde.
Sie behauptete, dass ich mir wahrscheinlich in jedem Hafen eine andere suchen würde, während sie allein im Hotelzimmer zurückbliebe wie ein Mensch ohne Freunde.
Ich bin mir sicher, dass bei normalen Heiratswilligen andere Männer und Frauen kein Thema sind.
Ein exzellenter Start in unseren Urlaub.

Ich starrte über den Flugzeuggang zu Harry, der zwei Reihen vor mir saß und gerade mit der Stewardess flirtete. In der Kabine herrschte ein geschäftiges Durcheinander, während die Leute sich für den Abflug bereit machten, aber die Stewardess schien nur Zeit für Harry zu haben.

Ich hatte mich so sehr auf diese Reise gefreut, aber meine Begeisterung hatte sich im Laufe der Woche rasch abgekühlt. Zwischen unseren ganzen Planungen und Vorbereitungen hatte Harry sich dreimal mit Kate, der rothaarigen Schönen, getroffen. Anscheinend war der Sex mit ihr fantastisch. Ich war natürlich eifersüchtig, aber die Sorge, wie Harry sich in unserem Urlaub benehmen würde, begann ebenfalls an mir zu nagen. Was das Fass endgültig zum Überlaufen brachte, war der Umstand, dass Harry für unsere Weltreise ein Treffen mit seiner alten Freundin Chloe eingeplant hatte, mit der er regelmäßig Kontakt pflegte und die mittlerweile in New York lebte.

Ich schätze, ich konnte von Harry nicht erwarten, dass er sich in diesen drei Monaten um die Welt in Enthaltsamkeit übte, schließlich hatte er das fast ein Jahr lang getan, nachdem Jack gestorben war, aber ich hatte auch keine Lust, allein in einem fremden Land herumzuhocken. Mir selbst einen Lover zu suchen stand so gut wie außer Frage. Ich war nämlich ein hoffnungsloser Fall, wenn es darum ging, zu flirten oder Männer anzusprechen. Und bei den seltenen Gelegenheiten, bei denen ich von einem Mann angesprochen wurde, benahm ich mich derart tollpatschig, dass ich mein Gegenüber rasch vergraulte.

Vielleicht sollte ich mich ein bisschen im Flirten üben. Wenn Harry das konnte, konnte ich es auch. Ich drehte mich zu meinem Sitznachbarn und sah mit Enttäuschung einen kleinen, glatzköpfigen Mann Ende fünfzig, der stark aus jeder Pore schwitzte und seine Stirn mit einem Taschentuch aus rosa Satin abtupfte. Als ich den Blick senkte, sah ich, dass er mit seinem Sitznachbarn, der ganz in Schwarz gekleidet war und einen Drachenohrring trug, Händchen hielt.

Ich blickte mich um nach jemand anderem, mit dem ich flirten konnte, aber überall saßen glückliche Paare. Junge Flitterwöchner, Eheleute im mittleren Alter, sogar ältere Paare, die wahrscheinlich ihr gesamtes Leben miteinander verbracht hatten.

Ich war allein.

Das Flugzeug setzte sich in Bewegung, und ich umklammerte meine Armlehnen so fest, dass meine Knöchel weiß hervortraten.

Das war eine weitere Sache, die mich beunruhigte. Dies hier war das erste Mal, dass ich in einem Flugzeug saß, und während der hektischen Vorbereitungen in den letzten Tagen hatte ich festgestellt, dass ich ziemlich nervös war vor meiner Flugpremiere. Nervös war dabei noch untertrieben. Ich hatte Magenkrämpfe und Herzrasen. In meinen Albträumen hatte ich unser Flugzeug explodieren, ins Meer stürzen, mit einem anderen Flugzeug zusammenstoßen und sogar von Aliens entführt werden gesehen. Ich wünschte, Harry würde meine Hand halten und mich ablenken, aber stattdessen saß er dort vorne und starrte die Stewardess an, als wäre sie die einzige Frau auf der Welt.

Ich hatte Harry nichts von meiner Flugangst erzählt. Er brauchte nicht zu wissen, dass ich mir vor Angst fast in die Hose machte. Dieser Flug hier nach Miami würde zwölf Stunden dauern, gefolgt von einem Flug von ungefähr zwei Stunden nach Guayaquil in Ecuador und einem weiteren Zwei-Stunden-Flug mit einer ganz kleinen Maschine nach Baltra. Es würde ein langer Tag werden.

Ich sah wieder vor zu Harry. Die Stewardess zeigte ihm gerade, wie man den Gurt richtig anlegte, als wüsste er das nicht selbst.

Das Flugzeug schaukelte ein wenig, als es über die Rollbahn rumpelte, und das reichte schon, um all diese Albträume in mir wieder heraufzubeschwören.

Jules hatte mir empfohlen, Schlaftabletten zu nehmen. So würde ich einfach auf der anderen Seite der Welt aufwachen, erfrischt und ausgeruht, ohne etwas von den letzten zwölf Stunden mitbekommen zu haben.

Ich nahm zwei Tabletten und schloss die Augen, während ich auf die Wirkung wartete. Ich hörte Borddurchsagen, das Geplauder von Menschen, den Lärm der Motoren. Das alles verschmolz zu einem weißen Rauschen.

Ich vernahm das Aufheulen der Turbinen, spürte die Neigung, als das Flugzeug vom Boden abhob, dann ploppte es in meinen Ohren, und schließlich waren wir wieder in der Horizontalen. Nicht lange, und wir befanden uns circa dreißigtausend Fuß über der Erde. Das hatte ich in den letzten paar Tagen recherchiert. Dreißigtausend Fuß waren ein langer Weg, wenn man abstürzte.

Aber ich war dankbar, dass die Schlaftabletten zu wirken begannen. Mein letzter Gedanke, bevor ich in die Bewusstlosigkeit hinüberdämmerte, war das Bild von brennenden Feuerbällen aus geschmolzenem Metall, die wie Meteoriten in das Meer fielen.

Ich wurde wach, als das Flugzeug unter mir stark ruckelte. Panisch riss ich die Augen auf, aber als ich durch das kleine Fenster draußen Gebäude vorbeiflitzen sah, wurde mir bewusst, dass wir gelandet waren. Mein Kopf fühlte sich unheimlich schwer an, und mir fielen bereits wieder die Augen zu, um mich zurück in den dunklen Abgrund zu führen. Das Nächste, was mir bewusst wurde, war, dass mein Kopf an der Brust meines glatzköpfigen Sitznachbarn ruhte und sein Hemd ein kleiner Sabberfleck zierte. Und dass meine Hand in seinem Schoß lag.

Ich versuchte rasch, mich hochzurappeln, aber der Glatzkopf verhinderte das mit seinem Arm, der um meine Schultern lag.

»Immer mit der Ruhe«, sagte er mit einer Stimme,

die genau wie die von Harry klang. »Gib dir erst mal eine Chance, richtig wach zu werden.«

Ich blinzelte zu dem Glatzkopf hoch und stellte zu meiner Überraschung fest, dass Harry mich anschaute.

»Du hast gar keine Glatze.«

Ich fühlte mich, als wäre ich betrunken.

»Nein, zumindest nicht, als ich das letzte Mal nachgesehen habe.«

»Aber ...« Ich blickte mich verwirrt um. Der Mann mit dem Drachenohrring war ebenfalls verschwunden, ersetzt durch einen jüngeren Mann in einem Anzug.

»Wir haben die Plätze getauscht«, erklärte Harry.

»Oh.«

Ich ließ mich wieder gegen ihn sinken, bevor mir einfiel, dass ich immer noch sauer auf ihn war, aber während er seine Hand in meinen Haaren hatte und mich kraulte, schien das kaum noch von Bedeutung zu sein.

»Sind wir in Miami?«

»Ja.«

Als ich gleich darauf heimlich versuchte, meine Spucke von Harrys Hemd zu wischen, bemerkte ich an meinem Ringfinger einen großen Totenkopfring. Ich sah Harry verwirrt an.

»Was ist?«, fragte er.

Ich wackelte mit meinem Finger, so gut es ging angesichts des Gewichts, das der Ring hatte.

»Ach ja, das. Wir haben uns verlobt.«

»Während ich geschlafen habe?«

»Ja. Es war eine richtig große Show, ziemlich fein ausgeklügelt. Tut mir leid, dass du sie verpasst hast.«

»Und ich habe Ja gesagt?«

»Nun, natürlich nicht. Aber dein Sitznachbar mit der Glatze hat deinen Kopf für dich genickt, was alle im Flieger als ein Ja interpretiert haben.«

»Alle im Flieger?«

»Ja, es war ziemlich spektakulär. Ich habe alles mit meinem Handy gefilmt. Ich zeige es dir später.«

Ich senkte den Blick auf den Ring und lächelte. Die Vorstellung, mit Harry verlobt zu sein, gefiel mir sehr, selbst wenn es eine Scheinverlobung war.

»Ich weiß, der Ring entspricht nicht ganz deinem Geschmack. Er wurde uns gespendet.« Harry deutete auf den Platz, wo der Mann mit dem Drachenohrring gesessen hatte.

»Ich finde ihn wunderbar«, sagte ich aufrichtig. Jedes Symbol für unsere Verlobung, egal wie scheußlich, war mir recht.

Ich richtete meine Aufmerksamkeit wieder auf den Sabberfleck, und Harry sah, wie ich versuchte, das Malheur zu beseitigen. Ich errötete. »Ich habe auf dein Hemd gesabbert.«

»Habe ich gesehen. Ist schon okay.«

Ich schloss die Augen und lehnte mich schläfrig an ihn.

»Ich liebe dich, Harry.«

Ich spürte, dass er sich sofort unter mir verspannte. Mist, Mist, Mist.

Ich hob den Kopf zu ihm, und seine Augen waren weit aufgerissen vor Entsetzen oder Schreck.

»Nicht so. Nie so«, fügte ich hinzu.

Er starrte mich weiter an.

Glücklicherweise erlosch in diesem Moment das Gurtzeichen, und um uns herum standen alle auf, holten ihre Sachen aus den Gepäckfächern und kämpften sich dann eilig durch den Gang, weil jeder beim Aussteigen der Erste sein wollte. Ich kam schwerfällig auf die Beine, die mir nicht so richtig gehorchten.

Es gelang mir, ein paar Leute zwischen Harry und mich zu bekommen, als ich mich in der Schlange im Gang einreihte, und ich versuchte auf dem Weg nach draußen meine roten Wangen abzukühlen. Ich fühlte mich so müde. Was war aus dem Versprechen geworden, erfrischt und ausgeruht aufzuwachen? Ich hatte das Gefühl, als könnte ich hundert Jahre schlafen. Kurz darauf durchquerte ich den Passagiertunnel, und während die anderen Leute sich am Ende nach links wandten, um ihr Gepäck zu holen und durch die Passkontrolle zu gehen, entdeckte ich rechts eine kleine Bank, die außerhalb des Sichtbereichs der nachfolgenden Passagiere war.

Ich setzte mich und rieb mein Gesicht, während ich mich zwang, richtig wach zu werden, damit ich nicht durch die Passkontrolle taumelte, als wäre ich auf Drogen.

»Ich habe dir gesagt, du sollst die Schlaftabletten nicht nehmen«, meinte Harry, der wie aus dem Nichts vor mir auftauchte und mir eine Flasche Wasser gab. »Wie viele hast du geschluckt?«

»Nur zwei.«

»Großer Gott.« Er ging vor mir in die Hocke. »Du hättest nur eine nehmen dürfen. Kein Wunder, dass du so lange weggetreten warst.« Er schaute mir besorgt in die Augen.

»Ich bin okay.« Ich streifte seine Hand ab, als er meine Stirn befühlte.

»Kannst du gehen?«

»Natürlich kann ich gehen.« Ich stand auf, und meine Beine wackelten verräterisch.

»Das sieht zum Glück ja überhaupt nicht verdächtig aus für die amerikanischen Behörden.« Harry seufzte und schwang seinen Rucksack über die rechte Schulter und meinen über die linke. »Komm.« Er schaufelte mich auf, als würde ich nichts wiegen, und ging dann zielstrebig mit mir auf die Passkontrolle zu.

»Und das sieht nicht verdächtig aus?«

»Wir sind frisch verheiratet und in den Flitterwochen. Also spiel einfach mit und sieh mich an, als würdest du mich wirklich lieben.«

Das konnte ich.

Ich schlang meine Arme um seinen Nacken und schnupperte an seinem Hals. Er roch so gut.

»Es geht los, Mrs. Forbes«, flüsterte Harry in mein Ohr, und sein warmer Atem auf meiner Haut ließ meinen Unterleib vor Verlangen zucken.

»Guten Abend, Sir. Würde es Ihnen etwas ausmachen, Ihre Freundin kurz abzusetzen?«

»Meine Frau«, sagte Harry, ohne mit der Wimper zu zucken. »Wir sind auf unserer Hochzeitsreise, und ich habe meiner Frau versprochen, dass ich sie über die Schwelle jedes Landes tragen werde, das wir betreten.«

Ich warf einen Blick auf den Zollbeamten. Er schien das nicht besonders komisch zu finden.

Er musterte uns, schaute in unsere Pässe und musterte uns dann wieder.

»Verheiratet, sagen Sie?«

Ich nickte glücklich. O Gott. Was, wenn er uns Fragen über unsere Hochzeit stellte? Würde es ihn misstrauisch machen, dass wir keine Eheringe trugen? Müssten wir nicht eine Heiratsurkunde dabeihaben? Brauchten wir eine? Was, wenn er merkte, dass wir logen? Würden wir dann wegen Betrugs im Gefängnis landen?

Der Zollbeamte lächelte uns an und gab uns unsere Pässe zurück. »Willkommen in Amerika.«

Ich stieß einen lauten Seufzer der Erleichterung aus, womit ich die Aufmerksamkeit des Mannes wieder auf mich lenkte. Harry führte mich rasch weiter, während seine Hand fest meine Schulter umklammerte.

»Ach, Sir!«, rief der Mann uns hinterher, und mein Herz fing wieder an, laut zu klopfen. Harry und ich drehten uns um, beide mit einem starren Lächeln. »Meinen Glückwunsch.«

»Danke.« Harry schob mich weiter, bevor ich auf die Knie fallen und die Lüge gestehen konnte, und kurz darauf erreichten wir das sichere Hauptterminal.

Verlobungsblog
Tag 10: Der Mile-High-Antrag.
Ort: Dreißigtausend Fuß über dem Atlantik.
Wir sind soeben in Miami gelandet, und wir müssen eine halbe Stunde warten, bevor wir nach Ecuador weiterfliegen und dort dann noch einmal umsteigen können in ein ganz kleines Flugzeug zu den Galápagos-Inseln. Darum an dieser Stelle ein kurzes Update zu meinem neuesten Antrag.
Ich hatte mit einer der Stewardessen abgesprochen, dass ich die Lautsprecheranlage benutzen durfte,

um Suzie einen Antrag zu machen. Ich spielte zunächst den Song Marry You von Bruno Mars ab und sang den Text mit. Auf die Reaktion, die ich erhielt, war ich in keiner Weise vorbereitet.
Zuerst stimmte das Bordpersonal als Backgroundchor ein, indem es mich beim Refrain unterstützte und den Takt der Musik mitklatschte.
Beim zweiten Refrain stimmte die ganze Kabine mit ein. Es war eine der erhebendsten Erfahrungen in meinem Leben. Ich hatte buchstäblich Gänsehaut, als ich den Gang zu Suzie durchquerte, um ihr die berühmte Frage zu stellen.
Leider hat Suzie die ganze Sache komplett verschlafen.
Angespornt von der Unterstützung der Zuschauer fragte ich Suzie trotzdem, ob sie meine Frau werden wollte, und mit ein bisschen Hilfe von ihrem Sitznachbarn, der für sie ihren Kopf bewegte, sagte sie Ja.
Meine Begeisterung hält sich allerdings in Grenzen. Ein erzwungenes Ja ist nicht gerade das, was ich hören wollte.
Obwohl, als Suzie schließlich wach wurde und den Verlobungsring an ihrem Finger entdeckte, einen gespendeten Totenkopfring mit gekreuzten Knochen, nahm sie es eigentlich ziemlich locker hin.
Seht euch das Video von meinem Antrag hier an.

Die nächsten paar Stunden verstrichen in einem Nebel aus Flughäfen, zwei weiteren Flügen, weiteren Passkontrollen, Gepäckbändern und einer Taxifahrt. Ich war so müde, dass es schon absurd war. Ich war mir nicht sicher, ob ich immer noch unter der Wirkung der Schlaftabletten stand oder generell erschöpft war von der Reise.

Es war dunkel, und aufgrund der Stille, die uns umgab, vermutete ich, dass es spät in der Nacht war oder sehr früh am Morgen.

Durch meine vom Schlaf trüben Augen nahm ich einen Hafen wahr, mit vielen weißen Jachten, die sanft im Wasser schaukelten. Ich registrierte, dass unser Schiff *The Star* hieß, als Harry mit mir an Bord ging. Ein Mann, der ganz in Weiß gekleidet war, führte uns zu unserer Kabine. Sie war klein, aber hell, mit cremefarbenen Wänden und einem sehr gemütlich aussehenden Bett. An einer Wand befand sich ein großes Fenster, hinter dem ein dichter Sternenhimmel funkelte. Ich ließ mich in das Bett fallen und sank in die Kissen, während ich beobachtete, wie sich draußen das Wasser im Mondschein kräuselte.

»Ich kann nicht glauben, dass wir hier sind, auf den Galápagos-Inseln. Es kommt mir so irreal vor«, sagte ich mit schweren Augenlidern.

»Und ich kann nicht glauben, dass wir an einem der schönsten Orte der Welt angekommen sind, und du willst nichts anderes als schlafen.«

Ich gähnte, während mir der zärtliche Unterton in seiner Stimme nicht entgangen war. »Es war ein langer Tag. Ich habe mich verlobt, ich habe geheiratet.«

»Und nun beginnt unsere Hochzeitsnacht.«

Ich öffnete ein Auge und sah, dass Harry sein Hemd auszog. Verdammt. Dieser Mann sollte grundsätzlich auf Kleidung verzichten. Ich liebte seine Arme, so stark und sicher. Als er die Jeans auszog, konnte ich nicht widerstehen, den Kopf ein Stück zu heben, um ihn zu beobachten. Mmm ... der enge, knappe Slip, seine herrlichen muskulösen Oberschenkel.

Ich hob den Kopf und sah, dass er mich beobachtete.

Er schlich wie ein Panther auf mich zu und kletterte auf allen vieren auf das Bett, neben meine Füße. Ich kicherte über seinen Raubtierblick, mit dem er mich fixierte, als habe er dunkle und böse Dinge mit mir vor. »Bist du bereit?«

Ich schloss schläfrig die Augen. »Klar, ich bin unersättlich. Ich kann die ganze Nacht durchmachen.«

Ich spürte seine Hände rechts und links an meinem Kopf, und ich sah hoch in sein Gesicht, während er sich über mich beugte.

»Wirklich? Du siehst nämlich total geschafft aus.«

Ich schloss wieder die Augen. Der Schlaf war da. Wenn ich mich entspannte, würde er mich in Sekunden übermannen. »Du fängst an. Lass mich nur kurz für fünf Minuten die Augen zumachen, dann bin ich für dich da.«

Harry schnaubte theatralisch. »Das ist genau das, was sich ein Ehemann in seiner Hochzeitsnacht wünscht – dass seine Braut während des Akts einschläft.«

»Wenn du möchtest, stoße ich ein paar Aahs und Oohs in deine Richtung aus, damit du dich besser fühlst.«

»Das wäre super.«

»Oooh, Harry. Das fühlt sich so gut an.«

»Ich habe noch gar nicht angefangen.«

Ich spürte, dass sein Gewicht vom Bett verschwand, und blinzelte. Da sah ich, dass er mir meine Schuhe und meine Socken auszog.

»Sag mir Bescheid, wann es losgeht.«

»Ich hatte eigentlich gehofft, das würdest du von selbst merken.«

Ich lächelte. »Weißt du, nur für den Fall, dass ich den Anfang verpasse.«

Er schenkte mir einen finsteren Blick, und ich schloss wieder die Augen, und dieses Mal wusste ich, dass ich sie nicht mehr öffnen würde, zumindest nicht in den nächsten paar Stunden.

Ich spürte, dass mein Atem schwer wurde, und kurz bevor ich einnickte, hörte ich Harry etwas sagen.

»Glaub mir, Suzie, das würdest du merken.«

Ich setzte mich im Bett auf und beobachtete die schimmernden blauen Wellen, die vorüberglitten. Die Sonne glitzerte auf dem Wasser, und von draußen kam eine Hitze herein, die wir in England seit vielen, vielen Monaten nicht gespürt hatten.

Ich verputzte rasch das Frühstück vom Tablett, das Harry für mich neben das Bett gestellt hatte. Ich hatte richtig Hunger – und die Eier, der Toast, die Croissants und die Marmelade füllten die Lücke perfekt.

Auf dem Tablett lag eine Notiz, die mich aufforderte, dass ich mich anziehen sollte, und ich nahm an, das bezog sich auf den Neoprenanzug in Knallpink, der innen an der Kabinentür hing.

Ich schlüpfte rasch in den Anzug hinein, und ich hasste es, wie sehr er um meinen Bauch spannte und wie locker er im Schritt saß, was an eine durchhängende Windel erinnerte.

Gleich darauf eilte ich die Treppe hoch auf das Deck. In meinem schlaftrunkenen Zustand gestern Nacht hatte ich die Schönheit unserer Jacht gar nicht wahrgenommen. Blaue Loungesofas, Sonnenstühle und Doppelliegen verteilten sich über das Sonnendeck, das mit Kunstrasen ausgelegt war, um einen Garteneffekt zu erzeugen.

Stimmen von der Rückseite des Schiffs weckten meine Aufmerksamkeit, und ich ging ein paar Stufen hinunter, um zum Achterdeck zu gelangen. Dort traf ich auf ein Dutzend Leute in verschiedenen Vorbereitungsphasen für einen Tauchgang.

Mein Herz hüpfte vor Freude. Ich war vor ein paar Jahren oft tauchen gewesen – rund um die britische Küste gab es einige fantastische Schiffswracks, und ich hatte die meisten davon besichtigt, in unterschiedlichen Tiefen. Für das Tauchen in England ist ein guter Wärmeschutz erforderlich, also Thermokleidung zum Unterziehen und ein Trockenanzug für darüber, und ich war immer so dick gepolstert gewesen wie das Michelin-Männchen. Hier jedoch würde das Tauchen viel freier sein, und die Sicht war bestimmt hervorragend. Ich war noch nie zuvor in warmen Gewässern getaucht, obwohl ich mal ein Wetsuit-Training in einem Hallenbad absolviert hatte. Ich hoffte allerdings, dass ich heute ein bisschen aufregendere Dinge zu sehen bekommen würde als Haare und ein paar Pflaster.

Ich entdeckte Harry, der sich gerade mit einem Crewmitglied unterhielt. Er sah in seinem Neoprenanzug umwerfend aus, der schwarze Stoff schmiegte sich an seinen Körper wie eine zweite Haut. Der Reißverschluss war nur bis zur Brust hochgezogen, und ich konnte Harrys glatte Haut sehen, die in der Sonne glänzte.

Ich sagte zu ein paar anderen Passagieren Hallo, während ich mich Harry näherte. Er unterbrach sich nicht, schlang aber einen Arm um meine Schulter und schloss mich in die Unterhaltung ein.

Er stellte mir unseren Tauchlehrer vor, Elias, der sehr attraktiv war – mit einer Haut in einem warmen Karamellbraun und hinreißenden grünen Augen, die mit Gold gesprenkelt waren. Die Ärmel seines Neoprenanzugs waren in der Taille zusammengeknotet und enthüllten seinen herrlich muskulösen, gebräunten Oberkörper. Elias war kleiner als Harry, wie quasi jedermann, aber er war zweifellos sehr stark – das jahrelange Schleppen der schweren Tauchausrüstung hatte seinen Körper auf eine Art gestählt, die man mit den Gewichten im Studio niemals erreichen konnte. Als er mir die Hand gab, durchzuckte mich ein Funke purer Lust. Elias' Augen verdunkelten sich, während er weiter meine Hand hielt. Er hatte es auch gespürt.

Aber jegliche potenziellen Wunschfantasien, dass ich und Elias irgendwo unser eigenes kleines Inselparadies finden würden, um uns besser kennenzulernen, wurden im Keim erstickt, als Harry mich als seine Freundin vorstellte.

Elias ließ meine Hand fallen, als habe er sich verbrannt.

»Ich bitte um Verzeihung. Mir wurde gesagt, ihr seid nur befreundet«, sagte er mit einem hinreißenden hispanischen Akzent.

Ich war ebenso verwirrt. In den vergangenen Tagen hatte es Situationen gegeben, in denen Harry und ich andere Menschen über unseren Beziehungsstatus belogen hatten, wie zum Beispiel Frank, um die Fahrt mit dem Heißluftballon so kurzfristig zu bekommen, oder wie den amerikanischen Zollbeamten gestern, aber ich war mir nicht sicher, warum wir hier auf dem Boot lügen sollten.

Harry zog mich enger an sich, um seinen Anspruch auf mich geltend zu machen. Die Schwingungen, die Elias zu verstehen gaben, dass er sich zurückhalten sollte, waren so stark, dass ich mich im Stillen fragte, warum Harry mir nicht zusätzlich ans Bein pinkelte, um sein Territorium zu markieren. Nun, wenn Harry so tun wollte, als wären wir ein Paar, dann konnte ich das auch. Aus einem frechen und albernen Gefühl heraus ließ ich meine Hand über Harrys Rücken gleiten und kniff ihn dann fest in den Po. Harry zuckte vor Schreck zusammen und starrte mich ungläubig an. Ich zog eine Augenbraue hoch und forderte ihn stumm zum Protest heraus. Elias wechselte elegant das Thema und begann, über den bevorstehenden Tauchgang zu sprechen. Er wandte sich dabei an Harry, ohne mir groß einen Blick zu schenken.

Offenbar führte die Tauchstrecke hinab zu einem alten Vulkan auf dem Meeresgrund, der mit seinen Nischen, Höhlen und Tälern nun eine Heimat für eine große Vielfalt von Meeresbewohnern bot.

Ich konnte es kaum erwarten loszulegen.

Elias ließ uns alleine, um sich um die anderen Passagiere zu kümmern, und ich schaute hinaus auf die Bucht, die wir gerade passierten. Wir waren zu weit entfernt, um die wahre Schönheit der Galápagos-Inseln zu erkennen; ich hoffte, dazu würden wir später Gelegenheit haben. Das Schiff glitt durch das ruhige tiefblaue Wasser und erzeugte kaum Wellen. In der Ferne war eine grüne Hügelkette zu sehen, die einen losen Kreis um uns bildete.

Harry legte die Hände auf meine Schultern und drehte mich zu sich herum, während er seine ganze Aufmerksamkeit auf mich richtete. Ich liebte es, wenn er mich so ansah, als wäre ich die einzige Frau auf der Welt. Ich ignorierte die Stimme in meinem Kopf, die mir sagte, dass Harry schon viele Frauen so angesehen hatte. Er zog nun eine Augenbraue hoch.

»Was ist?« Ich versuchte, ein Grinsen zu unterdrücken.

»Ich war nur überrascht von dem Pokneifer.«

Ich zuckte mit den Achseln. »Und ich war überrascht von dem Upgrade in unserem Beziehungsstatus.«

Harry wirkte völlig unbeeindruckt und näherte seinen Mund meinem Ohr. Meine Beine verwandelten sich in Wackelpudding, als sein warmer Atem über meinen Hals strich.

»Die Leute sind eher bereit, bei einem Heiratsantrag zu helfen, wenn sie glauben, dass er echt ist«, sagte Harry mir leise ins Ohr.

Das war ein gutes Argument, aber ich ärgerte mich trotzdem darüber, dass der einzige Mann, der mich in den letzten zwei Jahren angeschaut hatte, gerade verscheucht worden war.

»Und es hat nichts mit dem Umstand zu tun, dass Elias eine Art Gott ist?«

Ich wurde rot, als Elias in diesem Moment hinter Harry vorbeihuschte, um für einen der Passagiere eine Taucherbrille zu holen.

Harry überspielte meine peinliche Gefühlsaufwallung.

»Wie hast du geschlafen?«

»Wie ein Murmeltier.«

»Natürlich, nach dem fantastischen Sex, den wir hatten.«

Ich schenkte ihm ein süßliches Lächeln. »Für dich mag er fantastisch gewesen sein, mein Schatz, aber meine Welt hat er sicher nicht zum Wanken gebracht.«

Ich sah, dass Elias zusammenzuckte, während er sich entfernte, während Harry dagegen nichts erschüttern konnte, nicht einmal eine Verunglimpfung seiner Männlichkeit. Er lächelte. »In diesem Fall, mein Liebling, werde ich mich heute Abend mehr anstrengen.«

Bevor mir eine schlaue Antwort einfiel, kam das Schiff plötzlich ruckelnd zu einem Halt, und Harry hielt mich instinktiv fest, um zu verhindern, dass ich das Gleichgewicht verlor.

Um uns herum nahm die Aktivität zu, während die Leute sich für ihren Tauchgang vorbereiteten.

Rasch kümmerte ich mich um meine Ausrüstung. Ich hängte mir umständlich ein Sauerstoffgerät und einen Bleigürtel um, suchte mir eine Maske, die passte, und kämpfte mit den Flossen, um sie auf meine Füße zu ziehen. Harry dagegen legte seine Ausrüstung mit einer Leichtigkeit und Eleganz an, die ich einfach nicht besaß.

Ich testete den Atemregler in meinem Mund, um sicherzustellen, dass der Sauerstoff aufgedreht war und strömte. Tat er. Offenbar unzufrieden mit meiner Überprüfung nahm Harry mir das Mundstück ab und setzte es sich selbst ein, um dann tief ein- und auszuatmen, während er mich beobachtete. Es hatte etwas unglaublich Intimes zu sehen, wie seine Lippen sich um dasselbe Mundstück schlossen, das Sekunden zuvor in meinem Mund gewesen war.

»Zufrieden?«, sagte ich, gezwungen, mich an Harry zu lehnen, als er den Schlauch an sich zog.

Er gab mir das Mundstück zurück und nickte.

Wir waren sechs Personen für den Tauchgang, der Rest wollte nur schnorcheln. Wir bildeten drei Paare; Harry und ich würden unter Wasser aufeinander aufpassen, während Elias zwischen uns allen herumflitzte und uns zu den besten Plätzen lotste.

Mit einem Riesenschritt sprang ich vom Schiff, und Harry folgte mir direkt. Das Wasser war kühl, aber nicht kalt. Die anderen sprangen auch hinein. Als alle bereit waren, ließen wir uns unter die Oberfläche sinken.

Das Wasser war kristallklar, und wir konnten scheinbar meilenweit in jede Richtung sehen. Der sandige Grund ungefähr zehn Meter unter uns war gespickt mit Korallenbänken und Felsen, und im Meer selbst wimmelte es von Leben und von Fischen in allen Größen und Farben.

Etwas Großes und Silbriges schoss an mir vorbei, und ich wandte mich danach um und sah zwei Seelöwen, die sich um die eigene Achse drehten und miteinander herumtollten. Ich beobachtete sie bei ihrem Spiel, bis jemand gegen meinen Ellenbogen stupste. Ich drehte mich um und sah, dass Harry geduldig auf mich wartete, während die restliche Gruppe bereits weiterschwamm und Elias zu einem anderen Bereich des Riffs folgte.

Harry blieb an meiner Seite, während wir uns langsam durch das Wasser bewegten, den anderen Tauchern hinterher. Fische schwammen zwischen uns hindurch, unbeirrt von unserer Anwesenheit, aber jedes Mal, wenn ich versuchte, sie zu berühren, brachten sie sich knapp außer Reichweite.

Wir erreichten eine große Korallenbank, und die Farbenvielfalt, die hier herrschte, war einfach atemberaubend. Eigentlich hatte ich erwartet, dass hier unten alles blau sein würde, aber überall schimmerte und funkelte es rot, grün, golden, orange, weiß und silbern. Harry deutete auf etwas hinter meiner Schulter, und ich wandte mich um und sah einen großen Rochen, der durch das Wasser auf uns zuschwebte, während er mit seinen großen Flügeln schlug wie ein riesiger Vogel. Als er über dem Korallenriff verharrte, schwammen Hunderte von winzigen Fischen herbei, um die Algen und Parasiten von seiner Haut zu knabbern. Dies war eine der sogenannten Reinigungsstationen und eines der Highlights, die Elias uns vorhin in Aussicht gestellt hatte.

Harry stupste mich wieder an, und ich beobachtete, wie er in Richtung Meeresboden abtauchte. Ich wusste, dass im Schatten des Riffs noch mehr Unterwasserleben sein würde, also ließ ich Luft aus meiner Tarierweste ab und folgte Harry, während ich aufpasste, dass ich keinen Sand aufwirbelte, als ich mich dem Grund näherte.

Ich sah, dass die anderen Taucher sich entfernten, aber Harry betrachtete etwas in einer kleinen Spalte am unteren Rand des Riffs. Er schaute sich nach mir um und ergriff dann meine Hand, um mich näher heranzuziehen. Dort unten, versteckt im Schatten, war ein winziges Seepferdchen, das hektisch mit seinen

Flossen flatterte, während es sich durch das Wasser bewegte. Mein Herz schwoll an bei diesem Anblick. Am liebsten hätte ich das Seepferdchen berührt, aber es sah so klein und fragil aus, dass ich Angst hatte, ich könnte es zerbrechen.

Ich erkannte, dass wir es in die Enge getrieben hatten und dass es wahrscheinlich große Panik hatte, und bedeutete Harry mit einem Stupser, dass er sich weiterbewegen sollte, was er auch tat. So ließen wir das Seepferdchen hinter uns zurück.

Draußen jenseits des Riffs erstreckte sich der sandige Meeresboden in das tiefe Blau hinein, aber ich konnte große Schatten erkennen, die sich dort hinten bewegten, und einer davon kam gerade näher. Ich wartete, um zu sehen, ob es wieder ein Rochen war oder ein Seelöwe, und als es schließlich aus dem Halbdunkel auftauchte, stieß ich durch mein Mundstück einen Freudenschrei aus. Ein Hammerhai kam auf uns zugeschwommen. Es war ein wahrhaft grandioser Anblick, wie er mit sanft schwingender Schwanzflosse geräuschlos durch das Wasser schwebte. Ich konnte es nicht glauben. Von all den Meeresbewohnern, auf die Elias uns vorbereitet hatte, war der Hammerhai derjenige, den ich mir am meisten gewünscht hatte zu sehen.

Harry war plötzlich vor mir und schützte mich, als wären wir auf einen großen weißen Hai gestoßen. Es gab hier keine Bedrohung, das hatte Elias uns gesagt, aber Harry wollte scheinbar kein Risiko eingehen.

Ich spähte hinter meinem überfürsorglichen Bodyguard hervor, während der Hai über uns hinwegschwamm und dann mit einem letzten Flossenschlag aus unserem Blickfeld verschwand.

An der Menge der Luftbläschen, die Harry durch sein Mundstück ausstieß, sah ich, dass er schnell atmete. Er drehte sich zu mir, und ich hob beide Daumen, um ihm zu zeigen, wie begeistert ich von unserem Besucher war. Als Harry nicht überzeugt wirkte, bewegte ich meine Arme beruhigend auf und ab in der Hoffnung, dass er ein bisschen langsamer atmete. Wir paddelten weiter und folgten dem Riff, während Harry sich die ganze Zeit zwischen mir und dem offenen Meer positionierte. Ich warf einen verstohlenen Blick auf seinen Luftdruckmesser – es waren immer noch deutlich über hundert Bar übrig, was uns in dieser Tiefe reichlich Zeit gab.

Ich entdeckte Elias ein Stück vor uns, seine neongrünen Flossen leuchteten beinahe im Wasser. Er wartete auf uns, um sich zu vergewissern, ob alles in Ordnung war. Ich gab ihm das O.k.-Zeichen, und er deutete auf etwas an oder in dem Riff. Harry nickte, und wir schwammen Elias hinterher. Farbenprächtige Algenstiele wogten sanft im Wasser, als würden sie im Wind wehen, während um uns herum nach wie vor zahllose Fische umherschnellten und uns bei unserem Unterwasserausflug eskortierten. Als wir um eine Ecke des Riffs bogen, sah ich, dass zwei Taucher aus unserer Gruppe gerade eine große Schildkröte fotografierten, die sich einen Weg durch das Wasser bahnte. Sie beäugte uns misstrauisch, während sie sich vom Riff entfernte und in der blauen Finsternis verschwand.

Von allen Tauchgängen, die ich gemacht hatte, war dieser hier sicherlich der aufregendste – es gab hier so viel Leben und Farbe. Besser ging es wohl kaum.

Harry stupste mich wieder, und ich blickte mich

suchend um, um herauszufinden, auf welche Kreatur wir nun gestoßen waren.

Als Harry sich ein Stück zur Seite bewegte, lächelte ich um mein Mundstück herum. Auf dem Riff war ein Whiteboard aufgestellt, auf dem die Worte *Marry Me* in Muscheln geschrieben standen. Ich drehte mich zu Harry und stellte fest, dass er unten auf dem Meeresboden kniete.

Ich schwebte zu ihm hinunter und stellte mich vor ihn, und mir war deutlich bewusst, dass die Taucher, die vorhin die Schildkröte fotografiert hatten, nun uns fotografierten.

Ich nahm rasch mein Mundstück heraus und küsste Harry auf die Wange. Ich sah, dass er lächelte.

Im Schatten des Baldachins saß ich auf einer Sonnenliege, während das Schiff im Wasser schaukelte, und beantwortete im Eiltempo so viele E-Mails, wie ich nur konnte. Innerhalb des einen Tages, an dem ich wegen der langen Flugreise nicht zum Arbeiten gekommen war, hatten sich sechsundfünfzig neue Anfragen in unserem Posteingang angesammelt. Aber trotz dieses unerwartet hohen Arbeitsaufkommens war ich überglücklich. Ich konnte mich nicht erinnern, wann ich mich das letzte Mal so wohlgefühlt hatte. Ich befand mich auf einer noblen Jacht, die in den kristallblauen Gewässern der Galápagos-Inseln schaukelte. Ich machte mit meinem besten Freund Urlaub, und ich hatte gerade einen Unterwasser-Heiratsantrag bekommen, umgeben von Hammerhaien, Schildkröten, Rochen und Seepferdchen. Mein Gesicht schmerzte vom vielen Lächeln. Nichts konnte mir meine gute Laune verderben. Nichts.

Ich knirschte mit den Zähnen, als ein dümmliches mädchenhaftes Kichern in meine Idylle drang. Nein, absolut nichts konnte mich heute herunterziehen, darum würde ich den einzigen kleinen Dämpfer in meinem Nirwana geflissentlich ignorieren. Wieder ein Kichern und ein tiefes Lachen von Harry. Ich spähte über meinen Laptop hinweg zu ihm und sah, dass er mit irgendeiner blonden Barbie auf der Nachbarliege plauderte. Tatsächlich unterhielt er sich schon seit einer Stunde mit ihr. Mittlerweile saß er neben ihr auf der Liege, während sie ihm Fotos auf ihrem Handy zeigte. Sie saßen so dicht nebeneinander, dass ihre Körper sich durchgehend von der Schulter bis zum Knie berührten. Als ich hinüberschaute, lachte Barbie wieder und stieß neckisch ihr Knie gegen seins.

Ich klappte meinen Laptop zu und ging hinein. Harry sah mir nach, aber ich blickte nicht zurück. Drinnen in der Bar war es kühler, und die Crew legte gerade letzte Hand an ein Buffet aus kaltem Braten, geröstetem Gemüse, Reis, Nudeln und frischem Obst. Ich schnappte mir einen Teller, lud ihn voll und fand eine Couch, um mich zu setzen.

Gerade als ich den Mund voll hatte mit Hühnchen, fiel ein Schatten über mich. Ich seufzte, weil ich im Moment nicht wirklich Lust hatte, mit Harry zu reden. Aber als ich den Kopf hob, stellte ich zu meiner Überraschung fest, dass Elias vor mir stand.

Ich schluckte rasch den Bissen hinunter.

»Stört es dich, Suzie, wenn ich mich zu dir setze?«

Es gefiel mir, wie mein Name aus seinem Mund klang. Er zog das u darin leicht in die Länge. Mit seinem Akzent war das richtig sexy.

Ich bedeutete ihm, sich zu setzen.

Er sah mich mit seinen hinreißenden grünen Augen an, und es kam mir vor, als könnte er all meine Gedanken und Gefühle lesen. Ich fragte mich, was er wohl von meinen spontanen, unangemessenen Fantasien halten würde, die sich allesamt um ihn drehten.

»Ich möchte ja nichts Falsches sagen, aber ich mag deinen Verlobten nicht.«

»Harry? Warum?« Das überraschte mich. Jeder liebte Harry – besonders die Frauen –, und er wurde sonst immer sehr schnell warm mit den Leuten, weil er zu jedem, mit dem er sich unterhielt, freundlich, charmant und aufmerksam war.

»Er sitzt da draußen und schäkert mit einer anderen Frau herum, und du sitzt hier alleine. Ich habe seinen Blick gesehen, mit dem er die andere anschaut. Viele Männer haben diesen Blick drauf, aber bei einem frisch Verlobten ist er normalerweise für die Auserwählte reserviert und nicht für eine Frau, die man gerade erst kennengelernt hat.«

»Oh.« Ich konnte diesen freundlichen Mann nicht belügen, ich konnte nicht zulassen, dass er schlecht über Harry dachte – obwohl es mir auch nicht gefiel, dass Harry mit Barbie schäkerte, aber im Grunde tat er ja nichts Böses. »Elias, Harry und ich sind nicht verlobt. Wir sind nicht einmal ein Paar.« Ich kramte in meiner Tasche und gab ihm unsere Visitenkarte. »Wir organisieren Heiratsanträge für Paare. Das ist unser Geschäft. Momentan sind wir auf einer großen Promotiontour mit dem Ziel, den ultimativen Heiratsantrag zu finden. Was heute am Riff passiert ist, war nur ein Punkt auf unserer Liste.«

Elias sah mich wieder an, und ich hatte das Gefühl, als hätte ich ihn irgendwie enttäuscht.

»Es tut mir leid, dass wir dich angeschwindelt haben, das war keine böse Absicht. Harry findet es einfacher, den Leuten zu erzählen, dass wir ein Paar sind, damit es nicht seltsam wirkt, wenn er immer wieder um meine Hand anhält.«

»Ihr schlaft zusammen in einem Bett.«

»Ja, aber wir sind nur Freunde. Zwischen uns ist nie etwas passiert, und es wird auch nie etwas passieren.«

Elias beobachtete mich. Sein Blick war alarmierend, und ich senkte meine Augen unwillkürlich auf seine Lippen. Sie waren voll und rosa, und ich hatte das Bedürfnis, sie zu berühren, zuerst mit meinen Fingern und dann mit meinen Lippen.

Was stimmte nicht mit mir? Hatte ich wirklich schon so lange keinen Sex mehr gehabt, dass ich bereit war, mich dem Erstbesten an den Hals zu werfen, der mir ein Lächeln schenkte?

Ich war in Harry verliebt, und nur weil das tägliche Zusammensein mit ihm, oder besser gesagt: das Nichtzusammensein mit ihm, sexuell frustrierend war, bedeutete das nicht, dass ich gleich mit jedem hübschen Mann ins Bett hüpfen sollte. Obwohl Elias mehr war als nur hübsch – er war umwerfend. Er sah mich immer noch an, und ich fühlte mich in seinen Augen schön.

»Ich glaube, jetzt mag ich Harry sogar noch weniger.«

»Warum?«

»Weil er mit seiner schönen Freundin das Bett teilt und nicht sie, sondern lieber diese hohlen Kreaturen verführt, die ihm nichts bedeuten. Das ist sehr oberflächlich, nicht wahr? Dein Freund weiß die wahre Schönheit nicht zu schätzen, nämlich das Wunder der Freundschaft in all ihren Formen.«

Mein Mund war ganz trocken, und ich fuhr mit der Zunge an der Innenseite meiner Zähne entlang, um etwas Feuchtigkeit aufzusammeln. Ich versuchte, Worte zu finden, um der Kritik an Harry zu widersprechen, während ich mich gleichzeitig absurderweise geschmeichelt fühlte, weil Elias mich gerade als schön bezeichnet hatte.

»Ich wette, dir werfen sich auch ständig Frauen an den Hals. Sie verbringen ihren Urlaub an einem herrlichen Ort wie diesem hier, lernen jemanden wie dich kennen und sind einer kleinen Urlaubsromanze nicht abgeneigt. Ich könnte mir vorstellen, dass du im Laufe der Jahre mit vielen Frauen geschlafen hast. Ich kann weder dir noch Harry einen Vorwurf daraus machen. Ich denke, wenn sich mir ständig schöne Männer an den Hals werfen würden, wäre es sehr schwer, ständig Nein zu sagen. Besonders weil man immer die Hoffnung hat, dass eines Tages der Richtige darunter sein könnte. Ich glaube, es ist schwer, die Liebe zu finden, wenn man nicht danach sucht.«

»Ist das Harrys Motiv? Dass er die Richtige sucht?«

»Ich hoffe es. Mein Bruder war genauso. Früher ließ er nichts anbrennen, aber dann traf er eines Tages Jules, und von dem Moment an gab es für ihn keine andere Frau mehr.«

»Und du? Hast du auch mit vielen Männern geschlafen?«

Ich lachte. »Nein. Die Männer, mit denen ich geschlafen habe, kann ich an einer Hand abzählen.« Wow, das war peinlich, warum hatte ich das gesagt? Aber dieser Mann hier hatte etwas an sich, das Aufrichtigkeit verlangte. »Ich bekomme offensichtlich nicht so viele Gelegenheiten wie du und Harry.«

»Dann halte ich alle englischen Männer für dumm, weil sie deinen Wert nicht zu schätzen wissen.« Elias strich zärtlich ein Haar aus meinem Gesicht. Au weia. »Und was die vielen Gelegenheiten betrifft, die sich mir deiner Einschätzung nach bieten, ja, es gab ein paar Frauen, die sich mir, wie du es nennst, an den Hals geworfen haben, aber nur weil sie das tun, heißt das nicht, dass ich sie auffange.«

Ich lächelte.

»Ich war zehn Jahre verheiratet«, fuhr er fort. »Meine Frau starb vor drei Jahren, und seitdem gab es niemanden mehr in meinem Leben.«

»O Elias, das tut mir leid. Ich weiß, wie es ist, einen geliebten Menschen zu verlieren.«

Er lächelte mich traurig an. »Das habe ich dir angesehen. Der Kummer in den Augen, er geht nie wirklich weg. Dein Bruder?«

Ich keuchte überrascht. »Woher weißt du das?«

»Es ist eine andere Trauer, wenn ein lebenslanger Freund stirbt, als wenn man seinen geliebten Partner verliert. Der Kummer vergiftet einen auf eine andere Art, man trägt andere Narben davon, obwohl der Schmerz, den man fühlt, derselbe ist. Er verschwindet nie ganz, er wird mit der Zeit nur einfacher zu ertragen.«

Ich starrte diesen Mann an, während ich mich zwang, nicht sofort in Tränen auszubrechen und mich an seiner Schulter auszuweinen. Elias kannte sich aus, er verstand mich.

»Tut mir leid, ich hatte nicht die Absicht, dich traurig zu machen. Vielleicht schätze ich Harry falsch ein. Wenn er mit jemandem befreundet ist, der so besonders ist wie du, dann muss er auch ziemlich besonders sein.« Elias beugte sich vor und gab mir einen Kuss auf die Stirn. »Ich sollte gehen, ich muss mich um ein paar Dinge kümmern.« Er stand auf und nahm meine Hand, umklammerte sie mit seinen Händen. »Manchmal wartest du darauf, dass deine Träume sich erfüllen, aber manchmal sind diese Träume nur eine Fantasie, während es in der realen Welt Dinge oder Menschen gibt, die dich viel glücklicher machen können als deine wildesten Träume. Du solltest nicht länger warten, liebe Suzie.«

Er gab mir einen Handkuss, während seine Augen sich in meine brannten, dann drehte er sich um und ging davon.

Ich starrte auf meinen vollen Teller, nicht länger hungrig.

Kapitel 9

Den Nachmittag verbrachten wir mit Inselhopping und bekamen eine Vielfalt von wilden Tieren zu sehen. Normalerweise nahmen sich die Leute eine Woche oder mehr Zeit, um den ganzen Archipel abzuklappern – wir mussten alles an einem Tag erledigen, weil wir morgen nach Mexiko weiterfliegen wollten. Einer der Reiseführer hatte sich daher freiwillig angeboten, mit uns einen kurzen Rundtrip über die Inseln zu machen, um uns »die besten Plätze« zu zeigen, wie er es nannte. Wir fuhren mit einem Schnellboot zunächst zur Punta Espinoza auf der Isla Fernandina und sahen dort Blaufußtölpel, Meeresleguane und erstaunlicherweise Pinguine. Ich hatte immer gedacht, Pinguine würde man nur in kälteren Gefilden finden, aber hier waren sie, in diesem tropischen Paradies, und belagerten den Strand. Danach düsten wir hinüber zum Puerto Ayora und sahen die Riesenschildkröten, die langsam zwischen den Bäumen umherkrochen. Während das kleine Schnellboot an den unglaublichen Küstenlinien und Buchten entlangfuhr, versuchte unser Reiseführer, uns in der begrenzten Zeit so viele Informationen und so viel Schönheit wie möglich zu vermitteln. Als die Sonne im Meer unterging und scharlachrote Streifen auf dem Wasser hinterließ, beendeten wir unseren Rundtrip mit einem Abstecher zum Cormorant Point, um uns die Flamingos anzuschauen. Ihr leuchtend rosa Gefieder, das sich im flachen Wasser spiegelte, während sie anmutig umherstaksten, war ein umwerfender Anblick.

Es fing gerade an, dunkel zu werden, als wir uns auf den Rückweg zu unserem Schiff machten. Ich starrte auf die Wellen hinaus, die sich unter dem Abendhimmel dunkel färbten. Harry, der Hunderte von Fotos geschossen hatte, setzte sich schließlich neben mich und legte den Arm um meine Taille, während er mich eng an sich zog.

Ich drehte den Kopf und sah ihn an.

»Bist du glücklich?«, fragte er.

Ich nickte und lehnte mich an ihn. »Sehr. Ich habe das Gefühl, als wäre ich unheimlich lange verkrampft gewesen, und nun kann ich mich endlich entspannen.«

»Gut. Ich habe dich heute ziemlich oft lächeln sehen. Das gefällt mir sehr.«

Kurz darauf näherten wir uns der Jacht, und ich sah Barbie, die sich über die Reling beugte und Harry zuwinkte, während ihre Brüste beinahe aus ihrem knappen Top herausfielen. Harry winkte zurück.

»Und wenn du aufhören würdest, mit allem zu flirten, was einen Puls hat, wäre mein Leben perfekt«, fügte ich hinzu.

Harry wich ein Stück von mir zurück. »Was soll das heißen?«

Die Büchse der Pandora war geöffnet. Übel verbreitete sich überall.

»Nun, du bist mit mir im Urlaub, aber du haust ständig ab und unterhältst dich mit anderen Frauen.« Es klang so kleinlich, selbst für meine Ohren.

»Ich darf mich also nicht mit anderen Frauen unterhalten?« Er war verärgert, und sein ganzer Humor und seine Herzlichkeit waren verschwunden.

»Mich stört eher das, was du sonst noch mit ihnen vorhast.«

»Warum stört dich das? Bist du eifersüchtig?«

Ich stand auf. »Nein, natürlich nicht.« Unser Boot stieß gegen die Rückseite der Jacht, und Harry griff instinktiv nach meinem Arm, um mich vor einem Sturz zu bewahren. Ich befreite mich aus seinem Griff. »Ich finde es bloß … oberflächlich, jede Nacht mit einer anderen Frau zu schlafen.«

Harry stand nun auch auf und ragte vor mir empor. »Du findest mich oberflächlich?«

»Nein, ich finde dich wundervoll. Ich finde nur dein Verhalten oberflächlich. Das ist ein großer Unterschied. Diese ganzen Frauen bedeuten dir offensichtlich nicht das Geringste, und ich finde, du solltest dich für eine einzige Frau entscheiden, für eine, die dich glücklich macht, für eine, an der dir wirklich etwas liegt und bei der du bleibst, statt alles auszuprobieren, was das Buffet zu bieten hat.«

»Eine Frau wie dich?«

Ich stieg auf die Jacht. »Nein, sicher nicht, schließlich hast du solche Gefühle nicht für mich, oder?«

Er senkte den Blick und rieb mit der Hand über seinen Hinterkopf, und obwohl er es nicht aussprach, war die Antwort klar in seinen Augen zu lesen.

Es war wie ein Faustschlag in den Magen, die Ablehnung zu sehen, die sich ganz deutlich in seinem Gesicht abzeichnete, während er nach Worten suchte, um sie auszusprechen.

Ich schluckte den Kloß in meinem Hals hinunter und biss mir auf die Unterlippe im Bemühen, die Tränen zu unterdrücken, die mir in die Augen schossen.

»Natürlich nicht.« Meine Stimme brach, und ich verfluchte meinen verräterischen Körper. »Ich meine, du bist du, und ich bin …« Ich deutete auf seinen herrlichen Körper und dann auf meinen. Das war gar kein Vergleich. Harry machte einen Schritt auf mich zu, aber ich wich zurück. »Ich sage ja bloß, wenn du schon mit mir hier bist, solltest du auch mit mir hier sein, statt mir nur hin und wieder Gesellschaft zu leisten, wenn dich deine anderen Spielsachen langweilen. Das hat nichts mit Eifersucht zu tun, sondern mit guten Manieren.«

»Ich war das ganze letzte Jahr für dich da, ich habe für dich alles andere zurückgestellt, und dieser ganze Scheiß hier ist nur für dich.« Er deutete aufgebracht auf die Jacht und die Inseln. »Was willst du denn noch?«

Ich drehte mich von ihm weg, aber er hielt mich am Arm fest und zog mich zurück.

»Hey!« Plötzlich war Elias zwischen uns, der scheinbar wie aus dem Nichts auftauchte. »Nimm sofort deine Hände von der Lady.«

Harry war eindeutig größer und stärker als Elias, und würde es zu einem Kampf kommen, wäre er sehr schnell vorbei – und würde ganz bestimmt nicht zu Elias' Gunsten ausfallen. Harry ließ trotzdem gehorsam meinen Arm los.

»Suzie, hör zu …« Harry zwang sich, ruhiger zu sprechen, während Elias vor mir stand.

»Nein, hör du mir zu. Wenn ich für dich tatsächlich

so eine große Bürde bin, dann bitte, geh hin und amüsier dich heute Abend mit Barbie. Ich möchte nicht, dass du mir Gesellschaft leistest, wenn du lieber ganz woanders wärst. Und gleich morgen früh kannst du Silver Linings kontaktieren und diese dämliche Farce hier absagen und dann zu der großen Firma wechseln, die dir so viel Geld angeboten hat. Ich möchte dir nicht im Weg stehen.«

Ich lief rasch davon, bevor Harry meine Tränen sah, und stürmte durch die Tür in den Speiseraum, zur großen Überraschung der anderen Gäste, die alle gerade vor ihrem Essen saßen. Ich rannte auf der anderen Seite wieder hinaus und dann hoch auf das Oberdeck, das nun verwaist war.

Ich stieß einen tiefen Seufzer aus und schloss die Augen vor Scham über meinen plötzlichen Gefühlsausbruch.

Die Wahrheit war, dass es mich als Harrys beste Freundin nicht im Geringsten störte, wenn er all diesen anderen Frauen hinterherjagte. Damals in den gemeinsamen Urlauben mit meiner Freundin Peri hatte ich immer darüber gelacht, dass sie jeden Abend mit einem anderen Kerl abzog, während ich recht vergnügt allein in unser Hotelzimmer zurückkehrte und die Seiten meines neuen Romans verschlang. Der einzige Grund, warum Harrys Verhalten mich aufregte, war, dass ich tatsächlich eifersüchtig war. Ich wollte ihn, und ich wollte, dass er mich auch wollte. Die schreckliche Wahrheit aber war, dass er mich nicht wollte. Er würde niemals mir gehören.

Es war fast Mitternacht, als ich unwillkürlich auf die

Rückseite der Jacht schlenderte, in die Nähe des Tauchdecks. Wir ankerten mitten in der Darwin-Bucht, und das immer noch tintenschwarze Wasser schlug sanft gegen den Schiffsrumpf. Ich hatte Harry den ganzen Abend nicht zu Gesicht bekommen – er wollte mir wohl Raum geben. Ich war froh darüber, denn wie sollte ich in der Wirklichkeit meinen kleinen Ausbruch erklären? Entweder das, oder Harry war mit Barbie zusammen, ohne einen Gedanken an mich zu verschwenden.

»Suuuzie, ist alles okay?«

Ich wandte mich lächelnd zu Elias um.

»Ja, alles gut.«

»Der Kerl ist ein Idiot.« Er kam herüber und stellte sich neben mich an die Reling.

»Es ist okay, wirklich. Ich bin schuld, weil ich traurig und erbärmlich bin. Harry hat für mich so viel getan, besonders seit Jack tot ist. Ich kann es ihm nicht verübeln, wenn er sich ein bisschen amüsieren möchte, ohne mich. Ich bin im Moment nämlich eher eine Spaßbremse.«

»Du bist nicht traurig und erbärmlich, Suzie. Du bist die schönste Frau der Welt.«

Er fuhr mit seinem Zeigefinger über meinen Arm und verursachte mir am ganzen Körper Gänsehaut.

»Komm, lass uns schwimmen gehen.«

Er zog sein T-Shirt aus, und seine Brust und seine Arme glänzten im Mondlicht.

»Jetzt?«

Er streifte seine Shorts herunter und enthüllte enge schwarze Pants.

»Das Leben ist für die Lebenden. Das solltest du genauso gut wissen wie ich. Es gibt nichts Befreienderes, als nackt zu schwimmen.«

»Nackt?«, piepste ich.

Elias sprang kopfüber in das schwarze Wasser und tauchte ein paar Meter weiter wieder auf. Einen Moment später kam seine Unterhose aus dem Wasser geflogen und landete auf dem Rand des Decks.

Ich schluckte und sah mich um. Es war niemand in Sicht, die anderen waren alle schon in ihren Betten, bereit für das nächste Abenteuer morgen. Harry lag wahrscheinlich in Barbies Bett.

Und das gab den Ausschlag.

Ich zog mein Top und meine Shorts aus, obwohl ich nicht mutig genug war, mich ganz nackig zu machen, und sprang dann in das Meer zu Elias.

Das Wasser war nun kälter, nachdem die Sonne weg war, aber Elias hatte recht, es war wirklich befreiend. Ich lachte laut auf.

Elias schwamm näher an mich heran. »Du hast ein wundervolles Lachen, Suzie. Aber du würdest das hier noch mehr genießen können, wenn du dich ganz freimachen würdest. Es ist ein berauschendes Gefühl, mit dem Meer eins zu sein.«

Schüchtern, obwohl er mich nicht sehen konnte, streifte ich meinen BH ab und warf ihn auf das Deck. Elias sah mich an und zog eine Augenbraue hoch, und da ich nicht prüde sein wollte, wand ich mich auch aus meinem Slip.

»Perfekt«, flüsterte er und kam noch näher.

Er bewegte seine Hände zu meiner Taille, und ich schlang die Arme um seinen Hals. So wie er mich gerade ansah, war es ziemlich offensichtlich, was er mit mir im Sinn hatte. Aber von einem so schönen, so süßen Mann begehrt zu werden war unglaublich schmeichelhaft. Harry wollte mich nicht, aber Elias dafür schon.

Er küsste mich und schob sofort seine Zunge in meinen Mund, was ein kleiner Schock war. Aber als ich mich einmal an den Rhythmus und die Dringlichkeit gewöhnt hatte, stellte ich fest, dass ich seinen Kuss ziemlich genoss. Elias' Hände glitten über meinen Körper, packten meine Brüste, während er mich rückwärts durch das Wasser bewegte, bis ich gegen den Schiffsrumpf gedrückt wurde.

»Wir haben eine starke Verbindung, Suzie. Du spürst sie doch auch, oder?«

Er langte über meinen Kopf hinweg auf das Deck, um in der Tasche seiner Shorts zu kramen, und zog ein Kondom heraus. Oh. Das kürzeste Vorspiel aller Zeiten. Die leise Stimme ganz hinten in meinem Kopf fragte, warum Elias mit einem Kondom in seiner Hosentasche herumlief, wenn er kein Aufreißer war, aber als er mich wieder küsste, war mir das plötzlich egal. Wenn Harry sich durch die Gegend vögelte, dann konnte ich das auch. Der Schmerz der Zurückweisung wurde etwas gemildert dadurch, dass ein anderer Mann mich wollte. Während Elias sich an mich presste, konnte ich eindeutig spüren, wie sehr er mich begehrte.

Er legte meine Beine um seine Hüften, und ich schloss die Augen und lehnte mich gegen den Schiffsrumpf. War es falsch, dass ich die ganze Zeit nur an Harry denken konnte?

Später begleitete Elias mich zu meiner Kabine, den

Arm um meine Schulter gelegt, um mich in der kühlen Nacht zu wärmen.

Ich lehnte mich an ihn und gab ihm einen Kuss auf die Wange. »Danke.«

»Wofür?«

»Für den Abend, weil du so reizend zu mir warst.«

Er lächelte mich an. »Du bist reizend. Es war mir ein Vergnügen, dich kennenzulernen.«

Ich schlüpfte in meine Kabine und traf dort zu meiner Überraschung Harry an, der auf dem Bett saß und mich erwartete. Ich konnte seine Miene nicht deuten.

»Hattest du Spaß?« Seine Stimme klang kühl und abgehackt.

Ich schloss die Tür hinter mir. »Was meinst du?«

»Mit Elias. Ich habe vorhin nach dir gesucht, weil ich mir Sorgen gemacht habe. Aber das war gar nicht nötig. Ich habe euch zusammen gesehen.«

Zorn stieg wieder in mir hoch.

»Na und? Du warst wahrscheinlich den ganzen Abend mit Barbie zusammen, also wage es nicht, mir eine Predigt zu halten.«

»Ich war hier und habe auf dich gewartet, seit du vorhin weggelaufen bist, und ich denke, ich habe jedes Recht, dir eine Predigt zu halten, da der ganze Sinn deines kleinen Ausrasters doch war, dass es dir nicht passt, wenn ich dich in unserem Urlaub alleine lasse, dass es dir nicht passt, wenn ich mit Frauen schlafe, die mir nichts bedeuten – und dann verschwindest du mit einem Typen, den du gerade erst kennengelernt hast?«

»Wie hast du dich dabei gefühlt?«

»Ich habe mich über deine Doppelmoral geärgert.«

Ich rieb mein Gesicht und fühlte mich plötzlich sehr

müde. »Warum regst du dich so auf? Du redest doch ständig davon, dass ich wieder aufs Pferd steigen soll.«

»Aber nicht mit dem erstbesten Kerl, der dich mit seinem Lächeln blendet.«

»Und warum nicht? Für dich funktioniert das doch auch, obwohl du normalerweise zusätzlich von Titten geblendet wirst.«

Harry stand auf und fing an, in der Kabine auf und ab zu gehen, während er schwer durch seine Nase atmete. Er wirbelte zu mir herum. »Also gut, wir können beide in diesem Urlaub mit so vielen Männern und Frauen schlafen, wie wir wollen. Jeder zieht sein eigenes Ding durch, und einmal am Tag treffen wir uns für diese dämlichen Anträge.«

»Super, klingt perfekt.«

»Gut.«

»Gut.«

Wir starrten uns gegenseitig an. Es war albern, und wir wussten es beide.

»Wir sollten jetzt besser schlafen gehen. In fünf Stunden müssen wir wieder aufstehen«, sagte Harry schroff.

»Fein.«

»Fein.«

Ich ging ins Bad und zog meinen Pyjama an, und als ich in die Kabine zurückkehrte, lag Harry bereits im Bett, das Gesicht von mir abgewandt. Ich glitt neben ihn unter die Decke und knipste das Licht aus. Natürlich tat ich die ganze Nacht kein Auge zu und Harry wahrscheinlich auch nicht.

Das Flugzeug setzte in Cancún auf, und mein Magen krampfte sich zusammen. Es war kein ruhiger Flug nach Mexiko gewesen, wir hatten alle möglichen Turbulenzen erwischt. Die Fenster hatten geklappert, und der Wind pfiff durch die Toilettentür, in deren Nähe ich saß. Es schien, als wäre das Flugzeug aus Papier. Die Toilettentür knallte nun auf und schickte einen Hauch von Chemikalien und Klogerüchen zu mir. Mein Magen krampfte sich wieder zusammen.

Harry und ich hatten seit heute Morgen kein einziges Wort miteinander gesprochen. Wir waren aufgestanden und hatten uns in unserer Kabine für die Abreise fertig gemacht, als wären wir uns völlig fremd.

Schweigend hatten wir eine Bootsfahrt zurück nach Baltra, eine Taxifahrt, einen Flug nach Ecuador und schließlich einen weiteren Flug nach Cancún hinter uns gebracht. Erst jetzt wurde mir richtig bewusst, dass wir die meiste Zeit unterwegs sein würden, wenn wir die Welt in neunzig Tagen bereisen wollten. Unser dritter Urlaubstag war schon halb um, und wir hatten gerade erst unser zweites Ziel erreicht.

Ich war völlig erschöpft. Der Schlafmangel, die ganze Umsteigerei und dann der grauenhafte Flug am Schluss – ich fühlte mich elend.

Die Fahrt mit dem Taxi zum Hotel war schrecklich, ein einstündiger Horrortrip mit einem Fahrer, der schlingernd in jede Kurve fuhr, an jeder roten Ampel mit quietschenden Reifen eine Notbremsung hinlegte, nebenbei an seinem Handy telefonierte, ständig herumbrüllte und jeden verfluchte, der ihm zuhörte.

Harry saß stumm wie ein Fisch neben mir und starrte aus dem Fenster.

Wir erreichten schließlich das Hotel, und ich registrierte, dass der Empfangsbereich sehr groß und sehr hell war. Glänzende weiße Marmorfliesen erstreckten sich hinunter zu weißen Sandstränden und türkisblauem Wasser. In den Fenstern bauschten sich weiße Gardinen, und selbst die Rezeption war weiß. Es war so hell, dass ich Kopfschmerzen bekam.

Harry checkte uns ein, aber ich hörte ihn fragen, ob die Möglichkeit bestand, dass wir getrennte Zimmer bekamen. Aufgrund einer Hochzeit war das Hotel voll ausgebucht, und ich ertappte mich dabei, dass ich erleichtert seufzte. Harry und ich mussten das miteinander klären, statt noch mehr Öl ins Feuer zu gießen.

Der Aufzug beförderte uns so schnell zwanzig Etagen höher, dass es in meinen Ohren ploppte und ich wieder Magenkrämpfe spürte. Was war heute bloß los mit mir? Ich fühlte mich so schlapp, so schwach.

Das weiße Motiv setzte sich in unserem Hotelzimmer fort. Dort stand das größte Doppelbett, das ich je in meinem Leben gesehen hatte. Ich stieß die Balkontür auf und ließ mir die warme Meeresbrise um die Nase wehen. Es half nichts gegen meine Lethargie und meine Übelkeit. Es gab nur ein Wort, um zu beschreiben, was ich vor mir sah: Paradies. Der weiße Sandstrand erstreckte sich kilometerweit, so weit das Auge reichte. Das türkisblaue Wasser tanzte mit dem Sonnenlicht, als wären unter den Wellen Juwelen verborgen. Palmen sprenkelten den Strand unter mir wie übergroße grüne Gänseblümchen.

»Ich muss los«, sagte Harry.

Ich drehte den Kopf zu ihm, aber er sah mich nicht an.

»Du musst um zwei am anderen Ende des Strands sein, in der Nähe des Anlegers. Jetzt ist es gleich Viertel nach eins. Du wirst für den Weg ungefähr zehn, fünfzehn Minuten brauchen.«

Ich setzte mich auf das Bett – mein Magen brodelte, und ich hatte das Gefühl, jeden Moment ohnmächtig zu werden. Ich musste mich nur von der schrecklichen Reise ausruhen, das war alles. Danach würde ich wieder fit sein.

»Können wir das nicht auf später verschieben?«, fragte ich.

»Nein. Es ist fest gebucht für zwei Uhr.«

»Kannst du dann dieses Mal auf mich verzichten? Ich fühle mich wirklich nicht gut.«

»Ob ich auf dich verzichten kann? Kann ich ohne dich um deine Hand anhalten?«

Ich sah, dass seine Hände sich zu Fäusten ballten. Ich wusste, dass Harry mir niemals wehtun würde, aber er war offensichtlich immer noch aufgebracht, und ich hatte gerade den gereizten Bären mit einem spitzen Stock gepiekst.

»Wenn du dir nicht einmal mehr die Mühe machen willst, zu den Heiratsanträgen zu erscheinen, dann können wir auch genauso gut wieder nach Hause fliegen. Ich kann ja noch darüber hinwegsehen, dass du den Antrag im Flieger verschlafen hast …«

»Das lag an den Schlaftabletten, das war nicht wirklich meine Schuld. Und der Antrag war zauberhaft, ich habe das Video gesehen. Ich habe dir schon gesagt, dass es mir leidtut, ihn verpasst zu haben. Ich werde mich jetzt nicht ständig dafür entschuldigen.«

»Wenn du nicht um zwei da bist, werde ich den nächsten Flug nach Hause nehmen. Von mir aus kannst du machen, was du willst, aber wenn Silver

Linings und Sunlounger ihre Unterstützung einstellen, sobald das Projekt abgebrochen ist, wirst du wohl auch nach Hause fliegen müssen.«

Er hatte recht, ich war unglaublich undankbar. Ich seufzte. »Ich werde da sein.«

Harry ging aus dem Zimmer und knallte die Tür hinter sich zu.

Ich legte mich auf das Bett, ließ aber die Augen offen, um nicht unbeabsichtigt einzuschlafen. Obwohl die Chance dafür sehr gering war, solange mein Magen weiter brodelte und krampfte. Ich atmete ein paar Mal tief durch, um die Übelkeit zu unterdrücken, aber es half nichts.

Plötzlich stürzte ich mich ins Bad und gab alles von mir, was ich jemals in meinem Leben zu mir genommen hatte – es war, als würde mein Magen ausgequetscht wie eine Zahnpastatube. Ich war mir ziemlich sicher, dass ich gerade meine Leber oder sogar eine Niere ausgekotzt hatte.

Nachdem mein Magen scheinbar leer war, legte ich mich im Bad auf den Boden und presste meine Stirn gegen die kühlen Fliesen. Ich musste aufstehen, ich würde Harry nicht enttäuschen. Mein Magen grummelte wieder. Ich würde gleich aufstehen.

Ich hörte die Zimmertür zuschlagen – Harry war zweifellos zurückgekehrt, weil er etwas vergessen hatte, oder um mich wieder anzuschreien. Wenn es noch mehr Geschrei geben würde, wollte ich es wenigstens im Stehen über mich ergehen lassen. Aber ich konnte mich nicht bewegen, ich bekam nicht einmal die Augen auf. Harry redete mit mir, schrie mich an, aber ich konnte nicht verstehen, was er sagte, fast als wäre ich unter Wasser. Ich spürte seinen Arm um meine Schultern, als er mich hochhob, und das Nächste, was ich mitbekam, war, dass ich wieder im Bett lag.

Mein Gesicht wurde sanft mit einem feuchten Handtuch abgewischt. »Komm schon, Baby, mach die Augen auf und sieh mich an«, drängte Harry.

Ich tat, was er mir sagte, und starrte in sein Gesicht, während er vor Erleichterung lächelte.

Mein Blick fiel über seine Schulter auf die Uhr, und vor Schreck geriet mein Herz kurz aus dem Takt. »Wie spät ist es?«

»Halb drei.«

»Nein! Nein, nein, nein, nein.« Ich setzte mich mühsam auf, aber Harry drückte mich wieder nach unten. »Es tut mir so leid. Ich musste mich übergeben. O Gott, ich wollte ganz bestimmt nicht den Antrag verpassen, tut mir schrecklich leid.«

Ich zitterte, und Harry zog die Decke über mich.

»Bist du sauer?«, fragte ich.

»Oh, ich war auf hundertachtzig. Ich hatte eigentlich vor, hier reinzukommen und den Dritten Weltkrieg auszurufen. Aber seltsamerweise ist meine ganze Wut verflogen, als ich meine beste Freundin bewusstlos in ihrem eigenen Erbrochenen fand. Das rückt alles ein wenig in eine andere Perspektive.«

»Es tut mir so leid.«

»Das braucht dir nicht leidzutun. Mir war nicht bewusst, dass es dir schlecht ging. Ich dachte, du wärst bloß müde und würdest wieder mit mir schmollen.«

»Es tut mir auch leid, dass ich mit dir geschmollt habe.«

Er lächelte. »Mir tut es auch leid. Ich habe mich wie ein Arsch benommen. Das war völlig unangebracht.«

»Nein, es war definitiv angebracht. Du hast dich so ins Zeug gelegt mit all dem hier.« Ich machte eine schwache Geste. »Es ist wundervoll. Wenn du jede Nacht mit einer anderen Frau verbringen willst, dann mach ruhig.«

»Okay, es reicht jetzt mit den Entschuldigungen. Wie fühlst du dich?«

Ich besann mich kurz. »Ich habe Magenschmerzen. Aber mir ist nicht übel. Zumindest im Moment nicht.«

»Gut. Ich habe einen Arzt gerufen. Wahrscheinlich ist es nur eine kleine Magenverstimmung, aber besser, wir lassen dich durchchecken, dann sind wir auf der sicheren Seite.«

»Wie lange bist du schon zurück?«

»Fünf Minuten vielleicht. Ich habe dich zuerst nicht wach bekommen. Ich bin in Panik geraten.« Er war immer noch im Panikmodus, das konnte ich sehen. »Ich wollte dich schon in die Dusche verfrachten, um zu sehen, ob ich dich unter der Brause wach kriege, und um dich ein bisschen sauber zu machen, aber dann hielt ich es doch für besser, einen Arzt zu rufen. Er sagte mir, ich soll weiter versuchen, dich zu Bewusstsein zu bringen. Möchtest du vielleicht jetzt unter die Dusche? Danach fühlst du dich vielleicht besser.«

Ich fühlte mich in der Tat ganz klebrig, und ich roch auch nicht gut. Es war keine angenehme Vorstellung, mich von einem Arzt untersuchen zu lassen, während ich so müffelte. Ich nickte.

»Ich werde dir helfen.«

»Was?«

Plötzlich war ich hellwach.

»Suzie, du bist ja weiß wie … das Hemd von Ryan Gosling.«

Ich musste lächeln. Als hätte Harry sich mein dummes Gelaber gemerkt, das ich letzte Woche von mir gegeben hatte.

Ich setzte mich vorsichtig auf und schwang die Beine über die Bettkante. Harry hatte recht – ich war sehr wackelig –, aber es gelang mir, ohne Hilfe in das Bad zu kommen.

Harry drehte das Wasser in der Dusche auf, und wir standen da und starrten uns gegenseitig an. Wir waren im Begriff, die Grenzen von Freundschaft zu durchbrechen, wenn wir zusammen unter die Dusche gingen, und das wussten wir beide.

»Okay, ich sollte, em …« Ich deutete auf die Kabine.

»Na ja, du solltest wahrscheinlich zuerst deine Klamotten ausziehen.«

Ich zupfte an meinem T-Shirt und zog es mir dann über den Kopf. Ich traute mich nicht, Harry anzusehen, während auch er sein T-Shirt auszog.

Okay, das hier war nichts anderes als Strandkleidung – ich in meiner Unterwäsche, Harry in Shorts. Ich würde mich sicher nicht weiter ausziehen.

Ich stieg in die Dusche, und Harry folgte mir. Ich würde ihn einfach ignorieren müssen, seine Wärme ignorieren, das plötzliche Verlangen, ihn zu küssen. Gott, wir standen so nah zusammen.

Während ich verzweifelt versuchte, Harrys Nähe zu ignorieren, stellte ich mich direkt unter die Brause und machte meine Haare nass. Die Dusche hatte den gewünschten Effekt. Sie verschaffte mir Abkühlung und vertrieb den Nebel aus meinem Kopf. Aber plötzlich spürte ich Harrys Hände in meinen Haaren, während er begann, sie von den Wurzeln bis zu den Spitzen mit seinen Fingern durchzukämmen. Dann beugte er sich vor und griff nach dem Shampoo. Ich hörte, wie er einen Spritzer aus der Flasche drückte, bevor er meine Haare einschäumte und mit den Fingern sanft meine Kopfhaut massierte.

Ich schloss die Augen, und all meine Nervenenden waren wie elektrisiert, knisterten unter seiner Berührung. Harry war sehr gründlich und stellte sicher, dass er keine Haarsträhne vergaß. Dann neigte er behutsam meinen Kopf in den Nacken, um das Shampoo auszuspülen, während seine Hände wieder durch meine Haare strichen.

Nachdem das Shampoo ausgewaschen war, umfasste er meine Haare in meinem Nacken und legte sie mir über die Schulter. Dann beugte er sich wieder vor, und ich öffnete ein Auge und sah, dass er sich das Duschgel nahm.

Mein Atem beschleunigte sich bei der Vorstellung, dass er bei meinem Körper genauso gründlich vorging wie bei meinen Haaren.

Er begann zuerst, meinen Nacken einzureiben, und bewegte seine warmen Hände dann zu meinen Schultern und schließlich über meinen Rücken. Aber es wurde sehr schnell offensichtlich, dass er mich nicht einfach nur wusch, sondern massierte. Seine Hände wanderten an meiner Wirbelsäule entlang und dann wieder hoch zu meinen Schulterblättern, während seine Finger sich in meine Haut bohrten und genau den richtigen Druck ausübten, an manchen Stellen mehr, an anderen wieder weniger.

Als meine Lunge zu protestieren begann, wurde mir bewusst, dass ich die ganze Zeit den Atem angehalten hatte. Ich schnappte nach Luft, und mir entwich ein kehliger, lustvoller Laut. Ich betete, dass Harry ihn nicht gehört hatte.

»Dreh dich um«, murmelte er in mein Ohr, und sein warmer Atem jagte herrliche Schauer durch meinen Körper.

Ich gehorchte und drehte mich um, während ich leicht schwankte. Ich beobachtete Harrys Augen. Er strengte sich wirklich sehr an, mich nicht anzusehen, und er fand den Boden merkwürdig faszinierend. Er drückte mehr von dem Duschgel in seine Hand und strich dann über meine Arme. Als er meine Hände erreichte, verschränkte er seine Finger mit meinen, zog meine Arme hoch und legte sie auf seine Schultern.

»Stütz dich ruhig auf mich, wenn das besser für dich ist.«

Ich nutzte die Gutmütigkeit meines besten Freundes aus und schlang meine Arme um seinen Hals. Sein Blick schnellte sofort zu mir hoch und brannte sich in meine Augen.

Er stieß einen langen, langsamen Atemzug aus, während seine Hände sich zögernd zu meiner Taille bewegten, und er rückte ein Stück näher an mich heran.

Ein lautes Klopfen an unserer Zimmertür hallte durch das Bad.

Harry schluckte. »Das wird der Arzt sein.«

Ich nickte, unfähig, etwas zu sagen. Würde der Arzt in diesem Moment mein Herz abhören, würde es klingen wie harter Regen auf einem Blechdach.

»Du siehst schon deutlich besser aus.«

Was sollte das denn heißen? Wollte er den Arzt wieder wegschicken? »Ich fühle mich auch deutlich besser.«

Er nickte, und ich sah, dass seine Augen für einen Augenblick zu meinen Lippen wanderten, bevor es wieder an der Tür klopfte.

Harry drehte den Wasserhahn zu und löste sich aus meinen Armen. Der Moment, falls es ihn überhaupt gegeben hatte, war vorbei.

Er nahm ein flauschiges Handtuch von dem Halter und wickelte mich darin ein.

»Ich gebe dir gleich ein paar trockene Sachen, und dann kann der Arzt einen Blick auf dich werfen.«

Ich nickte, und Harry war im nächsten Moment verschwunden. Ich hörte, wie er mit dem Arzt sprach, dann kehrte er mit einem Stapel trockener Kleidung zurück und ließ mich wieder allein.

Was war da gerade passiert? War Harry kurz davorgewesen, mich zu küssen? Nein, er wollte mir nur beim Duschen behilflich sein. Aber die Art, wie er mich angesehen hatte, wie ein Löwe, der gleich seine Beute verschlingen würde …

Ich zog mich rasch an und ging dann hinüber ins Zimmer. Der Arzt untersuchte mich, tastete meinen Bauch ab, stellte mir einen Haufen Fragen und erklärte schließlich, dass es sich wahrscheinlich um eine Virusinfektion handelte und dass ich viel trinken, mich ausruhen und ihn wieder anrufen sollte, falls es schlimmer würde.

Kaum war der Arzt gegangen, veränderte sich die Atmosphäre im Raum und legte sich schwer zwischen uns. Ich setzte mich auf das Bett und beobachtete Harry, der mit seiner Kamera, seinem Handy und seinen Klamotten herumfummelte, während er meinen Blick bewusst mied.

Am liebsten hätte ich ihn gefragt, ob das, was ich in der Dusche gespürt hatte, nur einseitig war. Harry musste all diese umherschwirrenden Emotionen doch auch mitbekommen haben.

Ich musste etwas tun, um die Atmosphäre zu reinigen, selbst wenn ich es nur für mich selbst tat.

»Wie sah der Antrag denn aus?«

Harry lächelte, und ich wusste nicht genau, ob vor Erleichterung darüber, dass die Anspannung gebrochen war, oder weil er mir einfach unbedingt seine letzte Idee vorführen wollte. Er schnappte sich seine Kamera und setzte sich neben mich auf das Bett, während er sich gegen mich lehnte, sodass wir uns von der Schulter bis zum Knie berührten, genau so, wie er es mit Barbie auf der Jacht getan hatte. Ich wusste nicht, ob ich mich über diese Intimität freuen sollte oder nicht. Betrachtete er mich so wie die Frau, mit der er geflirtet hatte, oder als einen weiblichen Kumpel? Oder als mehr? Warum musste ich in alles etwas hineininterpretieren, warum konnte ich die Dinge nicht einfach akzeptieren, wie sie waren? Ich hatte den besten Freund, den man sich wünschen konnte, und ich sollte damit zufrieden sein, statt zu versuchen, mehr zu erzwingen.

Harry schaltete die Kamera ein.

»Ein Antrag zu Land, zu Wasser und in der Luft«, sagte er.

Ich schaute auf das Display und lächelte, als das Video mit einem Motorrad begann, das am Strand entlangfuhr und ein Banner mit den Worten *Marry Me* hinter sich her zog. Dann schwenkte die Kamera auf das Wasser, wo ein Bananenboot das gleiche Banner hinter sich herzog, und schließlich drehte sich die Kamera nach oben zu einem kleinen Propellerflugzeug, das wohl normalerweise für Bars und Clubs Werbung machte und nun die vertrauten Worte in seinem Schlepptau hatte. Dann wurde das Display schwarz.

Der Umstand, dass Harry weder einen Kommentar noch ein breites Lächeln von sich aufgenommen hatte, war Zeugnis dafür, wie wütend er gewesen war, als er das Ganze gefilmt hatte.

»Sehr schön. Tut mir furchtbar leid, dass ich es verpasst habe.«

Harry gab mir einen Kuss auf die Stirn, und ich wusste, dass er es nicht hören musste. Er schob sich rückwärts auf das Bett und legte sich mit mir hin, schlang den Arm um meine Schulter, während mein Kopf an seine Brust sank.

»Hör zu, wegen gestern …«

»Unwichtig«, sagte er.

»Ich habe nicht mit Elias geschlafen.«

Obwohl, selbst wenn ich es getan hätte, wäre das wohl mein kleinstes Vergehen gewesen. Ich bin mir sicher, Harry ärgerte sich mehr darüber, dass ich wütend auf ihn geworden war, nur weil er sich mit einer anderen Frau unterhalten hatte.

Er schwieg einen Moment. »Suzie, ich habe euch gesehen. Nicht, dass es eine Rolle spielen würde, wir sind beide freie Menschen.«

»Ich weiß. Aber ich bin keine Frau, die sich mit wildfremden Männern einlässt. Manchmal wünsche ich mir, ich wäre so, aber das bin ich nicht. Ich weiß ja nicht, was du gesehen hast, vielleicht, dass Elias und ich uns nackt auszogen und ins Wasser sprangen und uns küssten, und vielleicht hast du auch gesehen, dass er ein Kondom aus seinen Shorts zog. Aber wärst du ein bisschen länger dageblieben, hättest du mitbekommen, dass ich Elias erklärt habe, dass ich das nicht kann. Ich werde ihn niemals wiedersehen, und es hat sich einfach nicht richtig angefühlt. Ich musste ständig an dich denken ...«

»An mich?«

Ich biss auf meine Unterlippe, während ich mir wünschte, ich hätte eine Art Filter im Gehirn, der unangemessene Worte daran hinderte, aus meinem Mund zu kommen. Ich war froh, dass Harry mein Gesicht nicht sehen konnte. »Nur weil ... Es war wirklich ziemlich scheinheilig, mit jemandem loszuziehen, den ich kaum kannte, nachdem ich dir kurz zuvor genau dasselbe zum Vorwurf gemacht hatte. Ich bin mit dir im Urlaub, also ...« Ich zuckte mit den Achseln und hoffte, er würde mir zustimmen.

»Ich bin froh.«

Ich hob den Kopf und sah ihn an. »Ja?«

»Ja, weil der Kerl nämlich ein widerlicher Schleimer war.«

Ich setzte mich auf. »Harry!«

Er hielt mir mit den Fingern den Schnabel zu, sodass ich nicht weiterreden konnte. »Diese ›Meine Frau ist gestorben, und seitdem gab es niemanden mehr in meinem Leben‹-Masche. Das ist alles nur ein Haufen Schwachsinn. Die Story tischt er nämlich jeder Frau auf, die auf die Jacht kommt. Das zieht richtig gut, die anderen Crewmitglieder haben es mir erzählt. Ich bin froh, dass du nicht darauf reingefallen bist.«

Ich machte ein finsteres Gesicht, weil ich um ein Haar darauf hereingefallen wäre. Elias hatte einen so netten Eindruck gemacht. Ich hatte nur nicht mit ihm geschlafen, weil ich das irgendwie illoyal gegenüber Harry gefunden hatte.

Harry setzte sich auch auf. »Ich wünsche dir einen besonderen Mann, einen, der weiß, wie fantastisch du bist, einen, der für dich bis ans Ende der Welt gehen würde.«

»Einen, der mich trotz meines Kuhanzugs lieben würde?«

»Nein, einen, der dich gerade deswegen lieben würde.«

Ich lächelte.

»Ich denke, du solltest mit niemandem schlafen, bis du diesen Mann gefunden hast, der dich liebt und der dich im Bett wie eine Königin behandelt. Im Grunde solltest du mit niemandem schlafen, bis du verheiratet bist. Das ergibt mehr Sinn.«

Ich lachte. »Harry, ich habe seit zwei Jahren mit niemandem mehr geschlafen, seit Alex nicht. Ich kann nicht zwei weitere Jahre oder noch länger warten, bis ich wieder Sex habe.«

Grundgütiger. Hatte die Übelkeit meinen Verstand benebelt? Ich hatte buchstäblich keinen Filter vor meinem Mund.

»Der fettige Kebabbursche war dein letzter Lover?« Harry schien das zu freuen. »Was ist mit dem kleinen Ken? Du hast gesagt, der Sex mit ihm war fantastisch, selbst von der Seite.«

Ich würde den kleinen Ken nie loswerden, und die Lügen, die ihn umgaben, würden immer wieder zurückkehren und mir ein Bein stellen.

»Okay, okay, ich habe gelogen. Ken und ich hatten keinen Sex. Wir waren nur ein paar Mal zusammen aus. Er wollte zwar gerne und hat mich immer wieder bedrängt, aber ich war einfach nicht bereit dafür.«

Ich wandte den Blick ab und starrte mich ungläubig im Spiegel an. Das hatte jetzt ziemlich frigide geklungen. Beziehungsweise so, als hätte ich ernsthafte Probleme. Genau das war der Grund, warum ich Lügen schlimm fand, ich war nämlich grottenschlecht darin.

»Ist dir mit Alex was Unangenehmes passiert?« Harry legte seine Hand auf meinen Arm. »Hat er dir wehgetan? Ist das der Grund, warum du seit ihm keinen Mann mehr hattest?«

Ich stöhnte innerlich. Ich machte es tatsächlich noch schlimmer.

»Nein, Alex war lieb. Zwar stumpf, aber lieb. Ich glaube, Alex hätte gar nicht gewusst, wie er mir Schmerzen hätte zufügen können. Nein, Harry, ich bin einfach nicht gut mit Männern. Wenn ein Mann auch nur das leiseste Interesse an mir zeigt, renne ich verlegen davon.«

»Aber du bist mit dem kleinen Ken ausgegangen, warum hast du da nicht …« Ich konnte spüren, dass er versuchte zu verstehen.

Wie sollte ich ihm erklären, dass es seit zwei Jahren keinen Mann mehr für mich gab, weil ich bis über beide Ohren in ihn verliebt war, weil ich keinen anderen Mann jemals so nah an mich heranließ? Und wie sollte ich ihm erklären, warum ich mit meinem imaginären Freund keinen Sex gehabt hatte?

»Es war nur so … Ken ging immer gleich in die Vollen. Er hat mir ständig erzählt, dass er mich gerne fesseln würde und, nun ja … *Fifty Shades of Grey*, leck mich am Arsch.«

»Ken steht auf Arschlecken?«

»Das hast du jetzt missverstanden.«

»Aber dir hat *Fifty Shades of Grey* doch gefallen. Du hast die Trilogie gleich zweimal gelesen.«

»Ja. Habe ich.« Ich durfte nicht vergessen, dass Harry diesen Schweinkram mit Sexy Samantha geliebt hatte, und obwohl mir nie zuvor die Idee gekommen war, mich beim Sex fesseln zu lassen, würde ich es sicher genießen, wenn Harry mich fesselte und schlimme Dinge mit mir anstellte. »Aber diese Art von Sex braucht Zeit und Vertrauen. Ich möchte nicht mit jemandem schlafen, der gleich beim ersten Mal eine Sexsklavenmaske und Genitalklammern hervorholt.«

Harry wurde sichtlich blass und verschränkte rasch die Beine, um seine Männlichkeit zu schützen. »Genitalklammern?«

Ich nickte.

»Was wolltest du bloß mit diesem Kerl? Das klingt, als wäre er ein richtiger Freak.«

»Anfangs machte er einen netten Eindruck.«

»Wie alle Freaks.« Harry schauderte. »Dann ist es also abgemacht. Definitiv kein Sex bis zu deiner Hochzeitsnacht. Ich lasse dich nicht mit weiteren gestörten Typen ausgehen.«

»Harry …«

»Hör mir zu. Der richtige Mann für dich wird bald kommen. Das verspreche ich dir.« Er nahm meine Hand und strich mit seinen Fingern zart über meine Handlinien. Eine Gänsehaut explodierte verräterisch auf meinem ganzen Körper, obwohl Harry es nicht zu bemerken schien. »Ich kann in deine Zukunft sehen. Das hier ist deine Liebeslinie. Noch bevor das Jahr um ist, wirst du mit einem ganz wunderbaren Mann verheiratet sein. Er wird dich wie eine Königin behandeln und dich auf Händen tragen.«

Ich rutschte näher an ihn heran, um ihn bei Laune zu halten und um auch auf meine Hand zu schauen. Es hatte nichts damit zu tun, dass ich Körperkontakt mit ihm suchte. Er roch fantastisch, mit seinem süßen, würzigen, erdigen Duft.

»Wie sieht er aus?«, fragte ich.

»Groß, dunkelhaarig, attraktiv.« Harry sah genauer hin. »Und er ist ein toller Liebhaber. Ohne irgendein perverses Zeugs.«

»Ich habe nichts gegen ein bisschen pervers. Mit dem richtigen Mann.«

Harrys Augen schnellten wieder zu meinen. »Warte einfach ab, Suzie. Du wirst ihn bald finden, dessen bin ich mir sicher.«

Ich seufzte und nickte, während ich hoffte, dass dieser geheimnisvolle Mann eher früher als später auftauchen würde.

Harry ließ meine Hand los, und ich spürte, dass das Thema beendet war. »Hast du Lust, an den Strand zu gehen? Frische Luft würde dir vielleicht guttun.«

Ich nickte, und eine Sekunde später war Harry aus dem Bett und fort von mir.

Ich musste mich nur zuerst von ihm entlieben.

Kapitel 10

Ich lag auf dem Bett und starrte in den Himmel, der sich von Blau in Zuckerwatterosa verwandelte. Cancún war ein klassisches Badeparadies mit weißen Sandstränden und einem türkisblauen Meer – aber das Sahnehäubchen war dieses Himmelbett hier mit seinen Decken und weichen Kissen und den weißen Chiffonvorhängen, die sich sanft im Wind bauschten. Harry und ich hatten den ganzen Nachmittag hier in luxuriösem Komfort verbracht, während das reizende Personal uns jeden Wunsch erfüllte und uns mit Getränken und Snacks versorgte. Der Strand war ruhig um diese Jahreszeit, und mit den Vorhängen um uns herum konnten wir uns ein wenig von der Außenwelt abschotten, sodass es sich anfühlte, als wären wir die Einzigen hier.

Ich war zwischendurch immer wieder eingenickt, in der Hitze des Tages, während ich mich von meinem Brechanfall erholte. Jedes Mal, wenn ich wach wurde, lag Harry neben mir und las oder beantwortete E-Mails oder starrte auf das Meer hinaus. Einmal starrte er sogar mich an.

Ich rollte mich auf die Seite, drückte ein Kissen an mich und schaute hinaus auf die Wellen. Harry war im Wasser, und ich ertappte mich dabei, dass ich in das Kissen biss, während ich ihm beim Schwimmen zuschaute. Seine langen muskulösen Arme zerschnitten die Wellen, und von seinem kräftigen Rücken perlten Wassertropfen ab. Harry war wirklich ein wandelndes Klischee – groß, schön und reich.

Er stellte sich nun im Wasser auf und begann, in meine Richtung zu waten, während seine strammen Oberschenkel durch die Wellen pflügten. Ich biss fester in das Kissen und rechnete damit, dass es gleich aufplatzen würde und ich dann erklären musste, warum ich von einer Wolke aus Federn umgeben war.

Während die tiefe Sonne seinen nassen Körper glänzen ließ und ich mir vorstellte, wie ich ihn mit einem Handtuch abtrocknete, oder besser noch mit meiner Zunge, wurde Harry von einer Welle umgerissen und fiel vornüber ins Wasser. Ich setzte mich auf, um zu schauen, ob er okay war, aber das Lachen perlte bereits in meiner Kehle hoch. Harry rappelte sich wieder auf, sichtlich verlegen, und ich sah mit Vergnügen, dass er Seetang in den Haaren hatte. Ich prustete los und musste dann so laut lachen, dass er mich bestimmt aus dieser Entfernung hören konnte. Er stutzte und schaute in meine Richtung, und ein finsterer Ausdruck verdunkelte sein schönes Gesicht, obwohl das auch nicht half, um meinen Lachanfall zu stoppen.

Harry stapfte an das Ufer, und erst da bemerkte ich die Frau, die auf ihn wartete – sie war ungefähr in meinem Alter, gertenschlank, mit langen braunen Haaren, die in herrlichen Locken über ihren Rücken fielen. Der weiße Bikini, den sie anhatte, ließ der Fantasie nicht viel Raum.

»Alles okay? Das war ja gerade ein richtiger Purzelbaum, den Sie da gemacht haben«, sagte sie zu Harry.

Harry näherte sich ihr, offensichtlich ohne zu ahnen,

dass in seinen Haaren immer noch Algen hingen. Ich konnte nicht anders, als sogar noch lauter zu lachen, als er vor der Bikini-Schönheit sein charmantestes Lächeln aufblitzen ließ.

»Ja, alles okay. Danke, dass Sie fragen.«

Ich bemerkte, dass auch unten aus seiner Badehose Algen heraushingen, die aussahen wie sehr anstößige, lange grüne Schamhaare. Mein Gelächter verdoppelte sich in der Lautstärke.

Harry warf wieder einen Blick zu mir herüber, und auch die Frau sah böse in meine Richtung. »Manche Menschen sind so unverschämt, sie lachen über das Missgeschick anderer Leute. Dabei hätten Sie sich verletzen können.« Ihre Hand ruhte auf seinem Arm.

»Ja, genau, wirklich unverschämt«, bekräftigte Harry. »Entschuldigen Sie mich.«

Er ließ die Frau stehen und kam zu meinem Himmelbett. Ich sah den Ausdruck in seinen Augen und krabbelte rasch von ihm weg, aber er bekam meine Fußknöchel zu packen und zog mich bäuchlings zurück über das Bett.

»Nein, Harry, bitte nicht, ich wollte mich nicht über dich lustig machen! Es tut mir leid!«, kreischte ich lachend.

Er drehte mich auf den Rücken und drückte mich in die Matratze. Dann klaubte er das Seegras aus seinen Haaren und streifte damit über meinen Bauch, während er kalte Wasserspuren auf meiner Haut hinterließ. Ich schrie und kreischte und versuchte, mich unter ihm freizuwinden. Schließlich nahm er das Seegras von seinem Oberschenkel, beugte sich über mich und drapierte es über mein Gesicht.

»Harry, nicht, das ist ekelhaft!«, brüllte ich, während ich mich hin und her wand.

Durch die Vorhänge sah ich, dass die Bikini-Schönheit uns sehnsüchtig beobachtete, bevor sie sich abwandte und davonging. Mir kam automatisch ein unbarmherziger Gedanke in den Sinn, obwohl ich zumindest den Anstand hatte, ihn nicht laut auszusprechen: *Geh weiter, er gehört mir.*

»Hast du Lust, dir die Hochzeit anzusehen?«, fragte Harry, und seine Worte vibrierten in meinem Kopf, der an seinem Rumpf lehnte, während ich in meinem Buch las. Die Sonne war inzwischen untergegangen, und in dem verblassenden Licht hatte ich Mühe, die Buchstaben zu erkennen.

Ich drehte mich zu Harry, und er deutete auf den Strand. Nicht weit von uns entfernt versammelten sich Leute auf goldenen Stühlen, während Kerzen und Blumen den Mittelgang zu einem blumengeschmückten Bogen säumten.

»Wir können nicht einfach uneingeladen an einer Hochzeit teilnehmen.«

»Ich sage ja nicht, dass wir hinübergehen und uns auf einen der goldenen Stühle setzen sollen. Wir könnten doch einfach, du weißt schon, ganz langsam vorbeischlendern.«

Ich schaute wieder hinüber und sah, dass die Braut durch den Garten unseres Hotels zum Strand herunterkam, umringt von ihren Brautjungfern, die dasselbe Azurblau trugen wie das Meer. Ich nickte eifrig. Harry und ich sammelten rasch unsere Sachen ein und bummelten dann lässig über den Strand.

Die Braut sah wunderschön aus in ihrem silbrigen Kleid, das im Schein der Kerzen glitzerte, als sie sich dem Mittelgang näherte. Sanfte Harfenmusik erklang, und die Gäste erhoben sich, um die Braut willkommen zu heißen, während sie den Gang durchquerte.

Die Art, wie er sie ansah, jagte mir Schauer über den Rücken. Dieser Mann war unsterblich verliebt. Er griff nach der Hand seiner Braut und zog sie sanft an seine Seite, so wie Harry das schon hundertmal mit mir getan hatte.

Wir verfolgten die Zeremonie schweigend, und ich konnte meine Augen nicht von dem Brautpaar abwenden.

Als der Standesbeamte die beiden zu Mann und Frau erklärte und sie sich küssten, legte Harry seinen Arm um mich, und ich lehnte mich an ihn.

»Kannst du dir vorstellen, irgendwann mal zu heiraten?«, fragte ich ihn.

»Vielleicht.«

Ich hob überrascht den Kopf. »Aber du glaubst doch gar nicht an die Liebe.«

»Ich bin gerade dabei, meine Meinung zu ändern. Das Zusammensein mit dir hat bewirkt, dass ich die Liebe für möglich halte.«

»Das Zusammensein mit mir?«, piepste ich.

»Ich meine all die Anträge, die Paare, denen wir geholfen haben. Du hattest recht. Die ganzen Frischverlobten zu erleben, zu sehen, wie glücklich sie waren … Mit dem richtigen Menschen kann Liebe etwas Gutes sein. Außerdem, vergiss nicht, ich war schließlich auch mal verliebt, nicht wahr? Und das trotz meiner ganzen Anstrengungen, mich nicht zu verlieben.«

»Du scheinst nicht der Typ zu sein, der sich auf eine einzige Frau festlegt.«

»Ich weiß, ich habe einen gewissen Ruf, was Frauen betrifft. Aber wenn ich diese eine Frau finde, die Frau, mit der ich den Rest meines Lebens verbringen möchte, dann werde ich sie festhalten und nie wieder loslassen.«

Tief in meinem Innern freute ich mich sehr für Harry, selbst wenn wir niemals zusammenkommen würden. Dass er langsam seine Barrieren fallen ließ und sein Herz öffnete für die Möglichkeit der Liebe, war für ihn ein großer Wendepunkt. Und ich hatte ihm dabei geholfen.

»Wirst du dich nicht langweilen, wenn du für den Rest deines Lebens immer nur Sex mit derselben Frau hast?«

Er lächelte. »Nein, kein bisschen. Tatsächlich kann ich mir nichts Besseres vorstellen, als mit der Frau zu schlafen, die ich liebe, jeden Tag und jede Nacht.«

»Aber die Frauen, mit denen du bisher zusammen warst – du hast ihnen nie wirklich eine Chance gegeben. Vielleicht war ja die Richtige darunter.«

»Glaub mir, keine davon war die Richtige.«

»Woher willst du das wissen?«

»Weil keine von ihnen in mir das Gefühl ausgelöst hat, das … das ich hatte, als ich verliebt war. Nach diesem Gefühl suche ich.«

»Diese Frau, in die du verliebt warst, war das Chloe, die, die wir in New York treffen werden?«

»Nein.«

Ich hatte noch weitere Fragen, aber plötzlich wurde ich abgelenkt durch den Bräutigam, der seine frisch angetraute Ehefrau schwungvoll hochhob und mit ihr in das Meer hineinlief.

»Nicht! Das Kleid!«, keuchte ich so laut, dass ein paar Hochzeitsgäste sich nach mir umdrehten. Aber die Braut schien es nicht zu stören. Als die beiden in die Wellen sanken, schlang sie die Arme um seinen Hals und küsste ihren Ehemann, als hinge ihr Leben davon ab.

Verlobungsblog
Tag 13: Der Sonnenaufgangs-Antrag.
Ort: Die Maya-Tempel von Tulum.
Wie ihr in meinem letzten Eintrag lesen konntet, ging es Suzie gestern nicht besonders gut, und obwohl sie sich abends offenbar deutlich besser fühlte, widerstrebte es mir dennoch ein bisschen, sie heute Morgen in aller Herrgottsfrühe aus dem Bett zu scheuchen. Aber ich bin heilfroh, dass ich es trotzdem getan habe.
Suzie war nicht gerade begeistert, als ich sie zunächst allein am Strand zurückließ, im Stockdunkeln, um den nächsten Antrag vorzubereiten – obwohl mir meine Rückkehr damit versüßt wurde, dass sie sich in meine Arme warf und sich an mir festklammerte wie Efeu. Meine lieben Heiratswilligen, wenn ihr eine deutliche Reaktion sehen wollt, schlage ich euch vor, dass ihr als Erstes eurer Freundin eine Höllenangst einjagt. Ich konnte Suzie kaum von mir loseisen, während sie etwas über seltsame Geräusche und schwere Atemzüge dicht an meiner Brust murmelte.
Die Tempel von Tulum stehen auf einer Klippe

direkt über dem Meer. Die alte Maya-Festung hieß früher Zama, Stadt der Morgendämmerung, weil sie zu der aufgehenden Sonne hin ausgerichtet war.
Also habe ich mir überlegt: Was für einen besseren Ort könnte es geben, um den Sonnenaufgang zu beobachten, als von der Spitze des Castillo aus, dem höchsten Gebäude dieser alten Ruinenstadt?
Natürlich darf man nicht einfach so historische Tempelruinen betreten, die Tausende von Jahren alt sind. Folglich konnte ich meinen Plan knicken.
Memo an mich: In Zukunft sorgfältiger recherchieren.
Es gibt eine Treppe, die vom Strand zum Castillo hochführt, aber eine Mauer hinderte uns am Weitergehen. Es sah ganz so aus, als würde mein Antrag ins Wasser fallen, und die Zeit lief gegen uns.
Zu meiner Schande muss ich gestehen, dass wir – ausschließlich auf mein Betreiben hin – schließlich über eine kleine Seilabsperrung stiegen und uns dann am Klippenrand entlanghangelten. Wir setzten uns auf den Felsen und lehnten uns mit dem Rücken an die antike Mauer des Castillo, wo wir verfolgten, wie die Sonne über der Karibik aufging, so wie die Mayas das vor vielen hundert Jahren getan hatten.
Das Meer wechselte innerhalb von Minuten mehrmals seine Farbe, von Schwarz zu Tintenblau zu Türkis zu Rosa und Scharlachrot, und die Sonne warf Farbgirlanden auf das Wasser. Es war unglaublich, und wir waren die Einzigen, die von dieser Stelle aus zuschauten und die Vergangenheit berührten, während die Zukunft auf uns zugerauscht kam in ihrer ganzen goldenen Herrlichkeit.

Dann zog ich Suzie hoch auf ihre Beine und deutete hinunter auf den leeren Strand. Dort, in zwei Meter großen Buchstaben, stand mein Heiratsantrag in den Sand geschrieben – Marry Me, *mit einem großen Herzen darunter. In dem Herzen lag eine Picknickdecke ausgebreitet, auf der ein Frühstück für uns angerichtet war.*
Ich erklärte Suzie, dass es Schoko-Erdbeeren gäbe und … Weiter kam ich nicht, denn als ich mich zu ihr umdrehte, sah ich sie bereits über die Klippe zurückklettern, bevor sie die Treppe hinuntereilte und über den Strand zu der Picknickdecke lief.
Ein ziemlicher Erfolg, denke ich.

Nach dem wundervollen Heiratsantrag zu Sonnenaufgang waren Harry und ich in unsere Luxusherberge zurückgekehrt und hatten ausgecheckt, um ein Stück weiter die Küste entlangzureisen und schließlich in einer Cabaña – einer hübschen Strohhütte – einzuchecken. Wir brauchten buchstäblich nur vor die Tür zu gehen und ein paar Stufen hinunterzusteigen, und schon waren wir am Strand, gerade einmal zehn Meter entfernt von dem warmen, flachen Karibischen Meer. Allerdings würde das Wasser morgens, wenn die Flut hereinkam, bis zu den unteren Stufen unserer Veranda steigen, hatte man uns erklärt.

Die Cabaña war sehr schlicht: ein Bett, ein Bad, das war's. Es gab keinen Strom. Ich war von dem rustikalen Charme der Hütte begeistert. Es gab eine überdachte Veranda mit einem Tisch, zwei Stühlen und zwei Hängematten, und unten vor der Veranda stand ein Grill. Harry schwor, dass er später einen frisch gefangenen Fisch darauf grillen würde. Ich war mir nicht sicher, ob Harry vorhatte, den Fisch selbst zu fangen, obwohl es mich nicht wundern würde. Der Mann war nämlich in allem, was er anpackte, richtig gut.

Ich blickte ihn finster an, während er zufrieden in seiner Hängematte lag. Wo so mancher Normalsterbliche gescheitert war, hatte Harry nur ein paar Sekunden gebraucht, um sich mühelos in seiner Hängematte auszustrecken.

Ich starrte wieder böse auf meine Nemesis. Ich würde mich nicht geschlagen geben. Wenn Harry das konnte, konnte ich es auch.

Ich näherte mich meiner Hängematte, wie man sich einem wilden Tier nähern würde. Sie schaukelte sanft im Wind, verspottete mich. Ich hörte, dass Harry ein Lachen in ein Husten verwandelte, während er im Liegen auf dem Laptop E-Mails beantwortete.

Ich drehte mich um und setzte mich vorsichtig in die Mitte der Hängematte, aber kaum hob ich einen Fuß vom Boden, kippte das Ding und warf mich aus. Harry zitterte, so sehr musste er sein Lachen unterdrücken.

Ich stand auf. Ich würde mich nicht von ein paar Baumwollfäden kleinkriegen lassen.

Ich stellte mich rittlings über die Hängematte, ein Bein auf jeder Seite, und senkte meinen Hintern auf den Stoff. So weit, so gut. Ich hob meine Beine langsam in die Hängematte, und sie schaukelte gefährlich. Ich erstarrte und wartete, bis sie wieder zur Ruhe kam, dann ließ ich mich hineinsinken, mit dem Rücken, den Schultern, dem Hals… Aber plötzlich drehte sich die Matte ohne jeden Anlass, und ich landete wieder mit dem Gesicht voraus auf der Veranda.

Harrys Gelächter stieg um eine Oktave.

»Hast du einen besseren Vorschlag, du Schlaumeier?«

»Zeig ihr, wer der Boss ist. Du gehst die Sache viel zu unentschlossen an. Leg dich einfach rein, als würdest du ins Bett gehen.«

Ich stand wieder auf, streckte die Hände aus und hielt das Tuch flach auseinander. Dann rollte ich mich hinein und fiel direkt auf der anderen Seite wieder heraus.

Ich lag auf der Veranda und starrte zu den Palmwedeln auf dem Hüttendach hinauf, die sanft im Wind raschelten.

»Gut, das reicht. Du wirst noch ganz grün und blau sein, bis du endlich drinliegst. Komm zu mir in die Hängematte. Ich habe bereits die richtige Position, du musst dich nur dazulegen.«

»Und uns beide rauskatapultieren? Nein, schon okay, ich setze mich einfach auf einen Stuhl.«

»Nein, das war mein Ernst. Ich bin ein kräftiger Kerl, mein Gewicht wird helfen, uns auszubalancieren. Na komm schon.« Er klopfte verlockend auf seine Hängematte.

»Wenn wir rausfallen, gib nicht mir die Schuld.«

»Versprochen.«

Ich stellte mich vor ihn, und er hakte einen Arm um einen der vorderen Verandapfeiler. Ich setzte mich langsam in die Hängematte, und zu meiner Überraschung bewegte sie sich kaum. Ich legte mich vorsichtig hinein, und als Harry den Pfeiler losließ, pendelte die Hängematte sanft aus und verharrte dann still.

»Siehst du, alles gut.«

Ich ignorierte Harrys Selbstgefälligkeit und deutete auf seinen Laptop. »Was Wichtiges?«

Auf unserer Reise hatten wir beide jeden Tag fleißig E-Mails beantwortet, aber da ich gestern krank gewesen war, hatte Harry darauf bestanden, dass ich mir ein paar Tage von der Arbeit freinahm.

»Nichts, womit ich nicht fertigwerde.«

Er las weiter, und während ich mich auf meinen Ellenbogen aufstützte, hörte ich ihn lachen.

»Was ist?« Die Nachricht stammte wahrscheinlich von Badger.

»Oh, nichts, nur eine Mail von Chloe. Sie freut sich darauf, uns bald zu sehen.«

Ich spürte, dass ich mich verspannte. Wenn ich könnte, würde ich New York komplett streichen, aber ich hatte mir immer gewünscht, diese Stadt zu sehen – ich konnte mir die Chance nicht entgehen lassen, nur weil eine von Harrys Exfreundinnen dort lebte.

Ich hob den Kopf, um einen Blick in die E-Mail zu werfen, aber Harry schloss sie rasch und öffnete eine geschäftliche Nachricht. Er hatte eindeutig etwas dagegen, dass ich Chloes Mail las.

»Freust du dich auch auf sie?«

»Ja, Gott ja, ich kann es kaum erwarten, sie wiederzusehen. Chloe zählt zu meinen besten Freunden.«

Ich biss auf meine Unterlippe und schloss die Augen vor dem plötzlichen Schmerz in meiner Brust. Ich war Harrys beste Freundin.

»Du wirst sie mögen, sie ist reizend.«

Das bezweifelte ich.

»Wie sieht sie aus?«

»Blond, verdammt süß.«

Ich wechselte das Thema. »Wohin geht es morgen?«

»Wir fliegen nach Kalifornien, wo wir eine Nacht in Disneyland verbringen werden. Danach geht es weiter nach San Francisco, Las Vegas und schließlich nach New York.«

»Super, ich kann es kaum erwarten.« Ich versuchte, den trockenen Unterton in meiner Stimme zu verbergen. »Bleiben wir an diesen Orten jeweils nur für eine Nacht?«

»Je eine Nacht in Disneyland und San Francisco, zwei bis drei in Las Vegas, da gibt es nämlich viel zu sehen. Und in New York vielleicht eine Woche.«

»Eine Woche?« Ich setzte mich so rasch auf, dass die Hängematte gefährlich zu schaukeln begann. Harry hielt seinen Laptop fest und zog mich dann wieder hinunter, damit das Schaukeln aufhörte. Eine ganze Woche mit Chloe.

»New York ist einer meiner Lieblingsplätze auf der ganzen Welt.«

»Wegen Chloe?«

»Nein. Ich freue mich zwar sehr darauf, sie wiederzusehen, aber vor allem freue ich mich auf New York. Die Stadt ist einfach unglaublich.«

Ich lächelte über seine Begeisterung. »Erzähl mir davon.«

»New York hat eine fantastische Atmosphäre, es fühlt sich so sicher an. Man kann morgens um zwei durch die Straßen wandern, ohne Angst haben zu müssen, dass man überfallen wird. Natürlich ist es dumm, so was zu sagen, man kann in dieser Stadt genauso ausgeraubt werden wie in jeder anderen auch, aber trotzdem hat dieser Ort etwas an sich, das mir einfach ein Gefühl der Zufriedenheit gibt. Die Menschen sind toll, durch alle sozialen Schichten hindurch. Sie sind so freundlich, selbst die Kids, um die man in England einen Bogen machen würde, indem man die Straßenseite wechselt – in New York dagegen sind es reizende, respektvolle, mustergültige Kinder, selbst wenn sie in Jeans herumlaufen, die halb in den Kniekehlen hängen. Und das Essen ist einfach himmlisch. Es gibt Unmengen von guten Lokalen, ein vielfältiges Angebot von Gerichten aus aller Herren Länder. Ich habe bei meinem letzten Aufenthalt in New York über fünf Kilo zugenommen, und ich war gerade mal einen Monat da. Es heißt, New York ist die Stadt, die niemals schläft, und das stimmt auch. Man kann nachts um eins in ein Sportgeschäft gehen und sich eine Trainingshose kaufen. Die Stadt pulsiert vor Energie, vor diesem Mahlstrom des Lebens.«

Ich liebte es, wenn er so ins Schwärmen geriet. Das kannte ich bereits von seiner Leidenschaft für Geschichte, und es war schwer, sich nicht von seinem Enthusiasmus anstecken zu lassen. Mit einem Mal wurde mir schwer ums Herz.

»Du wolltest nach New York gehen, nicht wahr? Du hattest dort ein Jobangebot.«

Das Leuchten in seinen Augen verblasste leicht. »Es sollte einfach nicht sein.«

»Du hast es wegen Jack abgesagt, oder?«

Er sah mich einen Moment verwirrt an. »Nein, das war ganz sicher nicht der Grund für meinen Rückzieher. Vielmehr hat mich dieser ganze Büroklüngel abgeschreckt. Ich wollte da nicht hineingezogen werden.«

»Du hast nicht wegen mir abgesagt?« Es klang unheimlich arrogant, selbst für meine Ohren. »Um für mich da zu sein?«

Er musterte mich kurz. »In Wahrheit habe ich mich verliebt und konnte es nicht ertragen, von dieser Frau getrennt zu sein.«

Ich spürte, dass mein Kiefer herunterklappte. Harry hatte all seine großen Pläne gestrichen, seine Träume, wegen *ihr* – dieser Frau, in die er sich verliebt hatte. Wie enttäuscht musste er gewesen sein, als es mit ihr nicht funktionierte.

»Es tut mir leid, dass sie nicht erkannt hat, wie fantastisch du bist. Du bist ein wunderbarer Mensch, Harry, und diese Frau muss völlig blind und dumm gewesen sein, um das nicht zu sehen.«

Er lächelte. »Sie ist weder das eine noch das andere. Aber ich konnte nie einen Hass auf sie entwickeln, weil sie meine Gefühle nicht erwiderte. Dafür habe ich sie zu sehr geliebt.«

»Aber du bereust es doch sicher, dass du damals nicht nach New York gegangen bist.«

Er grinste. »Kein bisschen. Die Dinge entwickeln sich letzten Endes immer so, wie man es sich wünscht. Mein Leben ist verdammt gut, so wie es ist. Ich habe dich, meine beste Freundin, ich habe einen tollen Job, und ich liege gerade in einer Hängematte in der Karibik. Es könnte nicht perfekter sein.«

In diesem Moment ertönte auf dem Laptop der vertraute Skype-Klingelton. Ich betete insgeheim, dass es nicht Chloe war, damit ich einfach noch ein paar Tage lang so tun konnte, als würde sie nicht existieren.

Harry platzierte den Laptop auf seinen Beinen und

nahm den Anruf entgegen. Zu meiner Überraschung erschien gleich darauf Bella allein auf dem Monitor.

»Bella!«, sagte ich in säuselndem Ton. Sie klatschte in die Hände, als sie meine Stimme hörte, aber ich glaubte nicht, dass sie mich auf ihrem Bildschirm auch sehen konnte. »Bella, kannst du mal winken?«, rief ich, während ich mich fragte, wie zum Teufel sie es ohne Hilfe geschafft hatte, mich anzurufen. Wahrscheinlich hatte Jules ihr das iPad zum Spielen gegeben, und Bella hatte auf die falsche Taste gedrückt. Bella blies nun Bläschen aus ihrem Mund.

»Usi«, gluckste sie, und mein Herz hob sich vor Freude.

»Hat sie gerade meinen Namen gesagt?«

Harry nickte, während er mich verklärt anlächelte.

Gleich darauf wackelte das Bild, und Jules und Badger kamen ins Sichtfeld, als sie sich von hinten an Bella kuschelten. Die drei sahen aus wie eine glückliche, liebevolle Familie, und mein Magen krampfte sich bei diesem Anblick zusammen. Harry drückte außerhalb der Kamera meine Hand.

»Wir dachten, wir lassen Bella zuerst zu Wort kommen, vor allem weil sie inzwischen gelernt hat, deinen Namen zu sagen«, erklärte Jules und drückte zärtlich einen Kuss auf Bellas weichen Kopf. »Sag noch mal Suzie, Bella.«

»Usi«, sagte Bella und klatschte in die Hände.

»Wie läuft es bei euch?«, fragte Badger, der einen Arm um Jules gelegt hatte, während er mit der anderen Hand Bella auf seinem Schoß festhielt. Ich betrachtete Bella, ihre schönen dunklen Augen und Haare. Sie hatte sich bereits so sehr verändert, und dabei waren wir erst ein paar Tage weg. Würde sie bis zu meiner Rückkehr vergessen haben, wie ich aussah, würde sie mich ganz vergessen haben? Hatte sie überhaupt eine Erinnerung an ihren Vater?

»Danke, gut«, antwortete Harry, als er merkte, dass ich Schwierigkeiten hatte, über diese süße Familienszene hinwegzukommen und die richtigen Worte zu finden. Er löste seine Finger von meinen und streichelte dann mit dem Daumen über meinen Handrücken. »Wir haben hier viel Spaß.«

Bella drehte sich um und kuschelte sich an Badgers Schulter, während sie an ihrem Daumen nuckelte. Ich sah, dass Jules registrierte, wie pudelwohl sich ihre Tochter bei Badger fühlte, und sie lächelte ihn liebevoll an. Mir verursachte dieses Bild immer noch ein leichtes Unbehagen, und ich wusste nicht, wie lange es dauern würde, bis ich mich endgültig damit angefreundet hatte.

»Hey, hört mal her, wir haben Bella noch ein paar Wörter beigebracht«, sagte Badger, und er hob Bella von seiner Schulter zurück auf seinen Schoß. »Wie heißt du?«

»Bella«, sagte Bella, offensichtlich enorm stolz auf ihre Leistung.

»Und wer ist das?«, fragte Badger und zeigte auf Jules.

»Mama.«

»Und wie heiße ich?«, fragte er weiter.

»Bädser«, sagte Bella triumphierend, und Harry lachte.

Ich musste auch lächeln. Badger und ich wechselten einen Blick, und ich wusste, dass er den dankbaren

Ausdruck in meinem Gesicht gesehen hatte. Badger statt Baba. Es war ein kleiner, aber wichtiger Unterschied, und Badger wusste das.

Verlobungsblog
Tag 14: Der Space-Mountain-Antrag.
Ort: Disneyland, Kalifornien.
Disneyland ist fantastisch und einer der Orte, die ich auf meiner Amerikareise vor vielen Jahren nicht besucht habe. Aber damals als cooler Zwanzigjähriger hatte ich natürlich keine Lust auf einen Ort, der von Disney-Figuren und Kindern bevölkert war. Ich habe richtig was verpasst. Ich glaube, hier könnte ich sogar leben.
Suzie und ich bewohnen die Märchen-Suite, die wahrhaftig aus einem Disney-Film stammen könnte: ein Gemach wie für eine Prinzessin, mit einem herrlichen Himmelbett, kunstvollen Holzschnitzereien, Satin und Seide in kräftigen Farben, einer Chaiselongue, bestickten Decken, altmodischen Lampen und einem außergewöhnlichen Badezimmer mit einer freistehenden Wanne, umgeben von alten griechischen Säulen.
Wir haben den üblichen Touri-Kram gemacht und uns Micky-Maus-Ohren gekauft, mit den Figuren für ein Foto posiert und die ganzen Fahrgeschäfte ausprobiert, und als der Abend anbrach, sahen wir uns die Parade an und das bombastische Feuerwerk über Cinderellas Schloss.
Danach, als die meisten Besucher den Park verließen, blieb der harte Kern von uns zurück und fuhr weiter Karussell.

Wir wagten uns auf den Space Mountain, und, mein Gott, Suzie hat wirklich eine kräftige Lunge – sie schrie in der Achterbahn so laut, dass ich befürchtete, taub zu werden.
Die Amerikaner lieben die Engländer, und romantische Heiratsanträge lieben sie sogar noch mehr, und so waren die Leute in unserem Wagen nur allzu gern bereit, mir zu helfen.
Während wir ratternd in die Tiefe sausten, beinahe in völliger Dunkelheit, wurden wir für das offizielle Erinnerungsfoto abgelichtet. Erst als wir nach der Fahrt an den Schalter gingen, um unser Foto anzuschauen, sah Suzie den Heiratsantrag. Alle unsere Mitfahrer hinter uns im Wagen hatten Karten mit Buchstaben hochgehalten, die zusammen die berühmten Worte ergaben, Marry auf der linken Seite, Me auf der rechten, während Suzie vorn saß und sich die Seele aus dem Leib brüllte. Brillant. Einer meiner Favoriten bis jetzt, da Suzie überhaupt nicht damit gerechnet hatte. Ich liebe es, sie zu überraschen.

Verlobungsblog
Tag 15: Der Strandsegeln-Antrag.
Ort: Die Bucht von San Francisco.
Heute Abend werden wir zu einem Baseballspiel gehen (»Let's go Giants!«, klatsch, klatsch, klatschklatschklatsch), und Suzie war fest davon überzeugt, dass ich in der Halbzeit um ihre Hand anhalten würde, aber im Baseball gibt es keine Halbzeit. Ich hatte einen ganz anderen Plan.
Ich lege Wert darauf, dass Suzie in all diesen

Städten die Dinge macht und sieht, die jeder dort macht und sieht, aber ich möchte ihr auch die verborgenen Plätze zeigen. Morgen Vormittag, vor unserem Flug nach Las Vegas, werden wir mit dem Schiff an der Küste entlang zu den Alamere Falls hochfahren. Es wird sicher sehr beeindruckend sein zu sehen, wie das Wasser aus dem Alamere Creek direkt in den Pazifischen Ozean fällt.

Heute jedoch stand das klassische Touri-Programm an, nachdem wir in unserem Hotel eingecheckt hatten. Wir fuhren mit dem Cable Car die steilen Hügel rauf und runter (für die, die es nicht wissen sollten: Bei den Cable Cars handelt es sich um eine Straßenbahn, auch wenn ich den Begriff eher mit den klassischen Seilbahnen verbinde, die einen auf die Berge hochbringen, und die Hügel in San Francisco sind zwar steil, aber so steil nun auch wieder nicht), wir besuchten die Golden Gate Bridge, wir aßen im Hafen von Fisherman's Wharf Muschelsuppe aus einer Brotschale, wir amüsierten uns über die Seelöwen, die sich um die Pontons am Ende von Pier 39 stritten, und wir erwischten ein Taxi, um uns durch die Lombard Street fahren zu lassen, die »kurvenreichste Straße der Welt«.

Am Nachmittag besuchten wir die Strände, die die Bucht säumen, und probierten schließlich im Schatten der Oakland Bay Bridge das Strandsegeln aus. Suzie war total begeistert, als sie die Landjachten sah, dreirädrige Vehikel, an denen ein Segel befestigt war. Unser Lehrer, Kenny, gab uns eine Einführung und zeigte uns, wie man die Lenkung mit den Füßen bedient und das Segel manuell

bewegt, um den Wind einzufangen. Wir verbrachten zwei Stunden damit, über den Strand zu kurven, und machten dabei jede Menge falsch. Ich habe Suzie noch nie so heftig lachen gesehen, als sie wieder und wieder mitten auf dem Strand liegenblieb, weil ihr Segel schlappmachte oder, besser gesagt, wegen ihres mangelnden Geschicks. Sie musste sich dauernd selbst anschieben, bis der Wind ihr Segel erfasste und sie wieder Fahrt aufnahm. Aber irgendwann hatten wir beide den Dreh allmählich heraus, und am Ende unserer Doppelstunde war Suzie sogar besser als ich.
Ganz zum Schluss kam die große Regatta, ich gegen Suzie. Kenny gab das Startsignal, und wir bretterten los. Ich würde ja gerne behaupten, dass es ein Hochgeschwindigkeitsrennen war mit gefährlichen Kurven und Schikanen und todesverachtenden Fahrmanövern, aber als Anfänger waren wir bestenfalls mittelschnell. Suzie ermogelte sich ein paar Zentimeter Vorsprung, und als wir uns der Ziellinie näherten, sah es schon so aus, als würde sie das Rennen gewinnen, aber plötzlich gab es einen weiteren Konkurrenten. Kenny mit seiner jahrelangen Erfahrung überholte uns beide mühelos, und auf seinem Segel prangten die Worte Marry Me. *Suzie war dadurch kurz abgelenkt, und es gelang mir, das zu meinem Vorteil zu nutzen und sie ganz knapp auf den zweiten Platz zu verweisen. Sie war so überrascht und erfreut über diesen Hochgeschwindigkeitsantrag auf drei Rädern, dass es ihr nicht einmal etwas ausmachte.*

Verlobungsblog
Tag 17: Der Piraten-Antrag.
Ort: Siren's Cove, Treasure Island, Las Vegas.
Nach meinem kitschigen Elvis-Antrag gestern wollte ich es heute wieder etwas stilvoller angehen. Suzie und ich sind heute Morgen vom MGM Hotel ins Paris Las Vegas umgezogen, eins meiner Lieblingshotels auf dem Strip. Ich liebe die Szenerie aus kleinen Gassen und Cafés, die den echten Straßen von Paris nachempfunden ist. Ich liebe den gemalten Wolkenhimmel, der durch die Beleuchtung in ein sanftes Rosé gehüllt ist, sodass es aussieht, als wäre hier zu jeder Tageszeit Abenddämmerung. Und der Eiffelturm ist eine tolle Zugabe mit seiner atemberaubenden Aussicht über Las Vegas.
Suzie war überzeugt, dass ich oben auf dem Turm um ihre Hand anhalten würde, aber wie ich schon zu Beginn dieser Suche erwähnt habe, wird keiner meiner Heiratsanträge auf dem Eiffelturm stattfinden, selbst wenn dieser hier nicht der echte ist.
Wir besuchten heute das Venetian Resort Hotel mit seinen prachtvollen Bogengängen, Brücken und dem künstlichen Himmel, der die Farbe wechselte, und natürlich mit den Gondelfahrten. Suzie rechnete damit, dass ich in der Gondel um ihre Hand anhalten würde, aber ich wollte das Klischee vermeiden.
Nachdem wir uns gestern Abend die faszinierende und dramatische Cirque-du-Soleil-Show angesehen hatten, wollte ich Suzie heute eine etwas andere Unterhaltung bieten, also besuchten wir die »Tournament of Kings«-Show im Excalibur Hotel, ein Ritterturnier in einer unterirdischen Arena mit

echten Pferden, mit Merlin, Magie, tanzenden Jungfrauen, abenteuerlichen Stunteinlagen, einem fiesen König und Speisen, die man mit den Fingern aß. Suzie war begeistert.
Die Schönheit von Las Vegas erstrahlt im Grunde erst abends, wenn alle Hotels spektakulär beleuchtet sind und versuchen, die Leute draußen auf der Straße anzulocken. Suzie und ich schlenderten den Strip entlang, wo die Luft sich ein bisschen abgekühlt hatte, nachdem die Sonne verschwunden war, und naschten Erdnuss-M&Ms, während wir die Atmosphäre genossen.
Das Treasure Island Hotel liegt, vom Excalibur aus betrachtet, am anderen Ende des Strip, aber wir hatten keine Eile. Nun ja, ich zumindest nicht, schließlich wusste ich, dass für unsere Ankunft im Treasure Island noch gewisse Vorbereitungen nötig waren.
Unser Ansprechpartner im Hotel, Simon, der von mir sehr angetan war, erwartete uns bereits im Foyer, als wir eintrafen. Simon war der Einzige, mit dem ich flirten durfte, ohne dass es Suzie störte. Er führte uns durch die glänzenden Korridore des Hotels, und kurz darauf standen wir draußen, und vor uns lag ein riesiges Piratenschiff im Wasser – The Song, *das Schiff der Sirenen. Es ist Teil einer großen kostenlosen Piratenshow mit pyrotechnischen Effekten und Darstellern, die sich aus großen Höhen ins Wasser stürzen, aber es ist auch ein Ort, an dem Paare heiraten können.*
Normalerweise finden die Trauungen tagsüber statt, aber als ich erwähnte, dass wir in unserem Blog

über das Hotel schreiben würden, setzte Simon alle Hebel in Bewegung. Und mein kleiner harmloser Flirt hat sicher auch nicht geschadet.

Suzie und ich stiegen auf diesen prächtigen Dreimaster, dessen Deck mit Blumen übersät war, und die stimmungsvolle Bühnenbeleuchtung schuf eine magische Atmosphäre. Hoch über uns auf einer Wendeltreppe trugen zwei Piraten ein Fechtduell aus, unsere eigene Privatvorführung, bei der wir gleich mitwirken würden.

Gleich darauf stürmten die beiden Piraten die Wendeltreppe hinunter und auf uns zu. Einer von ihnen schnappte sich Suzie, umklammerte ein Seil und schwang sich dann mit ihr in seinem Arm von dem Schiff auf einen Felsen. Ich muss sagen, Suzie spielte die Jungfer in Not richtig gut und kreischte ganz laut, wobei ihre Angst, dass der Pirat sie ins Wasser fallen lassen könnte, wahrscheinlich echt war.

Dann war ich an der Reihe. Ich entwendete dem anderen Piraten seinen Degen und steckte ihn in meinen Gürtel, schnappte mir ein anderes Seil und schwang mich auch vom Schiff. Der Entführer erwartete mich bereits, und es kam zum Duell, bei dem wir wie abgesprochen nur unsere Degen gegeneinanderschlugen. Funken sprühten von dem Metall, und Suzie verfolgte den Kampf mit erschrockener Miene.

Schließlich besiegte ich den Piraten, stieß ihn in das Wasser, packte Suzie und schwang mich mit ihr zurück auf das Schiff.

»Schnell!«, sagte der andere Pirat. »Alles klarmachen

zum Ablegen. Schnappt euch das Seil dort drüben und zieht das Segel hoch.«

Es war ziemlich offensichtlich, dass wir nirgendwohin segeln würden – so spektakulär das Schiff auch war, die Bucht, in der wir uns befanden, war kaum größer als das Schiff selbst. Aber Suzie, gepriesen sei sie, spielte mit. Sie schnappte sich das Seil und zog das Segel auf. Als es sich flatternd im Wind bauschte, konnte man darauf in großen Buchstaben die Worte Suzie Marry Me *lesen.*

Obwohl es schon spät war, stand noch eine kleine Schar von Zuschauern auf der anderen Seite der Bucht, und die Leute fingen an zu jubeln, als sie den Heiratsantrag sahen.

Als Suzie sich zu mir umdrehte, war ich bereits auf einem Knie und hielt ihr den Totenkopfring entgegen.

Sie sagte nicht Ja, aber sie nahm den Ring und steckte ihn auf ihren Finger, was ich als ein sehr gutes Zeichen wertete.

Für die Zuschauer packte ich Suzie, warf sie über meine Schulter und trug sie zurück in das Hotel, während Jubelrufe und Applaus in unseren Ohren klingelten und Suzies Lachen durch meinen Körper vibrierte.

Kapitel 11

Mit Harrys Heiratsanträgen war es so, dass man nie wusste, was man erwarten sollte beziehungsweise wann. Unser Flug nach New York ging erst am frühen Abend, und Harry hatte mir einen gemütlichen Tag versprochen. Er schlug vor, den Vormittag am Pool zu verbringen, ein paar E-Mails zu beantworten, ein paar Anrufe zu machen. Ich hatte mir vorgenommen, zunächst auszuschlafen, später dann am Pool mit Jules zu skypen und schließlich ein paar Hotels abzuklappern, die wir noch nicht besichtigt hatten. Ich hatte bestimmt nicht damit gerechnet, zu einer unchristlichen Stunde geweckt zu werden und dann, nachdem gerade mal Zeit für eine Schnelldusche war, in einen Jeep verfrachtet zu werden. Nun fand ich mich auf einer holprigen Wüstenstraße wieder, wo es nichts gab außer Staub und ein paar Sträucher, so weit das Auge reichte. Würde ich Harry nicht besser kennen, würde ich mir Sorgen machen, dass er vorhatte, mich umzubringen und meine Leiche irgendwo hier draußen verschwinden zu lassen, wo sie keiner jemals finden würde. Wir waren hier mitten im Nichts, und es war totenstill. Warum wir so früh am Morgen durch die Wildnis fuhren, war mir ein Rätsel.

Na gut, um ehrlich zu sein, der wahre Grund für meine schlechte Laune waren nicht unser früher Aufbruch oder die endlose Wüste, sondern die bevorstehende Reise nach New York sowie die Häufigkeit, mit der in den letzten paar Tagen Chloes Name gefallen war. Heute Abend würde ich Chloe kennenlernen, und Harry hatte bereits geplant, mit ihr auszugehen – ohne mich. In meiner Brust pochte ein dumpfer Schmerz, und er weigerte sich zu verschwinden.

Harry plauderte mit unserem Fahrer, Thomas, während ich finster in die Wüste hinausstarrte. Mit seinem schwarzen Stetson-Hut, den Cowboystiefeln und dem Zwirbelbart war Thomas das, was ich mir unter einem Cowboy vorstellte. Obwohl an diesem Mann alles authentisch war. Mit seinen über sechzig Jahren besaß er eine Ausstrahlung, als hätte er bereits alles gesehen.

Die Landschaft begann nun, sich zu verändern. Es tauchten mehr und mehr Felsformationen auf, und am Horizont zeichneten sich Berge ab, während die Straße allmählich immer steiler anstieg.

Als wir um eine Kurve bogen, sah ich es, nur für einen kurzen Moment, bevor mir Büsche die Sicht versperrten. Ein Bild, das ich schon auf vielen Webseiten, Postern, in Filmen und Zeitschriften gesehen hatte.

»Wir fahren zum Grand Canyon?«, kreischte ich und unterbrach damit die Unterhaltung der beiden Männer.

Harry drehte den Kopf zu mir, mit einem breiten Grinsen im Gesicht. »Ja, aber es wird noch besser. Viel besser.«

Kurz darauf erreichten wir das Besucherzentrum, und Thomas ging hinein, um unsere Genehmigungen und Lunchtickets zu holen. Ich konnte es kaum erwarten, endlich auszusteigen und mir alles anzusehen. Ich konnte die Spitzen des Canyons erkennen, der sich meilenweit erstreckte, scheinbar in jede Richtung, aber ich wollte über den Rand der Schlucht schauen und ihre ganze Schönheit sehen.

Mir wurde bewusst, dass Harry mich beobachtete, ohne der Umgebung einen Blick zu schenken.

Ich rutschte zu ihm hinüber, und er legte den Arm um meine Schulter.

»Das hier ist unglaublich, danke.«

Er lächelte und zog mich enger an sich. »Ich freue mich selbst darauf.«

»Warst du hier nicht schon mal, auf deiner großen Amerikareise?«

Er schüttelte den Kopf.

»Und warum schaust du dich dann nicht um und saugst alles in dich auf, statt mich anzustarren?«

»Weil es unheimlich reizvoll ist zu beobachten, wie deine Begeisterung mit jeder Sekunde mehr wächst.«

Mein Herz machte einen kleinen Satz, besonders weil Harry mich so zärtlich ansah. Ich öffnete den Mund, um etwas zu erwidern, aber in diesem Moment kehrte Thomas mit einer Handvoll Papiere zurück.

»Hier sind eure Tickets. Die grünen sind für den Lunch, die hier sind für den Shuttlebus zum Eagle Point und für die Weiterfahrt zu einem Restaurant eurer Wahl, und die hier sind für ...« Er lächelte und deutete mit einem Nicken auf den Rand des Canyons.

Ich drehte mich um und folgte seinem Blick zu einem schlanken burgunderroten Helikopter. Meine Augen wurden groß.

»Neiiiiin!«

Harry grinste. Er stieg aus dem Wagen, bot mir seine Hand, und ich griff gierig danach.

»Wir fliegen mit dem Helikopter?«

Harry nickte und zog mich mit sich, da meine Beine plötzlich nicht mehr von alleine zu funktionieren schienen. Es war unmöglich, aufgeregter zu sein, als ich in diesem Moment war.

Wir kletterten rasch an Bord des Hubschraubers, und Eric, der Pilot, stellte sich uns vor und erklärte uns, wie wir uns angurten mussten.

Ich kramte rasch in meiner Tasche, um meine Kamera herauszuholen und das Ganze aufzunehmen, und als ich hinaussah, waren wir bereits zehn Meter über dem Boden. Der Start war so sanft gewesen, dass ich ihn nicht einmal mitbekommen hatte.

Ich grinste Harry kurz an und schnappte mir seine Hand, und dann fiel der Boden unter uns ab, und schließlich konnte ich eine Meile unter uns das grüne Band des Colorado River sehen.

Ich stieß unwillkürlich einen Schrei aus, hauptsächlich vor Freude und Begeisterung, aber ein bisschen Angst war auch dabei angesichts dieses großen Höhenunterschiedes.

Der Hubschrauber senkte sich hinunter in die Schlucht, und wir folgten dem Fluss durch das Tal, während die steilen rotbraunen Felsen neben uns emporragten. Wir flogen so dicht an den Felswänden entlang, dass ich das Gefühl hatte, ich brauchte nur meinen Arm auszustrecken, um mit den Fingern darüberzustreichen. Die Felsen hatten eine rötlich-goldene Farbe, aber bei genauerem Hinsehen bestanden sie aus einer Vielzahl verschiedener Farben und Gesteinsschichten, die mehrere Millionen Jahre Geschichte in ihrer reichen Ausprägung enthüllten. Rote, braune, graue, weiße, gelbe, rosa und schwarze Schichten sausten an uns vorbei, während der Helikopter die Wellenform des Canyons umarmte.

Ich schrie immer noch bei jedem Schwenk und jeder Neigung des Helikopters auf, und ich hörte Harry neben mir lachen. Wir flogen nun tiefer und näherten uns dem Fluss, während die Sonne auf dem gekräuselten grünen Wasser glitzerte und das Versprechen andeutete, dass auf dem Flussbett Gold lag.

Mein Gesicht tat weh vom vielen Lächeln, und wir verharrten im Schwebeflug über einer Stelle, auf der wir ganz offensichtlich gleich landen würden. Ich sah, dass bereits ein Boot auf uns wartete, um uns für den nächsten Teil unseres Ausflugs auf dem Colorado River mitzunehmen.

Wir setzten mit einem ganz sanften Ruck auf, und nachdem wir uns bei Eric bedankt hatten, machten wir uns über die Felsen auf den Weg zu dem Boot, wo wir von einem sehr begeisterungsfähigen Chinesen namens Sam empfangen wurden.

Sam freute sich total, dass er mit uns die Flusstour machte, aber er schien sich noch über etwas anderes zu freuen.

Die Rotoren erwachten wieder laut zum Leben, und Sam winkte auf eine alberne Art dem Piloten, während er uns aufforderte, es ihm gleichzutun. Der Helikopter stieg empor und verharrte einen Moment lang über uns, und ich musste lachen, als ich auf der Unterseite die inzwischen vertrauten Worte *Suzie Marry Me* lesen konnte.

Harry schlang seinen Arm um meine Schulter, und ich schlang meinen Arm um seine Taille, und wir beobachteten, wie der Helikopter immer kleiner wurde, bis er über dem Rand der Schlucht verschwand.

Jeder Muskel, jede Faser meines Seins war notwendig, um mich gewaltsam daran zu hindern, aus vollem Halse Ja zu brüllen.

Ich schaute durch das Flugzeugfenster auf den schwarzen Nachthimmel und die funkelnden Lichter von New York unter uns. Ich versuchte, Wahrzeichen auszumachen, aber es war zu dunkel, und wir sanken zu schnell. Ich kam mir vor, als hätte ich eine Art temporäre Persönlichkeitsspaltung, und die eine Hälfte meines Körpers zitterte vor Aufregung angesichts der ganzen Sehenswürdigkeiten, die New York zu bieten hatte, während sich die andere Hälfte wünschte, das Flugzeug würde einfach nach Québec weiterfliegen und gar nicht erst in New York landen. Chloes Name war seit dem Abflug in Las Vegas insgesamt achtundsiebzigmal gefallen. Ich hatte nämlich mitgezählt. Und mit jeder Erwähnung ihres Namens kamen wir dem Troll näher, der mir meinen Mann wegnehmen würde. Harry konnte seine Begeisterung darüber, Chloe wiederzusehen, kaum zurückhalten.

Er beugte sich über mich, um aus dem Fenster zu schauen, und ich spürte, dass ein kleines Stück von mir starb, als ich das breite Grinsen in seinem Gesicht sah.

»Du siehst müde aus«, sagte er.

Ich zwang mich zu einem Lächeln. »Ich bin okay.«

»Wenn wir da sind, werde ich mit Chloe einen trinken gehen.«

Das neunundsiebzigste Mal. Ich fragte mich, ob er es darauf abgesehen hatte, die Hundert vollzumachen.

»Du kannst gerne mitkommen«, fuhr er fort. »Obwohl es wahrscheinlich keine schlechte Idee wäre, wenn du dich ein wenig ausruhst. Damit du morgen fit bist für unsere Erkundungstour, es gibt nämlich jede Menge zu sehen. Wir werden weite Strecken zu Fuß zurücklegen.«

Ich schaute wieder aus dem Fenster auf die Lichter, die uns entgegengerast kamen. Das war ein Wink mit dem Zaunpfahl gewesen, wie er im Buche stand, der Code für »Mir wäre es lieber, wenn du nicht mitkommen würdest«.

Aus den Lautsprechern kam ein Ping!, um unsere Aufmerksamkeit zu erlangen. »Hier spricht Ihr Kapitän …«

Ich richtete meine ganze Willenskraft darauf, dass er ankündigte, wir könnten in New York nicht landen, weil das Rollfeld voller Laub war, und dass wir auf eine andere Stadt ausweichen mussten oder besser noch auf den Nordpol. Gleich darauf spürte ich den dumpfen Aufschlag der Flugzeugräder, als wir den Boden berührten, und seufzte enttäuscht. Der Flugkapitän redete immer noch. »Willkommen auf dem Flughafen La Guardia. Die Ortszeit ist dreiundzwanzig Uhr zehn. Im Moment haben wir leichtes Regenwetter, also packen Sie sich warm ein. Wir wünschen Ihnen einen schönen Aufenthalt in New York.«

Ich ließ mir absichtlich Zeit, während ich meine Sachen zusammenpackte, um sicherzustellen, dass wir zu den Letzten gehörten, die das Flugzeug verließen. Ich schlurfte langsam zu der Gepäckabholung, machte einen Abstecher auf die Toilette und blieb stehen, um meine Schnürsenkel neu zu binden, aber schließlich landeten wir unweigerlich in der Ankunftshalle.

»Harry!«, rief eine weibliche Stimme in der Nähe. »Harry James Forbes, da bist du ja!«

Ein kleiner blonder Tornado stürzte sich in Harrys Arme, sprang an ihm hoch, schlang die Beine um ihn und umklammerte ihn fest. Harry lachte und erwiderte die Umarmung. James? Harrys zweiter Vorname war James? Warum wusste ich das nicht? Es war nur eine kleine Geste der Vertrautheit, aber sie befeuerte den Schmerz in meiner Brust zusätzlich.

Chloe trug ihre Haare hinten kurz und vorn in einem langen Pony, der ihr schräg über das Gesicht fiel. Während ich verlegen herumstand und darauf wartete, dass wir einander vorgestellt wurden, sah ich, dass Harrys Beschreibung »verdammt süß« stark untertrieben war. Chloe war eine Schönheit – jeder Idiot konnte das sehen. Und derselbe Idiot konnte glasklar sehen, dass Harry absolut und vollkommen vernarrt in sie war.

Das Ärgerliche war, dass Chloe wirklich reizend war – sie umarmte mich fast mit derselben Begeisterung, mit der sie Harry umarmt hatte, und sie hakte sich bei mir ein, als wir das Terminal verließen. Sie war so stürmisch wie ein junger Hund, und obwohl ich beschlossen hatte, ihre Überschwänglichkeit total nervig zu finden, gelang es mir nicht. Chloe war richtig nett, so einfach war das.

Wir nahmen ein Taxi nach Manhattan, überquerten die spektakuläre Queensboro Bridge und checkten dann in ein Hotel auf der Fifth Avenue ein mit Blick auf den Central Park.

Zu meiner Bestürzung übernachtete Chloe auch im

Hotel. Sie wohnte anscheinend außerhalb von Manhattan und hatte sich ein Zimmer genommen, um mehr Zeit für uns zu haben, beziehungsweise für Harry. Zu allem Übel lag ihr Hotelzimmer direkt neben unserem.

Harry war höchstens dreißig Sekunden in unserem Zimmer, als er sich ein frisches Hemd anzog.

»Und du willst sicher nicht mitkommen?«, fragte er, während er sich langsam in Richtung Tür bewegte, sichtlich hoffend, dass ich Nein sagte.

Ich hatte die letzte Stunde erleben dürfen, wie Chloe ständig um Harry herumscharwenzelte, und das reichte für ein ganzes Leben. Meine einzige Rettung war, dass Harry höchstwahrscheinlich die nächsten paar Tage allein mit Chloe verbringen würde und ich dieses Spektakel daher nicht mit ansehen musste – und am Dienstag, was schon in drei Tagen war, würden Harry und ich nach Québec weiterfliegen, Hunderte Meilen von New York und Chloe entfernt.

»Das ist schon okay. Ich werde direkt ins Bett gehen und mich ein wenig ausruhen.«

Harry nickte und war einen Moment später verschwunden.

Ich ließ mich auf das Bett plumpsen und hörte draußen im Flur das Gelächter von Harry und Chloe, das sich langsam entfernte. Drei kurze Tage nur. Das würde ich schaffen. Und falls ich für Verbrechen in einem vergangenen Leben büßen sollte, war New York ein spektakulärer Ort dafür.

Ich fuhr den Laptop hoch, um ein paar E-Mails zu bearbeiten und ein bisschen über die Wildnis von Alaska zu recherchieren, der Wunschort eines Kunden, der seinen Antrag auf einer Kletter- und Wandertour in den Bergen machen wollte. Das würde mich eine Weile ablenken. Bloß, dass es dieses Mal nicht funktionierte. Harry und Chloe gingen mir einfach nicht aus dem Kopf.

Wenn die beiden tatsächlich nur Freunde waren und zwischen ihnen nie mehr etwas laufen würde, dann war Chloe keine Bedrohung. Und wenn Chloe die Frau war, der Harry vertrauen konnte und mit der er sein Leben verbringen wollte, dann war das nur gut. Er war in seiner Vergangenheit tief verletzt worden, und das hinderte ihn am Weiterkommen. Natürlich wäre mir am liebsten, er würde mit mir weiterkommen, aber wenn er das nicht konnte, musste ich damit zufrieden sein, dass er sich überhaupt überwand, die Liebe zu finden, um glücklich bis in alle Ewigkeit zu leben.

Harry war mein Fels in der Brandung gewesen, in guten wie in schlechten Zeiten, und ich wünschte mir so sehr, dass er glücklich war. Ich hatte plötzlich das Bedürfnis, etwas für ihn zu tun, etwas Wundervolles, so wie er mir etwas Gutes tat mit seinen Anträgen.

Ich hatte plötzlich eine Idee und sah von meinem Laptop auf. Harry hatte sich genauso darauf gefreut, nach New York zu kommen, wie auf das Wiedersehen mit Chloe – er liebte diese Stadt. Ich musste an das Gespräch mit Jules denken, über Harrys Traumjob, auf den er damals wahrscheinlich wegen Jack verzichtet hatte. Was, wenn ich Harry hier einen Job besorgen könnte? Die Idee nahm langsam Form an in meinem Kopf. Was, wenn wir zusammen nach New York gingen? Es würde auch mir guttun, die ganzen Erinnerungen an Jack ein Stück hinter mir zu lassen und irgendwo ganz neu anzufangen. Meine Homepage konnte ich von überall auf der Welt betreiben. Sicher, man würde sich um eine Arbeitserlaubnis und um die Visumpapiere kümmern müssen, aber Harrys Miene, wenn er erfuhr, dass er in New York arbeiten konnte, würde die ganze Mühe wert sein.

Ich hatte einen Bekannten, der in New York lebte, na ja, eigentlich war er ein guter Freund von Jack gewesen, aber wir pflegten einen losen Kontakt, seit Jack gestorben war. Wahrscheinlich würde ich Harry keinen Job besorgen können, aber dafür ziemlich sicher ein Vorstellungsgespräch. Harry hatte viel Ahnung von Computern und Webseiten, er würde sehr leicht zu vermitteln sein.

Ich feuerte rasch eine E-Mail ab. Es war schon mitten in der Nacht, aber so würde mein Bekannter die Nachricht wenigstens gleich als Erstes am nächsten Morgen sehen.

Dann schaltete ich den Laptop aus, legte mich hin und schloss die Augen, während ich in mich hineinlächelte. Ich hatte den ersten Schritt getan, um sowohl Harry als auch mir beim Weiterkommen zu helfen.

Ich wurde zu einer wohl ganz frühen Morgenstunde wach, als die Tür des Nachbarzimmers zuknallte. Ich konnte hören, dass Harry und Chloe nebenan lachten und redeten, obwohl es unmöglich war zu verstehen, was sie sagten. Ich lauschte ihnen eine Weile. Sie brachte ihn zum Lachen. Häufig. Aber es war schon richtig spät, und Harry würde bestimmt gleich rüberkommen und die Nacht mit mir verbringen, wie er das seit Beginn dieser Reise getan hatte. Ich meine, seine ganzen Sachen waren hier, natürlich würde er hier schlafen. Das Geplauder nebenan verstummte allmählich, und dann war es ganz still. Sosehr ich meine Ohren spitzte, ich konnte nichts hören. Was machten die beiden? Ein banges, scheußliches Gefühl breitete sich in meinem Magen aus. Nein, nein, nein, nein. Harry hatte mir versichert, dass zwischen ihm und Chloe nichts laufen würde. Sie waren nur Freunde, nichts weiter. Ja, sie hatten mal was miteinander gehabt, aber das gehörte der Vergangenheit an.

Ich schnappte mir das Wasserglas vom Nachttisch, trank es aus und hielt es dann an die Wand, während ich mein Ohr an den Glasboden drückte. Nichts. Augenblick. Sie waren im Bett, ich hörte es knarren. Okay. Vielleicht hatten sie sich einfach nur daraufgesetzt, um weiterzuplaudern. Aber es herrschte Schweigen, und ich wusste nicht, ob das nun gut war oder schlecht. Ich wartete und horchte auf weitere Geräusche, aber es kam nichts. Das war's dann also. Entweder schliefen die beiden gerade miteinander, oder sie hatten sich aneinandergekuschelt und waren zusammen eingeschlafen. Beide Möglichkeiten waren nicht gerade toll.

Ich legte mich wieder hin. Ich hatte keinen Anspruch auf Harry, er gehörte nicht mir. Zwischen uns war nie etwas gelaufen und würde auch nie etwas laufen, also hatte ich kein Recht, mich über diese neueste Entwicklung aufzuregen. Ich würde mich für ihn freuen. Er war mein bester Freund, und ich würde mich freuen, dass er glücklich war.

Aber der Schmerz in meiner Brust vor Angst, Harry zu verlieren, weigerte sich wegzugehen.

Ich spazierte durch den Central Park und aß eine

Brezel, die größer war als mein Kopf, während ich standhaft mein Handy ignorierte, das in meiner Tasche klingelte.

Ich hatte mich heute Morgen sehr früh aus dem Hotel geschlichen, weil ich unbedingt vermeiden wollte, mit anzusehen, wie Harry und Chloe am Frühstückstisch miteinander herumturtelten. Es tat weh, viel mehr, als es sollte. Ich hatte Harry so lange für mich alleine gehabt, dass ich mir nun, da er mit einer anderen zusammen war, richtig beraubt vorkam. So lächerlich es auch war, ich vermisste ihn tatsächlich jetzt schon.

Aber New York gehörte zu den Top Five meiner Traumziele auf der Welt, die ich unbedingt besuchen wollte, also würde ich mich nicht runterziehen lassen.

Mein Handy hörte auf zu klingeln und fing dann sofort wieder an. Ich angelte es aus meiner Tasche und starrte auf Harrys Namen, der im Display aufleuchtete. Ich sollte wohl besser drangehen. Harry würde sich Sorgen machen, und ich sollte mich zumindest mit ihm absprechen, wo wir uns für den nächsten Antrag treffen würden. Außerdem musste ich nach außen hin Gleichmut bewahren.

Ich hob rasch ab und versuchte, unbeschwert zu klingen.

»Hi.«

»Wo bist du?«

»Unterwegs. Ich schaue mir die Sehenswürdigkeiten an.« Na bitte, das klang unbeschwert und heiter.

»Warum hast du nicht auf mich gewartet? Ich wollte dich durch die Stadt führen.«

»Na ja, ich nahm an, dass du mit Chloe einiges aufzuholen hast. Außerdem hast du bestimmt keine Lust, den ganzen Tag für mich den Babysitter zu spielen und mich an Orte zu begleiten, die du ohnehin schon kennst. Das wäre doch langweilig für dich. Ich bin mir sicher, du und Chloe, ihr werdet mit eurer Zeit etwas anzufangen wissen.« Ich konnte nichts dagegen machen, dass sich beim letzten Satz ein sarkastischer Unterton in meine Stimme schlich.

Es entstand ein Schweigen, während Harry meinen Sarkasmus verdaute.

»Du bist sauer auf mich.«

»Nein, bin ich nicht.«

»Hast du uns gehört, als wir heute Nacht zurückkamen? Haben wir dich geweckt?«

»Nein. Ich habe tief und fest geschlafen. Hör zu, ich wollte gerade ins Museum gehen, also amüsier dich schön mit Chloe, ich komme alleine klar. Schick mir einfach eine SMS, damit ich weiß, wo und wann ich für den Antrag erscheinen soll.«

»Na schön.« Er klang enttäuscht.

Ich seufzte. »Nicht böse sein, aber ich habe einfach das Gefühl, dass ich im Weg stehe.«

»Aber du stehst nicht im Weg, ganz sicher nicht.«

»Wir sehen uns später.«

Ich legte auf, bevor er etwas erwidern konnte.

New York war alles, was ich erwartet hatte, und noch mehr. Die Stadt summte vor anhaltender Geschäftigkeit, die durch meine Haut vibrierte. Meine Augen bewegten sich in sämtliche Richtungen, um alles in sich aufzunehmen. Yellow Cabs sausten vorüber, Hupkonzerte ertönten, und die Menschen waren unablässig in

Bewegung, während sie mit ihren dampfenden Latte-Macchiato-Bechern, ihren Smartphones und iPods zügig die Straßen entlangmarschierten. Glänzende Wolkenkratzer türmten sich an jeder Straße empor, neben riesigen Kaufhäusern und hervorragenden Restaurants. Ich hatte mich bereits mit zwei verschiedenen Kuchen und einem Cheesecake von Lindy's vollgestopft. Die herrliche neugotische St. Patrick's Cathedral mit ihren hohen Spitztürmen wirkte im Schatten so vieler Wolkenkratzer wie ein Fremdkörper, aber irgendwie passte sie trotzdem hinein. Ich hatte so viele Bilder geschossen, dass meine Kamera anfing zu protestieren, weil der Speicherplatz knapp wurde. Ich hatte sogar den Dampf fotografiert, der aus den Gittern im Asphalt hochstieg. Und den Times Square, das Flatiron, das Empire State Building, von oben und unten. Ich hatte eine gute Stunde damit verbracht, bei FAO Schwarz die Spielzeuge auszuprobieren, und eine weitere Stunde bei Tiffany in benommener Verzückung.

Ich hatte einen wundervollen Tag gehabt. Es gab hier so viele verschiedene Möglichkeiten für Harry, um mir einen Heiratsantrag zu machen, und ich war sehr gespannt darauf, was er sich als Nächstes einfallen ließ. New York hatte mir außerdem jede Menge Inspiration geschenkt, um selbst neue Ideen für einzigartige Heiratsanträge zu entwickeln. Es war in vielerlei Hinsicht der perfekte Ort. Nachdem ich den ganzen Tag unterwegs gewesen war, schmerzten meine Füße, während mein Verstand immer noch vor lauter Begeisterung auf Hochtouren lief. Der Tag war längst dem Abend gewichen, und die Stadt nahm eine neue Atmosphäre an. Straßenlampen und Neonreklame deuteten darauf hin, dass New York noch lange nicht schlafen gehen würde. Ich checkte wieder mein Handy, aber es starrte leer zu mir zurück. Ich hatte von Harry den ganzen Tag nichts gehört, wahrscheinlich war er zu beschäftigt mit Chloe, um einen Gedanken an mich zu verschwenden.

Ich wollte den Times Square in der Abendbeleuchtung sehen, also machte ich mich auf den Weg durch die Straßen, meinen inzwischen leicht zerfledderten Stadtplan in der Hand, und genoss die pulsierende Geschäftigkeit um mich herum, während die Menschen an mir vorbeieilten.

Ich hatte die halbe Strecke zurückgelegt, als mein Handy piepte, weil eine neue SMS angekommen war. Ich kramte hastig in meiner Tasche, erpicht darauf, dass Harry mit mir Kontakt aufnahm.

In der Nachricht stand nicht viel. »Central Park, Fifth Avenue Ecke 59. Straße West. 21 Uhr.«

Ich starrte darauf. Kein »Ich hoffe, du hattest einen schönen Tag«, »Ich habe dich vermisst« oder »Wie geht es dir?«. Bloß eine knappe Anweisung. War er sauer? Dazu hatte er kein Recht, nicht wenn ich diejenige war, die abserviert wurde. Zu meinem Verdruss musste ich nun zum Central Park zurückgehen. Ich würde mir den Times Square für morgen Abend aufheben müssen.

Inzwischen war es kühl geworden, und kleine Atemwolken schwebten mir voraus, während ich durch die Straßen eilte. Als ich am Morgen das Hotel verlassen hatte, hatte die Sonne geschienen, und da ich es sehr eilig gehabt hatte zu verschwinden, hatte ich nicht daran gedacht, meine Jacke mitzunehmen, was ich nun bereute. Ich überlegte, ob ich kurz zum Hotel zurücklaufen sollte, um meine Jacke zu holen, aber ein rascher Blick auf meine Armbanduhr verriet mir, dass die Zeit dafür nicht reichte.

Ich sah die riesige Grünfläche, die sich vor mir ausdehnte, während ich die Fifth Avenue hochging, aber obwohl Harry normalerweise alle anderen überragte, konnte ich ihn nirgendwo entdecken, während ich die Menschenmassen überflog.

Ich näherte mich der angegebenen Straßenecke und spürte gleich darauf bittere Enttäuschung, als ich Chloe auf mich zustürmen sah.

Sie sah strahlend aus in der Kälte, während ihr blondes Haar im Schein der Straßenlaternen leuchtete und ihre Wangen rosig glänzten. Ich war mir ziemlich sicher, dass das Einzige, was an mir rosig glänzte, meine Nase war.

Chloe umschlang mich fest, und ich konnte nicht anders, als ihre Umarmung zu erwidern, ihr Enthusiasmus war einfach ansteckend. Sie war klein und zierlich und roch nach Vanille.

»Hattest du einen schönen Tag?« Sie hakte sich bei mir ein, und wir machten uns auf den Weg in den Park.

»Ja, er war zauberhaft. New York ist eine wunderbare Stadt. Ich kann verstehen, dass du hierhergezogen bist.«

»Ich lebe jetzt seit drei Jahren hier, und die Stadt wird mir nie langweilig. Ich glaube, Harry würde es auch gefallen, hier zu leben.«

Ich lächelte selbstzufrieden in mich hinein, während ich an mein kleines Geheimnis dachte.

Wir setzten unseren Weg einen Moment lang schweigend fort. Ich fragte mich, ob Chloe darauf wartete, dass ich sie nach ihrem Tag fragte. Ich wollte mir wirklich nicht anhören, was sie und Harry unternommen hatten, für den Fall, dass es eine leidenschaftliche Umarmung einschloss. Es war besser, wenn ich es nicht wusste. Ich suchte rasch nach etwas, das ich sagen konnte.

»Harry hat erzählt, du arbeitest für Film und Fernsehen, als Visagistin?«

»Nein, nicht wirklich als Visagistin, nicht mit Lippenstift oder so. Eher Schnittwunden, Prellungen, Dämonen, Vampire, Elfen, Nasenprothesen, Lippenprothesen, ein drittes Auge, ein einziges Auge, Unfallopfer, Mordopfer, Monster, Aliens, solche Sachen. Ich bin für alles zuständig, was ein bisschen abstoßend ist.«

»Oh, cool.« Es war cool, weitaus interessanter als das, was ich machte.

»Also du und Harry?«

Urgh. Ich hätte es ahnen müssen. Ich gab einen unverbindlichen Laut von mir.

»Harry hat gesagt, dass ihr Freunde seid. Ich weiß, er vergöttert dich, ich meine, dass er sich all diese Mühe für dich macht, zeigt doch, dass ihm wirklich etwas an dir liegt …«

»Er betrachtet mich nicht auf diese Art.«

»Betrachtest du ihn denn auf diese Art?«

»Nein«, antwortete ich schnell, wahrscheinlich zu schnell.

»Dann bist du also bisher nicht in Versuchung geraten bei einem seiner Anträge?«

Ich lachte. »Kannst du dir sein Gesicht vorstellen, wenn ich Ja sagen würde?«

Chloe kicherte. »Du solltest unbedingt Ja sagen, nur um zu sehen, wie er reagiert.«

Ich lächelte angesichts der Herausforderung. »Zuerst würde er die Augen vor Schreck ganz weit aufreißen, und am Ende würde man lauter Harry-förmige Löcher in den Bäumen sehen.«

Chloe lachte. »Nun, probier es aus, trau dich. So, da sind wir.«

Ich war so sehr auf die Unterhaltung konzentriert gewesen, dass ich nicht auf den Weg geachtet hatte. Wir standen nun vor einer schwarzen Kutsche mit offenem Verdeck und einem Mann, der einen langen grünen Mantel mit Goldknöpfen und einen schwarzen Zylinderhut trug.

»Miss McKenzie?«, sagte der Mann. Ich nickte. »Ich bin George. Ich werde heute Abend Ihr Fahrer sein.«

Ich sah Chloe an. »Wir machen eine Kutschfahrt?«

Sie lächelte mich an. »Du schon.«

Pure Freude durchströmte mich.

»Miss McKenzie«, sagte George, »Mr. Forbes legt Wert darauf, dass ich Sie mit meinem Pferd bekannt mache.« Er bot mir seinen Arm, und nach einem verwirrten Blick zu Chloe tauschte ich ihren Arm gegen seinen, und George führte mich zu seinem edlen Ross, ein großes schwarzes Geschöpf, das mich überragte. Ich streichelte seine Nase, und es drückte sie in meine Hand und sah mich aus sanften braunen Augen an, genau wie die von Harry.

»Das ist Harry«, sagte George, und ich musste lachen.

»Hallo, Harry«, sagte ich leise und streichelte seine samtene Nase. »Du bist wunderschön.«

»Gut, Miss McKenzie, wir fahren jetzt besser los. Es gibt viel zu sehen.« George geleitete mich zurück zu der Kutsche, und Chloe überreichte mir eine schwere Tasche.

»Das hier ziehst du an, wenn du am Ziel ankommst, aber du darfst vorher nicht reinspicken.«

Ich nickte benommen und stieg in die Kutsche.

Das Gefährt setzte sich in Bewegung, und Chloe winkte mir zum Abschied. »Vergiss nicht die Herausforderung.«

Ich lächelte und lehnte mich dann in der Kutsche zurück, während die Bäume zu dem leisen Klappern von Harrys Hufen würdevoll vorbeiglitten. Alte viktorianische Laternen warfen Lichtpfützen auf unseren Weg und erinnerten mich an den Park bei uns zu Hause.

Vor uns schlängelte sich der Weg in die Dunkelheit. Trotz des Lärms der Stadt waren wir hier abgeschieden.

Ich entdeckte etwas Rosafarbenes, das an einem Ast hing, und als wir darunter hinwegfuhren, stand George auf, pflückte es von dem Ast und setzte sich dann wieder, um es mir zu geben.

»Ich glaube, das ist für Sie.«

Ich nahm den schmalen, dicken Umschlag entgegen. Ich riss ihn auf, und ein kleiner Kristallmond fiel in meine Hand. Ich starrte verwirrt darauf, es gab keine Notiz, keine Erklärung. Der Mond war wunderschön und unheimlich fein gearbeitet. Ich umklammerte ihn fest in meiner Hand. Während wir weiter dem Weg folgten, hob ich den Umschlag an meine Nase. Er roch nach Harry.

George entdeckte auf unserer Tour zwei weitere Umschläge in den Bäumen, die einen Kristallstern und eine Kristallsonne enthielten.

Helles Licht schimmerte vor uns durch die Bäume,

und ich machte einen langen Hals, um zu sehen, was dort war.

»Wir sind gleich da, Miss. Vielleicht möchten Sie die Sachen anziehen, die in der Tasche sind.«

Ich schnappte mir mit kaum verhohlener Aufregung die Tasche, öffnete sie und fand darin ein Paar Schlittschuhe. Ich grinste, zog rasch meine Turnschuhe aus und die Schlittschuhe an und verstaute meine Turnschuhe in der Tasche.

»Brrr!«, sagte George zu Harry dem Pferd, und wir kamen langsam zu einem Halt. Ich hatte meine Schlittschuhe fertig geschnürt und hob nun den Kopf, um vor mir die Eislaufbahn zu sehen, die fast leer war abgesehen von einer kleinen Gruppe von Leuten.

George half mir aus der Kutsche, und ich verabschiedete mich von ihm, bevor ich an den Rand der Eisfläche stakste. Sie glitzerte im Schein der Flutlichtanlage, aber meine Augen wurden von einem rosa Licht angezogen, das auf der anderen Seite der Bahn schimmerte. Dort stand Harry und wartete. Auf mich.

Ich war leicht beunruhigt, als ich auch Chloe auf dem Eis entdeckte, aber fürs Erste entfernte sie sich von Harry. Offenbar hatte sie eine kürzere Route hierher genommen als wir mit unserer langen Spazierfahrt durch den Park.

Ich betrat vorsichtig das Eis, und nachdem ich mein Gleichgewicht gefunden hatte, glitt ich hinüber zu Harry.

»Hi«, sagte er, und ich sah, dass sein Blick an mir herunterwanderte. »Ist dir nicht kalt?«

»Ein bisschen, aber das ist schon okay. Ich hätte meine Jacke einpacken sollen.«

Noch bevor ich meinen Satz beendet hatte, zog Harry seine große lange Jacke aus, legte sie um mich und half mir dann, meine Arme in die Ärmel zu stecken und die Jacke zuzuknöpfen. Ich lächelte ihn an, und jeglicher Groll verflog. Harry nahm meine Hände in seine großen Pranken und blies auf meine Finger, und sein warmer Atem ließ meinen Unterleib vor Verlangen zucken.

»Ich habe dich heute vermisst«, sagte ich.

Er gab mir ein Küsschen auf die Stirn, doch meine Worte erwiderte er nicht. Stattdessen stieß er einen gellenden Pfiff aus. Ich hörte, dass hinter ihm, auf der anderen Seite der Bande, eine große Maschine zum Leben erwachte, und runzelte verwirrt die Stirn, als plötzlich ein weißer Strahl in die Luft geblasen wurde. Als es um uns herum in sanften Flocken herunterrieselte, wurde mir klar, dass der Lärm von einer Schneemaschine stammte. Ich beobachtete die Schneeflocken, die über unseren Köpfen herumwirbelten und sich vor dem Nachthimmel abzeichneten, und musste unwillkürlich grinsen, als sie mein Gesicht mit winzigen Eiskristallen pfefferten. Es war großartig.

Ich drehte mich zu Harry um, der mich aufmerksam beobachtete.

»Ich habe deine Geschenke erhalten.« Ich streckte ihm die kleinen Kristallanhänger entgegen.

»Ich habe dir die Sonne, den Mond und die Sterne geschenkt, und nun möchte ich dir mein Herz schenken.«

Er ging vor mir auf die Knie und streckte seine Hand aus, um ein rosa Kristallherz zu enthüllen. Ich nahm es und legte es mir selbst in die Hand, strich mit dem Daumen über die glatte Oberfläche, die sich kühl anfühlte.

»Heirate mich, Suzie.«

Ich richtete den Blick wieder auf Harry und legte meine Hand an seine Wange. »Was würdest du tun, wenn ich Ja sagen würde?«

Mein Herz klopfte auf einmal ganz laut. Was redete ich da? Harrys Augen weiteten sich leicht, dann lachte er. »Ich würde einen Pfarrer oder einen Standesbeamten auftreiben, der uns noch heute Abend traut, und dann wären wir bis Mitternacht Mann und Frau.«

Er grinste mich an, und nichts in seinen Augen legte nahe, dass er das hier ernst nahm.

»Und, ist das ein Ja?«, fügte er hinzu.

Genau in diesem Augenblick kam Chloe auf ihren Schlittschuhen angesaust, nachdem die Neugier sie offenbar übermannt hatte und sie nicht länger im Unklaren sein wollte, ob ich die Herausforderung angenommen hatte. Aber gerade als ich Ja sagen wollte, setzte sie überraschend zu einem Sprung an und drehte sich zweimal in der Luft, bevor sie elegant auf dem Eis landete und anmutig an uns vorüberglitt.

Harry lachte und klatschte. »Bravo, Chloe, das war großartig!« Er schaute ihr bewundernd hinterher, und meine Hand fiel von seinem Gesicht, als er wieder aufstand.

»Um dann dir und Chloe für einen Dreier Gesellschaft zu leisten? Ich denke nicht.« Ich glitt ein Stück zurück. »Danke für das alles hier, es war wunderschön. Ich lasse euch beide jetzt wieder alleine. Wir sehen uns morgen.«

Ich wandte mich um, aber Harry hielt mich am Ärmel fest und zog mich zurück. Durch den Ruck geriet ich auf meinen Schlittschuhen ein wenig ins Wackeln, und Harry schlang einen Arm um mich und zog mich an sich, während er mich mit seinem Gewicht stützte.

»Was ist eigentlich los?«, fragte er.

»Hast du mit ihr geschlafen?« O Gott, mein Verstand hatte wirklich überhaupt keinen Filter.

Ich wartete darauf, dass er wütend wurde. Ich hatte kein Recht, ihm diese Frage zu stellen beziehungsweise mich an der Antwort zu stören.

Seine Augen waren dunkel, während er mich anstarrte. Er legte auch seinen anderen Arm um mich und zog mich noch enger an sich. »Nein. Na ja, schon, aber nicht so, wie du denkst. Ich wollte dich nicht aufwecken, also habe ich bei Chloe im Bett geschlafen, aber nur so, wie ich das auch mit dir mache. Es ist nichts passiert. Chloe und ich sind nur Freunde, mehr nicht.«

Ich wusste nicht, ob das nicht sogar noch schlimmer war. Ich hatte immer gedacht, die Vertrautheit, die enge Freundschaft zwischen Harry und mir sei für uns beide einzigartig, eine besondere Bindung, die nur wir hatten, aber wie es schien, pflegte er das Gleiche mit Chloe. Vielleicht hatte er mit allen seinen weiblichen Freunden gern viel Körperkontakt, und das war überhaupt nichts Besonderes.

Er hob die Hand und streifte ein paar Schneeflocken von meiner Wange. Bei seiner Berührung zuckte mein Unterleib wieder vor Verlangen. »Warum machst du daraus so ein Drama? Ich war mit vielen Frauen aus, seit wir uns kennen, und du hast nie so reagiert. Aber dann die Blonde auf der Jacht und nun Chloe. Würde ich es nicht besser wissen, würde ich sagen, du bist eifersüchtig. Haben die Anträge eine Wirkung bei dir hinterlassen? Hast du dich plötzlich in mich verliebt?« Er lachte über seine eigene Vermutung.

Ich stieß mich rückwärts aus seinen Armen, und er ließ mich los.

»Für dich ist das alles nur ein Riesenspaß, nicht wahr? Du raffst es nicht, oder?«

O Gott, nein, ich musste aufhören zu reden.

»Das ist kein Spaß.« Jeglicher Humor war aus seinen Augen verschwunden. »Nicht im Geringsten. Und nein, ich raffe nicht, warum du dich dermaßen über etwas aufregst, das mir absolut nichts bedeutet.«

Mein Herz machte einen Satz. Mit Chloe in einem Bett zu schlafen bedeutete Harry nichts! Aber er hatte doch gesagt, dass es dasselbe sei, wie mit mir in einem Bett zu schlafen … also bedeutete ihm das auch nichts.

Etwas bohrte sich hart in meine Handfläche, und als ich den Blick darauf senkte, sah ich das kleine Kristallherz. Ich drückte es Harry in die Hand.

»Dann heb das hier auf für jemanden, der dir wirklich etwas bedeutet.«

Ich drehte mich um und glitt über das Eis davon.

»Suzie, warte!«, rief Harry.

Ich verließ die Eisfläche, legte die Schlittschuhe und Harrys Jacke auf einem Stuhl ab, schlüpfte rasch in meine Turnschuhe und machte mich dann auf den Rückweg ins Hotel, ohne ein einziges Mal zurückzuschauen.

Am nächsten Tag war ich auf der Staten Island Ferry, als mein Handy mit einer neuen Nachricht piepte. Harry war letzte Nacht nicht in unser Hotelzimmer zurückgekehrt.

Ich beschloss, nicht darauf zu reagieren, bis die Fähre die Freiheitsstatue passiert hatte – das war schließlich der Sinn dieser Fahrt. Die Freiheitsstatue war in Wirklichkeit viel kleiner, als Filme und Fotos mich glauben gemacht hatten, aber sie war trotzdem eine mächtige Ikone. Sie hatte eine stählerne Entschlossenheit in ihren Augen, während sie auf das Meer hinausblickte.

Es war noch früh am Morgen, und die schwache Wintersonne warf einen Zuckerwatteglanz auf die Wellen.

Während die Statue in der Ferne immer kleiner wurde, entsperrte ich mein Handy und öffnete die neue Nachricht.

»Sei um zwölf Uhr auf dem Top of the Rock, der Aussichtsplattform im Rockefeller Center, 70. Etage, Blickrichtung Central Park. Schau durch das Fernglas. Ich werde nicht da sein. Du musst also deine Augen offen halten.«

Harry würde nicht da sein? Er hatte die Frechheit besessen, mich anzumotzen, weil ich mich vor dem Antrag in Mexiko drücken wollte, und nun war er zu beschäftigt, um bei diesem Antrag hier selbst dabei zu sein.

Ich sah, dass ich auch eine neue E-Mail hatte. Ich öffnete sie und stellte fest, dass sie von Mark war, Jacks Freund, der hier in New York lebte. Ich überflog den Text. Zu meiner Überraschung kannte Mark Harry bereits – die beiden hatten früher einmal beruflich miteinander zu tun gehabt, ein paar Jahre bevor Mark nach New York gegangen war. Angesichts der Aussicht auf eine erneute Zusammenarbeit mit Harry geriet

Mark förmlich ins Sabbern und schrieb, dass Harry genau das sei, was die Firma brauchte.

Mark lud Harry für übermorgen zu einem Vorstellungsgespräch ein. Ich biss mir auf die Unterlippe. Eigentlich wollten wir morgen nach Québec fliegen, aber das konnten wir problemlos verschieben.

Ich hatte immer noch das Bedürfnis, Harry etwas Gutes zu tun. Ich hatte ein schlechtes Gewissen wegen meines plötzlichen Gefühlsausbruchs gestern, besonders nach allem, was Harry für mich getan hatte. Obwohl mein schlechtes Gewissen leicht nachgelassen hatte, als er in der Nacht nicht in unser Hotelzimmer zurückgekehrt war. Dies hier war eine Möglichkeit, ihm etwas zurückzugeben, und vielleicht eine kleine Andeutung, was ich für ihn empfand, ohne gleich mein Herz zu offenbaren.

Ich schrieb Harry per SMS zurück, dass wir reden mussten und ob wir uns, wenn er bei dem Antrag nicht dabei sein würde, heute Abend zu einem Drink treffen könnten. Er antwortete nicht darauf.

Ich traf ein bisschen früher auf der Plattform ein, als ich musste, und so hatte ich vor dem Antrag noch Zeit, die Aussicht zu genießen. Sie war in mancher Hinsicht besser als vom Empire State Building aus, da man hier näher an den anderen Wolkenkratzern war und somit nicht den Eindruck hatte, als würde man auf jede Menge Dächer schauen, und außerdem war der fast ungehinderte Blick auf den Central Park unvergleichlich und wunderschön.

Kurz vor zwölf positionierte ich mich in Richtung Central Park, während ich mich fragte, was ich wohl gleich sehen würde. Ich hatte unterwegs in einem Souvenirladen ein kleines Fernglas gekauft, damit ich nicht einen Haufen Münzen brauchte und eins der öffentlichen Ferngläser auf der Plattform in Beschlag nehmen musste.

Ich wartete und wartete und sah nichts. Ich überflog den Park, den Himmel, die Straßen weit unter mir und sah immer noch nichts. Fünf Minuten verstrichen. Zehn Minuten verstrichen. Immer noch nichts.

Es war schlimm genug, dass Harry nicht dabei war, aber falls er es ganz vergessen hatte, war das unverzeihlich.

Neben mir ging ein Mann mit einer einzelnen roten Rose auf die Knie und machte seiner Freundin einen Heiratsantrag. Sie stieß einen Freudenschrei aus und warf sich dann in seine Arme. Wenigstens eine, die heute einen Antrag bekam.

Und dann sah ich es plötzlich. Auf dem großen schwarzen Wolkenkratzer in der Nähe des Parks erschien ein großes M in einem der Fenster. Ein A erschien in dem Fenster darunter. Als Nächstes leuchtete ein R auf. Langsam, ganz langsam fügten sich die Worte *Marry Me* über sieben Etagen zusammen, beziehungsweise acht, wenn man die leere Etage zwischen *Marry* und *Me* dazuzählte.

Der Antrag war riesengroß und selbst ohne Fernglas mühelos zu lesen. Ich lächelte, während ich rasch ein paar Bilder mit meiner Kamera machte. Harrys Originalität war schwer zu toppen. Die frisch verlobte Frau neben mir sah es auch und drückte die Rose ihrem Freund wieder in die Hand.

»Warum konntest du nicht so was in der Art machen?

Du schenkst mir eine billige Rose, während ein anderer seinen Heiratsantrag auf einen ganzen Wolkenkratzer projiziert? Geizkragen!«, schimpfte sie in einem schrillen Ton mit amerikanischem Akzent.

Ihr Freund wusste nicht weiter, und ich schritt sanft ein. »Verzeihung, Miss, ich bin von dieperfekteverlobung.com.« Ich gab ihr meine Visitenkarte. »Ihr Freund hat das alles hier für Sie arrangiert. Leider begann unsere Lightshow mit etwas Verspätung, darum hat Ihr Freund zuerst um Ihre Hand angehalten. Ich bitte vielmals um Entschuldigung, aber bei solchen Dingen ist ein reibungsloser Ablauf ziemlich schwer zu organisieren.«

Die Frau drehte sich zu ihrem Freund. »Du hast das für mich arrangiert?«

Der Mann sah mich an und nickte dann, während er sich offenkundig fragte, was ihn das Ganze wohl kosten würde.

Sie warf sich wieder in seine Arme und bedeckte ihn mit Küssen. Er formte mit den Lippen ein Danke zu mir über ihre Schulter hinweg.

»Meinen Glückwunsch«, sagte ich, obwohl ich bezweifelte, dass die Frau mich überhaupt hörte.

Ich wandte mich lächelnd ab, und das war der Moment, in dem ich ihn sah. Jack.

Kapitel 12

Ich konnte mich nicht bewegen, ich konnte nicht atmen, ich konnte nur den Mann angaffen, der eindeutig mein Bruder war. Ich starrte ihn an. Jeder Knochen in meinem Körper schrie, dass dieser Mann nicht Jack war, dass das nicht möglich war, während ich langsam, Schritt für Schritt, auf ihn zuging. Ich hatte Jack sterben sehen, ich hatte seine Hand gehalten, als er seinen letzten Atemzug tat, ich war auf seiner Beisetzung gewesen – und doch stand er hier, nur drei Meter von mir entfernt, den Arm um eine andere Frau geschlungen.

Hatte er seinen Tod nur vorgetäuscht, um mit dieser Frau zusammen zu sein? Wie konnte er Jules und Bella verlassen? Aber plötzlich spielte es keine Rolle mehr. Ich konnte später auf ihn wütend sein, jetzt wollte ich ihn einfach berühren, ihn im Arm halten und ihn endlich wieder riechen.

Ich machte einen weiteren Schritt auf ihn zu, und er bemerkte nun, dass ich ihn anstarrte. Es gab kein Zeichen des Wiedererkennens, nicht einmal einen Schimmer in seinen Augen. Das hätte reichen müssen, um mich zu bremsen, um diesen Wahnsinn infrage zu stellen, aber ich streckte bereits meine Hand aus, um ihn zu berühren.

»Alles in Ordnung, Engelchen?«, fragte er mich. Er

war Engländer, obwohl er einen nördlicheren Akzent hatte als Jack.

Ich spürte, dass Tränen in meinen Augen schwammen. Das war nicht Jack. Ich wusste, dass er es nicht war, trotzdem war meine Hand immer noch ausgestreckt, um sein Herz zu berühren, ein winziger Hoffnungsschimmer.

»Gareth, wer ist das?«

Der Mann zuckte mit den Achseln und wirkte nun ein bisschen beunruhigt, weil ich ihn unablässig anstarrte.

Plötzlich fasste eine Hand nach meinem ausgestreckten Arm. Harry. Er zog mich an seine Brust, hüllte mich in eine beschützende Umarmung.

»Das ist er nicht, Baby.«

»Ich weiß«, sagte ich, während meine Tränen sein Hemd durchnässten, und eine große Welle der Enttäuschung spülte über mich hinweg.

Harry setzte sich mit mir auf eine Bank und legte den Arm fest um meine Schultern. Ich weinte immer noch, aber nun, da Harry da war, versiegten meine Tränen rasch.

»Ich bin so blöd«, murmelte ich, während ich mir die Augen abwischte. »Ich habe mir einfach nur so verzweifelt gewünscht, es wäre Jack, dass ich anfing, es wirklich zu glauben.«

Ich sah zu dem Mann hinüber, der uns immer noch misstrauisch beobachtete. Mit meiner frischen Perspektive konnte ich klar erkennen, dass er nicht Jack war. Er war schmaler im Gesicht, mindestens ein paar Zentimeter größer, und ihm fehlte der kleine Leberfleck auf der Wange, der Jack von seinen Freunden den höchst originellen Spitznamen »Flecki« eingebracht hatte.

»Machst du Witze?«, sagte Harry. »Der Mann könnte glatt Jacks Doppelgänger sein. Sein eineiiger Zwilling. Ich musste mich ja selbst beherrschen, um mich nicht auf ihn zu stürzen und ihm um den Hals zu fallen.«

Ich lachte schwach. »Ich wünschte, du hättest es getan. Dann würde ich jetzt nicht wie eine Verrückte dastehen.«

»Für dich immer, Baby.«

Harry stand auf und schnappte sich den armen Mann für eine dicke Umarmung, schmiegte sich an seinen Hals wie eine Katze. Der Mann war vollkommen perplex, und ich musste lachen.

Harry tätschelte dem Mann freundlich die Wange und ließ ihn dann wieder los, bevor er zu mir auf die Bank zurückkehrte und mich auf seinen Schoß hob. Ich lehnte mich an ihn, während er meinen Rücken streichelte.

Ich drehte den Kopf zu ihm hoch und berührte seine Wange. »Was würde ich nur ohne dich machen?«

Er lächelte und gab mir ein Küsschen auf die Nase.

Wir saßen da und starrten uns ein paar Sekunden lang an, und plötzlich kehrte die Anspannung von gestern wieder zurück.

»Worüber wolltest du mit mir reden?«, fragte Harry.

»Oh, ich habe eine Überraschung für dich. Ich habe dir wahrscheinlich einen Job besorgt.«

Er starrte mich an, mit unverwandtem Blick. »Ich habe einen Job.«

»Der andere ist aber besser. Du könntest bei Euphoria einsteigen, das ist eine große Computerfirma hier in New York. Dort würdest du deine ganzen tollen Fähigkeiten besser nutzen können als nur für das Webdesign unserer Homepage. Und du würdest dann in New York leben, du liebst die Stadt, du wolltest früher schon hierherkommen, das weiß ich. Und nun hast du die Gelegenheit dazu …«

Ich verstummte, als ich seine Miene sah. Er war wütend.

»Wenn ich einen Job in New York haben wollte, hätte ich längst einen. Du hast kein Recht, dich so in mein Leben einzumischen.«

Wie konnte ich das so falsch verstanden haben? Ich hatte gedacht, das wäre es, was er wollte. Er hatte tagelang ununterbrochen von New York gesprochen, bevor wir hier ankamen.

»Ich wollte dir eigentlich etwas Gutes tun …«

»Du versuchst, mich loszuwerden.«

»Nein, das hat damit überhaupt nichts zu tun.«

»Ich habe meinen Zweck erfüllt, richtig? Ich habe dich aufgefangen, nachdem dein Bruder gestorben ist, ich habe dir in den schlimmsten Momenten deines Lebens zur Seite gestanden. Aber nun liegt das alles hinter dir, und du richtest deinen Blick wieder in die Zukunft – eine Zukunft, in der ich keine Rolle spiele.«

»Nein, du verstehst nicht …«

Er schob mich von seinem Schoß herunter, stand auf und wandte sich zum Ausgang. Ich starrte ihm einen Moment lang hinterher, dann sprang ich auf und lief ihm nach, aber es war zu spät. Ich sah, wie die Aufzugtür zwischen uns zuglitt, und weg war er.

Ich hatte eine Ewigkeit in unserem Hotelzimmer gewartet, aber Harry kam nicht. Ich hatte ihn angerufen und ihm gesimst, aber er reagierte nicht. Letzten Endes trieb mich der Hunger hinunter in das Restaurant.

Als ich den Speisesaal betrat, entdeckte ich Harry, zusammen mit Chloe. Harry wirkte am Boden zerstört. Das Blut gefror in meinen Adern. Das hier hatte nichts mit dem Job zu tun. Es musste etwas viel Schlimmeres sein. In meinem Kopf spielten sich die furchtbarsten Szenarien ab. Badger war etwas zugestoßen. Oder seiner Schwester, seinem Neffen? Ich eilte zu Harry hinüber, während ich ignorierte, dass Chloe seine Hand hielt und versuchte, ihn zu trösten.

»Was ist los, was ist passiert?«

Harry starrte mich an, aber seine Augen blickten kühl. »Nichts, worüber du dir Gedanken zu machen brauchst.« Er trank sein Glas in einem Zug aus. »Ich geh schlafen. Chloe, kommst du?«

»Gleich«, erwiderte sie und deutete auf ihr halb leeres Glas.

Harry stand auf und ragte vor mir empor. Sein Blick wurde weicher, als er mich ansah. Er hob die Hand zu meinem Gesicht, überlegte es sich dann aber anders und ging davon.

Ich ließ mich auf seinen leeren Stuhl gleiten, gegenüber von Chloe. »Was hat er denn?«

Sie musterte mich aufmerksam, während sie den Drink in ihrem Glas kreisen ließ. Ihr ganzer Enthusiasmus und ihre Leichtigkeit waren verschwunden. »Weißt du etwas über seine Vergangenheit?«

»Nein. Du?«

Sie nickte.

Mir wurde schwer ums Herz. »Er spricht mit mir nie darüber.«

Ich massierte den Schmerz in meiner Brust. Ich war zutiefst getroffen, dass er diesen Teil seines Lebens mit Chloe teilen konnte, aber nicht mit mir.

»Ich dachte, dass etwas ganz Schlimmes passiert sein muss«, sagte ich.

Chloe saß da und starrte mich an. »Hast du ihn gern?«

»Ja, sehr sogar. Er ist mein bester Freund.«

»Bist du in ihn verliebt?«

Ich war auf einen so direkten Angriff nicht vorbereitet, und mir fehlten die Worte, um mich zu verteidigen. Ich war buchstäblich sprachlos.

Chloe rieb sich die Augen und seufzte. »Was hast du dir denn dabei gedacht, als du ihm diesen Job besorgt hast?«

Ich fühlte mich wie ein unartiges Kind, das vor der Schulrektorin saß. »Ich wollte ihm etwas Gutes tun. Er spricht immer mit so viel Hingabe von New York, dass ich dachte … Ich wollte ihn glücklich machen.«

»Dann macht er also zu Hause einen unglücklichen Eindruck?«

Harry, der Harry vor diesem ganzen Stress, den ich ihm mit meiner Eifersucht und meinen schrecklichen Ideen bereitet habe, war ein glücklicher Mann – immer ein Lächeln auf den Lippen, immer alles mit einem humorvollen Blick betrachtend. Ich hatte ihn nie traurig oder wütend oder gestresst gesehen; er war der glücklichste Mensch, den ich kannte. Ich musste an seine Worte in Mexiko denken, dass sein Leben perfekt sei. Hatte ich ihm das alles am Ende ruiniert? Ich begriff nicht, wie meine gute Absicht in das Gegenteil umschlagen konnte und wie die Ereignisse in Harrys Vergangenheit damit zusammenhingen.

Ich stand auf. »Ich muss mit ihm reden.«

»Er will im Moment nicht mit dir reden.«

Ich sah sie an. War Chloe diejenige, die diesen Keil zwischen uns trieb? Hatte sie es selbst auf Harry abgesehen?

»Bist *du* in ihn verliebt?«

Sie starrte mich einen Moment lang an. »Nein, ich bin nicht in ihn verliebt, aber ich liebe ihn wie einen Bruder, und ich möchte nicht, dass er verletzt wird.«

»Ich will ihn auch nicht verletzen, aber ich muss mit ihm reden. Ich habe dieses Chaos verursacht, also kann ich es auch beseitigen.«

Sie seufzte. »Na schön, dann bestelle ich mir noch einen Drink. Aber wenn ich danach hochgehe und Harry in einem noch schlechteren Zustand vorfinde, werde ich ein Wörtchen mit dir zu reden haben.«

Ich nickte und machte mich eilig auf den Weg nach oben.

Zu meiner Überraschung erwartete Harry mich vor unserem Zimmer.

»Harry … hör zu …«

»Ich brauche meine Sachen.«

»Was?«

»Du wirst morgen nach Québec fliegen, und ich werde hierbleiben für dieses Vorstellungsgespräch. Ich brauche meine Sachen.«

»Jetzt warte mal kurz …« Mir wurde bewusst, dass ich sehr laut redete, als ein älteres Paar an uns vorbeiging und die Frau missbilligend den Kopf schüttelte.

Ich schob die Schlüsselkarte in den Schlitz und winkte Harry herein, bevor ich die Tür hinter uns schloss.

»Ich wollte eigentlich unseren Flug umbuchen, weil ich dachte, wir könnten unseren Aufenthalt hier um zwei Tage verlängern und dann zusammen nach Québec fliegen. Aber wenn dich diese ganze Sache mit dem Job so sehr aufregt, sage ich den Termin einfach ab.«

Harry schüttelte den Kopf und begann, seine Sachen einzusammeln und in seinen Koffer zu stopfen.

»Warum benimmst du dich wie ein Arsch?« Ich staunte selbst über meinen Versuch, die Dinge in Ordnung zu bringen. Ich schrie Harry an und nannte ihn einen Arsch.

Er holte zum Gegenangriff aus. »Warum ich mich wie ein Arsch benehme? Weil du mein rundum perfektes kleines Leben mit dieser Bombe gesprengt hast.«

»Inwiefern ist dein Leben denn perfekt? Du hast auf deinen Traumjob verzichtet, in deiner absoluten Lieblingsstadt, um bei einer Frau zu bleiben, die dich nicht liebt. Du arbeitest für einen Hungerlohn in einem Job, in dem du dein ganzes Talent und deine Erfahrung vergeudest. Du wechselst die Frauen wie dein Hemd und lässt es nicht zu, dass du dich verliebst, aus Angst, du könntest verletzt werden.«

Er sah getroffen aus. Ich machte es nur noch schlimmer, viel schlimmer.

Ich schlug bewusst einen sanfteren Ton an. »Erklär mir, warum dich das so aufregt.«

Er schüttelte den Kopf.

»Erzähl mir, was damals passiert ist, als du ein Kind warst.«

»Nein.« Er zog den Reißverschluss an seinem Koffer zu.

»Harry, du musst mir hier etwas geben, irgendwas, das beweist, dass unsere Freundschaft dir genauso viel bedeutet, wie sie mir bedeutet. Du warst für mich rund um die Uhr da, seit Jack seine Diagnose erhielt. Lass mich nun für dich da sein.«

Er schüttelte stur den Kopf, nicht einmal eine Sekunde lang in Versuchung, sein Leben mit mir zu teilen.

Der Schmerz bohrte sich in mein Herz. »Hast du eine Vorstellung, wie ich mich dabei fühle? Chloe, Badger, sogar Jules weiß, was mit dir los ist, nur ich nicht. Ich bin deine beste Freundin, du hast gesagt, dass du mir völlig vertraust, aber in dieser Sache vertraust du mir nicht. Das tut unheimlich weh.«

Er starrte mich an. »Das ist alles Vergangenheit.«

»Nein, nicht, wenn es dich heute noch blockiert, nicht, wenn du so reagierst, nur weil ich versucht habe, dir etwas Gutes zu tun.«

»Betrachten wir doch mal deine Reaktion, wenn ich dir etwas Gutes tue. Ich organisiere all diese perfekten Heiratsanträge und führe dich um die ganze Welt, und du flippst deswegen aus, so wie gestern. Irgendwie habe ich dich auch aufgeregt. Hast du Lust, mir das zu erklären?«

Ich starrte ihn an, und er starrte zurück.

Ich wechselte rasch das Thema. »Diese Frau, in die du verliebt warst, wusste sie über deine Vergangenheit Bescheid, hast du ihr davon erzählt?«

»Nein, das betraf sie alles nicht.«

»Und ob sie das betraf, warum siehst du das nicht?

Keine Frau wird sich dir jemals vollkommen hingeben, dir ihr ganzes Herz schenken, wenn sie nicht genau weiß, wer du bist. Und deine Vergangenheit ist ein großer Teil davon. Was hat sie gesagt, als du ihr deine Liebe gestanden hast?«

Zum ersten Mal ließ seine Wut nach und wich Verlegenheit. »Ich habe sie ihr nie gestanden.«

Ich spürte, dass meine Kinnlade herunterklappte, und mein Herz blutete für ihn. Ich ging einen Schritt auf ihn zu. »Woher willst du dann wissen, dass sie für dich nicht dasselbe empfunden hat?«

»Sie hat es nie gesagt …«

»O Harry, keine Frau wird mit dir vor den Traualtar treten und den Rest ihres Lebens mit dir verbringen, wenn du ihr nicht deine Liebe erklärst. Das kann man zwar auch mit netten Gesten ausdrücken oder mit anderen schönen Ideen, ich meine, davon hast du ja jede Menge, und du bist der freundlichste und großzügigste Mensch, den ich kenne, aber die Frau muss schon die Worte hören.«

»Ich hätte es ihr gesagt, wenn sie es mir zuerst gesagt hätte.«

»Dann, wenn das Risiko einer Abfuhr gleich null ist, wenn die Frau ihre Gefühle bereits offenbart hat?« Etwas an Harrys Gesichtsausdruck sagte mir, dass ich den Nagel auf den Kopf getroffen hatte. »So funktioniert das nicht. Ich weiß, wir leben im einundzwanzigsten Jahrhundert, und wir leben in gleichberechtigten Partnerschaften, aber nichtsdestotrotz möchten wir Frauen die Gewissheit haben, dass unsere Männer für uns kämpfen würden, dass sie mutig genug sind, um uns ihre Gefühle zu offenbaren. Wir möchten die

Gewissheit haben, dass die Liebe, die unsere Männer für uns empfinden, eine alles verzehrende Liebe ist vom Typ ›Ich schrei es von den Dächern‹ und nicht nur eine nach dem Motto ›Ich dich auch‹.«

Er rieb mit der Hand über seinen Kopf, während er auf den Boden starrte und meinen Blick mied.

»Harry, du bist ein wunderbarer Mensch, innerlich wie äußerlich. Warum glaubst du, dass du einem anderen Menschen so wenig zu bieten hast? Warum hast du so viel Angst vor einer Zurückweisung?«

Sein Kopf fuhr ruckartig hoch, und ich wusste, dass ich das Falsche gesagt hatte. »Ich habe keine Angst vor einer Zurückweisung. Ich habe nie jemanden nah genug an mich herangelassen, um verletzt werden zu können. Abgesehen von dir.« Ich öffnete den Mund, um zu widersprechen, aber er war noch nicht fertig. »Vielleicht wird uns eine vorübergehende Trennung ganz guttun. So hast du Zeit, darüber nachzudenken, was du wirklich von mir willst.«

Ich schluckte den dicken, schmerzhaften Kloß in meinem Hals hinunter. Ich fand die Vorstellung, von Harry getrennt zu sein, unerträglich. Ich suchte nach Worten, nach irgendwas, das ich sagen konnte, um es wiedergutzumachen, aber mir fiel nichts ein.

Harry nahm seinen Koffer in die Hand und verließ das Zimmer.

Ich saß im Flugzeug und starrte auf New York hinunter, während die Stadt unter den Wolken verschwand. Der Kloß in meinem Hals war so groß, dass ich kaum atmen konnte.

Ich war allein. Obwohl, das war es nicht, was mich

störte. Irgendwo unter dem ganzen Kummer freute ich mich richtig darauf, Kanada auf eigene Faust zu erkunden, seine Vorzüge und verborgenen Geheimnisse mit neuen Augen zu entdecken statt in Begleitung von jemandem, der alles schon kannte. Aber Harry zu verlieren, zum ersten Mal seit zwei Jahren richtig von ihm getrennt zu sein, fühlte sich an wie ein Messer in der Brust.

Erbärmlich, wie das Ganze war, vermisste ich ihn jetzt schon.

»Hi«, sagte eine amerikanische Stimme neben mir. Ich riss den Blick von den winzigen Wolkenkratzern los und drehte den Kopf zu der großen dunkelhaarigen Frau, die vor mir stand. Sie hatte eisblaue Augen, die mir unverwandt ins Gesicht starrten.

Mit einem Räuspern befreite ich meinen Hals von dem Kloß, der darin feststeckte. »Hi.«

»Haben Sie etwas dagegen, wenn ich mich zu Ihnen setze?« Sie deutete auf den leeren Platz neben mir. »Ich sitze neben einem Schnarcher, der es sich an meiner Schulter bequem gemacht hat und anfing, mich vollzusabbern. Der Flug nach Québec mag vielleicht nur eineinhalb Stunden dauern, aber für meine Begriffe sind das eineinhalb Stunden zu viel, um das Schnarchen und das Sabbern zu ertragen.«

Ich lächelte und schüttelte den Kopf. Sie ließ sich neben mich plumpsen.

»Ich heiße übrigens Francine.« Sie streckte mir ihre Hand entgegen, und ich stöhnte innerlich, weil Francine offensichtlich ziemlich gesprächig war und ich nun für die nächsten anderthalb Stunden nicht mehr in Selbstmitleid baden konnte.

»Suzie.« Ich gab ihr die Hand. Sie hatte einen überraschend festen Händedruck.

»Warum das lange Gesicht?«

Wow. Francine kam direkt auf den Punkt.

»Haben Sie sich von Ihrem Freund getrennt?«, fragte sie weiter.

»So ähnlich.«

»Ich weiß, wie sich das anfühlt. Ich versuche gerade, ein paar Tage Abstand von meinem Freund zu gewinnen. Er treibt mich in den Wahnsinn, und eine räumliche Trennung ist eine gute Möglichkeit, um eine neue Perspektive zu bekommen. Will ich mit diesem Mann wirklich den Rest meines Lebens verbringen? Wenn ich ihn vermisse, lautet die Antwort wohl Ja. Aber wenn ich mich ohne ihn besser amüsiere als mit ihm, dann ist es Zeit, dass er seine Koffer packt und verschwindet.«

Sie zuckte lässig mit den Achseln. Francine brauchte eindeutig keinen Mann, um sich komplett zu fühlen, wohingegen Harry die andere Hälfte meines Herzens war.

Ich starrte sie an, während ich mich zwang, genauso stark zu sein wie sie.

Diese Auszeit von Harry würde mir guttun. Sie bedeutete, dass ich endlich über ihn hinwegkommen konnte. Das ging nämlich nicht, solange ich jeden Tag mit ihm zusammen war und er ständig zauberhafte und süße Dinge für mich tat.

»Was ist denn das Problem zwischen Ihnen und Ihrem Freund?«, fragte ich Francine, interessiert daran, einen anderen Blickwinkel kennenzulernen.

»Er will mich heiraten.« Sie zuckte wieder mit den Achseln.

»Und Sie wollen nicht?«

»Urgh, ich weiß nicht. Ein einziger Mann für den Rest meines Lebens? Ein einziger? Jeden Tag neben demselben hässlichen Gesicht im Bett aufzuwachen, immer derselbe Routinesex, donnerstags Tacos, freitags Pizza – die Vorstellung finde ich unerträglich.«

Ich hatte mir selbst auch schon darüber Gedanken gemacht. Darüber, wie es sein würde, vierundzwanzig Stunden am Tag mit Harry zu verbringen, mit ihm zusammen aufzuwachen, während seine Arme fest um mich geschlungen waren – wie wir das schon etliche Male zuvor getan hatten, seit Jack gestorben war –, mit ihm zu arbeiten, mit ihm auszugehen und mit ihm Leute zu treffen. Die Vorstellung hatte für mich absolut nichts Schlimmes an sich. Ich könnte das jeden Tag machen, den ganzen Tag, für den Rest meines Lebens. Harry und ich hatten in den letzten paar Monaten ohnehin praktisch wie ein Ehepaar gelebt. Er hatte sogar Kleidung zum Wechseln und eine Zahnbürste in meiner Wohnung deponiert. Erst in den letzten ein, zwei Monaten, bevor wir zu unserer Weltreise aufbrachen, hatte er angefangen, öfter Zeit ohne mich zu verbringen und nicht mehr jede Nacht bei mir zu schlafen. Das Einzige, was in unserer Ehe fehlte, waren der Sex und die Intimität. Wenn wir das hätten, würde es mir dann irgendwann mit Harry langweilig werden? Was, wenn das Einzige, was mein Interesse wachhielt, der Mangel an Sex und Intimität war, das Bedürfnis danach?

Man hört so was doch ständig: Paare, die sich bis zum Wahnsinn lieben und sich dann allmählich miteinander langweilen, bis zu dem Punkt, an dem einer oder sogar beide anfangen, Pläne zu schmieden, um den anderen umzubringen. Eine Bekannte von mir, die als naives, rehäugiges Ding in die Ehe gegangen war und für ihren Mann so widerliche Kosenamen wie »Schnuckiputz« hatte, erzählte mir einmal, dass ihr Mann ständig seine Socken im ganzen Haus verteilen würde und dass sie mittlerweile an dem Punkt sei, an dem sie ihm am liebsten jede Socke einzeln in den Rachen stopfen würde, bis er daran erstickte. Schnuckiputz wiederum erzählte mir nach der Scheidung, dass er sich oft ausgemalt hatte, wie er seine Frau in die Waschmaschine schubste, das Schleuderprogramm anstellte und durch das Bullauge zuschaute, wie sie sich immer schneller drehte, bis ihr Gehirn explodierte. Wie konnten Paare, die sich einmal so geliebt hatten, derart enden? Aber die Scheidungsrate war sehr hoch, besonders in England. Vielleicht war der Mensch gar nicht dazu bestimmt, sein ganzes Leben mit ein und derselben Person zu verbringen.

Allerdings konnte ich das nicht glauben. Nicht, wenn mein ganzes Arbeitsleben, meine ganze Wachzeit darauf gründete, Paare zusammenzuführen. Manche Menschen waren füreinander bestimmt, und wenn man seinen Seelenverwandten gefunden hatte, war es sicher eine Freude, jeden Tag neben diesem Menschen aufzuwachen, und nicht eine lästige Routine.

»Warum reden Sie nicht mit ihm? Sagen Sie ihm, dass Sie Ihre Beziehung ein bisschen aufpeppen möchten, dass Sie auch mal montags statt freitags Pizza essen wollen, dass Sie neue Sexstellungen, neue Lokale, neue Dinge ausprobieren möchten.«

Die ewige Optimistin in mir wollte alle glücklich

sehen, auch wenn ich selbst dieses Glück nicht finden konnte.

Francine starrte mich an. »Oh, so eine sind Sie also.«

»Was für eine?«

»Eine vom Typ ›Das Glas ist immer randvoll‹. Ich wette, Sie leben in einer rosa getünchten Welt, in der alle glücklich leben bis ans Ende ihrer Tage.«

Ich fühlte mich angegriffen. Ich wollte gerade protestieren, als sie mir ins Wort fiel.

»Was ist zwischen Ihnen und Ihrem Freund passiert?«

»Er … liebt mich nicht.«

»Sehen Sie, es gibt kein Happy End, die Männer betrügen die Frauen, die Frauen betrügen die Männer oder wollen ihnen zumindest in ihre dummen kleinen Gesichter schlagen.«

Ich schaute aus dem Fenster. New York war nun nicht mehr zu sehen. Ich hatte immer geglaubt, dass es, wenn Harry sich schließlich doch noch in mich verlieben würde, das perfekte Happy End für uns geben würde, aber vielleicht hatte Francine recht. Vielleicht war es so am besten.

Geheimes Tagebuch
Meine lieben Heiratswilligen und Co-Romantiker, ich beginne dieses geheime Online-Tagebuch, weil ich möchte, dass ihr den wahren Grund kennt, der hinter den einhundert Heiratsanträgen steckt. Ihr alle habt mich unheimlich unterstützt bei meiner Suche nach dem perfekten Heiratsantrag, und viele von euch haben tatkräftig mitgeholfen bei der Organisation und Logistik der aufwändigeren Geschichten. Darum möchte ich euch in ein kleines

Geheimnis einweihen. Was ich gleich an dieser Stelle sagen werde, ist streng vertraulich, und ich würde es sehr schätzen, wenn es unter uns bleiben könnte. Mir ist bewusst, dass das eine große Bitte ist angesichts von über fünfhunderttausend Followern auf diesem Blog. Es kann sein, dass ich ein klassisches Eigentor schieße, wenn ich hier meine Geheimnisse offenbare, aber ich möchte euch nicht länger hinhalten.

Als ich mit dem Projekt »Einhundert Heiratsanträge« begann, dachten viele von euch, das sei eine reine Werbekampagne, um unsere Firma zu promoten, und ich will nicht lügen, unser Geschäft brummt gerade. Andere wiederum dachten, ich versuchte damit, Suzie etwas Gutes zu tun, nachdem ihr Bruder gestorben war, und zum Teil traf das auch zu.

Aber der Hauptgrund ist … ich liebe Suzie. Ich liebe sie mit jeder Faser meines Herzens, sie ist mein erster Gedanke, wenn ich morgens aufstehe, und mein letzter Gedanke, wenn ich abends ins Bett gehe. Ich liebe es, Zeit mit ihr zu verbringen, sie im Arm zu halten, sie zum Lachen zu bringen beziehungsweise von ihr zum Lachen gebracht zu werden. Sie ist für mich der wichtigste Mensch auf der Welt, und ich könnte jede wache und nicht wache Stunde in ihrer Gesellschaft verbringen, ohne ihrer überdrüssig zu werden.

Ich denke, ich war vom ersten Moment an in sie verliebt, obwohl ich mir das damals nicht eingestehen wollte.

Ich habe von ihr nie ein Zeichen bekommen, dass sie

etwas für mich empfindet, aber ich startete dieses Projekt, weil ich mir wünschte, dass sie sich auch in mich verliebte. Ich hoffe, dass einer dieser Anträge groß genug beziehungsweise bedeutungsvoll genug sein wird, dass sie eines Tages endlich Ja sagt.
In letzter Zeit haben sich einige Risse aufgetan. Neulich bei dem Antrag auf der Eisbahn dachte ich schon, ich würde endlich die Antwort erhalten, die ich mir wünschte. Aber ich bekam sie nicht.
Am nächsten Tag schrieb Suzie mir per SMS, dass wir reden müssten. Ich dachte, jetzt sei es so weit und Suzie würde in meine Arme fallen und mir gestehen, wie sehr sie mich liebte. Ich war noch nie so aufgeregt beziehungsweise so glücklich gewesen. Aber ich lag gründlich falsch.
Suzie hatte für mich heimlich ein Vorstellungsgespräch in New York arrangiert, Tausende Meilen entfernt von der Frau, die ich liebe.
Meine Enttäuschung darüber, dass unser Gespräch nicht so ausfiel, wie ich mir gewünscht hatte, verwandelte sich rasch in Wut, weil Suzie mich wegstieß – dreitausendfünfhundert Meilen weit, um genau zu sein. Die Zurückweisung, vor der ich mich mein ganzes Leben lang gefürchtet habe, war wieder passiert, und dieses Mal kam sie von der einzigen Person, die ich jemals geliebt und der ich jemals vertraut habe.
Suzie und ich führten gestern Abend ein intensives Vieraugengespräch, na ja, wohl eher eine Auseinandersetzung, und in meinem sturen Stolz habe ich sie allein nach Québec geschickt.
Als ich heute Morgen aufwachte, wurde mir sofort

klar, dass ich einen schrecklichen Fehler begangen hatte, aber es war zu spät, Suzie war bereits weg. Ich weiß jetzt, was ich zu tun habe. Ich muss ihr sagen, dass ich sie liebe, ich muss ehrlich sein und einen Weg finden, um ihr mein Herz zu öffnen, selbst wenn das vielleicht bedeutet, dass ich sie verliere. Und dieses geheime Tagebuch ist der erste Schritt dazu. Wenn ich den Mut aufbringe, meine Gefühle mit euch zu teilen, dann werde ich hoffentlich auch den Mut aufbringen, sie mit Suzie zu teilen.

Meine Freundin Chloe denkt, ich sollte Suzie etwas Raum geben, damit sie sich wieder beruhigen kann, und etwas Zeit, damit sie mich vermisst. Vielleicht wird es Suzie guttun, mal alleine zu sein, das wird ihre Unabhängigkeit stärken, aber vielleicht entdeckt sie während meiner Abwesenheit auch, dass sie Gefühle für mich hat.

Ich gebe ihr eine Woche, dann komme ich nach.

Kapitel 13

Die Altstadt von Québec erinnerte an ein französisches Dorf, mit ihrem Kopfsteinpflaster, den historischen Gebäuden und den vielen Cafés mit ihren Außenterrassen. Die Leute auf den Straßen, die fließend französisch sprachen, verstärkten das europäische Gefühl. Verwinkelte Gassen, die zum Fluss hinunterführten, waren gesäumt von kleinen Wohnhäusern, Restaurants, Geschäften und tollen gotischen Kirchen. Ich hatte das Gefühl, als könnten meine Augen nicht mehr stillstehen, um alles in sich aufzunehmen. Die Sonne ging nun langsam unter und hinterließ scharlachrote Streifen an dem bewölkten violetten Himmel. Da es vor Kurzem geschneit hatte, war die Stadt in dem verblassenden Tageslicht in einen herrlichen lila Schimmer getaucht. Warme Lichter funkelten einladend in den Bars, Hotels und Restaurants.

Obwohl es inzwischen dunkel war und auch schon spät, wimmelte es auf den Straßen von Menschen, die lachten, plauderten, sich zuriefen. Hier fühlte ich mich sicher, während ich in vielen anderen Städten auf der Welt niemals bei Dunkelheit alleine umherschlendern würde. Der Schnee auf dem Boden verlieh der Stadt einen magischen Zauber – die warmen gelben Lichter aus den Schaufenstern der Cafés und Geschäfte reflektierten sich im Schnee und brachten ihn zum Glitzern.

Während ich knirschend über die weiße Pracht ging, konnte ich nicht anders, als zu lächeln, weil dieser Ort eine magische Schönheit besaß.

Ich fühlte mich unheimlich lebendig. Obwohl ich Harry so sehr vermisste, dass mir das Herz wehtat, wünschte ich mir nichts sehnlicher, als dass es mir gelingen würde, über ihn hinwegzukommen – und hier in Québec alleine zu sein gab mir endlich das Gefühl, dass das tatsächlich möglich war. Und es existierte ein weiterer guter Grund dafür, dass ich mich bemühte, über Harry hinwegzukommen. Es hatte nämlich nicht den Anschein, als wäre Harry fähig, mich so zu lieben, wie ich ihn liebte. Selbst wenn er sich doch noch in mich verlieben würde und wir tatsächlich zusammenkämen, würde er sich immer zurückhalten, und ich war mir nicht sicher, ob ich damit leben konnte, dass er mir nur einen Teil seines Herzens schenkte. Ich war der »Alles oder nichts«-Typ, und wenn Harry mich nicht mit einer ebensolchen Intensität und Leidenschaft lieben konnte, dann war das eine Liebe, die ich nicht wirklich wollte.

Ich funktionierte auch alleine, ich musste mich nicht wegen jeder Kleinigkeit an Harry wenden. Ich war vom Flughafen sicher in mein Hotel gekommen und hatte dann einen Ort gefunden, wo ich etwas zu essen bekam. Obwohl ich mich gleich dreimal verirrte, seit ich das Hotel verlassen hatte, gewann ich jedes Mal meine Orientierung zurück. Im Laufe des letzten Jahres hatte ich immer wieder Hilfe bei Harry gesucht. Vielleicht würde mir diese Zeit alleine endlich eine neue Perspektive geben. Ich konnte es auch ohne ihn schaffen. Ich schluckte den Schmerz in mir bei diesem

Gedanken hinunter. Ja, es würde wehtun, es würde sogar höllisch wehtun, aber ich würde mich nicht einfach in ein schluchzendes Häufchen Elend verwandeln, das sich weigerte, jemals wieder das Haus zu verlassen.

»Miss, Miss.«

Eine Hand zupfte an meiner Jacke, und ich senkte den Kopf und sah einen Jungen, ungefähr neun oder zehn, der zu mir hochstarrte. »Miss, Sie müssen kommen mit«, sagte er in einem gestelzten Englisch. Er zupfte wieder an meiner Jacke und zog mich dann zu einer dunklen Gasse, bis ich stehen blieb und mich weigerte weiterzugehen. Der Junge sah süß und freundlich aus, aber trotzdem, ich war ja nicht völlig blöd. »Miss, bitte, Sie müssen kommen mit. Monsieur Forbes mich schickt.«

»Harry?«

»*Oui*, ja, Monsieur Harry. Er hat gesagt, ich soll bringen Miss zu die Fluss.« Er zog wieder an meiner Jacke. »Hier ist die schnellste Weg. Wir uns müssen beeilen.«

»Du hast mit Harry gesprochen?«

»*Oui.*«

Niemand kannte mich hier oder wusste, warum ich in der Stadt war. Harry konnte nicht ahnen, wo genau ich mich aufhielt, ich hatte seit gestern Abend nicht mehr mit ihm gesprochen. Er war heute Morgen nicht einmal gekommen, um sich von mir zu verabschieden. Wie konnte dieser Junge hier also wissen, wer ich war?

»Bitte, Miss, Sie müssen kommen.«

Ich rührte mich nicht vom Fleck, und ich sah den verzweifelten Ausdruck in seinem Gesicht.

»Bitte, Miss«, wiederholte er, während er weiter an meiner Jacke zog. »Ihr Antrag.«

Ich sah ihn an. Er konnte unmöglich von dem Heiratsantrag wissen, ohne dass er mit Harry gesprochen hatte. Harry hatte in den letzten paar Wochen viele wunderbare Heiratsanträge organisiert, es wäre nicht völlig unwahrscheinlich, dass er hier in dieser Stadt Helfer hatte, während er abwesend war. Ich hatte naiverweise angenommen, dass die Anträge nun aufhören würden, nachdem wir voneinander getrennt waren, aber es hatte den Anschein, als wollte Harry mich weiterquälen, und zwar mithilfe eines Stellvertreters. Vielleicht war das hier ein Antrag, den er bereits organisiert hatte und den er nicht einfach verstreichen lassen wollte. Ich durfte nicht vergessen: Selbst wenn wir im Urlaub waren, es war eine Dienstreise, die von Sunlounger und Silver Linings finanziert wurde. Und die wollten weiterhin täglich einen Antrag sehen, unabhängig davon, dass unsere Beziehung in Scherben lag.

Ich nickte widerstrebend, und der Junge, sichtlich erleichtert, lief in die Gasse, während er sich mit einem Schulterblick vergewisserte, dass ich ihm folgte.

»Miss, hier!«, rief er, um mich darauf aufmerksam zu machen, dass er in eine andere Gasse bog. Ich eilte ihm hinterher und erhaschte einen kurzen Blick auf den Sankt-Lorenz-Strom unter uns, auf dem die Lichter der Stadt funkelten und tanzten. Ich zog meine Jacke enger um mich, als ich den kalten Wind spürte, der mir vom Fluss entgegenblies. Der Junge rannte nun richtig schnell, aber ich konnte im Mondlicht seine Silhouette sehen, während er direkt auf einen Anleger zulief. Ich stürmte ihm hinterher.

Ein kleines überdachtes Schiff wartete in dem stillen Wasser, während der Motor im Leerlauf tuckerte.

Meine Schritte dröhnten dumpf auf dem Holzsteg, und ich wurde langsamer.

»Miss, Miss.« Der Junge bedeutete mir mit Gesten, an Bord zu steigen. Weit und breit war kein Mensch in Sicht. Das hier war keine öffentliche Fähre, sondern ein privat gemietetes Schiff.

»Miss McKenzie?«, rief ein Mann mit amerikanischem Akzent auf dem Schiff. »Bitte, wir müssen uns beeilen. Ihr Antrag findet in fünf Minuten statt.«

Leicht beruhigt, dass der Mann zumindest auch über den Antrag Bescheid wusste, eilte ich den restlichen Steg entlang und stieg an Bord.

»Hier.« Der Mann gab mir eine Tasse mit einem dampfenden Heißgetränk. »Ich bin Eddie. Tut mir leid, aber wir haben nicht viel Zeit. Sie kommen sehr spät. Ich sollte Ihnen eigentlich die Sehenswürdigkeiten zeigen, bevor es mit dem Antrag losgeht, aber nun ist es gleich so weit, und ich mache mir Sorgen, dass wir die Show verpassen könnten. Bitte, setzen Sie sich. Es kann sein, dass wir ziemlich auf die Tube drücken müssen.«

Ich setzte mich, während ich mich zutiefst getadelt fühlte. »Ich wusste nicht, dass ich hier erwartet werde.«

»Harry hat offenbar versucht, Sie anzurufen, aber Ihr Handy war ausgeschaltet.«

Eddie gab nun Gas, und ich wurde in meinen Sitz zurückgedrückt, als das Schiff losfuhr. Heißer Kaffee schwappte über meine Hände und auf meine Beine, und ich wischte rasch mit meiner Jacke darüber, um den Schmerz zu lindern.

Harry hatte versucht, mich anzurufen? Aber mein Handy war nicht ausgeschaltet.

Ich kramte in meiner Tasche. Tatsächlich, mein Handy hatte keinen Strom. Entweder war der Akku leer, oder ich hatte es unabsichtlich ausgeschaltet, als ich in meiner Tasche herumgewühlt hatte. Ich schaltete es rasch wieder ein, aber noch während es hochfuhr, gab es plötzlich einen lauten Knall am Himmel. Ich zuckte erschrocken zusammen und kippte dabei noch mehr Kaffee über mich. Ich schaute nach oben und sah silberne und goldene Schweife in den Nachthimmel hochzischen. Ein Feuerwerk. Ein gutes Stück vor uns stieg die nächste Rakete empor und explodierte – dieses Mal erhellten blaue Lichtbögen den Fluss und die Stadt dahinter. Ich keuchte begeistert auf und stellte mich hin. Es war ein fantastisches Bild, die lila schimmernde Altstadt im Schnee, und nun setzte das Feuerwerk, wahrscheinlich aus irgendeinem festlichen Anlass, dem Ganzen das magische Sahnehäubchen auf.

Mein Handy piepte gleich mehrmals kurz hintereinander, und ich richtete meine Augen für einen Moment auf das Display, das mir neue SMS und mehrere Sprachnachrichten anzeigte. Ein weiterer lauter Knall lenkte mich von meinem Handy ab, und ein scharlachrot-goldenes Muster regnete vom Himmel herunter und spiegelte sich in dem tiefschwarzen Wasser. Ich fühlte mich sehr privilegiert, weil ich diese Vorstellung aus nächster Nähe erleben durfte, ohne dass ich dafür etwas bezahlt hatte.

Eine Rakete nach der anderen schoss nun in den Nachthimmel empor und zog über unseren Köpfen smaragdgrüne, rubinrote, saphirblaue, silberne oder goldene Spuren, und während wir uns rasch durch den Fluss bewegten, kamen wir dem Feuerwerk immer näher. Ich konnte erkennen, dass es von einem Schiff gezündet wurde, das ungefähr hundert Meter vor uns lag. Wir wurden langsamer, und ich bemerkte, dass Eddie dem anderen Schiff nicht zu nahe kommen wollte.

Plötzlich schien das Finale anzubrechen, und Laserstrahlen erleuchteten den Himmel, um die rasch aufeinanderfolgenden Explosionen in allen Regenbogenfarben zu begleiten.

Schließlich endete das Feuerwerk, und unser Schiff näherte sich vorsichtig dem anderen.

»Das war für Sie, Miss McKenzie«, sagte Eddie.

»Was?« Mein Herz machte einen Satz, während ich meine volle Aufmerksamkeit auf Eddie richtete.

»Harry hat das alles für Sie organisiert.«

»Das Feuerwerk?« Meine Stimme war sehr dünn.

Eddie nickte. »Und das hier.«

Er deutete auf das andere Schiff hinter ihm, und plötzlich brach dort ein weißes Feuer aus. Ich stieß vor Schreck einen kleinen Schrei aus – da war irgendetwas schiefgegangen –, aber als das Feuer größer wurde, sah ich, dass sich in den Flammen Buchstaben bildeten, und innerhalb von Sekunden stand das altvertraute *Marry Me* in weißem Feuer geschrieben und zeichnete sich dramatisch vor dem dunklen Nachthimmel ab.

Ich weiß nicht, warum dieser Antrag mich mehr berührte als die anderen, vielleicht weil Harry nicht anwesend war und ich reagieren konnte, wie mein Körper es für angebracht hielt. Vielleicht hatte ich nach drei Wochen leerer Anträge auch meine Grenzen erreicht, oder es lag daran, dass Harry trotz dieses ganzen Aufwands Hunderte von Meilen entfernt war und weder ahnte, was ich für ihn empfand, noch den

Wunsch verspürte, diese Gefühle zu erwidern. Vielleicht war es eine Kombination aus all diesen Dingen zusammen. Aber als die Flammen zurückgingen, setzte ich mich hin und brach in Tränen aus.

Eddie sagte auf der Rückfahrt kein einziges Wort zu mir. Wahrscheinlich war er unsicher, wie er diese nicht gerade begeisterte Reaktion auf einen unglaublichen Heiratsantrag einordnen sollte. Wir passierten herrliche Brücken und wundervolle Gebäude und Kirchen, aber ich nahm kaum etwas davon wahr. Die Tränen hörten schließlich auf, und ich nahm mein Handy, um die Nachrichten zu lesen, die Harry mir geschickt hatte. Sie waren sehr kurz, fragten, wo ich sei, erklärten mir, wo ich sein sollte. Keine von ihnen enthielt irgendeinen Hinweis darauf, dass er mir vergeben hatte. Außer… Ich schaute die Nachrichten noch einmal durch. Jede von ihnen endete mit einem Kuss. War das normal für Harry? Klammerte ich mich nun an jeden Hoffnungsschimmer, egal wie aussichtslos? Ich scrollte durch ein paar ältere Nachrichten von Harry. Keine davon enthielt einen Kuss.

Ich verwünschte mich selbst, weil ich zu viel in etwas so Bedeutungsloses wie einen virtuellen Kuss hineininterpretierte. Ich verschickte in allen meinen Nachrichten Küsse, und das hatte auch nichts zu bedeuten. Harry brachte mich sensationell durcheinander.

Ich bedankte mich bei Eddie, als er das Schiff am Steg festmachte, und er half mir von Bord.

Während ich zum Hotel zurückging, begann ich eine SMS zu schreiben.

»Harry, vielen Dank für den Antrag heute Abend,

das war eine unheimlich schöne Geste. Du hast dir so viel Mühe gegeben, und ich bin sehr gerührt, dass du das alles nur meinetwegen auf dich genommen hast …«

Ich starrte auf den Text, während ich überlegte, was ich schreiben sollte, um die Dinge zwischen uns wieder einzurenken.

Plötzlich erwachte das Handy in meiner Hand zum Leben, und Harrys Name leuchtete im Display auf. Ich nahm den Anruf rasch entgegen.

»Hi, alles okay bei dir?« Harrys Stimme klang drängend und von Sorge erfüllt, was mich fast wieder zum Weinen brachte.

»Ja, alles okay.«

»Eddie meinte, der Antrag hätte dich ziemlich mitgenommen.«

»Nein … Ich bin nur gerade ein bisschen emotional.«

»Weil ich ein Arsch bin.«

Ich unterdrückte ein Kichern. »Teilweise.«

Es entstand ein kurzes Schweigen.

»Es tut mir leid wegen gestern Abend«, sagte er.

»Mir tut es auch leid. Ich würde nie absichtlich etwas tun, das dich verletzen könnte. Dafür bedeutest du mir zu viel.«

Wieder entstand ein Schweigen, und ich fürchtete bereits, dass ich zu viel gesagt hatte, aber bei diesen qualvollen Anträgen mussten ja irgendwann einmal meine wahren Gefühle hervorbrechen. Es war im Grunde keine Frage des Ob, sondern des Wann.

»Vielleicht sollte ich nachkommen.«

»Vielleicht.«

Ich hörte ein geflüstertes Nein im Hintergrund. Eine weibliche Stimme.

»Vielleicht komme ich in ein paar Tagen nach«, sagte Harry.

Offenbar stand Chloe neben ihm und erklärte ihm, was er tun sollte, hielt ihn davon ab, mir hinterherzufliegen. Ich verstand ja, dass ihr Harry am Herzen lag und sie sich Sorgen machte, ob ich überhaupt gut für ihn war, aber Harry und ich waren dazu bestimmt, zusammen zu sein. Vielleicht würden wir immer nur Freunde sein, aber wir gehörten jeweils zu dem Leben des anderen, und ich würde nicht zulassen, dass Chloe dem ein Ende bereitete.

»Vielleicht solltest du den Spätflug heute Abend nehmen«, sagte ich stur.

Er lachte, aber ich hatte das Gefühl, dass Chloe vehement ihren Kopf schüttelte.

»Wir sehen uns in ein paar Tagen.«

Ich würde nicht betteln. Dafür hatte ich noch genügend Stolz in mir übrig.

»Danke für den Antrag. Er war wunderschön.«

Ich hörte Harry leise seufzen. »Gute Nacht, Suzie.«

»Nacht.«

Dann war er weg.

Geheimes Tagebuch

Nach einer Art Versöhnung gestern Abend nahm ich den letzten Flieger nach Québec, um zu Suzie zu gelangen. Meine Freundin Chloe war damit nicht einverstanden, anscheinend war ihr ein Tag nicht lange genug, damit Suzie mich vermisste. Obwohl es mehr als genug Zeit war, dass ich sie vermisste.

Also musste ich meinen spontanen Sprung über die Landesgrenze rechtfertigen. Vor Ort zu sein bedeute-

te, dass es deutlich einfacher sein würde, diese Anträge zu organisieren, weil ich die Abläufe selbst koordinieren würde, statt mir immer Leute suchen zu müssen, auf die ich mich verlassen konnte. Zu dem wirren Netz, das ich mir selbst gewoben hatte, kam hinzu, dass Sunlounger und Silver Linings nichts davon ahnten, dass Suzie und ich uns getrennt hatten. Also musste ich das Verlobungsblog fortführen, als wäre ich tatsächlich vor Ort, was auf Dauer nicht gutgehen konnte. Chloe sah das widerwillig ein, und wir flogen gemeinsam nach Kanada. In Wahrheit möchte ich einfach nur in Suzies Nähe sein. Ich muss ihr sagen, dass ich sie liebe. Es genügt nicht, ihr meine Liebe mit diesen Heiratsanträgen zu beweisen. Ich muss es ihr jetzt einfach sagen.
Obwohl ich dafür wohl den richtigen Moment abwarten sollte. Ohne Chloe wäre ich verloren. Wahrscheinlich würde ich einfach in Suzies Hotelzimmer stürmen und mit meinem Liebesgeständnis herausplatzen, wäre Chloe nicht hier, um mich daran zu hindern.
Chloe und ich haben uns einen Kompromiss überlegt. Ich darf die Anträge aus einer gewissen Entfernung organisieren und beobachten, und Chloe wird mich so verkleiden, dass Suzie mich nicht erkennt. Das ist nämlich Chloes Spezialität, müsst ihr wissen, sie ist Maskenbildnerin. Wenn es jemand schafft, mich optisch so zu verwandeln, dass ich nicht wiederzuerkennen bin, dann ist das meine liebe Freundin Chloe.
Wenn ich ehrlich bin, finde ich das Ganze ein bisschen unheimlich, als würde ich Suzie verfolgen.

Es war besser, als Suzie und ich noch zu zweit unterwegs waren, aber ich schätze, Chloe weiß schon, was sie tut. Denn machen wir uns nichts vor, meine Erfolgsbilanz bei Frauen beziehungsweise in Sachen Liebe ist katastrophal, darum vertraue ich darauf, dass Chloe mich in die richtige Richtung lenkt.

Kommentare
Victoria Stone schreibt: Warum schnappst du dir deine Suzie nicht einfach und sagst ihr, dass du sie liebst? Wenn es das ist, was du willst, dann tu es. Hör nicht auf das, was die anderen sagen. Folge deinem Herzen.

Kirsty MacLennan schreibt: Wenn ich Suzie wäre und du würdest in mein Hotelzimmer stürmen und mir deine Liebe gestehen, würde ich mich, noch bevor du zu Ende gesprochen hast, in deine Arme stürzen und dich anschließend ins Bett zerren.

Megan Wood schreibt: Du und Suzie, ihr seid wirklich zu süß, ich habe euch beide richtig in mein Herz geschlossen. Darum wünsche ich mir, dass ihr bald zusammenfindet und jede Menge Babys in die Welt setzt. Sag ihr, dass du sie liebst. Jeder Zeitpunkt ist der richtige, um diese Worte zu hören.

Laura Lovelock schreibt: Warum versucht Chloe, dich daran zu hindern, dass du Suzie deine Liebe offenbarst? Ich kenne Chloe nicht, aber ich habe den Eindruck, als würde sie auf dich stehen.

Verlobungsblog
Tag 22: Der Hundeschlitten-Antrag.
Ort: Vallée de la Jacques-Cartier.
Wir verbrachten heute den Tag mit einem Besuch im Eishotel, dem unglaublichsten Ort der Welt. Keine Beschreibung kann dieser Attraktion gerecht werden, aber ich werde mein Bestes geben. Von den kleinen Zimmern bis zu den großen Suiten, alles ist aus Eis und Schnee gemacht – Möbel, Wände, die gesamte Innenausstattung, selbst die Trinkgläser. Hohe Säulen aus kristallklarem Eis schmücken das Foyer, jede einzelne davon mit einer individuellen Struktur beziehungsweise ihrem eigenen kunstvollen Muster. Die Wände aus Schnee werden von maritimen Reliefs und Ornamenten geziert. Verschiedenfarbige Lampen erzeugen in den Räumen einen Leuchteffekt, der an die Nordlichter erinnert. Und es gibt eine traumhafte Hochzeitskapelle, stimmungsvoll in Szene gesetzt mit Kerzen, die sich flackernd in den Kristallelementen spiegeln. Ich glaube, ich würde dort selbst gerne heiraten, und meine Braut würde in einem langen weißen Pelzmantel vor den Altar treten. Ich frage mich, wo Suzie wohl am liebsten heiraten würde. Ich glaube, sie hat sich in diesen Ort genauso verliebt wie ich. Er ist ein wahrhaftiges Kunstwerk. Suzie versuchte sogar unartigerweise, von einer Skulptur ein Blatt abzubrechen, als Souvenir für zu Hause, obwohl es natürlich bis dahin längst geschmolzen wäre. Ich bin außerdem ziemlich begeistert von der Eisrutsche, und da Suzie sie gleich mehrmals ausprobierte, vermute ich, dass auch sie davon begeistert war.

Aber mein Antrag fand nicht im Eishotel statt, vielmehr hatte ich für Suzie und mich einen Trip mit dem Hundeschlitten organisiert. Es war nur eine kurze Fahrt von der Stadt in die atemberaubende Wildnis des Nationalparks Jacques-Cartier, der mit seinen imposanten Bergen, hohen Tannen und dem Fluss, der sich durch das Tal schlängelte, eine spektakuläre Kostprobe von Kanada bot, die im Winter unter einer Schneedecke sogar noch spektakulärer aussah.
Die Leute vom Hundeschlittenverleih waren sehr nett und gastfreundlich, und nach einer kurzen Einführung, wie man den Schlitten lenkte und bremste, ging es auch schon los. Die Abendtour war besonders schön, weil die Hunde uns bellend und kläffend auf Wegen entlangzogen, die von Fackeln gesäumt waren. Suzie hatte es sofort raus, wie man den Schlitten steuerte, sie war ein richtiges Naturtalent und lenkte mit einem breiten Grinsen im Gesicht mühelos unser Husky-Gespann. Die Fahrt war sehr aufregend. Erst als wir uns unserem Ziel näherten, entdeckte Suzie den Antrag. Die Buchstaben, gebildet aus Lichterketten, hingen zwischen den Bäumen, an denen unser Trail vorbeiführte. Als sich vor uns eine Gerade erstreckte, hoben sich die einen Meter hohen Worte Marry Me *stolz von den verschneiten Tannen ab.*
Suzie hatte ein strahlendes Lächeln im Gesicht, als die Hunde schließlich zum Stehen kamen. Eine deutliche Verbesserung, verglichen mit ihrer Reaktion gestern Abend.
Die Nacht verbrachten wir in einer Jurte. Mit

unserem eigenen Kamin, der für eine wohlige Wärme sorgte, und einem Bett voller Tierfelle, die uns zusätzlich warm hielten, gab es nichts Verführerischeres, als sich mit meiner besten Freundin gemütlich zusammenzukuscheln und einzuschlafen.

Ich starrte irritiert auf den Eintrag. Ich hatte ihn bereits zweimal gelesen und war immer noch verwirrt. Ich war vor zwei Stunden in mein Hotel in Québec zurückgekehrt, nachdem ich eine herrliche Nacht in der Jurte verbracht hatte. Ich hatte meinen Laptop eingeschaltet und all die E-Mails beantwortet, die Harry nicht geschafft hatte. Dann hatte ich das Blog angeklickt, nachdem ich schon ein paar Tage lang keinen Blick mehr hineingeworfen hatte, aber dieser Text hier stellte mich vor ein Rätsel. Das alles klang, als wäre Harry mit mir an diesen Orten gewesen, obwohl ich in Wahrheit alleine unterwegs war.

Harry hatte ganz offensichtlich Silver Linings nicht darüber informiert, dass er mich nicht nach Kanada begleitete. Wahrscheinlich würde das bei unseren Sponsoren nicht besonders gut ankommen, in Anbetracht der Geldsummen, die sie für dieses Projekt springen ließen.

Aber woher wusste Harry so genau über meine Unternehmungen Bescheid? Ja, ich hatte die Eisrutsche gleich mehrmals ausprobiert, während ich genauso vergnügt gekreischt hatte wie die Kinder. Und ich hatte tatsächlich versucht, ein Stück von einer Wandskulptur abzubrechen, aber die einzige Person, die mich dabei gesehen hatte, war ein großer Hells-Angels-Rocker gewesen. Und ja, ich hatte mir in der Eiskapelle eine Hochzeit angeschaut, bei der die Braut in einen langen weißen Pelzmantel gehüllt war, und mir dabei von ganzem Herzen gewünscht, dass ich an ihrer Stelle sein könnte. Und ich fand die Fahrt mit dem Hundeschlitten großartig, das hatte so viel Spaß gemacht – und außerdem war es sehr romantisch, am Ende des Trails einen Antrag in Lichterkettenschrift zu erhalten. Aber woher wusste Harry, wie ich reagiert hatte?

Und was sollte die Bemerkung am Schluss, dass es nichts Verführerischeres gab, als sich mit seiner besten Freundin unter Tierfellen zusammenzukuscheln? Verführerisch?

Mein Blick wanderte zu den Kommentaren unter dem Eintrag. Normalerweise las ich das Feedback unserer Follower nicht. In der Anfangszeit hatte ich noch fleißig jeden einzelnen Kommentar beantwortet, aber mittlerweile waren es Hunderte, und in allen stand das Gleiche: »Gefällt uns sehr« oder »Das ist unheimlich süß« oder, von den Männern, »Gib's ihr endlich«. Aber ein Kommentar sprang mir ins Auge.

»Ich finde diese Heiratsanträge toll, sie sind so romantisch, und ich liebe auch das geheime Tagebuch. Echt spannend.«

Ich starrte auf den Eintrag, dann nahm ich mein Handy und schrieb eine kurze Nachricht an Harry.

»Danke für den Antrag. Ich fand ihn sehr schön. Spionierst du mir hinterher?«

Die Antwort kam fast unmittelbar.

»Klar. Ich muss doch sicherstellen, dass meine Anträge glatt über die Bühne gehen. Darum brauchst du auch gar nicht erst auf die Idee zu kommen, mit einem anderen Mann durchzubrennen. Meine Spione sind überall.«

Ich schrieb zurück: »Was ist das für ein geheimes Tagebuch?«

Dieses Mal dauerte die Antwort etwas länger, aber schließlich piepte mein Handy mit einer neuen Nachricht.

»Ich habe keine Ahnung. Ich habe den Kommentar auch gelesen und wollte dich dasselbe fragen. Ich dachte, du hättest dein eigenes Blog begonnen. Manche Kommentare sind echt seltsam. Hast du den über die Giraffe gelesen? Ich glaube, ein paar unserer Follower haben nicht mehr alle Tassen im Schrank.«

Meine Finger schwebten über den Tasten, während ich unsicher war, was ich darauf antworten sollte. Ich hatte das Gefühl, dass Harry mir etwas verschwieg. Bevor ich eine Chance hatte zu reagieren, kam bereits die nächste SMS von ihm an.

»Amüsierst du dich alleine?«

Ich antwortete rasch. »Ja, tatsächlich tut es mir richtig gut.«

Seine Antwort kam umgehend. »Siehst du, du brauchst mich nicht.«

Was sollte das nun wieder heißen? Wünschte er sich, dass ich ihn brauchte? Oder wünschte er sich, dass ich ihn nicht brauchte, damit er sich nicht schuldig fühlen musste?

Ich schrieb eine Antwort und schickte sie rasch ab, bevor ich es mir anders überlegen konnte. »Ich brauche dich nicht, Harry, aber trotzdem hätte ich dich gerne bei mir. Du fehlst mir, so sehr, dass es richtig wehtut.«

Es folgte keine Antwort. Ich hatte zu viel gesagt, und Harry wusste nicht, wie er darauf reagieren sollte.

Ich musste eine weitere Nachricht schicken, um Klarheit zu schaffen. Während meine Finger über den Tasten verharrten, klopfte es an meiner Zimmertür. Ich legte das Handy zur Seite und ging an die Tür, um aufzumachen.

Als Erstes sah ich den Antrag – Harrys grinsendes Gesicht auf einem T-Shirt, daneben eine Sprechblase mit den Worten *Marry Me*. Ich musste lachen und hob dann den Kopf, um zu sehen, wer in dem T-Shirt steckte. Ich stieß einen Freudenschrei aus und warf mich in die Arme meines Gegenübers.

»Die Aussicht ist echt der Hammer«, sagte Badger und biss genüsslich in ein Sandwich, das wir beim Zimmerservice bestellt hatten, während er beobachtete, wie der Himmel sich von einem blassen Rosa in ein leuchtendes Rot verwandelte, als die Sonne über der Stadt unterging.

»Ich kann immer noch nicht glauben, dass du hier bist.«

»Ich habe mich bereit erklärt, Harry bei seinen Anträgen zu helfen. Allerdings war mir nicht klar, dass ich auf mich allein gestellt sein würde, weil Harry noch in New York steckt.« Badger verdrehte die Augen. »Ich kann nur ein paar Tage bleiben, aber danach wird Harry wieder zu dir stoßen.«

»Wegen mir hättest du nicht extra herfliegen müssen. Ich komme ganz gut alleine klar.«

»Ich wollte aber. Harry ist ein Arsch, weil er dich einfach so allein gelassen hat.«

»Ich habe ihn gekränkt.«

Badger seufzte schwer. »Weißt du etwas über seine Vergangenheit?«

»Nein, und ich wünschte, die Leute würden aufhören, mir ständig diese Frage zu stellen. Außer natürlich, du beginnst hinterher mit ›Es war einmal …‹.«

»Das war alles andere als ein Märchen, Suzie. Und ich darf es dir nicht einmal erzählen, weil das einfach nicht fair wäre. Aber ich werde dir trotzdem verraten, dass Harrys Eltern echt schlimm waren. Sie haben ihn zwar nicht körperlich misshandelt, aber abgesehen davon waren es die schlimmsten Eltern in der Geschichte aller Eltern. Sie haben ihn spektakulär im Stich gelassen, und über diesen Schmerz ist er nie richtig hinweggekommen. Danach hat er sich geschworen, nie wieder jemandem zu vertrauen.« Badger rieb sich müde mit einer Hand die Augen. »Manchmal … da muss man ihn mit Samthandschuhen anfassen.«

Er drehte sich wieder zum Fenster und betrachtete die Aussicht, und ich nahm an, dass damit die Unterhaltung beendet war. Ich starrte verwirrt auf seinen Rücken und beschloss dann, das Thema zu wechseln. Ich bekam von der ganzen Sache bereits Kopfschmerzen.

»Wie geht es Bella?«

Badger drehte sich wieder zu mir, und er strahlte über das ganze Gesicht. In mir blitzte kurz Zorn auf, weil Badger meine Nichte so sehr liebte, und gleich darauf das schlechte Gewissen, weil ich so einen Gedanken hatte. Ich wollte mich für die drei freuen, es würde nur noch etwas Zeit brauchen.

»Sie ist ein richtiger Sonnenschein. Im Moment ist sie sehr aktiv, sie muss alles erkunden, anfassen, in die

Hände nehmen. Ich bin einfach total in sie vernarrt …« Er verstummte.

»Schon okay. Für mich ist es seltsam. Ich glaube, es wird für mich immer seltsam sein, dass ein anderer Mann meine Nichte großzieht, dass sie ihren leiblichen Vater niemals kennenlernen wird. Aber ich bin froh, dass dieser andere Mann du bist und dass du die Kleine genauso sehr liebst, wie du Jules liebst.«

Badger massierte verlegen seinen Hals. »Tut mir leid, ich habe das alles wirklich nicht beabsichtigt …«

»Du brauchst dich nicht zu entschuldigen. Du hast Jules wieder glücklich gemacht, und dafür kann ich dich wohl kaum hassen.«

Es entstand ein betretenes Schweigen, das zwischen uns in der Luft hing.

»Ach, scheiß drauf, Suzie. Ziehen wir los und geben uns die Kante.«

Ich lächelte. »Ich hol nur kurz meine Jacke.«

Es gelang mir schließlich, mit dem Schlüssel das Schloss zu treffen, und ich fiel in mein Hotelzimmer. Die Lichter der Stadt leuchteten in den Straßen unter mir, und einen Moment lang starrte ich mit kindhaftem Staunen darauf. Ich hörte, dass Badger nebenan in seinem Zimmer irgendwo dagegenstieß und fluchte, und ich musste kichern. Ich hatte keine Ahnung, wie viel wir heute Abend getrunken hatten. Es fing an mit Wein, aber dann wurde der Inhalt in den Krügen, die man uns an den Tisch brachte, immer brauner. Ich wusste, dass wir jede Menge von dem Zeug getrunken hatten, fünf oder sechs Krüge im Laufe des Abends, aber zu dem Zeitpunkt hatte ich mich noch nicht betrunken gefühlt. Erst als wir hinaustraten in die kalte Winterluft, schien der Alkohol bei mir seine Wirkung zu entfalten. Morgen würden wir nach Toronto weiterfliegen, aber zum Glück erst am späten Nachmittag.

Ich entdeckte auf dem Bett mein Handy und griff danach, weil ich dachte, ich könnte ein paar Bilder von der traumhaften Aussicht machen, aber dann sah ich, dass ich eine Nachricht von Harry hatte. Ich öffnete sie und las seine Antwort auf meine letzte SMS, die ich ihm geschickt hatte, bevor Badger aufgetaucht war.

»Du fehlst mir auch, Suzie. Ohne dich fühlt es sich irgendwie nicht richtig an.«

Ich stieß ein Kichern aus – heute Abend fand ich alles komisch und wunderbar. Ich wählte rasch Harrys Nummer. Mein Blick fiel auf die Uhr an der Wand, und ich sah, dass es bereits nach zwei Uhr war. Aus irgendeinem Grund fand ich das sogar noch komischer.

Als Harry antwortete, war klar, dass ich ihn geweckt hatte.

»Ja?« Seine Stimme klang sehr verschlafen.

»Hi, ich bin's.«

»Hey. Geht es dir gut?«

»Ja, es geht mir gut. Sogar verdammt gut.«

Ich konnte sein Lächeln spüren.

»Bist du betrunken? Ich hoffe, Badger hat dich nicht in Schwierigkeiten gebracht.«

»Ich bin vielleicht ein kleines bisschen beschwipst.« Ich hielt meinen Daumen und Zeigefinger zusammen, um zu zeigen, dass es wirklich nur ein kleines bisschen war, bevor mir bewusst wurde, dass Harry mich nicht sehen konnte. »Was machst du gerade?«

»Ich habe eben noch geschlafen.«

»Ich liebe dich, Harry.«

Verdammt, wo zum Teufel kam das her? Die Worte waren mir einfach aus dem Mund gefallen, ohne jede Vorwarnung. Mein vom Alkohol benebeltes Gehirn hatte mich im Stich gelassen. Und dann entwich meinem Mund ein Kichern, das sich in ein lautes Prusten verwandelte. Ich warf mich auf das Bett und lachte in mein Kissen.

»Das ist schön«, erwiderte Harry trocken. »Aber so reizend deine betrunkenen Erklärungen auch sein mögen, ich werde jetzt wieder ins Bett gehen.«

»Du bist böse auf mich.«

»Nein. Ich bin nicht böse. Es ist immer schön, eine Liebeserklärung zu bekommen. Aber ich hätte sie noch lieber gehört, wenn du vorher nicht sechs Krüge Caribou getrunken hättest.«

Genau, Caribou, so hieß das Zeug. Eine Cocktailspezialität aus Québec, mit Whisky und Rotwein. Es war ein köstliches Getränk, und meine Lippen schmeckten nach Ahornsirup.

»Aber es stimmt.« Mein Mund redete wieder. »Ich liebe dich wirklich.«

»Geh schlafen, mein Engel, und wenn du morgen immer noch so empfindest, rufst du mich an.«

»Das mache ich.«

»Okay, ich freue mich darauf. Gute Nacht.«

Er legte auf, und ich warf mein Handy in einen Sessel neben dem Bett und schlief dann mit einem breiten Lächeln im Gesicht ein.

Kapitel 14

»Nein, nein, nein, nein!« Ich setzte mich in meinem Bett auf, und mir drehte sich der Kopf. Ich hatte Harry nicht angerufen, das konnte nicht sein. Die Sonne strömte durch das Fenster, beinahe unerträglich hell, da sie vom Schnee reflektiert wurde. Sie schmerzte in meinen Augen, aber ich hatte im Moment dringendere Probleme. Ich angelte rasch nach meinem Handy und stöhnte auf, als ich sah, dass ich heute Morgen um Viertel nach zwei telefoniert hatte. Mit Harry.

Mir war schlecht. Ich hatte Harry eine Liebeserklärung gemacht, und nun gab es kein Zurück mehr.

Außerdem hatte er sie nicht erwidert. Zugegeben, ich war letzte Nacht hackedicht gewesen, aber trotzdem wäre es nett von ihm gewesen, sie zu erwidern.

Ich wusste nicht, ob ich ihn anrufen und mich bei ihm entschuldigen oder ob ich es einfach ignorieren sollte. Den Kopf in den Sand zu stecken schien die weitaus bessere Wahl zu sein.

Tatsächlich schien es eine noch bessere Wahl zu sein, den ganzen Tag im Bett zu verbringen – dieser Caribou war hartes Zeug.

Gleich darauf klopfte es an meiner Tür, und ich kletterte schwankend aus dem Bett. Auf dem Weg durch das Zimmer kam ich an einem Spiegel vorbei und sah mit Entsetzen, dass meine Haare wie wildes Gestrüpp von meinem Kopf abstanden und mein Gesicht mit Mascara verschmiert war. Ich betete, dass es nicht Harry war.

Als ich die Tür öffnete, wich der junge Hotelpage erschrocken zurück, bevor er seine Haltung korrigierte und einen deutlich professionelleren Gesichtsausdruck aufsetzte.

»Eine Sendung von Mister Forbes.«

Mein Herz hob sich kurz und sank dann wieder. Nach meiner Erklärung letzte Nacht erwartete mich wahrscheinlich nichts Gutes.

Der Page betrat mit seinem Tablett den Raum, stellte es auf den Tisch und verschwand dann wieder.

Auf dem Tablett befanden sich ein dicker Umschlag, ein Glas Orangensaft und ein schwarzes Etui, ungefähr so groß wie meine Hand.

Ich nahm zuerst den Umschlag. Darin steckten eine Schachtel Schmerztabletten und eine Notiz, die schlicht lautete: »Nimm die hier, liebe Grüße, Harry x.«

Nun, zumindest war er nicht sauer auf mich. Ich schluckte zwei Tabletten mit dem Orangensaft und richtete meine Aufmerksamkeit dann auf das schwarze Etui. Harry würde mir ganz bestimmt keinen Verlobungsring gekauft haben.

Ich öffnete das Etui ganz langsam, nicht sicher, was ich darin finden würde. Zum Vorschein kam ein gefrorenes Blatt, oder zumindest sah es aus wie eins. Ich nahm das Blatt heraus, und obwohl es sich kühl anfühlte, war es ganz offensichtlich nicht aus Eis. Es war aus Kristallglas, und in seinem Innern funkelten winzige Regenbogenlichter. Ich hielt es hoch zum Fenster, und da entdeckte ich den Antrag. In dem Blatt, in Gold geschrieben, standen die altvertrauten Worte *Marry Me*.

In dem Etui steckte eine weitere Notiz. »Dieses hier wird nicht schmelzen.«

Ich lächelte. Der Kristall war wunderschön und ein passendes Andenken an meinen Besuch in Québec und im Eishotel. So war das mit Harrys Heiratsanträgen, ob es sich nun um Aktionen im großen Stil handelte wie das Feuerwerk oder um kleine Gesten wie diese hier – jeder einzelne davon war in jeder Hinsicht perfekt.

Ich drückte das Kristallblatt an meine Brust, als es wieder an meiner Tür klopfte. Harry? Dieses Mal wünschte ich mir sehnlich, dass er es war, egal, wie ich gerade aussah. Ich eilte an die Tür und öffnete sie, und vor mir stand Badger, der ziemlich grün um die Nase wirkte und mich mit trüben Augen ansah.

»Wir kommen zu spät.«

»Was meinst du?«

»Wir müssen in einer halben Stunde am Flughafen sein.«

Ich brauchte ein paar Sekunden, um seine Worte zu verarbeiten, während ich immer noch mit einem verklärten Lächeln mein Kristallblatt an mich drückte, dann kam die Botschaft schließlich an.

»Scheiße.«

»Genau mein Gedanke.«

Verlobungsblog
Tag 25: Der Antrag auf der Maid of the Mist.
Ort: Niagarafälle.
Ich weiß, es ist touristisch und abgedroschen, aber

man kann nicht Toronto besuchen, ohne die Niagarafälle zu besichtigen – und man kann nicht die Niagarafälle besichtigen, ohne die Tour mit der Maid of the Mist *zu machen, dem Schiff, das bis nahe an den Fuß der Fälle heranfährt.*
Suzie freute sich auf diese Tour wie ein Kind auf Weihnachten, ich hätte sie am liebsten geknuddelt, sie war so aufgeregt, und ich liebe es, sie so zu sehen.
Mein Kumpel Badger begleitete uns, und Badger kann Schiffe nicht ausstehen. Er sah heute noch grüner aus als gestern im Flugzeug, als er sich von einem Caribou zu viel am Abend zuvor erholte.
Wenn ich kurz für das Protokoll festhalten darf: Ich bin wirklich begeistert von den Kanadiern und den Amerikanern. Ohne ihre Hilfe wäre dieser Antrag nicht möglich gewesen, aber schließlich haben beide etwas übrig für gute Heiratsanträge.
Die Fahrt auf dem Fluss, vorbei an den American Falls und den Bridal Veil Falls, vorbei an hohen Bäumen und zerklüfteten Klippen, ist großartig, aber die Horseshoe Falls sind natürlich der dramatische Höhepunkt, wenn es ins Zentrum dieser gigantischen Wasserwand geht. Während wir uns dem Fuß der Fälle immer mehr näherten, rückte auch der Antrag immer näher. Das Schiff bewegte sich langsam auf die Gischtwolken zu, und Suzie, die über der Reling hing, streckte die Hand danach aus.
Dann brach hinter ihr ein Jubel aus, und als sie sich umwandte, blickte sie auf eine Schar von Touristen unter bunten Regenschirmen. Die Schirmträger drehten sich einer nach dem anderen um und

enthüllten auf ihren Regenschirmen je einen Buchstaben: Suzie Marry Me.
Ich liebe es, Suzie zu überraschen. Zu sehen, wie ihr Gesicht aufleuchtet, ist der absolut beste Teil dieser Anträge.
Außer wenn sie Ja sagt. Dann, denke ich, wird das wahrscheinlich der allerbeste Teil sein.

Ich starrte auf die Worte. Was spielte Harry für ein Spiel? Er wollte, dass ich Ja sagte? Auch zu diesem Eintrag gab es wieder Kommentare. Und drei weitere Leser, die das geheime Tagebuch erwähnten.

Olivia Bloom schreibt: Das ist so süß, und ich finde es super, ein Teil des »geheimen« Tagebuchs zu sein. Kann kaum erwarten, was als Nächstes passiert.

Mia Hemsworth schreibt: Wie kann es sein, dass sie nicht weiß, was du für sie empfindest? Selbst wenn man das geheime Tagebuch nicht gelesen hat, ist es ziemlich offensichtlich.

T Hardy schreibt: O Mann! Das geheime Tagebuch heißt so, weil es geheim ist. Aber Dumpfbacken wie ihr ruinieren das irgendwie. Ich schlage vor, dass ihr eure Kommentare auf der Stelle löscht.

Zu behaupten, ich wäre verwirrt, wäre eine Untertreibung gewesen.

Nun, wenn Harry Spielchen spielen konnte, dann konnte ich das auch.

Ich klickte auf »Kommentar hinzufügen« und schrieb kurz mein eigenes Statement.

»Ja.«

Der Monitor blieb einen Augenblick still, dann brach hektisches Interesse aus.

Mein Handy neben mir erwachte plötzlich zum Leben. Ich ging dran, denn ich wusste, dass es Harry war. »Was meinst du mit Ja?«, fragte er.

»Was meinst du damit, dass es der allerbeste Teil der Anträge wäre, wenn ich Ja sagen würde?«

»Du gibst mir ja nie eine Antwort.«

Das haute mich um.

»Was möchtest du denn hören? Soll ich die Arme um deinen Hals schlingen und in voller Lautstärke Ja brüllen?«

Er räusperte sich und ließ sich mit seiner Antwort viel Zeit.

»Nun, wir versuchen, den perfekten Heiratsantrag für dich zu finden, und ich habe keine Ahnung, ob ich diesem Ziel auch nur ein Stück weit näher gekommen bin. Die kleinen herzlichen Gesten, die großen spektakulären Anträge, ich habe nicht den geringsten Anhaltspunkt, wonach du suchst.«

Ich stand auf, plötzlich wütend. Harry quälte mich jeden Tag mit leeren, bedeutungslosen Heiratsanträgen und erwartete von mir, dass ich mich darüber freute.

»Na schön, wenn du die Wahrheit wissen willst: Deinen Anträgen fehlt das gewisse Etwas.«

»Ach, und was genau?« Er war nun auch wütend. »Blumen, Champagner, Pralinen, ein fünfzigkarätiger Verlobungsring, was fehlt?«

»Du klärst mich über dieses geheime Tagebuch auf, und ich sage dir, was fehlt.«

»Ich weiß selbst nicht, was es mit diesem geheimen Tagebuch auf sich hat. Wahrscheinlich ist das irgendwas anderes auf der Homepage von Silver Linings, und die Leute verwechseln es mit unserem Blog beziehungsweise denken, dass es irgendwie damit zusammenhängt.« Er schwindelte schon wieder. Ich kannte ihn gut genug, um das zu merken.

»Warum habe ich das Gefühl, als würde ich hier gerade gründlich verarscht?«

»O nein, Suzie, das verstehst du falsch.« Alle Wut war verraucht. »Niemand verarscht dich, versprochen.«

Ich streifte mir die Haare aus dem Gesicht und starrte hinaus auf den CN Tower. Badger lud mich heute Abend zu einem Eishockeyspiel ein. Ich hatte mich wirklich darauf gefreut, aber nun dachte ich nur daran, wie viele Menschen dort wohl hinter meinem Rücken über mich lachen würden. Die Trennung von Harry machte mich verrückt.

»Warum bist du nicht hier? Ich habe mich entschuldigt, du hast dich entschuldigt. Ich bezweifle, dass du tatsächlich bei diesem Vorstellungsgespräch warst, aber wie dem auch sei, du bist immer noch nicht hier. Es sind nun schon fünf Tage.« Ich hasste es, dass ich so weinerlich klang.

»Ich wollte ja kommen, aber Chloe meinte …« Er verstummte, da ihm plötzlich bewusst wurde, dass er zu viel gesagt hatte.

»Liebst du sie?« Ich schloss die Augen, um mich gegen den Schmerz der voraussichtlichen Antwort zu wappnen.

»Nein, ich bin nur …«

Ich seufzte, während ich mit einem Mal klarsah. »Schon gut. Ich verstehe. Du möchtest deine Zeit mit Chloe verbringen. Du hast sie vermisst. Und ich war in letzter Zeit sicher keine Spaßkanone. Nimm dir die Zeit und hol in Ruhe alles nach. Wir sehen uns dann vielleicht in ein paar Wochen.«

Harry begann zu protestieren, aber ich legte auf. Mein Handy klingelte sofort wieder, aber in diesem Moment klopfte Badger an meine Tür. Ich ignorierte das Klingeln und ging an die Tür, um sie zu öffnen.

»Bist du bereit?« Ich musste grinsen, als ich sah, dass Badger ein Eishockeytrikot trug und eine Baseballmütze. Er gab mir auch eine. Ich setzte sie auf und griff nach meiner Tasche, während mein Handy auf dem Bett unaufhörlich klingelte.

»Willst du nicht drangehen?«, fragte Badger, als ich es einsteckte.

»Nein.« Ich zog die Tür hinter mir zu und ignorierte Badgers scharfen Blick, während wir durch den Flur gingen. Ich sagte nichts, bis das Klingeln schließlich verstummte.

»So, wer spielt eigentlich heute Abend?«, fragte ich.

Badger spürte genau, dass ich das Thema wechseln wollte, und stellte sich der Herausforderung mit Großmut. »Die Toronto Otters gegen die Dallas Demons.«

Ich lächelte dankbar. »Die süßen, knuddeligen Otter gegen die bösen, brutalen Dämonen. Das hört sich an, als würde der Kampf sehr schnell vorüber sein.«

»Das glaube ich auch. Der Kapitän der Demons, Harrison Flynn, ist nämlich einfach fantastisch …«

Ich hörte Badger zu, der mir von Flynns erstaunlichen Fähigkeiten vorschwärmte, und ignorierte hartnäckig den brennenden Schmerz in meiner Brust.

Ich lag im Bett meines Schlafwagenabteils, während das Schaukeln des Zugs mich in den Schlaf lullte. Badger hatte mich heute Morgen als Erstes in den Zug nach Jasper verfrachtet und war nun bereits auf dem Rückflug zu Jules und Bella.

Ich hoffte, ich würde während dieser Reise eine Atempause haben von Harry und seinen Heiratsanträgen. Es dauerte fast drei Tage, bis ich Jasper erreichen würde, und im Zug gab es kein Funksignal. Es würde für Harry schwer sein, etwas in einem fahrenden Zug zu arrangieren, und ich stellte fest, dass ich froh darüber war. Ich wollte kein Teil dieser Spielchen mehr sein, die Harry mit mir spielte. Er führte ganz offensichtlich etwas im Schilde, und das gefiel mir nicht.

Nachdem der Zug am Morgen das geschäftige Treiben von Toronto hinter sich gelassen hatte, war die Landschaft nach und nach grüner geworden, bergiger. Ich verbrachte den ganzen Tag im Panoramawagen und starrte in die Natur hinaus. Die Kulisse war atemberaubend.

Dann wurde es dunkel, und ich kehrte in meine Kabine zurück.

Mit einem zufriedenen Seufzen legte ich mein Buch weg, in dem ich gelesen hatte. Ich fühlte mich hier wohl. Niemand wusste, wer ich war, beziehungsweise schenkte mir einen mitleidigen Blick. Ich brauchte Harry nicht, ich war fähig, das Leben ohne ihn zu genießen.

Ich schloss die Augen und zwang meinen Mund zu

einem Lächeln, während ich langsam einnickte. Wenn ich es oft genug sagte, würde ich es vielleicht irgendwann glauben.

Ein lautes Klopfen riss mich aus meinen Träumen, und für einen Moment oder zwei wusste ich nicht, wo ich war. Es war stockdunkel. Dann spürte ich das vertraute Schaukeln, hörte das leise Rattern der Zugräder, während wir über die Schienen sausten.

Es klopfte wieder, dieses Mal lauter, und mir wurde bewusst, dass jemand vor meiner Kabinentür stand.

Ich stand auf und öffnete die Tür. Vor mir stand ein großer Mann, der mich überragte, und in meinem halb wachen Zustand dachte ich einen Moment lang, es sei Harry, bis ich den schwarzen buschigen Bart sah. Während ich den Mann mit verschlafenen Augen anblinzelte, nahm ich seine Uniform wahr. Er war ein Schaffner.

»Miss«, sagte der Schaffner, und seine Stimme war rau wie Sandpapier, mit einem weichen amerikanischen Tonfall. »Sie müssen mit mir kommen.«

»Gibt es ein Problem?«

»Kein Problem. Sie müssen sofort mit mir kommen.«

Ich blinzelte ihn an, es war mitten in der Nacht. Ich seufzte matt, als es mir dämmerte. »Hat Harry Sie geschickt?«

Der Schaffner lächelte leicht. »Er macht so was wohl öfter, hm? Holt Sie mitten in der Nacht aus dem Bett? Ich glaube, dieser Mann ist unsterblich in Sie verliebt, wenn Sie mich fragen.«

Ich steckte meine Kamera in die Kängurutasche meines Kapuzenpullis und schlüpfte in meine Schuhe, während der Schaffner die Tür für mich aufhielt.

»Das bezweifle ich. Er ist in New York, und ich bin hier alleine.«

Der Mann musterte mich kurz und bedeutete mir dann, ihm zu folgen. »Ich heiße übrigens Connor.«

»Suzie … obwohl, ich nehme an, das wissen Sie bereits.«

Ich folgte Connor durch leere Gänge – niemand war zu sehen, alle hatten sich in ihre Kabinen zurückgezogen. Wir durchquerten die Lounge und den Speisewagen, bis wir eine Tür am Ende des Zugs erreichten, die hinaus auf die Aussichtsplattform führte. Connor stieß die Tür auf, und ein eisiger Luftschwall umfing mich.

»Wir gehen nach draußen? Es ist eiskalt. Lassen Sie mich kurz meine Jacke holen.«

»Schon okay, Miss, wir haben vorgesorgt. Hier.« Er gab mir einen großen Schlafsack.

Ich starrte darauf. »So gern ich Harry auch habe, aber ich werde für ihn ganz bestimmt nicht da draußen schlafen, geschweige denn für sonst jemanden. Nicht, wenn ich ein schönes warmes Bett habe, das nur ein paar Waggons weiter auf mich wartet.«

Connor lachte, und für einen Augenblick erinnerte er mich schmerzhaft an Harry – es war nicht nur seine Körpergröße, die mir vertraut erschien, sondern da war noch etwas anderes.

»Der Schlafsack ist nur dafür da, Sie warm zu halten.«

Ich setzte mich auf den Notsitz neben der Tür und stieg in den Schlafsack. Mit ein bisschen Herumwackeln gelang es mir, ganz hineinzuschlüpfen und den Reißverschluss zuzuziehen, sodass ich nun aussah wie eine übergroße Made.

Connor öffnete wieder die Außentür, und obwohl die

kalte Luft mir zur Begrüßung entgegenschlug, war ich nun bereit, ihr gegenüberzutreten.

Mit etwas Mühe hoppelte ich halb und hüpfte halb hinaus auf die leere Aussichtsplattform, während Connor hinter mir ein Lachen unterdrückte.

»Harry hat das hier nicht wirklich durchdacht, oder?«, sagte ich und schlurfte vorsichtig vorwärts.

»Oh, ich weiß nicht. Das hat definitiv komisches Potenzial.«

Connor zog mir meine Kapuze auf und die Kordel fest zu, damit die Kapuze nicht verrutschen konnte. Dann legte er mir eine dicke Decke über die Schultern.

Ich schaute ihn an, während er die Decke zurechtrückte, und selbst in der Dunkelheit konnte ich sehen, dass er freundliche Augen hatte. Ich hatte plötzlich das überwältigende Bedürfnis, mich an ihn zu lehnen, meinen Kopf an seine Brust zu legen, ohne zu wissen, woher dieses Gefühl kam.

»Danke.«

Connor lächelte leicht.

»Ich muss Sie jetzt alleine lassen. Ich komme Sie in Kürze wieder abholen.«

Erst als er zurücktrat, sah ich die unglaubliche Aussicht. In jede Himmelsrichtung erstreckten sich Berge, so weit das Auge reichte. Am Himmel stand ein Vollmond, der die Landschaft wie ein Scheinwerfer erhellte und die schneebedeckten Hügel und Felder in eine silbrige Decke hüllte.

»O mein Gott, das ist unfassbar schön«, flüsterte ich. Warum war ich schlafen gegangen, wenn ich hier draußen sein und stundenlang einfach nur die Aussicht genießen konnte?

Ich schlurfte zum Geländer, fest entschlossen, nichts zu verpassen.

»Miss, würde es Ihnen etwas ausmachen, nicht so nah an das Geländer heranzutreten? Hier ist ein Sitz. Ich bin mir sicher, Mister Forbes wäre es lieber, wenn Sie hier Platz nähmen, statt sich über das Geländer zu beugen und in den Tod zu stürzen.«

Ich lächelte und schlurfte gehorsam zu dem Sitz, dann verschwand Connor.

Ich beobachtete, wie die Berge vorbeiglitten und der Zug sich leise ratternd einen Weg durch die stille, majestätische, sagenhaft schöne Natur bahnte. Ich traute mich nicht zu zwinkern, aus Angst, etwas zu verpassen. Es war das Unglaublichste, was ich jemals gesehen hatte, und der einzige Zuschauer hier draußen zu sein machte es erst recht zu etwas Besonderem.

Etwas Golden-Oranges in der Luft erregte meine Aufmerksamkeit, und als es an mir vorbeischwebte, wurde mir bewusst, dass es sich um eine Himmelslaterne handelte, deren kleine Kerzenflamme in der Dunkelheit hell leuchtete. Eine zweite Laterne gesellte sich dazu und schwebte sanft in den kalten Nachthimmel empor. Ich stand auf. Es war ein magischer Anblick. Eine weitere Laterne schwebte vorbei, aber diese war auf der Seite mit einem großen schwarzen M bedruckt. Ich ahnte, worauf das hier hinauslief, und meine Ahnung wurde bestätigt, als ich auf der nächsten Laterne, die vorbeischwebte, ein großes schwarzes A sah. Ich lächelte. Das goldene Leuchten vor dem tiefschwarzen Himmel über der verschneiten Landschaft war atemberaubend schön.

Ich musste ein paar Bilder für das Blog machen. Ich

fummelte blind nach meiner Kängurutasche und nahm meine Kamera heraus, aber ich hatte nicht genügend Bewegungsfreiheit, um meine Arme aus dem Schlafsack zu heben. Ich beugte mich vor, während die nächste goldene Laterne über mich hinwegschwebte, zweifellos das erste R. Ich brachte meinen Kopf bis zu den Knien hinunter und versuchte, die Kamera durch die Halsöffnung herausfallen zu lassen und sie mit meinen Zähnen aufzufangen, aber als ich sie losließ, prallte sie gegen mein Kinn und fiel dann auf den Boden. Mit vielen Verrenkungen zwängte ich einen Arm durch die Halsöffnung, sodass ich Ähnlichkeit mit einem Einhorn hatte, da mein Arm nun praktisch aus meinem Gesicht hervorragte. Gerade als ich mich bückte, um die Kamera aufzuheben, fuhr der Zug in eine Kurve und brachte mich aus dem Gleichgewicht, und ich landete mit dem Gesicht voraus auf dem Boden.

Verdammt, dieser wunderbare Antrag fand gerade direkt über meinem Kopf statt, und ich verpasste die ganze Show. Ich wand mich auf dem Boden hin und her, um Schwung zu sammeln und mich aufzurichten, aber mit einem Arm, der direkt an meinem Kopf klebte, während der andere an meiner Seite festgeschweißt war, konnte ich mich nicht richtig bewegen. Ich krümmte mich lediglich auf dem Boden, und meine Nase rieb über das raue Holz.

Ich zuckte und schlängelte mich hin und her, bewegte meine Hand vor mir und schaffte es dann irgendwie, mich auf den Rücken zu rollen, sodass mein Arm nun über meinem Gesicht lag. Das hier war lächerlich. Connor hatte den Schlafsack so fest zugeschnürt, dass ich meinen Arm so gut wie gar nicht bewegen konnte.

Schließlich gelang es mir, ihn auf die Seite zu hieven, als in diesem Moment eine Laterne über mich hinwegschwebte, die den Buchstaben U trug.

Ich starrte verwirrt darauf. In *Marry Me* kam kein U vor. Außer es war *Marry Me Suzie*, in welchem Fall dann gleich das Z, das I und das E folgen würden. Aber während ich dalag und wartete, weil ich nicht noch mehr verpassen wollte, schien es, als würden keine weiteren Laternen mehr kommen. Wenn das U also nicht zu Suzie gehörte, wozu dann?

Gleich darauf hörte ich Schritte, die näher kamen, und ich betete, dass es Connor war und nicht jemand anderes, der sich bei meinem Anblick totlachen würde.

Die Tür schwang auf, und einen Moment lang herrschte Stille, während ich mich anstrengte, um über meinen Schlafsack hinweg zur Tür zu spähen.

Ich wand mich wieder hin und her, im verzweifelten Bemühen, mich aufzusetzen, aber ohne Erfolg. Ich hörte, dass jemand zu mir heraustrat, und gleich darauf erschien Connors Gesicht über mir. Es war nicht zu übersehen, dass er versuchte, ein Grinsen zu unterdrücken.

»Suzie, alles okay bei Ihnen?«

Ich nickte. »Außer dass ich umgefallen bin und nicht mehr hochkam und dadurch den halben Antrag verpasst habe … na ja, wahrscheinlich sogar mehr als die Hälfte. Ich habe das M, das A und vermutlich noch das R gesehen, aber den Rest habe ich nicht mitbekommen.«

Connors Gesicht wurde sichtbar lang.

»Sie haben den Antrag verpasst?«

»Na ja, den Anfang habe ich gesehen, es war wunderschön. Haben Sie dabei geholfen? Und ganz zum Schluss habe ich noch das U gesehen, aber mir ist nicht klar, zu welchem Wort es gehörte.«

»Ist nicht wichtig.« Connors Stimme klang plötzlich schroff, fast wütend. »Darf ich Ihnen hochhelfen?«

Ich nickte.

Er beugte sich zu mir herunter und löste die Kordel an der Halsöffnung, wodurch er meinen Arm befreite und einen Teil meiner Schulter.

Ich wand mich so lange, bis ich beide Arme frei hatte, und Connor zog mich mit Leichtigkeit auf die Beine.

Ich schaute den Fluglaternen hinterher – es waren viel mehr, als ich erwartet hatte –, während sie in den Nachthimmel verschwanden. Ich zählte sie rasch durch und kam auf siebzehn Lampions, die wie goldene Sterne in der Dunkelheit emporschwebten. Siebzehn? Die beiden ersten Laternen ohne Buchstaben plus *Marry Me* ergaben neun. Wofür standen dann die restlichen acht Buchstaben, mit einem U am Ende?

»Wie lautete die Botschaft?«

Connor zuckte mit den Achseln, während er mir die Tür aufhielt. »Marry Me.«

»Und?«

Er zuckte wieder mit den Achseln, offensichtlich verärgert darüber, dass ich es verpasst hatte.

Ein Wort mit acht Buchstaben, das auf u endete? Oder zwei Wörter?

Nach einem letzten sehnsuchtsvollen Blick in die Natur ging, oder besser gesagt: schlurfte, ich wieder hinein.

Connor blieb nicht bei mir, sondern stolzierte, kaum war ich drinnen, mit großen Schritten davon, während ich immer noch damit kämpfte, mich aus dem Schlafsack zu schälen. Bis ich meine Fesseln los war, war Connor verschwunden.

Geheimes Tagebuch
Ich kann euch gar nicht sagen, wie enttäuscht ich bin. Ich habe den letzten Antrag tagelang geplant. Weil dies die Gelegenheit war, bei der ich Suzie auch meine Liebe erklären wollte. Seit sie mich in New York zurückgelassen hat, habe ich versucht, den Mut zu sammeln, um es ihr zu sagen. Ich folgte ihr in sicherer Entfernung, während ich mir verzweifelt wünschte, ich könnte einfach die Kluft zwischen uns überbrücken, Suzie in meine Arme schließen und ihr sagen, dass ich sie liebe. Aber ich konnte es nicht. Was, wenn sie nicht genauso empfindet? Was, wenn sie mich zurückweist? Ich glaube nicht, dass ich diesen Schmerz noch einmal ertragen kann. Also habe ich mir einen genialen Plan ausgedacht. Ich würde die Liebeserklärung in meinen Antrag einfügen, weil ich so nicht Suzies Gesicht sehen musste, wenn sie die Worte las. Dank Chloe war ich wieder gut verkleidet, dieses Mal als ein Schaffner namens Connor, der auffällig viel Ähnlichkeit hatte mit Hagrid aus Harry Potter. *Ich stand an der Spitze des Zuges und ließ Himmelslaternen fliegen, jede davon mit einem aufgedruckten Buchstaben. Zuerst schickte ich die Worte* Marry Me *auf Reisen, danach* I Love You.
Nach dem Antrag eilte ich zurück an das Zugende, um Suzies Reaktion zu sehen. Aber sie hatte es verpasst. Sie war hingefallen und hatte das Ganze verpasst.

Ein Teil von mir denkt, dass sie es nicht verpasst hat, sondern nur so tut, damit sie mich nicht enttäuschen muss.
Ich muss unbedingt mit ihr reden, weil es mich innerlich zerfrisst, aber Chloe lässt mich immer noch nicht zu ihr. Ich glaube, Chloe hat Angst, dass ich verletzt werden könnte.
Irgendwie habe ich mir vorgestellt, dass ungefähr zu diesem Zeitpunkt Suzie ihre Arme um mich geschlungen hätte. Stattdessen muss ich nun die nächsten drei Tage in meiner Kabine bleiben, damit Suzie mich nicht sieht.

Kommentare
Laura Lovelock schreibt: Sag es ihr. Geh sofort zu ihrer Kabine und sag es ihr. Hör nicht auf Chloe.

Megan Wood schreibt: Eine sehr schöne Idee von dir, Suzie eine Liebeserklärung mit Himmelslaternen zu machen. Das ist so süß, voll romantisch. Küss Suzie einfach und schau, ob sie deinen Kuss erwidert. Ich wette, ja.

Victoria Stone schreibt: Du machst mich wahnsinnig. Zeig endlich Rückgrat und sag es ihr.

Erin McEwan schreibt: Wenn Suzie wirklich deine beste Freundin ist, dann wird sie deine Freundin bleiben, selbst wenn sie nicht dasselbe für dich empfindet.

Kirsty MacLennan schreibt: Ich stimme Megan zu.

Knutsch Suzie einfach ab, und du wirst definitiv eine Reaktion bekommen.

Jasper war ein kleines Städtchen, und jeder hier schien Shorts zu tragen und Flipflops, trotz der eisigen Kälte und der Tatsache, dass draußen Schnee lag.

Ich war gestern Abend hier angekommen und hatte endlich mit Harry gesprochen, nach dreitägiger Handypause. Ich hatte in dieser Zeit jeden Tag einen Antrag bekommen – nach den Himmelslaternen kam ein A-cappella-Quartett, das mir vor allen Passagieren ein Ständchen brachte, und schließlich lagen auf meinem Bett Rosenblüten, mit denen der Antrag buchstabiert war, wobei ich die Vorstellung, dass jemand dafür in meiner Kabine gewesen sein musste, etwas unheimlich fand. Aber trotz der tollen Ideen und der Mühe, die dahintersteckte, fehlte allen diesen Anträgen etwas: Harry. Ich vermisste ihn wahnsinnig, und ich war einfach nicht mehr mit dem Herzen bei der Sache. Vielleicht lag es an dem Umstand, dass die Anträge nichtssagend waren, und das umso mehr, solange Harry in New York war und ich alleine reiste. Er legte nicht einmal mehr Wert auf meine Gesellschaft.

Heute würde ich mir Jasper ansehen, und morgen ging es dann weiter zum Lake Louise über den Athabasca-Gletscher.

Ich hatte beschlossen, mir bei der Autovermietung gegenüber dem Hotel einen Leihwagen zu holen, weil ich von einem fantastischen Wasserfall im nahe gelegenen Maligne Canyon erfahren hatte. Ich entschied mich für einen kleinen und günstigen Wagen, schließlich musste ich ihn selbst bezahlen. Ich war mir nämlich nicht sicher, ob Silver Linings und Sunlounger die Kosten übernehmen würden, wenn ich mir einfach so aus einer Laune heraus ein Auto mietete. Nachdem ich mir die Strecke auf der Karte mehrmals angesehen hatte, brach ich auf.

Ich war noch nie zuvor in einem fremden Land Auto gefahren, und ich hatte ein bisschen Schiss vor dem Rechtsverkehr, aber nur wenige Minuten, nachdem ich die Stadt hinter mir gelassen hatte, war die Straße völlig leer. Sie wand sich höher und höher in die Berge hinauf, so hoch, dass es irgendwann in meinen Ohren knackte. Frischer Schnee war gefallen und lag an manchen Stellen ziemlich hoch, obwohl man in Kanada deutlich besser darauf vorbereitet zu sein schien. In England genügten oft schon ein paar Schneeflocken, um das ganze Land zu einem Stillstand zu bringen. Inzwischen hatte es wieder leicht zu schneien begonnen, aber das war nichts, was mir Probleme bereitete.

Ich konnte Jasper weit unter mir sehen und auch andere Ortschaften, die sich in der verschneiten Berglandschaft verteilten. Die Straße vor mir war komplett frei, obwohl ich hinter mir hin und wieder einen großen roten Geländewagen sah, der mir in einiger Entfernung folgte. Es war seltsam tröstend, dass er in meiner Nähe war, während ich durch die karge Wildnis fuhr.

Als ich eine lange gerade Strecke vor mir hatte, fiel mir auf, dass es keine Leitplanken gab, die mich davor bewahrten, in den Tod zu stürzen, was mich dazu veranlasste, noch langsamer zu fahren. Ich fuhr zwar nicht direkt am Abgrund entlang, aber der Hang war ziemlich steil. Doch je länger meine Fahrt ohne Zwischenfälle verlief, desto selbstsicherer wurde ich.

Die Schönheit Kanadas ist etwas, an dem ich mich wahrscheinlich nie sattsehen werde: die schroffen, zerklüfteten Gebirgswände, die nur wenige Meter von mir entfernt aufragten, und die Seen und Gletscher, die man meilenweit in jeder Richtung sehen konnte.

Das Leben war schön. Ich schaltete das Radio ein und trällerte irgendeinen schrägen Countrysong mit.

Die Luft hier oben war kühler, ich konnte die Kälte spüren und tastete nach dem Schalter für die Autoheizung, um sie voll aufzudrehen.

Als ich meine Aufmerksamkeit wieder auf die Straße richtete, lief mir etwas vor den Wagen, eine Art Reh. Ohne zu überlegen, trat ich auf die Bremse und riss das Lenkrad scharf herum, um dem Tier auszuweichen.

Zu meinem Entsetzen kam mein Wagen von der Straße ab, kippte nach unten weg und stürzte in die steile Schlucht hinunter.

Kapitel 15

Ich drehte am Lenkrad, pumpte das Bremspedal und schrie, als der Wagen über den Rand kippte. Aber im letzten Moment, bevor die Schwerkraft zuschlagen und mich in einen qualvollen Tod reißen konnte, blieb der Wagen stehen und hing dann, ein Rad in der Luft, über dem Abgrund, während er leicht schaukelte.

Ich hatte vergessen, wie das Atmen ging. Ich konnte mich nicht bewegen – ein Zentimeter in die falsche Richtung mochte tödlich sein. Der Wagen schaukelte sanft, während er versuchte, sich zwischen meiner Rettung und meinem Tod zu entscheiden. Ich musste aussteigen, es war keine Option, auf Hilfe zu warten. Ich löste meinen Gurt und ließ ihn vorsichtig zurückgleiten, aber selbst diese kleine Bewegung brachte den Wagen zum Ächzen, und er neigte sich noch ein bisschen weiter nach unten. Mein Magen verkrampfte sich vor Angst und Panik, und ich blinzelte Tränen weg.

Plötzlich wurde die Fahrertür aufgerissen, und jemand stand neben mir – ein Mann, aber ich konnte ihn nicht ansehen, weil ich zu viel Angst hatte, mich zu bewegen.

Der Wagen begann von dem Ruck wieder zu schaukeln, und ich hätte den Mann am liebsten angebrüllt, dass er vorsichtig sein, dass er sich ganz langsam bewegen solle, aber die Worte steckten in meinem Hals fest.

Der Mann war allerdings nicht vorsichtig. Seine Bewegungen hatten überhaupt nichts Behutsames und Langsames an sich. Er beugte sich zu mir und zerrte mich mit einem schnellen, heftigen Ruck aus dem Wagen, direkt in seine Arme. Ich klammerte mich an meinen Retter, wodurch er rückwärtstaumelte, und als wir beide in den Schnee fielen, wurde mir mit einer erschreckenden Klarheit bewusst, dass es Harry war.

»Harry?«

»Hi.«

»Harry, o Gott.«

Ein Schluchzen drang aus meiner Kehle. Erleichterung, Adrenalin, Freude und Schrecken durchströmten mich, und ich legte meine Hände um Harrys Hals und küsste ihn auf den Mund. Ich wusste zwar nicht, warum er hier war, aber das brauchte ich in diesem Moment auch nicht zu verstehen. Ich spürte, dass mir Tränen über die Wangen liefen, während Harry mich ganz eng an sich zog und meinen Kuss erwiderte. Seine Hände waren um mein Gesicht, in meinen Haaren. Der Kuss wurde drängender, zwingender, und aus Harrys Kehle kam ein Laut, der wie ein Stöhnen klang. Aber ich konnte nicht aufhören.

»Alles in Ordnung bei Ihnen?«, rief eine Stimme hinter uns, und ich riss erschrocken meine Lippen von Harrys Mund.

Zwei Polizisten standen auf der Straße. Sie hatten offenbar angehalten, als sie meinen Wagen über dem Abgrund schwanken sahen.

Ich drehte den Kopf wieder zu Harry. Ich konnte nicht glauben, dass ich ihn gerade geküsst hatte.

»Es tut mir leid ... ich bin nur ...« Ich weinte immer noch und zitterte am ganzen Leib. Harry umfasste sanft mein Gesicht, küsste meine Stirn, wischte mir die Tränen aus den Augen und küsste mich dann auf den Mund – ein kurzer, süßer Schmatzer, kein richtiger Kuss, nicht so, wie ich ihn gerade geküsst hatte, mit Zunge. Gott, hatte ich Harry wirklich meine Zunge in den Mund geschoben? Wie peinlich.

»Bist du okay?«

Ich nickte.

»Bist du verletzt?«

Ich schüttelte den Kopf.

Harry sah mich mit hochgezogener Augenbraue an. »Kannst du sprechen?«

»Im Moment nicht.«

Er lächelte schwach.

Ich wollte von ihm herunterklettern, es kam mir unangebracht vor, auf ihm zu liegen, nach dem, was ich ihm gerade zugemutet hatte, aber meine Finger krallten sich fest in sein Hemd, und ich wusste nicht, wie ich sie von ihm lösen konnte. Obwohl Harry nicht den Anschein machte, als würde es ihn groß stören.

»Wir kommen gleich«, rief Harry zu den Polizisten, bevor er seinen sanften Blick wieder auf mich richtete. »Sosehr es mir auch widerstrebt, diese Position aufzugeben, aber ich glaube, wir sollten jetzt aufstehen.«

Ich konnte nicht aufhören zu zittern, und in meinem Körper breitete sich ein taubes Gefühl aus. Tatsächlich war ich nicht fähig, mich zu bewegen, und Harry erkannte das offenbar. Er setzte sich auf, platzierte mich behutsam auf seinem Schoß und rappelte sich dann mit mir hoch, während ich wie ein Baby in seinen Armen lag.

»Einen Augenblick«, sagte er, als er sich den Polizisten näherte.

Ich hörte die beiden miteinander reden, als wir an ihnen vorbeigingen. »Ich habe in meinem Leben ja schon vielen Frauen geholfen, aber ich bin nie so geküsst worden«, sagte der eine.

»Ich auch nicht.«

Ich errötete und wandte mein Gesicht von Harry ab, damit er es nicht sah.

Harry ging mit mir zu seinem roten Geländewagen, der mitten auf der Straße stand. Er verfrachtete mich auf den Fahrersitz und deckte mich mit seiner Jacke gut zu. Dann stellte er die Heizung auf Höchststufe, gab mir wieder einen Kuss auf die Stirn und ließ mich allein im Wagen zurück.

Ich beobachtete ihn, während er sich mit den Polizisten unterhielt. Ich fragte mich, was er ihnen wohl erzählte. Es wurde viel gestikuliert, aber nun lachten die Polizisten – Harry ließ wie immer seinen Charme spielen. Mein kleiner Mietwagen schien kein Stück weiterzuwollen, was meine Überreaktion nur noch peinlicher machte.

Ich verfolgte von Harrys Wagen aus, wie die Männer an meinem Auto und dem Polizei-Jeep ein Abschleppseil befestigten, und während Harry und einer der Polizisten mit ein bisschen Gewalt nachhalfen, zog der Jeep meinen Wagen zurück auf die Straße. Nach ein paar weiteren Lachern holte Harry meine Sachen aus dem Wagen und kehrte schließlich zu mir zurück.

»Wie geht es dir?«, fragte er und bedeutete mir rüberzurutschen, damit er einsteigen konnte.

»Ich komme mir ein bisschen albern vor.«

»Was? Warum? Das war ein Unfall. Kein Grund, sich albern vorzukommen.«

»Ich dachte, ich muss sterben.«

»Das dachte ich auch. Ich habe einen Todesschreck bekommen, als ich gesehen habe, wie du über den Rand gerutscht bist. Ich hatte in meinem ganzen Leben noch nie so viel Angst.«

Ich sah ihn an, während er den Motor startete.

War das der Grund, warum er meinen Kuss erwidert hatte, weil er auch unter Schock gestanden hatte? Wir sollten wirklich über diesen Kuss reden. Er lag unausgesprochen zwischen uns.

»Wie ist das überhaupt passiert? Zuerst fährst du noch ganz normal die Straße entlang, und einen Moment später hängst du über dem Abgrund. Bist du am Steuer eingenickt oder was?«

»Da war ein Reh. Ich bin ihm ausgewichen, und dann hing ich auch schon über dem Rand.«

»Blödes Reh.«

Er grinste in sich hinein, als wäre die ganze Geschichte zum Totlachen. Er winkte den Polizisten und wendete dann, um in die Stadt zurückzufahren, wo mein Hotel war.

»Was ist mit meinem Wagen?«

»Die Polizei wird ihn zurückfahren. Sie müssen ohnehin in diese Richtung.«

»Was machst du hier? Du solltest doch eigentlich in New York sein.«

»Ich wollte zu dir. Ich hatte vor, dich zu überraschen.«

»Das ist dir gelungen. Ich war sehr überrascht, dich zu sehen.«

Er lachte. »Das habe ich gemerkt.«

O nein, der Kuss. Wie sollte ich das erklären?

Ich zitterte immer noch und vergrub mich tief in Harrys Jacke, während ich seinen wunderbaren Geruch genoss, der meine Sinne überschwemmte. Am linken Ärmel war der Stoff leicht eingerissen, und ich versuchte verzweifelt, mich darauf zu konzentrieren statt auf die bevorstehende Erklärung.

Leise Stimmen holten mich aus dem Schlaf. Ich öffnete ein Auge, und mir wurde bewusst, dass ich an Harrys Brust lag, während sein Arm fest um meine Schulter geschlungen war. Nachdem wir ins Hotel zurückgekehrt waren, in Harrys Zimmer, in dem er ganz offensichtlich die Nacht zuvor geschlafen hatte, rief Harry bei der Autovermietung an, um die Versicherungsfragen zu klären – und für alle Fälle informierte er auch Sunlounger und Silver Linings. Ich musste wohl kurz danach eingeschlafen sein, und nun lag Harry neben mir und hielt mich fest. Das ergab alles keinen Sinn – seine Anwesenheit hier, obwohl er eigentlich in New York sein sollte. Und noch verwirrender war, dass Chloe ihn offenbar begleitet hatte.

»Dann hat sie dich also geküsst?«, fragte Chloe. Ich konnte sie von meiner Position aus nicht sehen, und ich verhielt mich ganz still, um die Unterhaltung zu verfolgen.

»Ja, ich weiß«, sagte Harry. »Sieh mich nicht so an. Es hatte nichts zu bedeuten. Sie stand unter Schock.«

»Ich stand schon ein paar Mal in meinem Leben unter Schock, aber ich habe deswegen nie jemanden so geküsst.«

»Sie hat sich einfach gefreut, mich zu sehen.«

»Kann man wohl sagen.«

Chloe schien sich über diese neueste Entwicklung richtig zu ärgern. Ich war wohl jemandem auf den Schlips getreten. Sie hatte Harry sehr gern, so viel war klar.

»Es hatte nichts zu bedeuten«, wiederholte Harry.

Ich setzte mich auf und sah zuerst Chloe an, dann drehte ich den Kopf zu Harry. »Tut mir leid«, murmelte ich und schickte mich an, aus dem Bett zu klettern, aber Harry hielt mich zurück.

»Wo willst du hin?«

»In mein Zimmer.«

»O nein, keine Chance«, widersprach er vehement. »Chloe wird heute Nacht in deinem Zimmer schlafen.«

Das war offensichtlich neu für Chloe, und sie funkelte Harry böse an, aber er starrte einfach böse zurück.

»Bitte, ich möchte mich nirgendwo dazwischendrängen. Es tut mir leid, wirklich.« Ich versuchte wieder, aus dem Bett zu klettern, aber Harry hielt mich fest.

Chloe stand auf und stolzierte aus dem Zimmer.

Ich starrte Harry an, und ich wusste, dass das Thema »Kuss« nicht von selbst vom Tisch sein würde.

»Bitte nicht«, sagte ich leise. »Vergiss es einfach. Es tut mir leid, dass ich dich geküsst habe. Ich hatte furchtbare Angst und war gleichzeitig supererleichtert, als ich dich gesehen habe. Bitte, interpretier da nichts Falsches hinein. Lass uns einfach den restlichen Urlaub genießen. Wir setzen unsere Weltreise fort und werden eine fantastische Zeit haben, und ich würde das gerne tun, ohne dass diese peinliche Wolke über unseren Köpfen hängt.«

Harry starrte mich an, und ich wünschte mir zum tausendsten Mal, dass ich seine Gedanken lesen könnte. Das würde alles so viel einfacher machen.

»Dann … werden wir vergessen, was passiert ist, und nie wieder ein Wort darüber verlieren?«

»Ja.«

Ich zwang ihn innerlich, das Thema fallen zu lassen. Wenn er wissen wollte, warum ich ihn geküsst hatte, wenn er mich zu einer Antwort drängte, fürchtete ich, dass alles herauskommen würde, und was würde dann aus unserer Freundschaft werden? Wenn Harry und ich kein Paar sein konnten, wollte ich ihn trotzdem als Freund behalten. Ich brauchte ihn. Ohne Harry an meiner Seite hätte ich die letzten paar Monate nicht überstanden, und ich wollte auch für ihn da sein – ich wollte ihn glücklich sehen, ich wollte, dass er sesshaft wurde, vielleicht Kinder bekam. Ich wollte ihm das nicht vermasseln, indem ich ihm meine unsterbliche Liebe erklärte.

»Du hast mich geküsst.«

O Mist, so einfach würde er das nicht auf sich beruhen lassen.

»Als Freund. Wir sind Freunde. Wir umarmen und herzen uns die ganze Zeit. Es hatte nichts zu bedeuten.«

»Verstehe.« Er wirkte wütend. »Dann war das also nur ein Kuss unter Freunden? Weil sich das für mich nämlich nach verdammt viel mehr angefühlt hat.«

»Ich war geschockt und erleichtert. Bitte, lass es gut sein. Du machst sonst alles zwischen uns kaputt.«

Er starrte mich einen Moment lang an, und ich sah, dass er am liebsten weitergebohrt hätte, aber er verzichtete darauf. »Wir sollten jetzt besser schlafen. Wir legen morgen früh los.«

Ich nickte und schmiegte meinen Kopf wieder an seine Brust. Er schob mich nicht weg, aber er legte auch nicht den Arm um mich. Nachdem ich ein paar Minuten lang unbehaglich dagelegen hatte und mich unerwünscht fühlte, rollte ich von ihm weg. Kurz darauf drehte er sich auf die andere Seite und kehrte mir den Rücken zu.

Geheimes Tagebuch
Ich bin total durcheinander. Nachdem ich Suzie nach ihrem beinahe tödlichen Autounfall geborgen hatte, küssten wir uns – na ja, sie küsste mich, und ich erwiderte natürlich ihren Kuss. Es war unglaublich, es war alles, was ich mir erhofft hatte, und noch mehr. In diesem Kuss lag echtes Gefühl. In jenem Moment wusste ich, dass Suzie für mich dasselbe empfand.
Aber hinterher wiegelte sie ab und behauptete, dass der Kuss nichts zu bedeuten hatte. Sie sagte, ich würde alles zwischen uns kaputtmachen, wenn ich weiter darauf herumhackte.
Ich war furchtbar enttäuscht. Chloe war erbost darüber, dass Suzie so mit mir spielte. Chloe ist zurück nach New York geflogen und wollte eigentlich, dass ich mitkomme. Aber ich bin hiergeblieben. Ich muss mit Suzie über das Ganze reden.
Leute, ihr habt mich bisher super unterstützt, und selbst wenn ich eure Methoden nicht immer befür-

worte, würde ich trotzdem gern eure Meinung zu dieser Sache hören.

Kommentare
Megan Wood schreibt: Sie liebt dich, definitiv. Man küsst jemanden nicht so, wenn man keine Gefühle für ihn hat. Es tut nichts zur Sache, wie viel Angst dabei im Spiel war. Dieser Kuss hat Suzie etwas bedeutet, und sie bestreitet das nur, weil sie Angst hat, dass du ihre Gefühle nicht erwiderst.

Victoria Stone schreibt: Ich würde am liebsten sofort zu euch kommen und eure Köpfe zusammenschlagen. Du liebst sie, sie liebt dich, sag es ihr einfach. Was hält dich zurück?

Harry Forbes schreibt: Ich wünschte, es wäre so einfach, Victoria. Probleme in meiner Kindheit haben bei mir eine große Angst vor Zurückweisung hinterlassen, ähnlich der Angst eines Arachnophobikers vor Spinnen. Ich habe es versucht, glaub mir. Wie viele Male habe ich in den letzten zwei Jahren meinen ganzen Mut zusammengenommen, um Suzie mein Herz zu öffnen, und es endete jedes Mal damit, dass ich mich in ein schwitzendes, zitterndes Wrack verwandelte. Das ist ja auch der ganze Sinn dieser Heiratsanträge – um Suzie auf diese Weise zu zeigen, wie viel sie mir bedeutet, statt es ihr direkt zu sagen. Aber ich weiß, sie muss die Worte hören, das hat sie selbst gesagt. Ich werde es ihr sagen … irgendwann.

Tilly Tennant schreibt: Ich bin neu hier, aber selbst ohne die ganzen Einträge gelesen zu haben, muss ich den anderen zustimmen. Sie liebt dich, jeder Narr kann das sehen.

Kirsty MacLennan schreibt: Sie liebt dich. Küss sie und hör dieses Mal nicht auf, bis ihr beide ganz verschwitzt und nackt seid.

Laura Lovelock schreibt: Sie liebt dich eindeutig. Worauf wartest du?

Verlobungsblog
Tag 31: Der Fossilien-Antrag.
Ort: Athabasca-Gletscher.
Die Fahrt durch die Rocky Mountains über den Icefields Parkway war fantastisch. Wir sahen Elche, Rotwild und sogar flüchtig einen Wolf auf unserer Tour durch die Wildnis. Suzie war begeistert wie ein Kind, während sie auf die ganzen Highlights draußen zeigte.
Wir stiegen um in ein Gefährt, das man nur als einen Geländebus bezeichnen konnte, mit großen, breiten Traktorreifen, um auf den Gletscher hinaufzufahren.
Die Schönheit der Landschaft war überwältigend. Hatten wir zuvor das unglaubliche Gebirgspanorama immer nur aus der Ferne betrachtet, fuhren wir heute buchstäblich mittendurch, so nah an den Bergen entlang, dass wir nur die Hand auszustrecken brauchten, um sie zu berühren.

Am Ziel angekommen, verließen wir den Bus und betraten den Gletscher, das Eis und den Schnee, die dort seit Tausenden von Jahren lagen.
Alle waren damit beschäftigt, Fotos zu machen und das Eis und den Berg anzufassen. Ich versuchte, Suzie unauffällig zu der Stelle zu lotsen, wo der vorbereitete Antrag war. Zwischen Suzie und mir herrschte heute eine leicht betretene Stimmung, und nachdem wir die Fahrt im Bus fast schweigend verbracht hatten, war Suzie wohl ziemlich froh darüber, sich von mir absetzen zu können, wenn auch nur für eine kleine Weile. Was für meinen Antrag nicht hilfreich war. Unsere Zeit hier auf dem Gletscherplateau war begrenzt, bevor wir wieder in den Bus steigen mussten und zum Hotel zurückfuhren. Ich wünschte mir, dass Suzie von selbst den Antrag entdeckte, aber ich war ein bisschen ratlos, was ich dafür tun konnte, außer sie in den Polizeigriff zu nehmen und sie mit der Nase darauf zu stoßen.
Plötzlich entdeckte jemand anderes die Stelle, ein Touristenpärchen. Und da die beiden ihren Fund laustark kundtaten, lief jeder zu ihnen hinüber, um zu sehen, was sie unter dem Eis entdeckt hatten, glücklicherweise auch Suzie. Das war zwar nicht der diskrete Antrag, den ich eigentlich beabsichtigt hatte, aber ein Masseneffekt ist auch nicht schlecht.
Suzie bahnte sich einen Weg durch die Menge und sah es schließlich auch. In einem Klotz aus Eis und Schnee, der aussah, als würde er dort schon seit Hunderten von Jahren liegen, stand mein Antrag mit Steinen und Zweigen geschrieben. Ich hatte

einen Eisbildhauer mit dem Kunstwerk beauftragt, und das Ice Explorer Team hatte es gestern auf den Gletscher gebracht und Wasser darübergegossen, damit es festfror.
Die Wirkung war großartig. Suzie stand die Überraschung ins Gesicht geschrieben, als sie sich suchend nach mir umblickte. Die anderen Touristen realisierten, dass der Antrag Suzie galt, die nun zu mir kam, und begannen zu jubeln. Ich kniete mich auf das Eis, und dann breitete sich ein gespanntes Schweigen aus, während alle auf Suzies Antwort warteten. Zum ersten Mal glaubte ich wirklich, dass ich eine erhalten würde.
Suzie beugte sich zu mir herunter und flüsterte mir ins Ohr: »Steh auf und nimm mich in den Arm, oder ich werde mir das hier noch ewig anhören müssen.«
Also tat ich das, und die Zuschauer applaudierten begeistert im Glauben, dass Suzie Ja gesagt hatte. Das war zwar nicht das romantische Ende, das ich mir erhofft hatte, aber trotzdem, Suzie lächelte während der ganzen Rückfahrt, und das war definitiv etwas.

Verlobungsblog
Tag 32: Der Kettensägenskulptur-Antrag.
Ort: Lake Louise.
Wir hatten heute den Tag zur freien Verfügung, um den Lake Louise zu erkunden, also mieteten wir uns einen Wagen und fuhren um den Gletschersee, durch die kleine Gemeinde und die Berge. Der See hat eine herrliche smaragdgrüne Farbe, und vor der Berg-

kulisse im Hintergrund sieht er einfach spektakulär aus.
Aber ich wollte, dass Suzie etwas anderes sieht.
Ganz in der Nähe lebt der Kettensägenkünstler Max Cordwain, der mit der Motorsäge und anderen elektronischen Werkzeugen flink und geschickt die prächtigsten Skulpturen und Kunstwerke erschaffen kann.
Die Auffahrt zu Cordwains Haus schmückten große hölzerne Pferde und Bären, neben kleinen, fein gearbeiteten Feen und Vögeln. Der Mann besaß ganz offensichtlich sehr viel Talent.
Leider war er dazu noch der schönste Mann, den ich je in meinem Leben gesehen habe. Er hatte einen buchstäblich eckigen Kiefer, gewaltige Muskeln, dunkle lockige Haare, die ihm bei der Arbeit ins Gesicht fielen, und Oberschenkel wie Baumstämme. Wäre ich schwul, hätte ich ihn auch angeschmachtet.
Denn während Max meinen Antrag in das tiefrote Holz schnitzte, konnte Suzie keine Sekunde lang die Augen von ihm abwenden. Es war nicht hilfreich, dass er mitten in der Arbeit sein Hemd auszog und dann halb nackt dastand, während er mannhaft den Baumstamm bearbeitete und mit seiner Säge mühelos durch das Holz fuhr – wie mit einem Messer durch Butter. Zu behaupten, Suzie wäre von ihm angetörnt, wäre eine massive Untertreibung.
Sie achtete kaum auf den Antrag, der unter Cordwains Händen zum Leben erwachte, sie hatte nur Augen für den Künstler.
Ich bin ein großer Mann, aber während Suzie diesen

Kerl lustvoll anstarrte, kam ich mir klein und unzulänglich vor wie noch nie. Ich glaube, Suzie nahm nicht einmal wahr, dass ich auch noch da war. Am liebsten wäre ich wieder in den Wagen gestiegen und weggefahren und hätte die beiden sich selbst überlassen.
Schließlich präsentierte Max uns das vollendete Werk und überreichte Suzie die herrliche Holztafel, in die in großen klobigen Buchstaben mein Antrag geschnitzt war. Suzie schenkte ihr kaum einen Blick. Ich war nicht begeistert.
Mein Rat an euch, meine lieben Heiratswilligen: Wenn ihr euch Unterstützung holt für eure Anträge, stellt vorher sicher, dass die Leute, die euch helfen, hässlich sind wie die Nacht.

Ich hatte ein schlechtes Gewissen wegen dieses Antrags, keine Frage. Max war absolut umwerfend, das gebe ich zu. Und er war, abgesehen von Harry, der erste Mann seit über zwei Jahren, mit dem ich in meiner Fantasie unartige und schmutzige Dinge tat. Ich staunte selbst, wie stark mein Verlangen war, als ich Max gegenüberstand. Wahrscheinlich war es nicht hilfreich gewesen, dass Harry seit diesem Kuss begonnen hatte, sich von mir zurückzuziehen. Ich spürte, dass er sich von mir immer mehr distanzierte. Wir redeten zwar miteinander, und oberflächlich wirkte alles noch einigermaßen freundschaftlich, aber es gab nun diese … Befangenheit zwischen uns, die dort nie zuvor gewesen war. Harry ahnte offensichtlich, was ich für ihn empfand, und versuchte, mich wegzustoßen. Ich vermute, ich habe Max ein bisschen zu doll angehimmelt, um

Harry zu zeigen, dass ich an ihm nicht wirklich interessiert war. Harry hatte sich nämlich ziemlich geärgert.

Womit ich jedoch nicht gerechnet hatte, waren die Reaktionen unserer Follower auf dem Blog. Nachdem Harry den Kettensägenantrag gestern gepostet hatte, erging ein kleiner Shitstorm gegen mich, und ich erhielt fünf ziemlich böse E-Mails, in denen mir vorgeworfen wurde, dass ich eine arrogante Kuh sei.

»Harry ist ein reizender und schöner Mann, und du hast ihn nicht verdient, du Miststück«, lautete eine Nachricht.

»Ich kann nicht fassen, dass Harry sich all diese Mühe macht, um dir zu zeigen, wie sehr er dich liebt, und dir fällt nichts Besseres ein, als die ganze Zeit den Holzschnitzer lüstern anzustieren, du oberdämliche Kuh«, lautete eine andere.

Noch jemand, der die Situation gründlich missverstanden hatte.

»Du bist entweder blind, lesbisch, dumm oder einfach eine geltungssüchtige Schlampe. Was davon trifft zu? So oder so, ich halte nicht viel von Harrys Frauengeschmack.«

»Dein Bruder stirbt, und Harry steht dir monatelang zur Seite und hilft dir, die Scherben einzusammeln, er führt dich um die ganze Welt und macht dir auf die unglaublichsten und schönsten Arten Heiratsanträge, und du bekommst gleich bei dem ersten Kerl, der ein bisschen nackte Haut zeigt, glänzende Augen. Du undankbare, arrogante Schnepfe.«

»Harry hat etwas viel Besseres verdient als dich. Du machst mich krank, du verfick…«

Ich wurde kurz abgelenkt, weil Harry in unser Zimmer kam. Ich klappte rasch den Laptop zu, damit er die Nachrichten nicht sehen konnte. Offensichtlich war ihm draußen kalt geworden, da er sich die Hände rieb, um sie aufzuwärmen.

Er hielt inne, als sein Blick auf mich fiel. »Was ist?«

»Nichts. Ich beantworte nur gerade ein paar E-Mails und so, nichts Wichtiges.«

Er legte den Kopf schief. »Du wirkst ein bisschen erschüttert.«

»Nein, es ist alles okay.« Ich ärgerte mich darüber, dass meine Stimme ganz und gar nicht okay war. Die Leute hatten recht, ich war eine schreckliche Person.

Harry war noch nicht richtig überzeugt, und ich verfluchte den Umstand, dass er mich so gut kannte. Er kam zu mir, um mir den Laptop wegzunehmen, und ich hielt das Gerät fest, aber Harry war stärker und entwand es meinem Griff.

Er klappte den Laptop auf und begann zu lesen. Seine Miene verdunkelte sich zusehends.

»Was zum Teufel soll das?«

»Es ist nicht wichtig.«

»Natürlich ist es wichtig. Was fällt denen ein, dir solche Sachen zu schreiben?«

Ich seufzte. »Es ist nicht gerade hilfreich, wenn du deine Blogeinträge so verfasst, als wärst du in mich verliebt, und ich stehe am Schluss als die Böse da, weil ich zu keinem deiner Anträge Ja sage. Ich weiß, genau das will Silver Linings sehen, Romantik und Blumen und zwitschernde Vögel, aber das entspricht halt einfach nicht der Realität. Du und ich, wir sind nur befreundet, und ich denke, unsere Follower sollten das erfahren.«

Harry starrte mich eine gefühlte Ewigkeit lang an. »Nur befreundet?«

»Ich meine nicht nur, du bist für mich viel mehr als nur ein Freund …« Ich verstummte. Oh, welch wirres Netz wir weben … »Du warst unglaublich nach Jack, in dieser ganzen Zeit, du bedeutest mir alles, und ich …«

»Ich werde mich darum kümmern, mach dir keine Gedanken mehr deswegen. Zieh dich um, wir müssen in einer halben Stunde los.«

Mit dem Laptop unter dem Arm stürmte er aus dem Zimmer.

Unser netter Erholungstrip auf dem See heute Nachmittag wirkte nun nicht mehr sehr vielversprechend. Dabei hatte ich gehofft, es würde richtig lustig werden und Harry und ich könnten irgendwie zu unserer alten Behaglichkeit zurückfinden. Aber als die Tür hinter ihm zuschlug, erschien mir diese Aussicht immer unwahrscheinlicher.

Harrys Laune hatte sich keinen Deut gebessert, als wir eine Stunde später am Ufer des Lake Louise standen. Er wollte mir nicht sagen, was er den Leuten geantwortet hatte, von denen die E-Mails kamen, aber offensichtlich war es nichts Nettes.

Wir hatten uns zwei Kanus geliehen, die uns an das andere Ufer bringen sollten, von wo aus es dann noch eine halbe Stunde zu Fuß war bis zu der Blockhütte, in der wir übernachten würden. Ich konnte mir nichts Romantischeres vorstellen, als mit Harry eine Nacht in einer Blockhütte zu verbringen, selbst wenn die Stimmung, die momentan zwischen uns herrschte, alles andere als angenehm war.

Harry paddelte los, und seine kräftigen Arme pflügten durch das Wasser, während ich bereits Mühe hatte, eine gerade Linie zu fahren. Der See war groß, aber die Leute vom Kanuverleih schienen zuversichtlich, dass wir die Strecke in einer halben Stunde schaffen würden. Ich dagegen war zuversichtlich, dass wir das andere Ufer nicht vor Einbruch der Dunkelheit erreichen würden, und dabei hatten wir noch nicht einmal Mittag.

Es gelang mir irgendwie, einen Rhythmus zu finden und in die richtige Richtung zu steuern. Aber schon nach wenigen Minuten schrien meine Schultern und mein Rücken unter der Belastung von Muskeln, von deren Existenz ich nicht das Geringste geahnt hatte, ganz zu schweigen davon, dass ich sie jemals zuvor benutzt hatte. Ich hielt inne für eine kleine Verschnaufpause. Als Harry mir gestern von der Kanutour erzählt hatte, hatte ich mir das eigentlich ganz lustig vorgestellt. Nun war ich schweißgebadet, hatte Schmerzen und keine Puste mehr, und dabei hatte ich nicht einmal ein Drittel des Sees überquert.

Harry bemerkte offenbar, dass ich Schwierigkeiten hatte, und kehrte zu mir um.

»Alles okay?« Er glitt mühelos durch das Wasser auf mich zu.

»Es ist viel schwerer, als es aussieht.«

»Ach was, es ist leicht. Na komm, wir sind schon fast da.«

Wir waren nicht schon fast da, aber die Vorstellung, in dieser kleinen Blockhütte am Kamin zu sitzen, hielt mich bei der Stange.

Harry wendete und paddelte wieder voraus, und

bald entstand zwischen uns eine große Lücke. Sosehr ich mich auch anstrengte, schneller zu paddeln, es schien, als würde ich mich nicht vom Fleck bewegen.

Harry kehrte wieder zu mir zurück. »Na komm, ich nehme dich ins Schlepptau.« Er reichte mir ein Seil herüber.

»Nein, es geht schon, paddel du ruhig voraus. Ich bin dann auch bald da.«

Er seufzte. »Jetzt komm schon her.« Er war offensichtlich immer noch sauer, entweder auf mich oder auf unsere Follower, aber ich wusste, wann es besser war, nicht mit ihm zu diskutieren, und das hier war einer dieser Momente.

Ich gab mich widerwillig geschlagen und versuchte, näher an sein Kanu heranzusteuern, aber ich verpasste Harrys Hände um einen guten Meter. Harry beugte sich vor und versuchte, das Ende meines Kanus zu erwischen, aber durch die Verlagerung seines Gewichts kippte sein Kanu um und warf ihn in den See.

»Nein! Harry, o mein Gott, bist du okay?«

»Scheiße!«, fluchte er leise. »Verflucht, das Wasser ist eiskalt.«

Sein Kanu lag kopfüber im Wasser, und ich paddelte hin, um Harry dabei zu helfen, es umzudrehen.

»Nicht!«, presste Harry mit zusammengebissenen Zähnen hervor. »Du fällst sonst nur auch noch rein.«

Ich schaute hilflos zu, wie Harry das Kanu umdrehte und sich aus dem eisigen Wasser hievte. »Fuck, das ist so verdammt kalt.«

»Lass uns zurückpaddeln. Wir sind schneller zurück im Hotel als in der Blockhütte, und im Hotel kannst du heiß duschen.«

»Nein, ist schon gut.«

Es war eindeutig nicht gut, er zitterte ganz fürchterlich.

Mit klammen Fingern befestigte er das Seil vorne an meinem Kanu. »Harry, bitte lass es. Sieh einfach zu, dass du in die Hütte kommst. Ich stoße dann später zu dir.«

Er ignorierte mich, und gleich darauf powerte er durch das Wasser, mit meinem Kanu im Schlepptau.

Als wir uns dem anderen Ufer näherten, sah ich ein Feuer, eine Picknickdecke, einen Deckelkorb und einen Champagnerkübel, die dort auf uns warteten. Harry war sehr gut vorbereitet.

Er legte mit seinem Kanu rasch auf dem kleinen Sandstrand an und zog dann mein Kanu neben seins. Er kletterte aus seinem Kanu und half mir dann aus meinem. Er fror sehr stark – er krümmte sich zusammen, um sich vor der Kälte zu schützen, und taumelte zu dem Feuer, wo er vor den Flammen auf die Knie fiel.

»Lass uns das Picknick verschieben«, sagte ich. »Lass uns einfach direkt zu der Hütte gehen, damit du dich umziehen kannst. Wir können später wieder hierherkommen und das Picknick nachholen.« Unser Gepäck war entweder bereits in der Hütte oder auf dem Weg dorthin. Aber selbst wenn es noch nicht da war, würden wir in der Hütte sein, raus aus der Kälte, und konnten dort ein Feuer anzünden.

»Die Hütte ist eine halbe Stunde von hier. Ich muss mich zuerst aufwärmen, bevor ich diesen Marsch antrete, sonst riskiere ich eine Unterkühlung.«

Eine Unterkühlung. O Gott, nein. Sollte ich einen

Krankenwagen rufen, sollte ich auf der Straße zurück zum Hotel laufen, um Hilfe zu holen?

Harry musste bemerkt haben, dass ich in Panik geriet, weil er sich zu einem Lächeln zwang.

»Schon okay, mach dir keine Sorgen. Gleich geht es mir wieder besser.«

Zu meiner Überraschung begann er, sich auszuziehen. Jacke, Stiefel, Hose, Kapuzensweatshirt, T-Shirt, alles rasch nacheinander, und trotz meiner Panik konnte ich nicht anders, als dazustehen und seinen herrlichen Körper zu bewundern. Er hüllte sich in eine Decke, sodass er vom Hals bis zu den Zehen bedeckt war, und legte sich neben das Feuer.

»Wie kann ich dir helfen?«, fragte ich, während ich nervös von einem Bein auf das andere trat.

»Du kannst dich auch ausziehen und dich zu mir legen.«

Natürlich. Das Einmaleins der Rettungsmaßnahmen. Körperwärme war eins der besten Mittel gegen Unterkühlung. Ich zögerte nicht. Ich entkleidete mich so rasch wie möglich bis auf die Unterwäsche. Die kalte Bergluft fühlte sich auf meiner nackten Haut an wie Messerstiche, aber ich kletterte rasch unter die Decke zu Harry und legte mich auf ihn, während ich versuchte, seine große Gestalt mit meinem Körper abzudecken.

Ich stopfte die Decke um seine Schultern fest, nahm meine Mütze ab und setzte sie Harry auf, weil ich wusste, dass der Kopf sehr viel Körperwärme abstrahlte. Dann lag ich still da und hoffte irgendwie, dass ich etwas bewirkte.

Harry war kalt, aber nicht eiskalt – vielleicht hatten

wir früh genug Gegenmaßnahmen getroffen, vielleicht half es, dass ich auf ihm lag.

»Suzie.«

Ich hob den Kopf und sah ihn an.

»Das war eigentlich ein Scherz, als ich sagte, dass du dich ausziehen sollst. Ich habe im Grunde damit gerechnet, dass du mir sagst, wo ich ihn mir hinstecken kann.«

»Was?«

»Ich hätte nie gedacht, dass du dich tatsächlich ausziehst.« In seinen Augen funkelte der Schalk.

»Aber … du warst unterkühlt. Ich habe versucht, dich mit meinem Körper zu wärmen.« Ich spürte, dass meine Wangen zu glühen begannen.

»Mir ist zwar kalt, mein Schatz, aber ich bezweifle doch stark, dass ich unterkühlt bin. Ich glaube, dafür war ich nicht lange genug im Wasser. Trotzdem, ich bin sehr gerührt, dass du dich so bereitwillig für mich ausziehst.«

Ich starrte ihn an. »Du Arsch.«

Er lachte so laut und tief, dass ich das Vibrieren auf meinem Körper spürte.

Ich schickte mich an, von ihm herunterzuklettern, aber er hielt mich fest. »Keine Chance, Miss McKenzie. Schließlich besteht durchaus die Möglichkeit, dass ich doch unterkühlt bin.«

Er lachte wieder, und ich stimmte mit ein. Und einfach so löste sich die Befangenheit der letzten paar Tage in Luft auf.

Verlobungsblog
Tag 33: Der Nahtoderfahrungsantrag.
Ort: Lake Louise.
Das Liebeswerben ist ein wichtiger Teil jedes Heiratsantrags, man kann die Frage nicht einfach so heraushauen, wenn einem gerade danach ist. Also arrangierte ich eine pittoreske, beschauliche Kanufahrt einmal quer über den Lake Louise, ein romantisches Picknick an einem knisternden Strandfeuer und schließlich einen Spaziergang durch den verschneiten Wald, vorbei an meinem Antrag vor der Blockhütte, in der wir die Nacht verbringen würden.
Was ich nicht berücksichtigt hatte, war, dass ich in den See fiel und fast an einer Unterkühlung starb. Aber Suzie kam zu meiner Rettung, indem sie sich auszog und sich zu mir unter die Decke legte, um mir dringend benötigte Körperwärme zu spenden.
Nachdem ich etwas aufgewärmt war, beschlossen wir, auf das Picknick zu verzichten und uns schleunigst zu der Blockhütte aufzumachen, nur in jeweils eine Decke gehüllt. Es war der schnellste Sprint, den wir je in unserem Leben hingelegt haben. Ich lief voraus, da ich wusste, wo die Hütte war, aber ich hörte Suzie hinter mir unkontrolliert kichern, während wir zwischen den Bäumen hindurchjagten.
Wir schenkten meinem Antrag in Form eines Schneemanns, der direkt vor der Hütte auf Knien um die Hand einer Schneefrau anhielt, kaum Beachtung. Wir stürmten einfach raus aus der Kälte

und in die Hütte hinein. Im Kamin brannte bereits ein Feuer, und wir schoben die Couch davor und kuschelten uns dann zusammen unter die Decke. Suzies Herz schlug so schnell, dass ich es hämmern spürte, während ich sie in meinem Arm hielt.
Das war der Moment, in dem ich sie fragte, ob sie meine Frau werden möchte.
Sie erklärte mir, dies sei bis jetzt der beste Antrag gewesen, obwohl alles schiefgelaufen war. Ich fragte sie, ob das ein Ja sei. Ich spürte, dass sie an meinem Hals lächelte, eins der besten Gefühle auf der Welt.
Sie sagte: »Ich liege mit dir nackt unter der Decke, vor einem prasselnden Kaminfeuer. Ich überlasse dir die Antwort selbst.«
Ich beschloss, dass das ein Ja war.

Ich wurde wach gerüttelt und blinzelte in die Dunkelheit. Das Kaminfeuer war schon lange ausgegangen, und als ich mich auf der Couch streckte, wurde mir bewusst, dass Harry nicht mehr bei mir war.

»Suzie, du musst aufstehen, sofort.«

Ich erkannte Harrys großen Schatten, der sich über mir abzeichnete.

Ich brachte meinen Arm unter der Decke hervor, aber die Kälte im Raum schnitt sofort durch mich hindurch, und ich zog meinen Arm schnell wieder unter die warme Decke.

»Es ist kalt«, murmelte ich verschlafen.

»Ich weiß, das Feuer ist ausgegangen. Steh auf.«

Ich hielt die Decke für ihn hoch. »Komm wieder ins Bett. Wir können uns gegenseitig wärmen.«

Ich zwinkerte. Hatte ich das wirklich gerade gesagt?

Von Harry kam bloß ein Schweigen, also nahm ich an, ja.

Als er wieder redete, lag in seiner Stimme ein schroffer Unterton. »Das würde ich gerne tun, glaub mir, aber du musst aufstehen und dich anziehen. Sofort.«

Ich sah ihn an, und mir wurde bewusst, dass er sich eilig ankleidete. Von ihm ging ein plötzlicher Handlungsdruck aus, und ich schlug rasch die Decke zurück und stand auf. »Was ist los?«

Er gab mir meine Sachen zum Anziehen, und ich schlüpfte rasch hinein.

»Ich warte draußen.«

Er ging hinaus. Ich zog meine Stiefel an und eilte ihm hinterher. Er stand auf der Veranda und blickte auf die Berge hinaus. Der Lake Louise lag unter uns und schimmerte im Mondlicht. Ich hatte die grandiose Aussicht vorhin nicht zur Kenntnis genommen, als wir nackt durch den Wald gelaufen waren.

Harry wandte sich um und lächelte, als er mich sah, dann zog er mich an seine Seite.

»Sieh mal«, flüsterte er und zeigte auf die Lücke zwischen zwei Bergen.

»Was?« Ich starrte blinzelnd in den klaren Nachthimmel, zu den Sternen, die sich über der Gletscherlandschaft verteilten, und zu dem Mond, der fast so hell schien wie die Sonne. Aber ich konnte nichts sehen. Der Himmel war hier nicht tiefschwarz, sondern hatte diesen grauen Einschlag wie sehr früh morgens.

Harry und ich hatten uns den ganzen Nachmittag kaum von der Couch bewegt, außer um Holz im Kamin nachzulegen. Obwohl uns beiden klar war, dass Harry sich rasch wieder aufgewärmt hatte, war keiner von uns gewillt gewesen, die Grenzen der Couch und unsere halb nackte Umarmung zu verlassen. Natürlich war nichts passiert, aber die Intimität, als Harry mich hielt und an meinen Haaren spielte, während er die Flammen beobachtete, war schwer zu ignorieren gewesen.

Wir hatten auf der Couch gespeist, und ich verschickte sogar ein paar E-Mails, während Harry über seinen Antrag bloggte und dabei die ganze Zeit bei mir lag, halb nackt unter der Decke.

Unter anderen Umständen wäre das unglaublich romantisch gewesen.

Dann war es dunkel geworden, und wir waren zusammen eingeschlafen.

Aber nun war es mitten in der Nacht, und ich stand draußen in der klirrenden Kälte und starrte auf die Berge. Es war ein fantastischer Anblick, mit dem Mond über dem Wasser, aber trotzdem wünschte ich mir unwillkürlich, dass ich wieder in Harrys Armen vor dem Kamin liegen würde.

Dann sah ich es, und mein Herz machte einen Satz.

Ganz weit weg, am entferntesten Punkt des Horizonts, war plötzlich ein gespenstischer grüner Schein, der schimmernd am Himmel tanzte.

Ich keuchte. »Ist das etwa …«

Ich sah Harry an, der mich breit angrinste. »Das Polarlicht.«

»Nein! Eigentlich kann man das von hier aus gar nicht sehen, wir sind viel zu weit südlich.«

»Um diese Jahreszeit kann man es wohl hin und wieder beobachten, aber anscheinend ist es nicht besonders spektakulär.«

Ich schaute wieder hoch zu den grünen Schwaden, die sich in der Ferne wie Rauch bewegten. »Für mich sieht das ziemlich spektakulär aus.«

Harry schlang seinen Arm um mich und zog mich eng an sich, und ich spürte, dass er zustimmend nickte.

Nach ein paar Minuten verschwand er kurz in der Hütte und brachte die Decke heraus. Er wischte den Schnee von der Holzbank, und wir setzten uns darauf und kuschelten uns eng aneinander, um uns die Show anzusehen.

Obwohl die Nordlichter weit entfernt am Nachthimmel spielten, boten sie uns trotzdem ein unglaubliches Schauspiel. Es sah fast aus wie die Schatten von tanzenden Menschen, während die Lichterschemen sich an den Wolken wellten.

»Danke«, sagte ich an Harrys Schulter.

Er sah mich an. »Wofür? Ich habe das Polarlicht nicht arrangiert, Kid. Ich bin zwar gut, aber so gut auch wieder nicht.«

Ich lächelte. »Danke für alles, dafür, dass du für mich da bist, für deine Anträge, für das alles hier.« Ich machte schwungvoll eine ausladende Geste, wodurch die Decke von meinen Schultern rutschte. Harry zog sie wieder hoch und packte mich fest darin ein. »Tut mir leid wegen der merkwürdigen Stimmung zwischen uns. Ich weiß nicht genau, warum wir uns in den letzten paar Wochen so oft gestritten haben, wo wir doch vorher nie Streit hatten. Ich schätze, ich habe Angst, dich zu verlieren.«

Er lächelte mich an. »Das wir nie passieren, Suzie. Egal, was geschieht, egal, wo wir uns gerade auf der Welt befinden, du wirst immer meine beste Freundin sein.« Er machte eine Pause und runzelte leicht die Stirn. »Richtig?«

Ich nickte eifrig.

Er gab mir einen Kuss auf die Stirn und richtete dann den Blick wieder auf die Berge.

»Ich hätte es dir vorher sagen sollen. Ich bin beschädigte Ware, und ich schätze, ich wollte nicht, dass du weißt, wie schlimm verkorkst ich bin.«

Ich blieb ganz still, während ich spürte, dass alles, was ich wissen wollte, und alles, was ich nicht wissen wollte, kurz davorstand herauszuströmen. Und ich hatte recht.

Kapitel 16

»Ich war ein schreckliches Baby. Ich hörte einfach nicht auf zu weinen, von dem Moment an, als ich auf die Welt kam, bis zu der Zeit, als ich ungefähr drei Jahre alt war.« Ich schlang meine Arme enger um ihn. »Meine Eltern haben nie eine glückliche Ehe geführt. Abigail, meine Schwester, ist sechs Jahre älter als ich, und sie erzählte mir später, dass unsere Eltern sich schon vor meiner Geburt immer gestritten und gegenseitig angeschrien haben. Ich war ein Unfall, so viel war klar. Meine Eltern bekamen sich oft in die Haare, weil sie mich nicht haben wollten, und so hasste Abigail mich auch, noch bevor ich auf der Welt war. Ich schätze, mit meinem ständigen Weinen habe ich mich bei ihr auch nicht gerade beliebt gemacht. Meine Eltern steckten mich in das Zimmer meiner Schwester, weil sie mein Geschrei nicht mehr ertragen konnten. Wenn ich heute zurückblicke und mir vor Augen führe, was Abigail mir erzählt hat, waren sie einfach schlechte Eltern.«

Er sah mich an, wahrscheinlich um meine Reaktion einzuschätzen. Was auch immer er in meinem Gesicht las, es veranlasste ihn fortzufahren.

»Das Weinen hörte dann zwar irgendwann auf, nehme ich an … na ja, laut Abigail hörte es auf, aber ich hatte schreckliche Angst vor der Dunkelheit. Habe ich manchmal heute noch. Ich wachte damals nachts immer schreiend auf. Jede Nacht, manchmal zwei- oder dreimal. Ich kann mich nicht erinnern, dass meine Eltern jemals in das Zimmer kamen, um nach mir zu schauen. Dafür erinnere ich mich, dass mein Vater nebenan brüllte, dass ich still sein sollte. Das ist so ziemlich die einzige Erinnerung, die ich an ihn habe. Ich war fast vier, als er uns verließ. Er ging einfach aus dem Haus, und ich sah ihn nie wieder. Ich habe fast keine Erinnerung an ihn, ich weiß nicht einmal, ob er überhaupt noch lebt. Meine Mutter betrank sich in den nächsten vier Jahren beinahe jeden Tag bis zur Besinnungslosigkeit. Meine Schwester zog mich groß und sorgte dafür, dass wir beide zu essen hatten – wir ernährten uns hauptsächlich von Sandwiches und Cornflakes – und in die Schule gingen. Ich wundere mich im Nachhinein, dass nie jemand was gemerkt hat. Meine Mutter kam hin und wieder aus ihrem katatonischen Zustand heraus, um unsere Sachen zu waschen und Einkäufe zu machen, um Sozialleistungen zu beantragen, um gelegentlich ihr Gesicht an der Schule zu zeigen. Vielleicht reichte das, sodass die Behörden unsere Verwahrlosung nicht wahrnahmen.

»Eines Tages, als ich acht war, unternahm unsere Mutter mit mir und meiner Schwester einen Ausflug. Sie verfrachtete uns und zwei große Koffer in den Wagen und fuhr mit uns stundenlang durch die Gegend. Ich war ziemlich aufgeregt, wir hatten bis zu jenem Tag noch nie einen Familienausflug gemacht, und die Koffer bedeuteten ganz offensichtlich, dass wir in den Urlaub fuhren. Dann hielten wir an diesem Park, in dem jede Menge Kinder waren, die mit ihren Eltern spielten. Und ich glaube, das war das erste Mal, dass mir wirklich bewusst wurde, wie anders unsere kleine Familie war. Die Liebe, die in jeder einzelnen dieser vielen verschiedenen Familien an jenem Tag zum Ausdruck kam, fehlte in unserer eklatant. Ich meine, ich liebte meine Mutter, ich wusste zwar, dass sie nicht die beste Mutter war, aber ich liebte sie bedingungslos. Ich glaube, ich erkannte dort zum ersten Mal, dass sie meine Gefühle wahrscheinlich nicht erwiderte. Sie sagte meiner Schwester und mir, dass wir mit unseren Koffern aussteigen sollten, was wir befolgten, und dann fuhr sie einfach davon. Auch sie habe ich danach nie wieder in meinem Leben gesehen.«

»O Harry.«

Er sah mich an. »Spar dir dein Mitleid, Suzie. Mitleid ist das Letzte, was ich möchte.«

»Aber natürlich tut es mir leid für dich. Du warst noch ein Kind, und was du mir gerade erzählt hast, ist ganz furchtbar.«

»Ich erzähle dir das alles nicht, weil ich dein Mitleid haben möchte. Das ist genau der Grund, warum ich es dir bisher nicht erzählt habe. Ich will nur, dass du mich verstehst, mein ganzes Ich. Warum ich so bin, wie ich bin.«

»Einer der schönsten Menschen, die ich kenne.«

»Urgh. Ich mag von außen ganz passabel aussehen, ich meine, ich muss wohl ganz passabel aussehen, weil ich ziemlich viel weibliche Aufmerksamkeit bekomme. Und es ist schön, dass Frauen mit mir zusammen sein wollen. Ich habe mein ganzes Leben damit verbracht, unerwünscht zu sein, und plötzlich komme ich in die Zwanziger und kann mich vor Frauen kaum retten. Es ist schwer, sie abzuweisen, wenn man so etwas nie zuvor hatte. Aber die Frauen kennen mich nicht wirklich, und wenn ich ehrlich bin, ist mir das ganz recht.«

»Ich meinte, dass du von innen schön bist.«

Er stieß ein hohles Lachen aus. »Ich bin verbittert, wütend, emotional verkrüppelt. Ich habe mich in eine unheimlich tolle Frau verliebt und konnte es ihr nicht sagen, aus Angst vor Zurückweisung. Was für eine Frau möchte schon so einen Mann haben?«

Er hatte ja keine Ahnung.

Ich legte meine Hand auf sein Herz. »Das hier ist schön. Du bist lieb, großzügig, schlau, witzig.« Ich lächelte. »Richtig witzig. Du hast einen großen Beschützerinstinkt und einen ebenso großen Helferinstinkt. Jede Frau kann sich mit dir glücklich schätzen. Wir alle haben unsere Probleme, die wir mit uns herumschleppen. Es besteht kein Zweifel, dass du ein besonders schweres Päckchen erwischt hast.«

Er starrte auf meine Hand und umschlang sie dann mit seinen Fingern, ließ sie aber auf seinem Herzen ruhen.

»Ich kann dich nicht verlieren«, sagte er so leise, dass ich ihn kaum verstand.

»Es gibt nichts, was du sagen kannst, um mich von dir wegzustoßen. Du bist mein bester Freund.«

»Der Job, in New York …«

»O Harry.« Plötzlich ergaben seine Wut und Empörung über den Job einen Sinn. »Ich dachte, wir könnten zusammen nach New York gehen.«

»Aber … davon hast du nichts gesagt.«

»Du hast mir nie die Chance dazu gegeben.«

Er bog den Kopf zurück und lachte erleichtert auf.

Ich rutschte näher an ihn heran, ohne ihn bedrängen zu wollen, aber ich wollte auch nicht, dass der Damm sich bereits wieder schloss. »Hat man deine Mutter gefunden?«

Er schüttelte den Kopf. »Sie ist nach Frankreich geflogen, Stunden bevor wir zur Polizei gebracht wurden, nachdem eine Familie bemerkt hatte, dass wir alleine im Park waren, als es bereits dunkel wurde. Meine Mutter muss sofort in das Flugzeug gestiegen sein, nachdem sie uns ausgesetzt hat. Ihre Spur führte nach Südamerika, aber seitdem ist sie verschollen. Wir kamen danach zu unserer Großmutter – die uns jeden Tag erklärte, wie sehr sie uns hasste und dass wir ihr Leben ruinierten. Zum Glück starb sie zwei Jahre später. In den nächsten paar Jahren kamen meine Schwester und ich von einer Pflegefamilie in die nächste. Abigail war ein Albtraum, sie machte in der Schule Ärger, verwüstete das Haus, sie war unverschämt und aggressiv. Meine nächtlichen Panikattacken hielten weiter an. Es gab keine Familie, die das auf Dauer mitmachen wollte – Abigails Launen und meine Schreianfälle mitten in der Nacht. Kaum waren wir in einem neuen Zuhause angekommen, wurden wir schon wenige Tage später wieder fortgeschickt. Ich habe sehr schnell gelernt, dass ich niemandem trauen konnte.«

Mir brach das Herz vom bloßen Zuhören.

»Es gab eine Familie, die es länger mit mir aushielt, da war ich ungefähr vierzehn. Die Pflegeeltern waren nicht besonders nett zu mir, aber sie waren auch nicht schrecklich. Obwohl ich später erfuhr, dass es nur wegen des staatlichen Pflegegeldes war, weshalb ich so lange bei ihnen bleiben durfte. Dort habe ich dann

Chloe kennengelernt, noch so ein verwahrlostes Kind, das die Familie aufgenommen hatte.«

»Aber … du hast gesagt, dass du und Chloe zusammen wart, dass sie deine Ex ist.«

»Das stimmt auch. Wir waren ungefähr zwei Wochen ein Paar, als ich fünfzehn war. Bis sie mir wegen Isabel Carmichael den Laufpass gab.«

»Chloe ist lesbisch?«

Er nickte.

Ich unterdrückte ein erleichtertes Lächeln. Dann liebte Chloe ihn also wirklich wie einen Bruder. Er war ihr Pflegebruder.

»Jedenfalls war ich insgesamt vier Jahre bei dieser Pflegefamilie. Abigail war bereits erwachsen und lebte mit ihrem Freund zusammen, und ich hatte auf eine gewisse Art das Gefühl, dass ich endlich eine richtige Familie gefunden hatte. Zugegeben, es war keine tolle Familie, aber ich bin trotzdem davon ausgegangen, dass meine Pflegeeltern immer für mich da sein würden. Mit achtzehn gibt es für Pflegekinder kein Geld mehr vom Staat. An meinem achtzehnten Geburtstag eröffneten mir meine Pflegeeltern, dass ich mir eine andere Bleibe suchen musste. Sie setzten mich praktisch auf die Straße. Damals schwor ich mir, nie wieder jemandem zu vertrauen.« Er umklammerte meine Hand fester. »Außer dir. Dir vertraue ich.«

Ich lächelte.

»Vertraust du mir auch?«

»Ja.«

»Ich würde dir niemals wehtun.«

»Ich weiß.«

»So, nun weißt du alles, was es über mich zu wissen

gibt, und du bist immer noch hier und hältst meine Hand. Sollen wir über diesen Kuss reden?«

Ich spürte, wie mein Gesicht lang wurde.

O nein. Harry hatte mir sein größtes Geheimnis offenbart, und nun erwartete er von mir dasselbe. Sosehr ich auch darauf vertraute, dass er nicht auf meinem Herzen herumtrampeln würde, falls er meine Gefühle nicht erwiderte, ich wollte trotzdem unbedingt vermeiden, dass diese Befangenheit zwischen uns zurückkehrte, nicht wenn es gerade wieder normal für uns lief. Und es gab auch kein Entrinnen vor Harry, schließlich würden wir die nächsten zwei Monate miteinander verbringen, während wir weiter die Welt bereisten – zwei Monate lang in einer merkwürdig verkrampften Stimmung. Außerdem konnte ich nicht vergessen, wie Harry sich nach dem Kuss von mir zurückgezogen hatte und auf Distanz gegangen war. Und sein negativer Kommentar damals, dass er es nicht verkraften würde, wenn ich nackt in seinem Bett läge … Obwohl es schon Wochen her war, damals an jenem Abend, als ich die Nudelfrisur trug, hallte der Satz immer noch in meinem Kopf wider. Andererseits … die Art, wie Harry mich gerade ansah … falls er doch genauso empfand wie ich, dann könnten wir in Sekundenschnelle in unsere kleine Blockhütte zurückkehren und uns vor dem Kamin lieben. Mein Unterleib zog sich vor Lust und Verlangen zusammen. Ich war total durcheinander.

»Harry, ich …«

Seine Augen füllten sich mit Angst, und das genügte, um mich abrupt innehalten zu lassen. Harry wollte auch nicht, dass sich zwischen uns etwas änderte.

»Der Kuss, was er für mich bedeutet hat, was er für dich bedeutet hat, können wir darüber nicht später reden, wenn wir von unserer Reise zurück sind? So wie es jetzt ist – ich möchte das nicht ruinieren. Auf uns wartet noch die halbe Welt, und die möchte ich mir gern mit meinem besten Freund anschauen, ohne dass eine komische Stimmung zwischen uns liegt. Wir werden eine fantastische Zeit haben.«

Er runzelte leicht die Stirn und nickte dann. »Ganz bestimmt. Es gibt noch so viel auf der Welt zu sehen, so viel zu unternehmen, ich kann es gar nicht erwarten, das alles mit dir gemeinsam zu erleben. Trotzdem, wir müssen unbedingt reden, aber ich kann warten, bis wir wieder zu Hause sind. Ich will das hier auch nicht ruinieren.«

Ich wusste, dass dieses Gespräch kommen würde – seit wir uns geküsst hatten, wusste ich, dass Harry es nicht auf sich beruhen lassen würde. Aber ich hatte mir gerade eine zweimonatige Galgenfrist verschafft. Wir würden reden. Ich würde ihm alles sagen. Ich musste es wissen, so oder so.

Ich lehnte mich an seine Schulter und richtete meine Aufmerksamkeit auf die Sonne, die gerade im Osten aufging und rosa gefärbte Wolken über den Himmel schickte. »Okay«, sagte ich.

Harry zog mich ein Stück enger an sich und sah auch hinaus auf die Berge. »Gut.«

Verlobungsblog
Tag 40: Der Feuerantrag.
Ort: Prince Rupert, British Columbia.
Eigentlich sollten wir heute von Vancouver nach

Japan fliegen, aber ich habe den Flug auf morgen verschoben. Als ich Suzie fragte, ob sie alles gesehen habe, was sie in Kanada sehen wollte, antwortete sie, sie sei ein wenig enttäuscht, weil sie keinen einzigen Bären zu Gesicht bekommen hatte. Nördlich von Prince Rupert befindet sich der Khutzeymateen Provincial Park, ein Schutzgebiet für Grizzlys, wo man die Bären vom Wasser aus beobachten kann, und ich konnte nicht widerstehen, unsere Pläne kurzfristig zu ändern und einen Abstecher die Küste hoch einzuschieben. Außerdem hatten wir gehört, dass man in Prince Rupert weit und breit den besten Fisch serviert bekam. Also charterten wir ein kleines Wasserflugzeug, um den Tag dort zu verbringen.
Ich dachte, Suzie würde es in Kanada vielleicht allmählich langweilig werden, schließlich hatten wir uns nun mehr als drei Wochen lang Berge, Seen und Wälder angesehen, und ich freute mich bereits darauf, sie nach Japan zu führen, wo uns eine völlig andere Szenerie erwartete, besonders mit den hellen Lichtern von Tokio. Aber der Aufenthalt in der Natur, ohne die störenden Geräusche der Stadt, hatte etwas Friedvolles. Suzie fühlte sich hier wohl, und ich glaube nicht, dass sie es eilig hatte abzureisen.
Da ich durch diese Last-Minute-Änderung unserer Reisepläne nur ein paar Stunden Zeit hatte, um einen Heiratsantrag zu organisieren, hatte ich wenig Hoffnung, dass es mir gelingen würde, etwas Spektakuläres auf die Beine zu stellen. Aber ihr, meine lieben Heiratswilligen und Follower, seid einfach großartig. Nach meinem Hilfsappell heute Morgen im Netz erhielt ich innerhalb von wenigen

Minuten die Nummer eines in Prince Rupert ansässigen Fischers, David Whittaker, der mir bereitwillig seine Unterstützung anbot, um auf den letzten Drücker etwas zusammenzubasteln.
Das Wasserflugzeug flog tief über die kleinen Inseln und die Flüsse hinweg, während es zur Landung in der Bucht ansetzte. Ich glaube, Suzie war ein bisschen nervös, weil wir auf dem Wasser landeten statt auf festem Boden, also versuchte ich, sie abzulenken, indem ich sie auf das unglaubliche Landschaftspanorama mit den vereisten Flüssen und schneebedeckten Berggipfeln aufmerksam machte. Und dann sah sie es.
Als wir uns der verschneiten Küste von Smith Island im Sinkflug näherten, schossen plötzlich Flammen in den Himmel empor, und Suzie stieß einen kleinen Schrei aus, bevor ihr bewusst wurde, dass die Flammen die vertrauten Worte Marry Me *bildeten. Zwei Meter hohe Buchstaben, die auf dem Strand lichterloh im Schnee brannten – selbst ich musste zugeben, dass das ein verdammt beeindruckendes Bild war. Ich habe keine Ahnung, wie David das in so kurzer Zeit hinbekommen hat, aber er hat es geschafft.*
Suzie war ganz still, während sie sich die Nase an der Scheibe platt drückte, und ich sah das Staunen in ihrem Gesicht. Obwohl dieses Staunen sich rasch in Angst verwandelte, als das Flugzeug auf dem Wasser aufsetzte und die Wellen auf beiden Seiten hochschlugen. Da schrie Suzie aus einem ganz anderen Grund auf.
Danke, David.

Verlobungsblog
Tag 46: Der »Symphony of Lights«-Antrag.
Ort: Hongkong.
Hongkong ist eine unglaubliche Stadt – die hohen Wolkenkratzer, die bewaldeten Hügel dahinter, der Nebel, der vom Hafen hereinrollt, die Pagoden, die Brücken, die wahnsinnige Aussicht von oben auf die Stadt, die Menschen, die Drachenboote, die herrlichen Dschunken –, hier pulsiert an jeder Ecke das Leben. Und für mich gibt es nichts, was Hongkong und seine ganze Pracht besser versinnbildlicht als die Symphony of Lights, eine Multimediashow, die jeden Abend im Victoria Harbour stattfindet. Mehr als vierzig Gebäude auf beiden Seiten des Hafens werden effektvoll in Szene gesetzt, und der beste Platz, um das Schauspiel zu verfolgen, ist vom Wasser aus.
Musik schallte laut durch den Hafen, während die Wolkenkratzer in einem Kaleidoskop von Farben aufleuchteten, mit Lasern und Scheinwerfern, die in den Nachthimmel emporstrahlten. Die Lichtershow war perfekt auf die Musik abgestimmt, während der Himmel rot, golden, grün und blau flimmerte. Es war ein atemberaubender Anblick.
Ich muss sagen, von allen bisherigen Anträgen war dieser hier am schwersten zu organisieren, obwohl ich bereits am Anfang unserer Reise mit den Vorbereitungen begonnen hatte. Ich hatte stundenlang telefoniert und einen Haufen E-Mails verschickt, um alles zu koordinieren, aber da wir inzwischen mehr Follower gewonnen haben, haben sich auch mehr Menschen angeboten, mir zu helfen.

Aber selbst als ich mit Suzie im Arm auf dem Schiff stand, wusste ich immer noch nicht, ob es klappen würde beziehungsweise ob der Antrag überhaupt stattfand. Was, wenn das Ganze nur zum Teil funktionierte und Suzie gerade einmal die Buchstaben UZ MR ME lesen konnte?
Ich hatte zur Sicherheit eine Notlösung in Form einer Schneekugel mit einer Miniaturansicht von Hongkong City, über der die Worte Marry Me *aufleuchteten, wenn man die Kugel schüttelte. Falls alles andere versagte, würde ich Suzie die Schneekugel am Ende der Lightshow präsentieren, obwohl ich natürlich auf das große Spektakel hoffte – und nach fast einmonatiger Planung war ich sehr gespannt darauf, das Ergebnis zu sehen.*
Die bunten Lichter erhellten den Himmel und führten uns durch das große Finale mit einem spektakulären Höhepunkt am Schluss, dann versanken die Gebäude für einen Moment in der Dunkelheit.
Gleich darauf leuchtete für nur drei Sekunden eine ausgewählte Gebäudeseite auf, und die Worte Suzie Marry Me *strahlten in die Dunkelheit hinaus und spiegelten sich funkelnd im Wasser. Die Leute um uns herum schrien begeistert auf, und dann erloschen die Worte, und der Hafen lag wieder im Dunkeln. Aber als ich meine Lider schloss, tanzten die Worte immer noch vor meinen Augen, und ich wusste, dass es Suzie genauso ging. Die Hafenkulisse erwachte langsam wieder zum Leben, als wäre nichts passiert, und die Menschen auf den Schiffen jubelten über die unerwartete Zugabe.*

Suzie zitterte in meinen Armen und sagte keinen einzigen Ton, während das Schiff zur Anlegestelle zurückfuhr. Tatsächlich sprach sie den ganzen restlichen Abend kaum ein Wort. Wir kehrten schließlich in unser Hotel zurück, und außer einem »Gute Nacht« hörte ich nichts mehr von ihr.
Ich bin mir nicht sicher, ob diese Reaktion gut ist oder schlecht.

Verlobungsblog
Tag 58: Der Luftrettungsantrag.
Ort: Nepal.
Hi, ihr Lieben, hier ist Suzie. Harry geht es inzwischen wieder besser. Vor ein paar Stunden sah er noch ziemlich schlecht aus. Wie ihr wisst, machen wir gerade eine mehrtägige Trekkingtour durch das Himalaja-Gebirge. Harry hatte sich so darauf gefreut. Er bezweifelte zwar, dass wir es bis zum Everest Basecamp schaffen würden, aber er war unheimlich gespannt darauf, den Fuß dieses gewaltigen Bergs zu erkunden, und er sprach tagelang von nichts anderem mehr. Wir übernachteten gestern in Monju und standen heute Morgen früh auf, um uns auf den Weg nach Namche Bazar zu machen. Weiter wollte Harry nicht gehen, da er sich Sorgen machte, ich könnte höhenkrank werden. Tja, wie sehr er sich doch täuschte.
Kaum hatten wir Monju verlassen, begann Harry sich unwohl zu fühlen. Er beschwerte sich über Kopfschmerzen und Schwindelgefühle, und er war sehr kurzatmig. Ich schlug ihm mehrmals vor, wieder

umzukehren, aber anscheinend sollte der nächste Antrag weiter oben stattfinden, und Harry wollte partout weitergehen. Als wir den Steilhang nach Namche Bazar hochstiegen, bekam Harry auf einmal heftiges Nasenbluten und wurde ohnmächtig.
Ich hatte in meinem ganzen Leben noch nie so viel Angst.
Zum Glück kam kurz darauf ein Träger vorbei, der Ausrüstungsmaterial zu einem der anderen Camps hochbrachte und der zudem fließend Englisch sprach. Er erklärte mir, dass die Höhenkrankheit sehr häufig vorkomme und selbst die fittesten Menschen nicht verschonte. Er versprach mir, Hilfe zu holen. Ich erwartete, dass er in das nächste Dorf laufen und mit einem einheimischen Doktor zurückkommen würde, der Harry Kräuter unter die Nase hielt. Aber der Träger zückte bloß sein Handy und wählte den Notruf.
Harry und ich wurden mit dem Rettungshubschrauber zu dem nahe gelegenen Flugplatz in Lukla transportiert und von dort aus in das nächste Krankenhaus gefahren. Harry hatte während des Flugs sein Bewusstsein wiedererlangt, aber er war kaum ansprechbar. Der Hubschrauber flog so tief wie möglich über dem Boden, um Harrys Zustand nicht zu verschlimmern.
Und das war der Moment, in dem Harry mir seinen Antrag machte. Noch gar nicht richtig bei Bewusstsein, nahm er einfach meine Hand und murmelte die Worte. Ich antwortete ihm, dass ich ihn, falls er überlebte, sofort heiraten würde, gleich am nächsten Tag.

Als wir im Krankenhaus eintrafen, konnte Harry bereits wieder aufrecht sitzen und richtig sprechen und mit dem Personal herumalbern. Die Ärzte sagen, dass die Symptome einer Höhenkrankheit normalerweise abklingen, wenn man in geringere Höhen zurückkehrt. Sie werden Harry über Nacht dabehalten, nur zur Sicherheit, aber sie sind nicht ernsthaft besorgt. Ich glaube, Harry ist immer noch im Delirium. Er redet ständig von unserer bevorstehenden Hochzeit.
Aber an eurer Stelle, liebe Follower, würde ich jetzt nicht sofort losstürzen, um einen Hut für die Hochzeitsfeier zu kaufen. Ich bin mir sicher, dass Harry in ein paar Tagen wieder zur Vernunft kommen wird.

Verlobungsblog
Tag 64: Der Tattoo-Antrag.
Ort: Dubai.
Suzie und ich speisten heute Abend in einem abgelegenen Wüstenresort zwischen den Dünen, umgeben von Sand und dem Sternenhimmel. Suzie sah in ihrem langen silbernen Satinkleid, das sie auf dem Bazar gekauft hatte, und mit ihren aufgesteckten Haaren, die von glitzernden Spangen gehalten wurden, absolut umwerfend aus. Ich konnte nicht für einen Moment die Augen von ihr abwenden. Es gab hier Bauchtänzerinnen und viele andere exotische Schönheiten, die für Unterhaltung sorgten, aber Suzie war die schönste Frau an diesem Abend, und das wusste jeder. Das heißt, jeder bis auf Suzie.

Ich sagte es ihr, ich sagte es ihr sogar mehrmals im Laufe des Abends, aber sie glaubte mir nicht. Das ist eins der Dinge, die ich an Suzie liebe: Sie sieht einfach nicht, wie schön sie ist. Zusammen mit den Sternen, der Hitze der Nacht, den wundervollen Speisen und dem brennenden Weihrauch ergab das alles eine berauschende Kombination. Ich spürte das dringende Verlangen, Suzie zu küssen, ich begehrte sie so sehr, dass es richtig wehtat.

Wir sahen einen Schwertkampf und eine Reitkunstshow, und Suzie amüsierte sich prächtig, obwohl ich sie den ganzen Abend lang auf eine unheimliche Art anstarrte.

Dann kamen die Henna-Tätowierer vorbei, und während Suzie sich ihre Hände mit herrlich verschlungenen Spiralen, Kringeln, geometrischen Mustern und Blumen bemalen ließ, bekam ich mein eigenes Tattoo.

Danach zeigte ich Suzie meine Handrücken, und sie lachte über das hübsche Blumenmotiv, das ich mir ausgesucht hatte. Ich nahm ihre Hände in meine, und als ich unsere Finger miteinander verschlang, sah sie den Antrag. Die Linien auf Suzies Händen waren nichts weiter als Linien ohne jede besondere Form, aber wenn man sie mit den Linien auf meinen Händen kombinierte, wenn unsere Hände miteinander verbunden waren, konnte man ganz deutlich Marry Me *in Hennafarbe lesen.*

Suzies Augen leuchteten im Feuerschein auf. Wir saßen eine Ewigkeit so da, unsere Hände ineinander verschlungen. Das war bisher mein Lieblingsantrag.

Verlobungsblog
Tag 83: Der Spinnenantrag.
Ort: Kenia.
Wir erlebten hier in Kenia ein paar fantastische Tage auf Safaritour. Wir sahen Elefanten, Löwen, Nashörner, Flusspferde und – der bisherige Höhepunkt unserer gesamten Reise – Giraffen, die durch die Steppe galoppierten. Suzie hörte nicht eine Sekunde lang auf zu lächeln.
Gestern übernachteten wir in einem großen Zelt, eins von der Sorte, in der man sich aufrecht bewegen kann; es hatte sogar einen kleinen Herd.
Ich hatte mir überlegt, Suzie einen kleinen Streich zu spielen, obwohl ich davon ausging, dass sie ihn sofort durchschauen würde.
Suzie hat ein besonderes Verhältnis zu Krabbelgetier – sie kann es auf den Tod nicht ausstehen. Wobei mir vorher nicht genau bewusst war, wie viel Angst sie davor hatte.
Ich legte ihr eine Gummispinne ins Bett. Sie war größer als Suzies Kopf, und ich nahm an, dass Suzie sofort in Gelächter ausbrechen würde, wenn sie das Monstrum sah.
Sie sah es zunächst nicht. Sie kletterte in ihr Bett, und erst als sie sich darin ausstreckte, streifte sie das Teil. Sie hob ihre Decke an, sah das Biest im Schatten lauern und sprang dann panisch kreischend aus dem Bett. Sie schnappte sich den Vorschlaghammer, den wir zuvor für die Zeltpflöcke benutzt hatten, und ging damit auf die Spinne los. Sie zerstörte das ganze Bett, und ich musste sie schließlich zurückhalten, um zu verhindern, dass

sie sich bei dem Kampf selbst verletzte. Sie begann sogar zu schluchzen.
Der schlimmste Antrag aller Zeiten.
Nachdem es mir gelungen war, Suzie zu beruhigen, hob ich die unechte Spinne auf und zeigte Suzie den Antrag darunter.
Sie redete den restlichen Abend kein Wort mehr mit mir, und heute Morgen schwieg sie mich immer noch an.

Verlobungsblog
Tag 97: Der Leuchtkäfer-Antrag.
Ort: Springbrook National Park, Australien.
Vor diesem Antrag war ich wahrscheinlich nervöser als vor allen anderen. Bisher war ich zwar bei den meisten meiner Anträge auf fremde Hilfe angewiesen gewesen, aber es ist etwas völlig anderes, wenn man sich auf Tiere verlassen muss.
Suzie und ich besichtigten eine Höhle unter einem Wasserfall, die sich durch Erosion gebildet hatte. Durch ein Loch oben in der Decke strömte Wasser herein. Hier unten war der Lebensraum der Leuchtkäfer.
Man hatte mir gesagt, dass die Tierchen den Saft einer ganz speziellen Frucht liebten. Aber was, wenn sie gerade nicht hungrig waren, was, wenn sie zu müde waren, was, wenn der Mond nicht die richtige Position am Himmel hatte? Es heißt immer, arbeite nie mit Kindern oder mit Tieren. Ich konnte also nicht wissen, ob es funktionieren würde oder nicht. Ich malte mit dem Fruchtsaft die Worte Marry Me

auf eine Höhlenwand und erlaubte Suzie dann, ihre Augen wieder zu öffnen. Nichts geschah. Lange Sekunden verrannen. Immer. Noch. Nichts. Dann bekamen ein paar Leuchtkäfer offenbar Wind von der Sache und ließen sich auf den Saftspuren nieder, und schließlich kamen immer mehr von ihnen angeschwirrt. Langsam, ganz langsam, während sich die Käfer an dem Saft labten, traten auf der Wand ganz deutlich die Worte Marry Me *hervor.*

Suzie war überwältigt vor lauter Begeisterung über dieses herrliche Naturschauspiel. Ich liebe es, sie mit etwas zu überraschen, das über einen normalen Heiratsantrag hinausgeht.

Sie sagte dann, es würde trotzdem immer noch etwas fehlen. Mir läuft allmählich die Zeit davon, und ich weiß nicht, was ich sonst noch tun kann, um von ihr die Antwort zu erhalten, die ich mir wünsche. Noch drei Versuche, dann ist es vorbei.

Ich las im Blog und lächelte. Unsere Follower waren hingerissen von den liebevollen Kommentaren, die Harry über mich machte, sie nahmen sie begierig auf, und Harrys Einträge klangen von Woche zu Woche verliebter. Unsere Leser schienen alle große Romantiker zu sein, die sich wünschten, dass Harry und ich am Ende dieser Reise heirateten und eine ganze Fußballmannschaft zeugten.

Ich hatte keine Ahnung, was wir den Leuten sagen würden, wenn alles vorbei war, aber sie würden sich sehnlichst einen befriedigenden Ausgang wünschen, und es würde ganz sicher nicht so enden, wie sie sich das erhofften.

Ich scrollte durch ein paar ältere Einträge, während wir darauf warteten, dass das Schiff ablegte.

Es war eine Wahnsinnstour in den letzten drei Monaten gewesen. Zu Beginn hatte ich Bedenken gehabt, wie ich mein Herz schützen sollte. Einhundert Heiratsanträge von einem Mann, der mich nicht liebte, waren eine grausame und ungewollte Strafe, aber ich hatte mittlerweile Übung darin, sie mit Gelassenheit hinzunehmen. Und viele Anträge hatten richtig Spaß gemacht. In seinem Bemühen, den ultimativen Heiratsantrag zu finden, hatte Harry mich zu den unglaublichsten Orten geführt, und wir hatten grandiose Dinge unternommen. Wir hatten auf den höchsten Gebäuden der Welt gestanden, die traumhaftesten Strände und Wälder gesehen, in den blauesten Wellen geplantscht und die seltsamsten Speisen genossen.

Aber nun waren es nur noch drei Anträge, und meine Folter würde vorbei sein.

Harry legte den Arm um meine Schulter, als er sich neben mich auf die Bank setzte.

»Ich bin so hungrig, ich könnte einen ganzen Elch fressen«, sagte er und knabberte spielerisch an meiner Schulter.

»Dafür müssen wir wahrscheinlich zurück nach Kanada. Hier gibt es nämlich nicht so viele Elchs.« Ich sagte das Wort absichtlich falsch, damit er sich darauf konzentrierte und nicht auf die Gänsehaut, die seine Berührung an meinem ganzen Körper ausgelöst hatte. Selbst jetzt, nach so langer Zeit, hatte Harry immer noch eine Wirkung auf mich, die größtenteils nicht jugendfrei war.

Harry lachte. »Elchs?«

»Elchis?«

Er rümpfte die Nase, weil er merkte, dass ich ihn veralberte.

»Elchos? Elchas? Elchosse?«

Für den Bruchteil einer Sekunde wanderten seine Augen zu meinen Lippen, bevor er sie wieder abwandte. Was war das? Seit ungefähr einem Monat suchte Harry viel mehr Körperkontakt als früher, und zusammen mit den Blicken, die ich manchmal von ihm auffing, redete ich mir fast täglich ein, dass er meine Gefühle erwiderte. Aber der Urlaub, unsere gemeinsame Reise wirkte wie eine Blockade auf mich, die mich daran hinderte, Harry meine Gefühle zu offenbaren. Wie peinlich wäre es gewesen, wenn ich mich bei einem seiner Anträge in seine Arme gestürzt und er mich zurückgewiesen hätte? Dann hätte jeden der folgenden Tage diese grauenvolle Befangenheit über uns geschwebt. Außerdem wartete ich immer noch darauf, dass er mir die Worte selbst sagte. Als Harry mir sein Herz über seine Vergangenheit ausgeschüttet hatte, war es ein kleiner, aber wichtiger Wendepunkt in unserer Beziehung gewesen. Harry hatte mir alles erzählt, er vertraute mir vollkommen, und ich liebte ihn umso mehr, weil er das Risiko eingegangen war, sich mir zu öffnen. Wenn er mir nun vollkommen vertraute, konnte er mir doch bestimmt auch sein Herz anvertrauen. Vorausgesetzt, er empfand für mich dasselbe. Aber es war nichts von ihm gekommen, nicht ein Wort der Ermutigung.

Einerseits freute ich mich richtig auf das Gespräch, das ich Harry nach dem Ende unserer Reise versprochen hatte. Endlich würde ich ein für alle Mal herausfinden, ob er meine Gefühle erwiderte. Andererseits hatte ich auch große Angst davor.

»Na komm, das Schiff legt ab, wir sollten hinaus auf das Deck gehen.« Harry stand auf und zog mich auf die Beine. Ich klappte den Laptop zu, schob ihn in meine Tasche und folgte Harry hinaus.

Wir waren auf dem Weg zum Tangalooma Island Resort auf Moreton Island, wo wir die nächsten Tage verbringen würden. Das Schiff nahm eine verschlungene Route, nicht den direkten Weg, sondern den, bei dem eine hohe Wahrscheinlichkeit bestand, auf Wale und Delfine zu treffen.

»Drei weitere Versuche also«, sagte Harry.

Ich starrte hinaus auf die Wellen in der Hoffnung, etwas wie einen Wal, eine Flosse oder eine dunkle Silhouette zu sehen. »Jep.«

»Für den letzten müssen wir etwas ganz Großes machen, ein spektakuläres Finale. Unsere Follower erwarten das von uns.«

»Du weißt, dass ich die kleinen Gesten genauso mag wie die großen. Was schlägst du für das Finale vor?«

»Na ja, eine Hochzeit wäre ein gutes Ende. Das würde unseren Lesern gefallen.«

Ich sah das Lachen in seinen Augen. »Ich soll dich heiraten, um unsere Follower glücklich zu machen?«

»Stell dir das einfach mal vor. Der Pfarrer wartet am Ende des Gangs, der mit Kerzen beleuchtet ist, du schreitest zum Altar, und ich frage dich ein letztes Mal:

›Willst du mich heiraten?‹, worauf du Ja sagst. Das ist pures Gold. Unsere Leser würden das lieben.«

»Und dann?«

Er zog mich auf, das sah ich. »Wir heiraten, und danach haben wir großartigen Flitterwochensex.« Er wackelte aufreizend mit den Augenbrauen. »So sieht es das Gesetz vor.«

»Und das bloggen wir dann auch, in allen Einzelheiten.«

»Nun ja, wir möchten unseren Lesern schließlich ein vollständiges Bild vermitteln.«

»Pfui.« Ich gab ihm einen Klaps auf den Arm, und er lachte. »Es kommt mir ein bisschen … abwegig vor, so weit zu gehen, nur um die Wünsche unserer Leser zu erfüllen.«

»Wir müssen ihnen etwas geben. Es kann nicht wieder ein Nein sein wie all die Male zuvor.«

»Ich habe nie Nein gesagt.«

Er sah mich an. »Aber du hast auch nie Ja gesagt.«

»Vielleicht stellst du ja nicht die richtige Frage.«

»Die Frage lautet: ›Suzie, willst du mich heiraten?‹, das ist praktisch schwarz oder weiß, ja oder nein.«

»Es ist nicht wichtig, wie du es mir sagst, mit dem ganzen Schnickschnack drumherum, sondern was du sagst.«

»Du willst also für den letzten Antrag eine große Liebeserklärung? Und dann bekomme ich ein Ja? Unsere Follower werden ausflippen.« Er grinste mich an. Er nahm nichts davon auch nur ansatzweise ernst. »Warum laden wir sie nicht einfach alle ein zu kommen? Dann könnten wir ihnen eine große Kussszene bieten, und du könntest dich dazu auf einem Bein an mich lehnen, wie man das immer in den Filmen sieht.«

Plötzlich fiel ein Blitzlicht auf unsere Gesichter, und wir wandten beide den Kopf und sahen einen Japaner, mit dem wir uns vorhin kurz unterhalten hatten, als wir auf das Schiff gingen. Er winkte mit einer Kamera in unsere Richtung.

Ich sah Harry verwirrt an. »Hat der gerade ein Foto von uns gemacht?«

»Wahrscheinlich nicht. Bestimmt hat er die Aussicht fotografiert.« Harry führte mich aus der Schusslinie des Mannes, aber seltsamerweise machte dieser ein weiteres Foto von uns, bevor er in der Menschenmenge verschwand.

Von der anderen Seite des Schiffs kam ein lauter Ruf. Eine ganze Ladung voller Menschen lief geschlossen in die Richtung, aus der sie den Ruf vernommen hatte. Ich spürte, dass das Schiff sich unter dem Gewicht eines solchen Ansturms neigte. Harry schnappte sich meine Hand und lief mit mir den anderen hinterher.

Wir starrten auf das Wasser, und manche Touristen fotografierten den Wellengang, aber falls dort tatsächlich ein Wal war, versteckte er sich gut.

Der nächste Ruf erklang, dieses Mal von der anderen Seite, und das Schiff ächzte beinahe vor Protest gegen den Massenexodus, als alle an die gegenüberliegende Reling stürmten. Gleich würde es uns aus Rache ins Meer werfen. Dieses Mal war im Wasser deutlich ein dunkler Schatten zu sehen, aber das konnte auch nur ein Büschel Seegras gewesen sein. Die Schönheit des Meers war unfassbar – das türkisblaue Wasser, die

Sonne, die auf seiner Oberfläche glitzerte. An manchen Stellen konnte man bis auf den Grund schauen.

Über die Lautsprecher wurde eine Botschaft verkündet.

»Wir haben einen Gast achteraus gesichtet. Sieht so aus, als würde uns ein Buckelwal folgen.«

Ich spürte, wie das Schiff sich wieder neigte, als alle zum Heck hinübereilten. Harry bugsierte mich vor sich und lotste mich durch das Gedränge, während seine Hand auf meinem Rücken ruhte.

Die Menschen begannen zu lachen und zu applaudieren, und ich sputete mich, um den großartigen Buckelwal mit eigenen Augen zu sehen. Nachdem ich mich durch das Gedränge gekämpft hatte, sah ich, warum die Leute lachten. Der gesichtete Buckelwal war in Wahrheit ein großes aufblasbares Gummitier, das an dem Schiff festgemacht war. Über dem Kopf des falschen Wals flatterte ein blaues Band, das wahrscheinlich eine Wasserfontäne darstellen sollte und auf dem die Worte *Suzie Marry Me* prangten.

Ich lächelte. Der Gummiwal war niedlich und sah leicht trottelig aus mit seinen beweglichen Augen, die seitlich an seinem Kopf umherrollten, während er in unserem Schlepptau über das Wasser hüpfte. Ich holte rasch meine Kamera heraus und fing an zu knipsen.

Gerade als die Leute sich abwandten, um wieder nach vorn zu gehen, durchbrach ein großer, echter Buckelwal die Wasseroberfläche und schoss dicht vor unserem Heck empor, wand sich kurz in der Luft und klatschte dann zurück auf das Wasser, wodurch er eine kleine Sintflut auf das Achterdeck schickte.

Die Leute kreischten begeistert, und alle stürmten

an die Reling zurück, um ein Foto zu machen. Aber obwohl der Wal uns eine Weile folgte und den Passagieren reichlich Zeit gab, um ihn durch die Wellen zu fotografieren, sprang er nicht mehr hoch.

Ein kurzer Check auf meiner Kamera zeigte, dass mir zwei richtig tolle Aufnahmen gelungen waren. Mein Heiratsantrag, gebilligt von einem echten Buckelwal.

Ich drehte mich um, um wieder hineinzugehen, aber Harry stand da und lächelte mich an.

»Du ziehst wirklich alle Register, nicht wahr?«, sagte ich.

»Warte erst, bis du den letzten Antrag siehst. Ich habe Großes vor.«

Tangalooma war, als würde man eine Bounty-Reklame betreten. Mit seinem langen goldenen Sandstreifen, eingerahmt von smaragdgrünen Palmen, war der Ort ein tropisches Paradies. Das Einzige, was fehlte, war das hübsche Mädchen, das mit seinem nicht schmelzenden Schokoriegel auf der Insel strandete. Würde mir das passieren, wäre die ganze Schokolade in meinen Händen flüssig geworden, bevor es mir gelungen wäre hineinzubeißen.

Unser Hotelzimmer zeigte direkt auf den Strand. Durch das offene Fenster konnte ich die dicken Pelikane sehen, die am Ufer entlangwatschelten und mit ihren großen Flügeln schlugen, während die Sonne tief am Horizont in dem rosaroten Wasser unterging.

Wir hatten noch nicht allzu viel von der Schönheit der Insel gesehen, da wir gestern erst nach Einbruch der Dunkelheit hier angekommen und heute bereits früh aufgebrochen waren, um die Gegend zu erkunden und wüstenrodeln zu gehen – eine der lustigsten Erfahrungen in meinem Leben, obwohl ich einen Großteil der Dünen mit nach Hause genommen hatte. Der Sand war überall, in meinen Haaren, in meinen Kleidern, in meinen Schuhen. Es gelang mir, das meiste davon unter der Dusche loszuwerden.

Ich knabberte an einem Stück Ananas, aber der Bissen blieb mir im Hals stecken, als Harry aus dem Bad kam, triefend nass, nur ein Handtuch um die Hüften geschlungen. Harry hatte kein Problem mit Nacktheit beziehungsweise damit, sich vor mir praktisch nackt zu präsentieren. Ich hatte seinen schönen knackigen Hintern schon viele Male gesehen, und ich wusste, ich würde nie genug davon bekommen, seinen halb nackten Körper zu bewundern. Das war inzwischen ein Genuss, in den ich täglich kam. Ja, es war falsch, meinen besten Freund lüstern anzustarren, aber zwischen uns würde nie etwas passieren, also konnte der eine oder andere anerkennende Blick nicht schaden.

Während Harry sich ankleidete, richtete ich meine Aufmerksamkeit rasch auf die spektakuläre Aussicht, aber in der Fensterscheibe konnte ich ziemlich deutlich Harrys Spiegelbild sehen. Ich versuchte, mich auf das Meer zu konzentrieren und auf den Himmel statt auf diese nackte Herrlichkeit, die hinter mir im Zimmer herumstolzierte.

In der Scheibe sah ich, dass das Handtuch fiel und Harry in schwarze Boxershorts schlüpfte, welche von der engen Sorte, die der Fantasie sehr wenig Spielraum ließ. Als Nächstes kam ein weißes Hemd, das diesen schönen gebräunten Oberkörper verhüllte.

Ich konzentrierte mich auf das Meer.

Heute hatte ich noch keinen Antrag bekommen, darum vermutete ich, dass Harry gleich beim Abendessen einen hervorzaubern würde.

Wir wählten heute kein schickes Restaurant, sondern eine einfache Beach Bar, die ein Grillfest veranstaltete und die besten Burger und Cocktails im Umkreis von vielen Meilen servierte. Zumindest stand das auf den Werbeplakaten.

Ich trug ein meergrünes fließendes Sommerkleid, das Harry ganz besonders mochte. Und ich mochte es, wie er mich in dem Kleid anschaute.

Als ich sah, dass er angezogen war, drehte ich mich um und stellte fest, dass seine Augen bereits auf mir ruhten. Ich strich mein Kleid glatt und erwiderte dann seinen Blick, während ich eine Augenbraue hochzog angesichts seiner unverhohlenen Bewunderung.

Er lächelte. »Ich liebe dieses Kleid.«

»Schade, dass es das nicht in deiner Größe gibt.«

Er lachte und schnappte sich meinen Pashminaschal, um ihn mir sorgfältig über die Schulter zu legen. »Lass mich das richtigstellen: Ich liebe *dich* in diesem Kleid.«

Ich sah ihn an, während er das Tuch zurechtzupfte, unsicher, was ich darauf erwidern sollte. Er bot mir seinen Arm, und ich hakte mich bei ihm ein.

»Also los, Suzie, schauen wir uns an, was es mit dem ganzen Wirbel um diese sagenhaften Cocktails auf sich hat.«

»Ich möchte Sex on the Beach.«

Harry stieß ein Räuspern aus. »Das lässt sich arrangieren.«

Mein Unterleib zog sich unnötigerweise zusammen. Es war albern, von der dunklen, indirekten Drohung in Harrys Stimme in Wallung zu geraten, aber ich erlaubte mir trotzdem, ein paar Sekunden lang in dieser Fantasie zu schwelgen – die Wellen, die an den Strand krachten, der unglaublich leidenschaftliche Sex –, bis mir bewusst wurde, dass Harry mit mir redete.

»Sorry, was hast du gerade gesagt?«

»Ich sagte, ich ziehe den Sloe Comfortable Screw up Against the Wall vor.«

Ich lachte. »Dann ist das also dein Plan? Mich abzufüllen und dann zu missbrauchen?«

»Ich habe von den Cocktails gesprochen, und du?« Harry sah mich unschuldig an, und ich lachte wieder.

»Du kennst dein Problem.« Ich wedelte theatralisch mit der Hand, um meinen Standpunkt zu unterstreichen, während Harry mich über den Strand zurück zum Hotel führte. Ich war ziemlich betrunken, das war mir bewusst, und mein Mund hatte sich irgendwie von meinem Gehirn abgekoppelt und redete ohne meine Zustimmung. »Dir ist nicht bewusst, wie verdammt großartig du bist. Wie liebenswert, wie freundlich, wie knackig, wie süß du bist. Du raffst es einfach nicht. Du bist einfach nur umwerfend. Und ich meine damit nicht äußerlich, sondern innerlich. Ich meine, du bist auch äußerlich umwerfend, total umwerfend, richtig sexy und scharf und fit. Aber das ist nicht das, was dich schön macht. Deine wahre Schönheit kommt von innen, Harry. Wo gehen wir eigentlich hin?«

»Ich dachte, wir setzen uns ein bisschen an den Strand.«

Ich hatte eigentlich angenommen, dass Harry etwas nüchterner wäre als ich, trotz des Umstands, dass wir dasselbe getrunken hatten, aber auch er wirkte nicht besonders sicher auf den Beinen.

Während sein Arm um meine Schulter lag, führte er mich über den Strand zu einer dunklen Stelle ganz weit hinten, wo keine Lichter schienen. Mondlicht züngelte an der Wasseroberfläche, aber abgesehen davon war es stockfinster.

Ich fröstelte leicht in der kühlen Nachtluft.

»Okay, setz dich hierhin. Ich mache uns ein Feuer.«

»Ooh, ein echter Mann.«

Harry lächelte, und ich hockte mich in den Sand und beobachtete, wie Harry sich zwischen den Palmen bewegte, um Stöcke und Treibholz zu sammeln. Ich schaute zu den Sternen hoch und stützte mich dann rücklings auf meine Hände, um den Himmel genauer zu betrachten. Es waren Tausende von Sternen, Millionen, die den Nachthimmel füllten und so hell leuchteten, dass das Firmament nicht mehr schwarz aussah, sondern wie eine dunkelgraue glitzernde Decke.

Hellrote Flammen lenkten mich ab. Ich setzte mich wieder aufrecht hin und sah ein Lagerfeuer, das kräftig brannte. Ich war beeindruckt.

»Das ging aber schnell. Hast du zwei Stöcke aneinandergerieben, oder hast du einen Feuerstein benutzt?«

Harry zeigte mir das Feuerzeug in seiner Hand, und ich musste lachen.

Die Flammen durchliefen die Farben Grün und Blau, und die Hitze entzündete das Salz, das auf dem Treibholz getrocknet war. Es war einfach wunderschön.

Harry schaute zu den Palmkronen hoch, und ich folgte seinem Blick.

»Lust auf eine Kokosnuss?«, fragte er und sprang leichtfüßig auf.

Ich sah auf die beiden Kokosnüsse, die an einer Palme hingen wie ein großes Paar grüner Hoden. »Da kommst du nie im Leben dran. Sie hängen viel zu hoch.«

Aber Harry lief bereits zu der Palme hinüber. Ich hörte ihn eine Weile herumstampfen, dann kehrte er triumphierend mit zwei Kokosnüssen in den Händen zurück, einer kleinen haarigen braunen, die offensichtlich aus ihrer Außenschale herausgekommen war, und einer grünen glatten, die noch darin steckte.

»Hier.« Er gab mir die kleine Kokosnuss. »Brich sie auf dem Felsen auf.«

Ich flitzte begeistert zu dem Felsen hinüber und schmetterte die Nuss mit voller Wucht darauf. Zu meiner Überraschung klaffte sie in zwei saubere Hälften auseinander, aber im Innern befand sich keine Milch. Stattdessen konnte ich im schwachen Schein des Feuers Buchstaben auf der Innenseite der Schale erkennen. Ich ging mit der Kokosnuss zurück ans Feuer, hielt sie ins Licht und las die Worte *Marry Me*, die schwarz in das Fruchtfleisch eingebrannt waren.

Ich quietschte vor Freude und sah Harry überrascht an, der mich beobachtete.

»Wie hast du das gemacht?« Ich hatte ihm diese Frage in den letzten paar Monaten so oft gestellt. Ich schaute wieder auf die Kokosnuss und sah nun die glänzenden Kleberspuren auf dem Rand der beiden Hälften. Diese Frucht hier war eindeutig halbiert, gebrandmarkt und dann wieder zusammengeklebt worden. Wirklich süß.

Dies hier war Nummer neunundneunzig. Einen hatte ich noch.

»Danke.«

Harry sauste mit der anderen Kokosnuss hinüber zu dem Felsen und knallte sie seitlich gegen den Stein. Es passierte nichts, die harte grüne Schale blieb resolut und ungebrochen. Harry schmetterte sie drei weitere Male gegen den Fels, und plötzlich sickerte Milch durch einen kleinen Spalt heraus, und Harry eilte rasch zu mir zurück, damit ich davon kosten konnte. Ich leckte den Saft an der Außenschale ab und sog dann an der Öffnung. Die Kokosmilch war warm und eher wässrig im Vergleich zu normaler Milch. Ich schmeckte zwar deutlich die Kokosnuss heraus, aber es war trotzdem nicht besonders lecker. Ich gab die Nuss an Harry weiter, und er leckte die Milch von der Außenhülle und drückte dann den Mund auf den Spalt, während er die Augen vor Glückseligkeit schloss, wie es schien. Es hatte etwas unglaublich Intimes, dass seine Lippen dieselbe Stelle berührten, auf der zuvor mein Mund gewesen war – fast als würden wir uns küssen. Harry entwich unwillkürlich ein leises Stöhnen, und ein Verlangen durchzuckte meine Eingeweide. Harry schmeckte mich gerade.

Ich ging näher an ihn heran, während er mich über die Kokosnuss hinweg beobachtete, die dunklen Augen von Lust erfüllt.

»Kann ich noch was haben?«, flüsterte ich.

Er hörte auf zu trinken und gab mir die Kokosnuss zurück, während er sie für mich hielt. Meine Hände gesellten sich zu seinen, und ich leckte über den Spalt und beobachtete Harry, dessen Augen sich in meine brannten, während ich trank. Dieses Mal schmeckte ich kaum die Kokosnuss. Ich schmeckte Harry, seinen dunklen, süßen, sinnlichen Geschmack. Ich roch seinen würzigen, sauberen Duft. Ich wollte mehr, aber die Schale war nun leer, und ich legte sie auf den Boden. Ich strich über meine Lippen und lutschte dann die letzten Reste von meinen Fingern ab, in dem Verlangen, Harry wieder zu schmecken.

»Sehr lecker«, sagte ich, während seine Augen immer noch auf meinen ruhten.

Seine Stimme klang erstickt, als er sprach. »Wonach hat es geschmeckt?«

»Nach dir.«

Ich hörte, wie er nach Luft schnappte, und plötzlich stürzte er sich auf mich. Beziehungsweise ich stürzte mich auf ihn. Unsere Lippen trafen sich hart, aber Harry umfasste mein Gesicht und versuchte, mehr Gefühl in den Kuss zu legen – unter großer Selbstbeherrschung.

Kapitel 17

Die Hitze, das kribbelnde Verlangen nach ihm durchbohrte mein Herz und fuhr direkt in meinen Unterleib. Harrys Zunge drang in meinen Mund ein, sein Geschmack explodierte auf meiner Zunge. Oh, sein herrlicher Geschmack, diese akute, pure, wundersame Freude, Harrys Zunge an meiner zu fühlen.

Seine Arme legten sich um mich, drückten mich zärtlich an seinen Körper, während unser Kuss andauerte. Der Kuss wurde drängend, verzweifelt, erfüllt von Verlangen und Begierde.

Harrys Hände waren überall, sein Mund dagegen verließ keine Sekunde lang meinen. Er zog an meinem Pashminaschal und ließ ihn von meiner Schulter gleiten. Das Gefühl seiner Haut an meiner war elektrisierend.

Wir fielen in den Sand, und Harry lag mit seinem herrlichen Gewicht auf mir. Sein Kuss, sein Geschmack, sein Geruch, sein Körper auf meinem, es war eine völlige Reizüberflutung. Ich hatte das noch nie zuvor beim Küssen so erlebt, dieses unstillbare, verzweifelte Verlangen nach mehr. Eine wilde Ekstase von Händen und Mündern und Lippen.

Das Strandfeuer knackte laut, und Harry riss erschrocken seine Lippen von meinen.

»Tut mir leid, o Gott, es tut mir so leid, Suzie. Du bist

betrunken, und ich bin ein Arsch, weil ich das ausnutze.«

»Du bist auch betrunken. Ich könnte das auch ausnutzen.«

Er lächelte leicht, während er auf mich herunterstarrte und sein moralisches Gewissen mit seiner Begierde und seiner Lust kämpfte. »Ich will dich so sehr.«

Ich hob den Arm und hielt Harrys Gesicht, fuhr mit meinen Fingerspitzen über seine Lippen. Er küsste meinen Daumen und schloss die Augen, dann küsste er sanft meine Handfläche und die Innenseite meines Handgelenks, ließ seinen Mund dort ruhen, während er spürte, wie mein Puls unter seinen Lippen raste. Er öffnete die Augen, und sie waren fast schwarz vor Verlangen, während er mich wieder küsste.

Er streifte sanft den Träger meines Kleids von meiner Schulter und hinterließ ehrerbietig eine Spur aus Küssen von meinem Hals bis zu meiner Brust.

Plötzlich leuchtete ein Blitzlicht auf, rasch gefolgt von einem weiteren.

Harry und ich hoben beide erschrocken den Kopf und sahen den Japaner von gestern, der ein paar Meter von uns entfernt stand und uns fotografierte.

»Shit!«, zischte Harry und legte rasch seine Hand auf meine Brust, um meine Blöße zu bedecken, aber der Japaner machte auch davon ein Foto. »Was zum Teufel?«

»Harry und Suzie, ja?«, sagte der Mann mit einem irren Lächeln, während er wieder auf den Auslöser drückte. »Einhundert Heiratsanträge? Sie hat gesagt Ja?«

Harry stand rasch auf, während ich nach meinem

Schal griff, aber der Japaner war schnell. Als Harry sich auf ihn zubewegte, rannte er eilig über den Strand davon und verschwand in der Nacht.

Ich starrte ihm entsetzt hinterher, weil er sehr persönliche, private Fotos mit sich nahm.

Harry stand einen Moment lang da, unschlüssig, ob er bei mir bleiben oder den Mann verfolgen sollte, aber schließlich entschied er sich für mich. Er kniete sich neben mich, schlang das Tuch um meine Schultern und zog mich dann auf meine Beine. Er konnte mich kaum ansehen, und seine Lippen waren ganz schmal vor Abscheu.

Ich stellte fest, dass ich zitterte. Das war gerade eine unheimlich grobe Verletzung der Privatsphäre gewesen, die zudem jegliche Lust und Begierde rasch verblassen ließ. An deren Stelle trat nun Scham.

Harry sagte nichts, als wir den Strand hochgingen – aber das Schlimmste war, dass er mich nicht einmal berührte oder ansah. Es war bloß eine Knutscherei unter Alkoholeinfluss gewesen, die er nun zutiefst bereute.

Wir näherten uns den hellen Lichtern des Hotels, und Harry versperrte mir den Weg. »Es tut mir leid. Das hätte nie passieren dürfen.«

Ich verschränkte die Arme vor der Brust. »Was genau meinst du? Dass ein Perverser uns fotografiert hat, als du mit dem Mund an meiner Brust hingst, oder dass du mich am Strand in deinem alkoholisierten Zustand befummelt hast?«

Er sah mich entsetzt an, und ich kam mir augenblicklich mies vor. »Es tut mir leid, dass ich dich geküsst habe, auf so eine Art. Aber es hatte den Anschein, als würdest du es genauso genießen wie ich, also tu jetzt nicht so, als hätte ich dich gezwungen.«

»Ich habe es genossen, bis du mich angesehen hast, als wäre dir ganz schlecht davon, mich zu küssen. Ab da hat es ein bisschen seinen Glanz verloren.«

Er starrte mich an und lachte dann kurz auf. Er legte seine Hände auf meine Schultern und lehnte seine Stirn gegen meine. Es war eine unheimlich süße Geste, und fast mein ganzer Groll verblasste. »Du hast wirklich keine Ahnung, wie viel du mir bedeutest, Suzie. Ich war wütend auf mich selbst, weil ich dich geküsst habe, als wir beide zu betrunken waren, um es richtig wertzuschätzen.«

Mir war schwindelig. Harry hatte recht, ich war betrunken – und diese Diskussion ergab so gut wie keinen Sinn. Harry war einfach nicht der Typ, der betrunken herumfummelte, und ich ärgerte mich eher darüber, dass der Kuss unterbrochen worden war, als über Harry. Ich löste mich aus seiner Umarmung, nach wie vor unsicher, was das alles bedeutete.

Wir gingen schweigend zurück zum Hotel, aber die Anspannung schien gebrochen zu sein – und hinterließ nur Verwirrung.

Zurück in unserem Zimmer zogen wir uns um für das Bett. Ich glitt unter die Decke, und Harry, wahrscheinlich eher aus Gewohnheit als aus sonst etwas, kuschelte sich von hinten an mich, legte den Arm um meine Taille und zog mich an seine Brust. Ich überlegte kurz, ob ich mich aus seiner Umarmung befreien sollte, aber gleich darauf begann er tief zu atmen, und ich wollte ihn nicht stören.

Am nächsten Morgen wurde ich in einem leeren Bett wach, was mir nicht gerade ein besseres Gefühl verschaffte wegen der Knutscherei. Ich setzte mich auf, um zu schauen, ob Harry im Zimmer war, aber ich war allein.

Neben meinem Bett stand ein Marmeladenglas mit einem Zettel darin. Neugierig schraubte ich den Deckel auf und kippte den Zettel heraus auf das Bett.

Es war keine lange Nachricht, aber ihr Inhalt löste ein breites Lächeln bei mir aus.

Du bist meine beste Freundin, und ich bereue nicht einen Moment in deiner Gesellschaft, egal ob du mich anschreist, mit mir lachst, mit mir schläfst oder mich küsst. Mit dir zusammen zu sein hat mir die besten Momente meines Lebens geschenkt.

Ich drückte den Zettel an mich, als ich ein zweites Marmeladenglas neben der Tür entdeckte, wieder mit einem Zettel darin.

Ich kletterte aus dem Bett, schraubte den Deckel auf und schüttelte den Zettel heraus.

Das Frühstück wird dir neben dem Pool serviert, hinten unter den Bäumen. Bleib bitte am Pool, bis du später am Nachmittag gerufen wirst. Ich möchte vermeiden, dass du etwas siehst, was du nicht sehen sollst. Ich muss den letzten Heiratsantrag für dich vorbereiten. Bis später.
Liebe Grüße,
Harry
xxx

Ich lächelte. Rasch duschte ich, kleidete mich an und ging dann hinunter zum Pool. Ich war nervös wegen des bevorstehenden Heiratsantrags. Was hatte Harry wohl für das letzte Mal geplant? Und wie würde ich mich fühlen, wenn es endlich vorbei war?

Würden Harry und ich wieder zwei Freunde sein und zusammen im Büro sitzen, oder hatte diese Reise uns unwiderruflich verändert?

Ich saß ausgestreckt auf meiner Sonnenliege und beantwortete den Berg von geschäftlichen E-Mails, während ich hoffte, dass ich Harry vor dem Antrag noch einmal kurz zu Gesicht bekam, aber er ließ sich den ganzen Tag nicht blicken. Ich beobachtete, wie die Sonne im Pool glitzerte, und nickte unbeabsichtigt ein.

Ich schreckte aus dem Schlaf hoch, als eine Hand über meinen Rücken glitt. Ich lag auf dem Bauch, und die Sonne war inzwischen gewandert, sodass mein Kopf und meine Schultern nun ihren Strahlen ausgesetzt waren. Ich trug einen Hut, aber meine Schultern fühlten sich heiß an. Die Hand, die mich streichelte, gehörte Harry, es musste seine sein, anderenfalls wäre die Berührung zu vertraulich gewesen.

»Du wirst dich verbrennen, wenn du nicht aufpasst«, flüsterte Harry mir ins Ohr und rieb meinen Rücken und meinen Nacken mit Sonnenmilch ein.

Ich wölbte leicht den Rücken unter seiner fachmännischen Berührung. Seine Hände verharrten auf mir. »Aber dann musst du meinen Rücken nachher auch mit der After-Sun-Lotion eincremen.«

Die Hände verschwanden, und gleich darauf sah ich, dass er sich auf die Sonnenliege neben meiner setzte.

Wenn man von widersprüchlichen Botschaften spricht. Harrys Verhalten nach dem Kuss tat immer noch weh, aber die Art, wie er mich geküsst hatte, war auf ewig in mein Gedächtnis eingebrannt – ein wunderbares, lebendiges Bild, das ich wieder und wieder in meinem Kopf abspulte.

Ich setzte mich auf und sah Harry an. Er musste die Frage in meinen Augen gelesen haben.

»Wenn du so mit mir flirtest, weiß ich nie, ob es ein ehrlicher ›Ich will deine Hände auf mir spüren‹-Flirt ist oder nur ein freundschaftliches Geplänkel.« Harry schlug die Augen nieder. »Ich denke einfach, dass eine solche Geste für mich eine ganz andere Bedeutung hat als für dich.«

»Du flirtest die ganze Zeit. Was denkst du, wie ich mich dabei fühle?«

»Ich flirte nie, nicht mit dir.«

Ich spürte, dass meine Kinnlade herunterklappte. »Wie kannst du so was sagen? Du flirtest rund um die Uhr – mit jeder Bewegung, mit jedem Wort, mit jedem Blick. Und du flirtest mit jedem, seien es Fremde, Chloe oder ich. Glaub mir, wenn ich dir sage, dass du sogar noch schwerer zu durchschauen bist. Ich habe keine Ahnung, wo ich bei dir stehe.«

»Ernsthaft? Du hast keine Ahnung? Gar keine? Habe ich dir auf dieser Reise keine Anhaltspunkte gegeben?«

Ich starrte ihn an, und wie im Film spielte mein Verstand in einer Rückblende all die Szenen ab, in denen Harry mir gesagt hatte, dass ich seine beste Freundin sei. War es das, was er meinte, dass wir Freunde waren und nicht mehr? Aber in diesem Fall war dieser Kuss nicht mehr als ein Ausrutscher im betrunkenen Zustand gewesen, und so fühlte es sich definitiv nicht an.

»Du hast mich geküsst«, sagte ich.

»*Du* hast *mich* geküsst.«

»O Harry, sei nicht so kindisch.«

Ich stand auf, um zu gehen, aber er hielt mich auf.

»Und es ist nicht kindisch, wenn du bei jeder Diskussion, die wir haben, immer gleich davonstürmst?«

Ich starrte auf seine Hand, die meine hielt, und spürte, dass ich lächeln musste. »Ich bin eine Frau. Frauen machen das so.«

Er lachte. »Bitte, lass uns nicht mehr deswegen streiten.« Er zog mich neben sich auf seine Sonnenliege. »Das ist unser letzter Tag, und ich habe für heute Abend etwas Schönes geplant. Sag mir nur eins, und ich verspreche dir, dass ich danach das Thema ruhen lassen werde. Wenn ich dich so berühre, wenn meine Hände auf dir sind, gefällt dir das?«

Ich starrte in seine sanften braunen Augen, auf seine Lippen, die ich so gern wieder küssen würde, und antwortete automatisch mit Ja.

Er nickte, mehr zu sich selbst als zu mir, und stand dann auf. »Na komm, wir müssen uns fertig machen.«

»Warte, ich habe dir gerade etwas offenbart …« Ich machte eine vage Geste. »Etwas über uns. Willst du dich nicht bei mir revanchieren?«

Er lächelte sein umwerfendes, gewinnendes, unwiderstehlich charmantes Lächeln. »Heute Abend, versprochen. Aber lass uns zuerst diese letzte Show durchziehen. Wir haben schließlich einen Auftrag auszuführen. Doch ich glaube, es wird dir gefallen.«

Ich spürte Unbehagen. Ich wünschte mir irgendwie,

dass wir bei dem letzten Antrag unter uns sein würden, nur wir beide, aber es klang, als hätte Harry ein großes Spektakel geplant. Er rieb mein Stirnrunzeln weg, dessen Entstehung ich nicht einmal wahrgenommen hatte.

»Ich habe dir etwas mitgebracht.« Er gab mir ein weiteres Marmeladenglas. Darin befand sich eine große Blume, die beinahe das ganze Gefäß ausfüllte, mit Blütenblättern in einem sehr zarten Rosé. Aber als ich das Glas in die Hand nahm, bemerkte ich, dass es auch mit Wasser gefüllt war, mit Meerwasser, den kleinen Sandkörnchen nach zu urteilen, die darin schwebten. Während das Wasser umherschwappte, funkelten winzige goldene Punkte darin.

»Harry, das ist wunderschön. Wofür ist das?«

»Das ist ein Tipp, was dich heute Abend erwartet. Und weil ich es liebe, dich lächeln zu sehen.«

Ich lächelte und lehnte mich an ihn. Was auch immer er sich für heute Abend ausgedacht hatte, es würde okay sein, das wusste ich.

Die Fütterung der Delfine war, wie Harry mir erklärt hatte, eine der Hauptattraktionen in Tangalooma. Ein wilder Tümmlerschwarm besuchte jeden Abend die Küste, um sich von den Touristen handfüttern zu lassen.

Ein Sturm war im Anzug, und die Temperatur war deutlich gesunken. Das Meer war leicht aufgewühlt, und man hatte uns gesagt, dass die Delfine vielleicht nicht lange bleiben würden.

Ich stellte das Marmeladenglas, das Harry mir gerade gegeben hatte – es enthielt einen süßen Delfin aus

Plüsch –, in den Sand und ging mit Harry in das seichte Wasser. Die Dunkelheit war schon längst hereingebrochen, aber dank der Lichter, die den Anleger säumten und vom Wasser reflektiert wurden, konnten wir etwas sehen.

Ich hatte Herzklopfen vor dem, was der Abend für mich bereithielt, aber jegliche Gedanken daran rückten in den Hintergrund, als die Delfine auftauchten. Die Meeresbiologen, die mit uns im Wasser standen, erkannten mühelos, welche Delfine uns heute Abend besuchten, und als der kleine Schwarm näher kam, stellten sie uns Echo, Silhouette, Rani, Zephyr und Bella vor.

Ich war unheimlich aufgeregt. Ich hatte das äußerst seltsame Gefühl, dass ich das alles noch einmal ganz von vorn machen wollte, und dabei hatte ich es noch gar nicht getan.

Wir beobachteten, wie die Delfine vor uns im Wasser ihre Kreise zogen. Manche von ihnen, wurde uns erklärt, gingen selbst auf die Jagd, da der Fisch, den wir ihnen gaben, nur einen kleinen Bruchteil ihres Tagesbedarfs darstellte. Ihre geschmeidigen Körper pflügten durch das Wasser wie silberne Blitze. Manche rollten sich auf den Rücken oder streckten ihre Köpfe durch die Wasseroberfläche. Als der Schwarm näher kam, bliesen ein paar Delfine Luft aus ihren Blaslöchern und besprühten uns mit Wasser.

Man hatte uns erklärt, dass wir den Fisch ins Wasser halten sollten, wo die Delfine ihn sich holen würden. Als Silhouette sanft einen Fisch aus meiner Hand zog, schaute ich zu Harry hinüber, der mit einem staunenden Grinsen das Wunder verfolgte. Dies hier war wahrhaftig eine der aufregendsten und bewegendsten Erfahrungen in meinem Leben.

Aber bald waren alle Fische verfüttert, und die Delfine entfernten sich vom Ufer. Ich schaute ihnen nach, bis ich sie nicht mehr sehen konnte. Es war inzwischen richtig dunkel, und der Wind frischte auf. Mir wurde bewusst, dass Harry nicht mehr bei mir war.

Ich blickte mich um und schaute dann zurück zum Strand. Harry wartete dort auf mich, und ich ahnte, dass dies hier erst der Anfang war. Er bot mir seine Hand, und ich lief platschend durch das flache Wasser zu ihm.

Ohne ein Wort zog er mich mit sich über den Strand, weg von den Lichtern und dem Anleger, bis wir ganz allein waren und im Dunkeln unter den Palmen standen. Genau das hatte ich mir gewünscht, nur wir beide, keine großen Gesten, nur schlichte Worte. Nur drei kleine Worte.

»Wir müssen kurz hier warten, sie sind noch nicht ganz so weit«, sagte er, und zum ersten Mal nahm ich wahr, dass er einen Funksender im Ohr trug.

Ich unterdrückte den leisen Stich der Enttäuschung darüber, dass wir wohl doch nicht unter uns bleiben würden. Aber hinterher würden wir Zeit für uns alleine haben. Und dann würden wir reden. Dessen war ich mir verdammt sicher.

»Ich muss dir die Augen verbinden«, sagte Harry und blickte mich fragend an, um zu sehen, ob ich damit einverstanden war. Ich nickte. Er zog ein Tuch aus seiner Hosentasche und band es mir um den Kopf, tauchte mich in Dunkelheit.

Ich spürte seine Hände auf meinen Armen, seinen

warmen Atem in meinem Gesicht, und Lust entlud sich in mir.

»Ist dir kalt?«, fragte er leise, während er mit den Händen über meine Gänsehaut strich.

»Kein bisschen.«

Seine Hände verharrten auf meinen Armen, als er den Sinn hinter meiner Antwort verstand, dann spürte ich, wie seine Hände zu meiner Taille wanderten, während er mich sanft an sich zog. Würde er mich küssen wie gestern Abend? Mein Herz hämmerte in meiner Brust. Er drückte mich an sich, aber sonst passierte nichts. Die Spannung war fast unerträglich. Ich lehnte mich stärker gegen ihn, neigte leicht den Kopf zurück und spürte, dass Harrys Lippen meine flüchtig streiften, sanfter als ein Flüstern.

»Sie sind bereit, komm.« Harry nahm mich an der Hand und führte mich vorsichtig über den Strand. Wir gingen ein paar Minuten, dann hörte ich Menschen flüstern, und Harry brachte mich zum Stehen und nahm mir die Augenbinde ab.

Hunderte von Menschen standen in zwei Reihen vor mir am Strand, und jeder hielt ein Marmeladenglas mit einem Teelicht in der Hand. Blumen markierten einen Weg zwischen den beiden Reihen, der zu einem Hügel dahinter hochführte. Harry und ich folgten den Blumen und durchschritten das Spalier, während die Menschen alle lächelten und uns zunickten, aber keiner von ihnen sagte ein Wort. Ich bemerkte, dass die Teelichter in den Gläsern nicht echt waren, sondern kleine batteriebetriebene Kerzen, und ein Gefühl von immenser Traurigkeit hallte in mir wider. Nichts von all dem hier war echt. Harry und ich gingen durch die Menge und dann den Hügel hoch – ich schaute zurück und sah, dass die Menschen unten irgendeine Form bildeten, die ich aber aus diesem Blickwinkel nicht einordnen konnte. Wir stiegen weiter empor, bis wir die Spitze des kleinen Hügels erreichten, während Harry die ganze Zeit meine Hand hielt.

Ich beobachtete ihn aufmerksam, als wir stehen blieben. Wir blickten beide zurück zu den Menschen unten am Strand. Die Teelichter-Botschaft hob sich deutlich in der Dunkelheit ab: *I Love You, Marry Me.*

Ich keuchte laut auf und wirbelte zu Harry herum. Er kniete bereits vor mir. Aber bizarrerweise trug er ein Headset und wirkte damit wie ein Popstar, der gleich einen Song anstimmen würde. Harry würde doch nicht etwa für mich singen, oder?

»Showtime«, sagte er leise, dann schaltete er das Headset ein, und ich hörte, dass irgendwo unten am Strand piepsend Lautsprecher zum Leben erwachten.

»Suzie McKenzie«, sagte Harry, und seine Stimme hallte laut über den Strand, sodass ihn alle hören konnten. »Ich liebe dich.«

Die Menge jubelte.

Mir schlug das Herz bis zum Hals. Endlich die Worte, die ich hören wollte. Trotzdem machte sich ein Unbehagen in mir breit und weigerte sich zu verschwinden.

»Ich habe dich immer geliebt, Suzie – vom ersten Moment an, in dem wir uns begegnet sind, war mir klar, dass es um mich geschehen war. Ich weiß noch genau, wie du in deinem fleckigen Bademantel und deinen Hippo-Pantoffeln vor mir standest und ich mich sofort Hals über Kopf in dich verliebt habe. Ich liebe dein Lachen, dein wunderbares Lächeln – und wenn du dieses Lächeln mir schenkst, ist das eines der besten Gefühle der Welt, als würdest du nur für mich lächeln. Ich liebe die Sommersprossen auf deiner Nase, ich liebe es, wie der Wind dein Haar zerzaust, ich liebe deinen Geruch, ich liebe deinen beschwingten Gang, die Art, wie du deine Nase krausziehst, wenn du überlegst. Ich liebe es, wie du beim Essen die Augen schließt. Ich liebe es, neben dir im Bett zu liegen und dich in meinen Armen zu halten.« Die Menge unten rief Beifall, und ich vernahm ein paar anerkennende Pfiffe. Harry zog hier wirklich eine richtige Show ab. »Ich liebe die Person, die ich durch dich geworden bin. Ich liebe dich.« Das Publikum stieß ein kollektives »Aaah« aus, als wären wir im Theater. »Jeder Tag, den ich mit dir verbringe, macht mich zu einem glücklichen Mann, aber ich wäre der allerglücklichste Mensch auf Erden, wenn du mir die Ehre erweisen würdest, meine Frau zu werden. Suzie, willst du mich heiraten?«

Mir schwirrte der Kopf, und die Leute unten am Strand brachen erneut in Jubel aus. Harry lachte über ihre Reaktion. Ich sah ihn an, und er schaute grinsend zu mir hoch, während der Schalk in seinen Augen blitzte. Das hier war alles nur Show, jedes einzelne Wort. Es war genauso unecht wie die Teelichter in den Gläsern. Enttäuschung übermannte mich in großen Wellen.

»Und?« Harry grinste mich an.

Meine sorgfältig gezügelten Emotionen brachen sich Bahn. Ich streckte die Hand nach dem Mikrofon aus, und Harry gab mir sein Headset. Ich riss das Kabel heraus, und die Lautsprecher piepsten laut, bevor sie schließlich verstummten.

»Was genau willst du von mir, Harry? Du ziehst hier für die Leute eine Show ab. Nichts von all dem hier ist echt. Einhundert leere, bedeutungslose Heiratsanträge.« Ich sah, wie sein Gesicht lang wurde, als ich ihn angiftete, aber das war mir egal. Wie konnte er mich so tief kränken, wenn er doch wusste, wie es um meine Gefühle für ihn bestellt war? »Ich habe dem Kebabburschen damals nicht deshalb einen Korb gegeben, weil er mir seinen Antrag bei einem fettigen Kebab in einer zerstörten Bushaltestelle gemacht hat, sondern weil ich ihn nicht liebte, und er liebte mich definitiv auch nicht. Ich weiß, ich sollte das eigentlich nicht sagen angesichts der Branche, in der wir arbeiten, aber es gibt wirklich nur eine einzige Sache, die uns Frauen bei einem Heiratsantrag in Begeisterung versetzt. Es ist nicht der Ring oder der Ort oder ein Feuerwerk oder ein Blumenstrauß, es sind nicht einmal die Worte, die der Mann findet, um die große Frage zu stellen, sondern es ist der Mann, den wir lieben und mit dem wir den Rest unseres Lebens verbringen möchten. Denn nach der Verlobung kommt die Ehe, das Glücklich-bis-ans-Lebensende. Und genau das hat in jedem einzelnen deiner Anträge gefehlt, Harry. Du hättest auch an einem völlig verregneten Tag auf der Rückbank im 37er-Bus mit einer Tüte Pommes um meine Hand anhalten können, und ich hätte Ja gesagt.« Vor Wut schossen mir Tränen in die Augen, und ich sah Harrys Gesicht nur noch verschwommen. »Ich habe dich gestern Abend nicht geküsst, weil ich betrunken war und scharf, ich habe dich geküsst, weil ich dich liebe, weil ich dich immer geliebt habe. Jeder einzelne deiner Heiratsanträge war perfekt, weil er von dir kam. Perfekt bis auf ein winziges Detail. Der Mann, den ich liebe, der Mann, der um meine Hand angehalten hat, liebt mich gar nicht.«

Ich drehte mich um und ging davon. Als Harry mir hinterherrief, verwandelte sich mein Gehen in ein Laufen.

Ich stand am Strand im peitschenden Regen. Ich war nass bis auf die Haut, und meine Haare klebten an meinem Kopf, aber der Regen war warm, also machte es mir nicht wirklich etwas aus. Dunkle Gewitterwolken rollten über mich hinweg, hin und wieder erhellt von bläulichen Blitzen, die Unheil verkündende Risse in den Himmel schlitzten, begleitet von lautem Donnergrollen. Der Wind fegte heulend über das Meer hinweg und schleuderte weiße Schaumkronen auf den Strand.

Ich liebte es, Gewitter zu beobachten. Ich sah mir lieber die Schönheit und Gewalt eines Sturms an als einen Sonnenauf- oder -untergang.

Ich fand in mir keine Wut mehr auf Harry. Er hatte im Grunde nichts falsch gemacht. Er hatte mir nie falsche Hoffnungen oder Versprechungen gemacht. Wir hatten diese Reise als Freunde angetreten, und ich war diejenige, die die Regeln verändert hatte. Harry hatte von Anfang an klargestellt, dass wir Freunde waren, beste Freunde, und nicht mehr. Ja, er hatte mich geküsst, aber es war eher so, dass ich ihn zuerst geküsst hatte und dass er in seinem betrunkenen Zustand den Kuss einfach nur erwidert hatte. So etwas war zu erwarten von einem Mann, der auf Frauen eine Wirkung hatte wie ein Marmeladenglas auf Bienen.

Ich konnte Harry nicht dafür hassen, dass er meine Gefühle nicht erwiderte. Er hatte mir die Welt gezeigt, und dafür war ich ihm für immer dankbar.

Ab nun würde es seltsam zwischen uns sein. Ich wusste nicht, ob wir das so schnell überwinden konnten.

Erstaunlicherweise, angesichts des Lärms, den der Sturm machte, wusste ich, dass Harry plötzlich hinter mir stand. Ich wandte mich zu ihm um.

»Hallo«, sagte er und trat ein Stück näher. Er trug seine dicke Jacke. Ich liebte diese Jacke, vor allem, weil Harry sie mir bei zahllosen kühlen Gelegenheiten zur Verfügung gestellt hatte. Ich bezweifelte allerdings, dass er heute Abend so galant sein und mir seine Jacke anbieten würde – er hasste den Regen. Obwohl der Umstand, dass Harry sich bei diesem Wetter auf die Suche nach mir gemacht hatte, statt gemütlich in unserem Hotelzimmer zu warten, vermutlich auch etwas zu bedeuten hatte.

»Du triefst ja richtig.«

»Es regnet.« Wow, das hier war echt peinlich.

Zu meiner Überraschung begann Harry plötzlich seine Jacke aufzuknöpfen und hielt sie dann auf, als wäre er ein Exhibitionist.

Eine Stufe besser, als mir seine Jacke zu geben, war, sie mit mir zu teilen. Ich zögerte kurz und trat dann an seinen warmen Körper heran, legte den Kopf an seine Brust, während er die Jacke in meinem Rücken zuknöpfte.

Ich schloss die Augen und spürte seinen Herzschlag an meinem Ohr. Wenn wir das hier tun konnten, würde vielleicht doch noch alles wieder gut werden zwischen uns.

»Was tust du hier draußen?«

»Ich beobachte den Sturm.«

»Sollten deine Augen dafür nicht offen sein?«

Ich riss die Augen auf, und mir wurde bewusst, dass er mich ansah.

»Also, wir sollten mal ein paar Dinge klarstellen …«

»Nein, sollten wir nicht. Wir können einfach so tun, als wäre mein kleiner Ausraster auf dem Hügel nie passiert.«

»Das hat mir gefallen. Endlich hat es einer meiner Anträge geschafft, eine Art von Reaktion auszulösen. Obwohl … dass du mich anschreist, war nicht gerade das, was ich mir erhofft hatte.«

»Was hast du dir denn erhofft? Ich konnte schließlich nicht in Begeisterung verfallen …«

»Ich habe gehofft, dass du Ja sagst.«

Mein Herz machte einen Sprung, und Harry spürte es auch, weil er mich plötzlich anlächelte. Er schlang seine Arme um meinen Rücken und zog mich enger an sich.

»Mir wird gerade bewusst, dass ich es genau verkehrt herum gemacht habe. Ich hätte dir zuerst sagen sollen, dass ich dich liebe, dass ich dich vom ersten Tag an geliebt habe, an dem ich dein Haus betrat. Ich hätte es dir jeden Tag sagen sollen. Aber das habe ich nicht getan. Du weißt, warum. Ich konnte nicht das Risiko eingehen, dich zu verlieren, so wie ich alle Menschen, die ich jemals geliebt habe, verloren habe beziehungsweise von ihnen verstoßen wurde.«

»Aber …« Harry liebte mich wirklich? Das war etwas völlig anderes als das, was ich erwartet hatte, von ihm zu hören. Ich sah mich nach Zuschauern um, aber wir waren allein. »Konntest du es mir nicht unter vier Augen sagen, zum Beispiel als wir oben in den Bergen waren und du mir dein Herz ausgeschüttet hast? Hättest du es mir da nicht sagen können, statt es hier vor allen Leuten zu verkünden?«

»Seltsamerweise schien es so einfacher zu sein. Die Leute wussten bereits alle Bescheid. Ich habe ihnen in dem geheimen Tagebuch offenbart, was ich für dich empfinde.«

»Was genau ist das geheime Tagebuch?«

»Es war meine Liebeserklärung an dich. Ich konnte es dir einfach nicht sagen, ich hatte so große Angst, dich zu verlieren. Aber ich wollte, dass die Leser unseres Blogs wussten, was wirklich los war, wie sehr ich dich liebe, warum ich das alles tat. Ich werde dir die ganzen Einträge zeigen, die ich darin veröffentlicht habe, und wenn du liest, wie gern ich deine Haare streichele, wie oft ich dich im Schlaf beobachte, wirst du mich hinterher wahrscheinlich für einen kranken Stalker halten. Es tut mir leid, dass ich es unseren Lesern vor dir erzählt habe, und es tut mir leid, dass du beim ersten Mal die Worte vor Publikum hören musstest. Ich dachte, genau das wünschst du dir, die ganz große Liebeserklärung. Du hast mir in New York gesagt, dass Frauen sich die alles verzehrende Ich-schrei-es-von-den-Dächern-Liebe wünschen. Und die wollte ich dir geben.«

Das hatte ich tatsächlich gesagt, und Harry hatte es wörtlich genommen. Vielleicht hätte ich seinen letzten Antrag stärker gewürdigt, hätte ich die Worte nur schon einmal vorher gehört.

»Ich habe auf dem Hügel jedes Wort so gemeint, wie

ich es gesagt habe. Ich liebe dich, Suzie. Ich liebe die Art, wie ich mich fühle, wenn ich mit dir zusammen bin – sicher, als hätte ich endlich einen Platz gefunden, den ich ein Zuhause nennen kann.«

»O Harry.«

Tränen kullerten mir aus den Augen, und Harry wischte sie sanft weg.

Der Kloß in meiner Kehle war riesig und mein Verstand bereit zu verstehen, während ich mir verzweifelt wünschte, mich in Harrys Arme fallen zu lassen. Ich hatte so lange mit den Zweifeln und der Ungewissheit gelebt, dass es mir nun schwerfiel, die Wahrheit zu akzeptieren. Harry hatte mich die ganze Zeit geliebt – aber was war mit all den Frauen, mit denen er zusammen gewesen war? Wie hatte er mit diesen Frauen schlafen können, wenn er mich liebte?

»Aber all diese Frauen …«

Harry wandte den Blick ab, sichtlich verlegen. »Ich wollte mich nie in dich verlieben – oder in eine andere Frau. Ich musste mich davor schützen, dass ich wieder verletzt werde, also war es einfacher, so zu tun, als würde ich nichts für dich empfinden, und einfach so weiterzumachen wie bisher – von einer Frau zur nächsten, ohne jemals lange genug zu bleiben, dass eine Bindung entstehen konnte. Aber mit jedem Tag, den wir zusammen verbracht haben, habe ich mich mehr und mehr in dich verliebt. Ich habe den Job in Amerika nicht wegen Jack abgesagt, sondern weil ich in dich verliebt war und es nicht über mich brachte, dich zu verlassen.«

Ich war also die Frau, in die er sich verliebt hatte. Eine so lange Zeit, und ich hatte nichts geahnt. Er hatte es mir nie gesagt, aber ich verstand, warum. Ich hatte es ihm auch nie gesagt, aus Angst, ihn zu verlieren, und dabei hatte er so viel mehr zu verlieren als ich.

»Ich habe dir eine Abfuhr gegeben, vor Tausenden von Leuten.«

Er grinste. »Du hast mir gesagt, dass du mich liebst, glaub mir, das war die beste Art von Abfuhr. Nach einhundert Heiratsanträgen endlich diese Worte zu hören war der schönste Moment in meinem Leben.«

Mit einem Mal wurde ich unheimlich traurig. »Einhundert Heiratsanträge, einhundert verpasste Gelegenheiten.«

Ich vergrub meinen Kopf an seiner Brust und kniff fest die Augen zusammen. Jedes Mal, wenn Harry um meine Hand angehalten hatte, war mein Herz ein bisschen mehr gebrochen, weil die Geste in meinen Augen keine Bedeutung gehabt hatte. Harry dagegen hatte jedes Mal gehofft, ich würde Ja sagen, und war jedes Mal enttäuscht worden. Und er hatte jeden Tag einen neuen Anlauf gestartet, hatte mehr Kummer und Leid auf sich genommen. Am liebsten hätte ich für ihn geweint.

Er hob sanft mein Kinn, damit ich ihn ansah. Seine Hand glitt über meine Wange, streifte ganz zart über meine Lippen. »Ich liebe dich so sehr, Harry.«

Er lehnte seine Stirn gegen meine, und ein Grinsen spaltete sein Gesicht.

»Welcher Antrag hat dir nun am besten gefallen? Einer von den großen, einer von den kleinen? Ich kann ihn gern wiederholen und es beim zweiten Mal dann richtig machen.«

»Der, bei dem ich Ja gesagt habe.«

»Aber du hast nie Ja gesagt. Daran würde ich mich erinnern.«

»Es war eine stürmische Nacht, wir standen allein am Strand, die Arme umeinander geschlungen …«

Er grinste. »Ach so. *Der* Antrag.«

Ich nickte. Es war eine große Bitte. Harry hatte mich hundertmal gefragt, und ich hatte kein einziges Mal Ja gesagt, aber für mich war es wichtig, dass er mich ein weiteres Mal fragte.

Harry blickte sich um. »Wirklich, hier? Das hier ist dein perfekter Heiratsantrag?«

»Ich brauche den ganzen Schnickschnack nicht, ich brauche nur dich.«

Er schloss seine Arme fester um mich. Der Himmel über uns leuchtete auf, und Donner erfüllte die Luft. Harry streifte mir eine nasse Ringellocke aus dem Gesicht, und mein Herz lief Amok in meiner Brust.

Harrys Gesicht wurde nun ernst, während er mich ansah.

»Also, ich habe weder irgendwelchen Schnickschnack noch Blumen, ich habe nicht einmal eine Tüte Pommes, um dir den Deal zu versüßen, aber … ich liebe dich, ich werde dich immer lieben, und ich werde mich jeden Tag bemühen, dich so glücklich zu machen, wie du mich glücklich machst. Suzie, möchtest du meine Frau werden?«

Pure Freude durchströmte mich, und ich streckte mich, um die Arme um seinen Hals zu schlingen. Gefangen in seiner Jacke, ließ meine Bewegung Harry einen Schritt rückwärtstaumeln – leider nahm er mich mit, und wir verloren das Gleichgewicht und fielen um. Als wir im Sand landeten, waren meine Lippen bereits auf seinen und knüpften dort an, wo wir gestern Abend unterbrochen worden waren bei diesem unglaublichen, leidenschaftlichen, notwendigen Kuss. Ich stöhnte an seinem Mund, als Harry sich auf mich rollte. Er löste seine Lippen von meinen und bedeckte meinen Hals mit Küssen.

»Ich nehme das als ein Ja«, murmelte er zwischen zwei Küssen.

Ich lachte. »Das ist ein Ja. Ja. Ja. JA!«

Ich spürte, dass er an meinem Hals lächelte. »Warum hebst du dir das Geschrei nicht für später auf, wenn wir wieder in unserem Hotelzimmer sind?«

Ich hob seinen Kopf, damit er mich ansah, und ein paar Sekunden lang starrten wir uns nur in die Augen. Es war sonnenklar, was dieser Blick zu bedeuten hatte. Plötzlich begannen wir hektisch, uns vom Boden hochzurappeln, aber da wir zusammen in der Jacke gefangen waren, war das ein sehr schwieriges Unterfangen. Harry knöpfte sie rasch auf und ließ mich frei, und wir kamen taumelnd auf die Beine.

Er zog seine Jacke aus, legte sie um mich und knöpfte sie zu, während er selbst nass wurde.

»Harry, du wirst ganz nass.«

Aber er lächelte nur verklärt. »Du hast keine Ahnung, wie wahnsinnig glücklich du mich gerade gemacht hast. Von mir aus kann mich der Regen bis auf die Knochen durchweichen. Ist mir völlig egal.«

Er hob mich schwungvoll vom Boden hoch und begann, mit mir zum Hotel zurückzulaufen.

Ich lachte. »Harry, was tust du?«

»Ich glaube, ich habe gerade meinen perfekten Antrag gefunden – derjenige, der mit Sex endet.«

»Oh, ich bin mir ziemlich sicher, dass alle Anträge so enden.«

»Nun, dann hast du hundert Anträge, die du wiedergutmachen musst.«

»Ich werde sehen, was ich tun kann.«

Ich lachte wieder, während Harry sogar noch einen Zahn zulegte.

Wir näherten uns dem Hotel, und ich sah, dass in unserem Fenster bereits die Marmeladengläser mit den Teelichtern aufgereiht waren. Gleich darauf stürmten wir in unser Zimmer und stellten fest, dass die anderen Gläser im ganzen Raum verteilt waren und flackerndes Licht an die Wände und die Decke warfen.

Harry setzte mich ab und küsste mich sofort wieder, während er mich aus meinen nassen Kleidern schälte und ich ihm aus seinen half. Dann hob er mich wieder hoch und trug mich zum Bett, legte sich mit mir hin und küsste mich ganz zärtlich.

»Bist du sicher, dass du es jetzt willst?«, fragte er. Er ließ den Blick durch das Zimmer schweifen. »Ich könnte es für dich perfekter machen, mit Blumen, Musik …« Er verstummte, als ich ihn küsste.

»Werden wir von einem A-cappella-Quartett gestört, das aus dem Schrank springt?«

Er lachte und schüttelte den Kopf.

»Von einem übereifrigen japanischen Fotografen?«

»Nein, wir sind unter uns, ich schwöre.«

»Dann ist es perfekt.«

Harry küsste mich wieder, und als er sich auf mich rollte, zeigte er mir, wie verdammt perfekt es war.

Verlobungsblog
Nach einhundert Tagen, sechzehn verschiedenen Ländern und hunderteins verschiedenen Anträgen hat Suzie McKenzie endlich Ja gesagt. Ich darf nicht schreiben, was bei meinem letzten Antrag passiert ist. Suzie denkt, es könnte unserem Geschäft schaden, wenn die Leute erfahren, dass sie eingeknickt ist, ohne auch nur eine Tüte Pommes oder einen fettigen Kebab zu bekommen. Aber ich kann euch Heiratswilligen einen guten Rat geben: Sagt eurer Herzensdame, dass ihr sie liebt, sagt es ihr jeden Tag, bis sie es weiß und es glaubt. Danach sagt es ihr weiter jeden Tag. Falls ihr sehr viel Glück habt, wird sie euch auch lieben. Ich wünsche jedem Einzelnen von euch, der das hier liest, ein glückliches Leben bis in alle Ewigkeit.
Und falls Worte nicht genug sind, dann wisst ihr ja, wo ihr uns findet.

Danksagung

Ein riesiges Dankeschön an meine reizende Freundin Belinda Jones und an meine Agentin Madeleine Milburn, die mich ermutigt haben, diesen Roman zu schreiben – er würde schlichtweg nicht existieren, wenn ihr beide nicht gewesen wärt. Ihr wart mein Fels in der Brandung, und ich bin sehr glücklich darüber, dass ich euch auf meiner Seite weiß.

Einen Dank an Kirsty Maclennan und Verity Forbes, die die erste Hälfte des Romans gelesen haben, als ich anfing, den Glauben daran zu verlieren, und die von mir verlangten, dass ich ihn zu Ende bringe.

Einen Dank an meine Mutter, meinen größten Fan, die jedes Wort, das ich geschrieben habe, hundertmal Korrektur liest, und das mit voller Begeisterung.

Einen Dank an meine Familie – an meinen Vater, meinen Bruder Lee und meine Schwägerin Julie, für eure Unterstützung, Liebe, Aufmunterung und Freude an meinen Geschichten.

Einen Dank an Victoria Stone, die das fertige Manuskript als Erste las, sich darin verliebte und dann auf Twitter und Facebook ziemlich laut herumposaunte, wie begeistert sie davon sei.

Einen Dank an meine Freunde Gareth und Mandie für eure unendliche Unterstützung, Geduld und Leidenschaft.

Einen Dank an die andere Hälfte der Gosling Girls, Megan Wood und Laura Lovelock. Ich liebe meine Gosling Girls heiß und innig. Ohne euch wäre ich aufgeschmissen. Danke für die unermüdliche Werbung, die Tweets, die Blogtour, die Videos, die Begeisterung, die Lobeshymnen und die Zuneigung. Ihr seid fantastisch.

Einen Dank an meine allerbeste Freundin, die hinreißende Aven Ellis, für deine wundervolle Freundschaft, für deine Unterstützung, für deinen Ansporn und dafür, dass du mich mit wunderbaren Geschichten und Bildern von scharfen Typen unterhältst. Danke, dass du mir für mein Eishockeyspiel in Toronto den schönen Harrison Flynn geborgt hast.

Einen Dank an Sharon Sant für deine grenzenlose Geduld, mit der du dir mein Gejammer und meinen Stress und meine Panik angehört hast, und für deine tolle Unterstützung und Freundschaft.

Ferner ein Dankeschön an ein paar weitere tolle Menschen, die mich ermutigt, unterstützt, beworben, angefeuert haben oder die mir einfach nur zuhörten: Erin McEwan, Lisa Dickenson, Jaimie Admans, Jack Croxall, Dan Thompson, Sharon Wilden, Kelly Rufus, Pernille Hughes, Rosie Blake, Simona Elena, Katey Beeden, Maryline, Jo Hurst, Dawn Crooks, Jenny Marston, Kim Nash, Laura Delve, Janet Emson, Pat Elliott, Agi, Becca, Alba, Ana, Jess Bickerton, Kate Gordon, Kiri Mills, Louise Wykes, Stacey Hargreaves, Maggie Woodward, Trish H, Jac und Mark Rumsey, Jodie und James Brown, Arron Davenport und Keith Barrow (für euer geniales Verlobungsvideo).

Einen Dank an alle, die bei der Blogtour und der

Cover-Enthüllung mitgewirkt haben. Und einen herzlichen Dank an alle, die mein Buch gelesen und sich die Zeit genommen haben, mir zu sagen, dass es ihnen gefallen hat, oder die eine Rezension darüber schrieben.

Einen Dank an die wunderbaren, hilfsbereiten Autoren bei Carina. Ihr seid die Besten.

Und schließlich einen Dank an alle bei Carina, die daran beteiligt waren, dass dieser Roman erschienen ist – an meine wundervolle Lektorin Lucy Gilmour dafür, dass sie das Manuskript um so vieles besser gemacht hat, an das Digitalteam, an Anna und das Designteam für das unglaubliche Cover, und an alle anderen, die mitgeholfen haben, dieses Buch zu verwirklichen.

Danke, ich liebe euch alle.